AF304003

Junia Swan lässt sich gerne überraschen und liebt es, zwischen den Zeilen zu lesen. Sie ist der festen Überzeugung, dass diese Welt starke Charaktere mit Prinzipien und Ehrgefühl als Vorbilder benötigt und Kulissen dazu da sind, um dahinter zu schauen. Gemeinsam mit ihrer Familie lebt die gebürtige Salzburgerin in Bolivien. Sie öffnet ihr Haus nicht nur für Menschen, sondern auch für Tiere und ist innerhalb kürzester Zeit die Besitzerin eines Hunderudels geworden, deren Mitglieder sie von der Straße gerettet hat. Erfahrungen aus ihrem abwechslungsreichen Alltag fließen stets in ihre Bücher mit ein, von denen sie mittlerweile mehr als dreißig geschrieben hat. In jedem ihrer Bücher steckt ihr Herzblut und sie liebt es, dies in unzähligen kleinen Details zu zeigen. Über mehrere Monate hinweg war sie Amazon-Bestsellerautorin und zählte zu der Riege der All-Star-Autoren. Ihr Buch "Das Schicksal der Schwestern" erschienen beim dp Verlag und wurde 2022 für den Lovelybooks Leserpreis nominiert.

JUNIA SWAN

Das Schicksal der Schwestern

Ein historischer Roman über verzweifelte Hoffnungen und die Schattenseiten Venedigs

Überarbeitete Neuausgabe Juli 2024

Copyright © 2024 dp Verlag, ein Imprint der
dp DIGITAL PUBLISHERS GmbH
Made in Stuttgart with ♥
Alle Rechte vorbehalten

Das Schicksal der Schwestern

ISBN 978-3-98998-249-9
E-Book-ISBN 978-3-98637-877-6
Hörbuch-ISBN: 978-3-98998-309-0

Copyright © 2020, dp Verlag, ein Imprint der
dp DIGITAL PUBLISHERS GmbH
Dies ist eine überarbeitete Neuausgabe des bereits 2020 bei dp Verlag, ein Imprint der dp DIGITAL PUBLISHERS GmbH erschienenen Titels Die venezianische Schwester (ISBN: 978-3-96817-261-3).

Covergestaltung: Jasmin Kreilmann
Umschlaggestaltung: ARTC.ore Design
Unter Verwendung von Abbildungen von
depositphotos.com: © Milanares, © kathysg, © Fourleaflovers
shutterstock.com: © Iakov Kalinin, © Art Stocker, © KathySG
Lektorat: Astrid Rahlfs
Satz: dp DIGITAL PUBLISHERS GmbH
Druck und Bindung: Books on Demand GmbH, Norderstedt

Das Werk darf – auch teilweise – nur mit
Genehmigung des Verlages wiedergegeben werden.

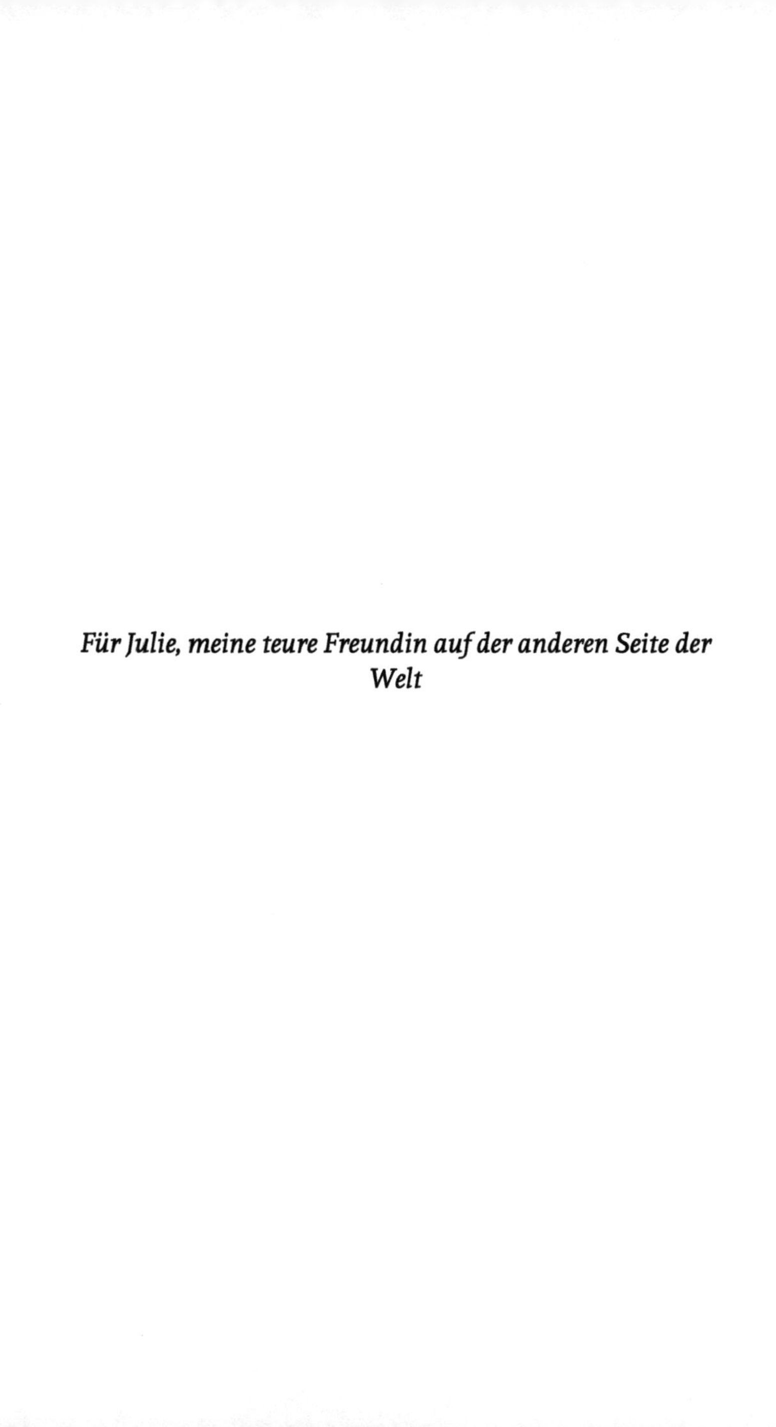

*Für Julie, meine teure Freundin auf der anderen Seite der
Welt*

Vorwort

Liebe Leserinnen und Leser,

stellen Sie sich die verschlungenen Kanäle Venedigs vor, die sich wie Adern durch die Stadt ziehen und Geschichten aus längst vergangenen Zeiten flüstern. Es ist eine Stadt, die mit ihrer Schönheit und ihren Geheimnissen verzaubert – ein perfekter Nährboden für die Geschichte von "Das Schicksal der Schwestern".
Im Mittelpunkt dieses historischen Liebesromans steht Marta Caruso, Teil einer Familie, deren Vergangenheit im Dunkeln liegt. Ihr Schicksal verknüpft sich auf unerwartete Weise mit dem von Daniele Esposito, einem Mann, dessen Herkunft ebenso rätselhaft ist wie die Labyrinthe Venedigs.
Mein Roman nimmt Sie mit auf eine Reise durch die dunklen Gassen dieser geheimnisvollen Stadt, durch ihre versteckten Winkel und stillen Kanäle. Wie ich selbst bei einem Aufenthalt mit meinem Sohn erfahren habe, ist Venedig ein Ort, der sich nicht so leicht erschließen lässt. Ja, man kann sich dort leicht verlaufen. Im übertragenen Sinne fordert uns die Stadt heraus, uns zu verlieren, um uns selbst zu finden, und genau das spiegelt sich in den Schicksalen meiner Protagonisten wider.
"Das Schicksal der Schwestern" ist sowohl eine Hommage an die unerwarteten Wendungen des Lebens und

die Kraft der Liebe, die selbst in den dunkelsten Momenten leuchtet, als auch an die Stadt Venedig selbst. Es ist ein Spiegelbild der Zerrissenheit, die uns alle antreibt – die Suche nach dem richtigen Weg, das Abwägen von Herz und Verstand und die Hoffnung, dass am Ende die Liebe siegt. Wie in all meinen Romanen stelle ich auch hier die Frage: Was ist Liebe, wann beginnt sie und wie verändert sie uns?

Ich lade Sie ein, sich von Marta und Daniele mitnehmen zu lassen und mit ihnen durch die Straßen Venedigs zu spazieren. Entdecken Sie eine Liebe, die nicht nur die Protagonisten, sondern auch Sie persönlich herausfordern wird. Tauchen Sie ein in eine Geschichte, die Sie nicht mehr loslassen wird.

Herzlichst,
Junia Swan

Prolog

Von der Straße her drang nur mehr das Klacken vereinzelter Schritte ins Innere der Schreinerwerkstatt. Vor einer knappen Stunde hatte Lucas Vater die Fensterläden zugezogen und somit das letzte Licht des schwindenden Tages ausgesperrt. Der matte Schein einer Petroleumlampe warf den dunklen Schatten einer halb fertiggestellten venezianischen Gondel auf den kalten Steinfußboden. Je weiter sich die Schritte durch die Gasse entfernten, desto deutlicher trat das kratzende Geräusch eines Kohlestiftes an Lucas Ohren. Der kleine Lichtkreis der Lampe erhellte den Ausschnitt einer Szenerie, die unter Signore Rivas schwieligen Fingern entstand. Luca schwieg und beobachtete konzentriert, wie vor seinen Augen eine schmale Brücke Form annahm, deren Geländer sich von jenen, welche Luca nur zu gut von seinen Streifzügen und Botengängen kannte, unterschied. Im Kanal, der darunter hindurchführte, schwamm eine Gondel, allerdings konnte er nur das Ferro, jenes typische Bugeisen, erkennen.

„Merke dir, mein Sohn", brummte sein Vater und Luca wusste, was jetzt kommen würde, „jedes meiner Bilder birgt ein Geheimnis. Gefährliche, dunkle Geheimnisse. Du musst verhindern, dass sie jemals in die Hände eines Fremden geraten!"

„Ja, Vater, ich weiß", erwiderte Luca wie immer.

Insgeheim nahm er seinen Vater nicht sonderlich ernst. Welches Wissen sollte dieser schon besitzen, das andere Leute interessieren könnte?

Heute legte sein Vater indessen den Kohlestift beiseite und drehte den Kopf, um seinem Sohn eindringlich in die Augen zu schauen.

„Du glaubst mir nicht, Junge. Aber höre, es wird der Tag kommen, an dem du dich an meine Worte erinnern wirst. Ich fühle, dass es früher eintreten wird als mir lieb ist."

Angesichts der ernsten Rede schluckte Luca hart. Ein dicker Kloß hatte sich in seinem Hals gebildet.

„Eines Tages, wenn du ein Mann bist, werden dich meine Bilder in diese Stadt zurückbringen. Sie werden dich zum Ort des Verrats führen, zu meinen Mördern und vor allen Dingen zu einem Schatz, den sie niemals finden werden. Denn er gehört dir."

Jegliche Farbe wich aus Lucas Wangen.

„Deinen Mördern, Vater?"

Der Schreiner senkte den Kopf und richtete den Blick auf die Zeichnung unter seinen Fingern.

„Ja, meinen Mördern", bestätigte er. „Wenn sie kommen, musst du dich in Sicherheit bringen. Alles, was du zum Überleben brauchst, findest du in unserem Versteck. Dort verwahre ich ebenso die Leinwände."

Von der bevorstehenden Bedrohung überrumpelt, war es Luca unmöglich, etwas zu erwidern. Hilflos starrte er auf den Hinterkopf des einzigen Menschen, der ihm auf dieser Welt geblieben war. Als hätte der den Blick seines Sohnes gespürt, wandte er sich ihm wieder zu. In seines Vaters Augen schimmerte eine Ernsthaftigkeit, die den Knaben umso mehr ängstigte.

„Du musst mir versprechen, Venedig zu verlassen. Schlage dich nach Rom durch. Du bist geschickt und wirst schnell Arbeit finden. Ich habe dir fast alles beigebracht, was ich weiß, deshalb mache ich mir keine Sorgen um dich. Trotzdem fordere ich dein Wort, frühestens in zwanzig Jahren zurückzukehren. Bis dahin sollten die Geschehnisse in Vergessenheit geraten sein und es wird dir gelingen, den Schatz gefahrlos zu bergen.“

Luca blinzelte, unfähig zu erfassen, was sein Vater soeben zu ihm gesagt hatte.

„Versprich mir, dass du nicht vor Ablauf dieser Zeitspanne hierher zurückkommen wirst!“

Nach wie vor starrte der Sohn Signore Riva wie betäubt an.

„Los, Luca! Ich will dein Wort!“

„Ja, Vater, das hast du“, krächzte der Jüngere mühsam. „Aber warum packen wir nicht unsere Sachen und fliehen?“

„Für mich gibt es kein Entkommen“, prophezeite der Gondelbauer und rollte die Leinwand zusammen.

Just in diesem Moment, als Luca widersprechen wollte, hob er Einhalt gebietend die Hand, lauschte. Ein Geräusch, als streiche jemand entlang der Hauswände in ihre Richtung, drang kaum wahrnehmbar zu ihnen herein.

„Mir scheint, wir haben dieses Gespräch zur rechten Zeit geführt.“

Signore Riva erhob sich und reichte seinem Sohn das zusammengerollte Bild. Dann legte er ihm die Hand auf die Schulter. Aufmunternd drückte er ihn, während er ihn ansah, als wollte er sich Lucas Gesicht für den Rest seines Lebens und darüber hinaus einprägen. Instinktiv wusste der Junge, dass dies ein Abschied für immer war. Mit zitternden Händen umklammerte er die Leinwand wie einen Rettungsring.

„Geh jetzt", forderte sein Vater eindringlich. „Es ist Zeit!"

Endlich kam Leben in den Sohn und er schüttelte entschlossen den Kopf.

„Nein! Ich lasse dich nicht allein! Du kannst mich nicht zwingen, dich zu verlassen!"

„Luca!" Die Stimme des Gondelbauers war schneidend und seine Augen funkelten hart. „Du machst jetzt das, was wir besprochen haben! Auf der Stelle!"

Mit festem Griff umschloss er den Oberarm seines Sohnes und zerrte ihn auf die andere Seite der Werkstatt. Dort öffnete er eine breite Tür, die auf einen schmalen Steg führte. Er löste das Seil einer Gondel, die an einem Holzpfahl festgebunden war, und stieß den Knaben auf das Boot.

„Verschwinde", keuchte er, „und kehre nicht zurück! Erst wenn die Zeit gekommen ist!"

Er gab dem Flachschiff einen Schubs und Luca verlor sekundenlang das Gleichgewicht. Zum Glück hatte er sich, seit er ein kleiner Junge war, an Bord unterschiedlichster Schiffe aufgehalten und fing sich sofort wieder. Das Schwanken unter den Füßen war ihm vertraut. Lautlos glitt er von seinem Vater fort, der ihm einen Wimpernschlag lang nachsah. Aber noch bevor ihn die Dunkelheit gänzlich verschluckt hatte, wandte er sich um und kehrte in die Werkstatt zurück.

Nachdem die Tür hinter ihm zugefallen war, breitete sich Stille aus, welche vorgaukelte, dass alles wie immer sei. Da rammte die Gondel die Mauer des gegenüberliegenden Hauses und riss Luca aus seiner Betäubung. Obwohl ihn sein Inneres dazu drängte, zum Vater zurückzukehren, ahnte er, dass er ihm nicht würde helfen können. Womöglich würde er ihn mit seinem neuerlichen Auftauchen ablenken. Deswegen sprang er schweren Herzens in den Frachtraum, versteckte die Leinwand in einem geheimen Hohlraum, griff nach dem langen Ruder und ließ sein Geburtshaus hinter sich zurück.

1

Zwanzig Jahre später

Im Laufe des Vormittags war Marta zwischen den Marktständen herumgeschlichen und hatte aufgesammelt, was zu Boden gefallen war. Die Ausbeute war nicht so ergiebig wie sonst, da sie ihre kleine Schwester, die sie sich auf den Rücken gebunden hatte, behinderte. Ihr Gewicht war schuld daran, dass die junge Frau oft nicht schnell genug war und andere Bettler ihr zuvorkamen. Nachdem sie der Mittagshitze, an die Wand eines Durchgangs gekauert, entkommen war, beschloss sie, ihr Glück am Piazza San Marco zu versuchen. Hier, rund um den Dogenpalast und den Markusdom, traf man hin und wieder auf einen angesehenen, reichen Bürger, der von einem Gebäude zum nächsten eilte. Doch es war wie verhext. Sie fand niemanden, den sie um ein paar Münzen anbetteln konnte. Mit gerunzelter Stirn untersuchte sie den Inhalt ihrer Stofftasche. Daraus würde sie nicht einmal eine Suppe kochen können! Ihr Geldbeutel stellte ebenfalls keinen Grund zur Freude dar: Sie hatte nur eine einzige Münze ergattert. Wenn sie Arturo damit unter die Augen träte, würde er sie zweifellos windelweich schlagen. Die Angst, welche sich während der letzten Stunden in ihrem Magen eingenistet hatte, ballte sich nun zu einem Stein zusammen. Er würde seine Drohung wahrmachen und Linda aussetzen. Bisher hatte Marta dies verhindern können. Aber wenn Arturo seine Vermutung, die kleine Schwester würde sie bei der Arbeit stören, bestätigt fände, wäre alles verloren.

Tränen glitzerten in Martas Augen, doch mit einer unwilligen Geste strich sie diese mit den Fingerspitzen fort und straffte die Schultern. Es musste einen Weg geben, dieses schreckliche Schicksal abzuwenden! Prüfend musterte sie den Himmel. Nicht mehr lange und die Sonne würde untergehen. Was sollte sie nur tun?

Plötzlich fiel ihr Blick auf einen Mann, der zielstrebig auf die gewaltigen Tore des Markusdoms zustrebte. Sie hatte nur Augen für ihn, erkannte ihn sofort. Es war der Bürgermeister dieser Stadt. Er würde hoffentlich ein Herz haben und ihr helfen. Welch ein Glück, dass er nicht mehr weit entfernt war. Sogleich begann sie zu laufen und stellte sich ihm im letzten Moment in den Weg.

„Bitte, Signore, haben Sie Mitleid! Nur eine kleine Münze!"

Auffordernd streckte sie eine Hand in Richtung des sichtlich erstarrten Mannes. Doch schon im nächsten Augenblick hatte er seine Überraschung abgeschüttelt und musterte sie von oben herab.

„Aus dem Weg, du Hure! Ein so widerliches Geschöpf wie du verdient es nicht zu leben!"

Entsetzt riss Marta die Augen auf.

„Aber das bin ich nicht! Dieses Kind ist meine kleine Schwester. Ich bitte Sie, haben Sie Mitleid!"

Entnervt stieß er sie rücksichtslos zur Seite und eilte weiter. Marta stolperte und wäre gefallen, hätte sich nicht eine Hand stützend um ihren Arm geschlossen, um ihr auf diese Weise Stabilität zu geben.

„Danke", murmelte sie und sah auf, während sich ihr Retter wieder von ihr löste.

Er erwiderte nichts, sein Blick streifte sie nur kurz. Jene Hand, mit der er sie vor einem Sturz bewahrt hatte, tastete über die Vorderseite seiner Weste. Seine wohlgeformten Finger glitten in eine Tasche seines Gehrocks und er holte einige Münzen hervor. Ohne etwas zu sagen, griff er nach ihrer Hand und drückte das Geld auf ihre Handfläche. Als sie sein Almosen betrachtete, stellte sie fest, dass es mehr war, als sie jemals in einer Woche sammeln konnte. Ihr Mund öffnete sich überrumpelt und sie sah wieder zu ihm auf. Doch er hatte sich mittlerweile abgewandt und folgte dem Bürgermeister ins Innere des Doms.

„Mille grazie", wiederholte sie überwältigt, obwohl er es nicht mehr hören konnte.

Marta wusste, dass sie den Fremden niemals vergessen würde. Seine dunklen, ernsten Augen hatten sich in ihr Gedächtnis gebrannt, als hätte jemand mit einem heißen Eisen ihre Haut mit einem Zeichen markiert. Dieser Mann hatte Linda davor gerettet, in die Gosse geworfen zu werden und gleichzeitig Marta eine Tracht Prügel erspart. Sie beschloss, Arturo das gesamte Geld nicht auf einmal zu geben. Nein, die Differenz würde sie für weniger einträgliche Tage aufheben.

Der Kanal lag dunkelblau im fahlen Mondschein. Das leise Plätschern, wenn das Ruder ins Wasser getaucht wurde, war das einzige Geräusch, welches die Stille durchbrach. Marta hatte ihr Haar unter einem Tuch verborgen und dieses wiederum unter einem breitkrempigen Hut. Abgesehen davon hatte sie ihr Tageskleid gegen ein Hosenpaar und ein weites Hemd getauscht. Ihre Sicherheit hing davon ab, dass niemand jemals herausfand, dass sie eine Frau war. Am Wichtigsten war, dass Arturo nichts von ihrem geheimen Nebeneinkommen erfuhr. Sollte er dahinterkommen, würde er ihr alles, was sie sich so mühsam erspart hatte, abnehmen und sie vermutlich windelweich schlagen. Außerdem würde er sie der Gilde der Gondolieri ausliefern. Es war anzunehmen, dass diese mit einer Frau, die nichts in ihrem Geschäft zu suchen hatte, kurzen Prozess machen würden. Trotzdem hatte Marta beschlossen, das Risiko einzugehen.

Als sie ihr Ziel erreicht hatte, befestigte sie die Gondel an zwei hölzernen Pfählen und sprang leichtfüßig auf die verlassene Gasse. Eine einzige Gaslaterne erhellte die Umgebung in einiger Entfernung nur unzureichend. Aber das tangierte Marta nicht. Die junge Frau kannte die Stadt wie ihre Westentasche. Leise huschte sie zu einer Haustür und schob ein versiegeltes Kuvert darunter hindurch. Dann richtete sie sich schnell wieder auf, wirbelte herum und prallte gegen einen harten Körper, der unbemerkt direkt hinter ihr aufgetaucht war. Sie unterdrückte einen erschrockenen Aufschrei, da legte sich auch schon eine Hand über ihren Mund, während eine andere ihren Oberarm umschloss.

„Keine Angst, Junge, ich tue dir nichts", flüsterte eine Stimme an ihrem Ohr und Marta nickte eilig.

Obwohl ihr Herz raste, meinte sie zu erkennen, dass von dem Mann keine Bedrohung ausging. Als wollte er ihr seine Aufrichtigkeit beweisen, zog er die Hand von ihrem Mund.

„Ich brauche lediglich deine Hilfe. Kennst du dich in dieser Gegend aus?"

„Ja", hauchte Marta, darum bemüht, ihre Stimme tiefer klingen zu lassen.

Neugierig hob sie den Kopf und versuchte, ihr Gegenüber trotz der Dunkelheit zu erkennen. Doch es war unmöglich. Die Gaslaterne war zu weit entfernt.

„Ich bezahle dich gut, wenn du mich zu dem Ort ruderst, den ich suche."

„Ich bringe Sie überall hin", versprach sie großspurig und fand, dass heute ihr Glückstag war.

„Gut", sagte er, „aber ich verlange absolute Verschwiegenheit! Niemand darf davon erfahren!"

Marta nickte. Ihre Neugierde wurde immer größer. Wohin wollte er nur?

„Ich kann schweigen wie ein Grab."

„Ausgezeichnet!" Im Klang seiner Stimme meinte sie ein kleines Lächeln herauszuhören. „Dann komm!"

Sie eilte ihm voraus zu ihrer Gondel. Wobei „ihre" übertrieben war. Jede Nacht „lieh" Marta sich eines der Flachboote für ein paar Stunden aus. Bisher war ihr zum Glück niemand auf die Schliche gekommen. Schweigend wartete sie, bis er sich gesetzt hatte und griff nach dem Ruder.

„Wohin soll ich Sie bringen, Signore?"

Statt einer Antwort zog er eine weiße Rolle hervor, welche er neben der kleinen Lampe, die sie auf der Gondel entzündet hatte, ausbreitete. Überrascht blickte Marta auf eine Zeichnung. Sekundenlang starrte sie darauf, dann drehte sie den Kopf und musterte den geheimnisvollen Mann. In diesem Moment erkannte sie in ihm ihren Retter des gleichen Tages. Zum Glück war es zu dunkel, weshalb ihm ihre Überraschung entging. Verwirrt runzelte sie die Stirn.

„Das ist eine Zeichnung", stellte sie verwundert fest.

„Offensichtlich", erwiderte er. „Ist das ein Problem? Ich nehme an, du kommst viel herum."

Wieder wandte sie sich dem Bild zu und studierte es mit zusammengezogenen Augenbrauen.

„Mir fallen auf Anhieb vier Brücken ein, die ein solches Geländer besitzen", wisperte sie. „Vermutlich gibt es noch weitere."

Bei dieser Offenbarung stieß er einen unwilligen Laut aus. Dann dehnte sich Stille zwischen ihnen aus, während sie beide auf die Zeichnung starrten. Plötzlich zog ein winziges Detail Martas Aufmerksamkeit auf sich. Ein kleiner Löwenkopf schien in eine der Brückenstreben geschnitzt worden zu sein. Sie zeigte mit dem Finger darauf.

„Ja?", wollte er hoffnungsvoll wissen.

„Das ist ungewöhnlich", flüsterte sie. „Ich kann mich nicht erinnern, dass ich dieses Tier schon jemals bei einer der Brücken entdeckt hätte."

Sein Mund verzog sich enttäuscht.

„Es ist von signifikanter Wichtigkeit, dass ich diesen Ort finde", erklärte er eindringlich. „Kommt dir möglicherweise eines der Gebäude bekannt vor?"

So sehr sich Marta auch konzentrierte, sie vermochte keine Besonderheiten zu entdecken.

„Tut mir leid, nein. Es gibt viele Häuser, die ähnlich aussehen."

„Dann müssen wir uns an die Brücken halten", stellte der Fremde entschlossen fest. „Bringe mich zu der nächstgelegenen mit einem solchen Geländer!"

Marta richtete sich auf, löste die Gondel von den Pfählen, griff nach dem Ruder und sprang aufs Heck. Als sie sich mit einem Bein von der Mauer abstieß, bemerkte sie, dass er einen verstohlenen Blick um sich warf, als hätte er Angst, jemand würde sie beobachten.

Gemeinsam untersuchten sie die schmalen Brückengeländer nach dem kleinen Löwenkopf, der darin eingraviert sein musste. Doch es war ein erfolgloses Unterfangen. Als sie auch bei der dritten Brücke auf keinen Hinweis stießen, meinte Marta, die Enttäuschung des Fremden körperlich zu spüren.

„Es gibt diese Brücke", brummte er und sackte auf einem jener Holzbretter zusammen, welche in der Gondel zum Transport von Fahrgästen montiert worden waren.

Marta saß ihm gegenüber auf dem Heck und ließ ihre Beine in den Innenraum baumeln. Sie war mittlerweile hundemüde und befürchtete, jeden Moment einzuschlafen. Leider hatte ihnen die vierte Brücke ebenso keinen Erfolg beschert.

„Ich verspreche, dass ich meine Augen offenhalten werde!"

Obwohl Marta keine Ahnung hatte, wie sie die spezielle Brücke finden könnte, wollte sie ihrem Kunden Hoffnung machen. Sie beschloss, alles für ihren Retter zu tun. Wenn dies bedeutete, für ihn eine ungewöhnliche Brücke aufzuspüren, dann würde sie erst wieder rasten, wenn er zufrieden war. Der Mann nickte gedankenversunken.

„Bring mich zurück", bat er nach einer Weile und sie
kam sogleich auf die Beine.

Dreißig Minuten später ließ sie ihn an jener Stelle
aussteigen, an der ihre Suche begonnen hatte.

„Hole mich hier morgen zur gleichen Stunde ab."

Er zog seine Geldbörse hervor und zählte einige Münzen ab, die er ihr übergab.

„Reicht das?", wollte er kurz angebunden wissen.

Marta starrte auf das kleine Vermögen auf ihrer
Handfläche.

„Das ist zu viel", sagte sie aufrichtig.

Das erste Mal in dieser Nacht musterte er sie und
seine Augen trafen ihre. Plötzlich lächelte er und Marta
stockte der Atem. Bevor sie ihm etwas hätte zurückgeben können, war er aus der Gondel gestiegen.

„Bis morgen", flüsterte er, setzte sich eilig in Bewegung und verschwand in der Dunkelheit.

2

Am folgenden Morgen beschloss Marta, sich Linda auf den Rücken zu schnallen und mit ihr gemeinsam auf die Suche nach jener Brücke zu gehen. Dank der großzügigen Entlohnung des Fremden war sie nicht mehr gezwungen zu betteln. Sie begann am Markusplatz und arbeitete sich entlang des Canale Grande weiter. Obwohl sie es gewohnt war, den ganzen Tag auf den Beinen zu sein, meinte sie am Abend doch, dass diese ihr abfallen würden. Tapfer ließ sie sich nichts davon anmerken, als sie vor Arturo einige Münzen auf die Tischplatte legte, hinter der er mit verschränkten Armen saß und sie aus zusammengezogenen Augenbrauen finster musterte.

„Das wird ja immer weniger", stellte er kalt fest. „Du solltest dich mehr anstrengen!"

Marta schluckte. War sie zu geizig gewesen und hatte zu viel einbehalten? Morgen würde sie zwei zusätzliche Münzen dazulegen.

„Die Huren bringen mir das Fünffache ein."

Bei dieser unterschwelligen Drohung zuckte Marta zusammen. Ja, sie hatte eindeutig einen zu hohen Betrag auf die Seite gelegt!

„Morgen wird es mehr sein, ich verspreche es!"

Arturo scheuchte sie mit einer auffordernden Handbewegung aus dem Raum und Marta beeilte sich, ihm zu entkommen. Sie kochte ein karges Abendessen und brachte danach Linda zu Bett. Die Sonne war längst untergegangen und sie musste sich beeilen. Hastig wechselte sie in ihrem Zimmer die Kleidung und huschte durch den Hinterausgang ins Freie. Auf Zehenspitzen rannte sie durch enge Gassen, bis sie den Steg eines Transportunternehmens erreichte. Hier schaukelten mehrere Gondeln auf ihren Plätzen und Marta wählte die äußerste. Deren Fehlen würde am wenigsten auffallen.

Nachdem der Fremde zu ihr ins Boot gestiegen war, flüsterte sie ihm zu, dass sie im südlichen Bereich des Stadtteils San Marco keine passende Brücke gefunden hatte. Ihr Fahrgast nickte nur und breitete eine weitere Zeichnung vor ihr aus. Darauf waren einige Hausfassaden zu sehen, die nur teilweise von dem Licht einer Gaslampe erleuchtet wurden. Marta verengte auf der Suche nach ungewöhnlichen Details die Augen. Da entdeckte sie an einer Hauswand das Gesicht einer alten Frau und beugte sich näher. Entgeistert musterte sie diese. Sie wusste genau, wer das war. Guistina oder Lucia Rossi – je nachdem, wer von ihr erzählte – hatte im Jahre 1310 den Anführer einer Verschwörung gegen den Dogen Pietro Gradenigo zur Strecke gebracht, indem sie im richtigen Augenblick einen Mörser auf dessen Kopf hatte fallen lassen. Aber das war nicht der Grund, welcher sie mit Unbehagen erfüllte. Der lag darin verborgen, dass es sich hierbei um Arturos Haus handelte. Weshalb suchte der Fremde nach Arturo? Und was geschähe, wenn er ihn fände? Er durfte ihn nicht aufspüren! Marta würde alles dafür tun, um das

Leben des großzügigen Mannes in der Gondel zu schützen.

„Hast du etwas erkannt?", wollte er wissen und riss sie damit aus ihren Überlegungen.

„Nein", log sie, blickte ihm nicht in die Augen. „Es gibt viele Häuser, die so aussehen."

„Verdammt!"

Er lehnte sich zurück, legte den Kopf in den Nacken und starrte in den Sternenhimmel. Eine Weile saßen sie schweigend.

„Sollen wir weiter nach der Brücke suchen?", fragte sie, da sie seine Enttäuschung nur schwer ertragen konnte.

Ihr Retter riss sich von der Betrachtung des funkelnden Firmaments los und kehrte mit seiner Aufmerksamkeit zu der Zeichnung zurück. Langsam, fast liebevoll, rollte er diese zusammen und verstaute sie in seiner Ledertasche. Dann lehnte er sich wieder nach hinten und Stille hüllte sie ein. Nur das leise Plätschern der Wellen gegen den hölzernen Bootsleib drang an ihre Ohren.

„Wie heißt du, Knabe?", wollte er unvermittelt wissen und Marta versteifte sich.

Sie war froh, dass sie sich schon vor langer Zeit einen Namen überlegt hatte, den sie in einem solchen Fall nennen konnte.

„Pietro", erwiderte sie deswegen ohne zu zögern und er nickte.

„Freut mich", lächelte er. „Mein Name lautet Daniele Esposito und ich wohne in einem Haus in San Stae. In der Nähe der Kirche. Kennst du den Ort?"

„Si, Signore. Es ist nicht weit von hier."

„Ja, das stimmt. Dann wirst du die Salizzada San Stae, Hausnummer 10, sicherlich finden."

„Natürlich, mein Herr!"

„Gut."

Er musterte sie eindringlich und sie hatte das Gefühl, als dringe sein Blick unter ihre Haut bis tief hinein in die Verborgenheit ihrer Gedanken. Sofort beschleunigte sich ihr Puls.

„Ich bitte dich, dir diese Zeichnungen genau einzuprägen. Solltest du irgendeinen Hinweis entdecken, irgendetwas, das dazu beitragen könnte, den Ort in der Realität zu finden, möchte ich, dass du mich umgehend informierst. Wärst du dazu bereit, Pietro?"

„Sicher, Signore Esposito!"

Er atmete tief durch.

„Weißt du, dies alles ist überaus wichtig für mich."

Schlechtes Gewissen darüber, dass sie ihm eine Information bewusst vorenthielt, trübte ihre ausgezeichnete Laune.

„Ich werde mein Bestes geben", versprach sie und wünschte, sie könnte ehrlich zu ihm sein.

Doch sie belog ihn ja nicht nur, indem sie Wissen vor ihm zurückhielt, sondern auch mit ihrer falschen Identität. Normalerweise bekümmerte es sie nicht, wenn sie jemanden täuschte. Bei Arturo machte sie es täglich. Vermutlich lag es daran, dass sie Signore Esposito ins Herz geschlossen hatte, weil er von freundlichem Wesen war. Er war ein guter Mann und hatte ihr aus einer schrecklichen Lage geholfen, ohne es zu wissen. Sie war überzeugt, dass er sich für sie noch mehr eingesetzt hätte, wenn ihm ihre Situation bekannt gewesen wäre.

„Vielen Dank", sagte er, zog eine weitere Zeichnung aus der Tasche und rollte sie aus.

Es handelte sich wieder um die Brücke mit dem Löwenkopf.

„Bist du vollkommen sicher, dass du nicht weißt, wo sie ist?", hinterfragte er erneut und Marta schüttelte den Kopf.

„Tut mir leid."

Minutenlang starrte er auf das Bild, dann meinte er: „Und wenn es sich um ein Symbol handelt? Der Löwe ... was könnte er bedeuten?"

Marta kniff die Augen zusammen und beugte sich über die Zeichnung. Angestrengt überlegte sie. Ja, die Vermutung könnte stimmen. Ein Löwe ... sie hatte diesen Löwen mehrmals gesehen. Wenn der Bürgermeister, Sindaco Caputo, eine Veranstaltung im Dogenpalast besuchte, wehte eine Fahne mit seinem Wappen auf dem Markusplatz. Unbewusst spannte sich die junge Frau an. Irgendetwas war an der ganzen Sache, den Zeichnungen, beunruhigend. Der Stadtvorsteher war ein Mann, vor dem man sich in Acht nehmen musste. Immerhin pflegte er Umgang mit Arturo. Allein ihre Verzweiflung hatte sie am vorigen Tag dazu bewogen, ihn um Hilfe zu bitten.

„Gibt es eine Freske, ein Bild, das einen bekannten Löwen zeigt?"

Marta fuhr sich mit einer Handfläche unbehaglich über den Oberarm.

„Die Sonne wird als Löwe dargestellt. Am Tage des Schutzheiligen von Venedig."

Statt einer Antwort rieb sich der geheimnisvolle Fremde übers Kinn und für den Bruchteil einer Sekunde wirkte er, als würde er sich an etwas erinnern.

„Löwe, Stier und Venus in einer Linie", murmelte er. „Am 25. April."

„Ja."

„Aber das ist kein Ort, sondern ein Datum."

Er stöhnte auf und massierte sich mit Daumen und Zeigefinger den Nasensteg. Marta bemühte sich darum, sich ihre Erleichterung darüber, dass es ihr gelungen war, ihn auf eine andere Fährte zu locken, nicht anmerken zu lassen.

„Himmel, ist das alles verworren!"

Langsam senkte er seine Hand. Dann rollte er die Zeichnung entschlossen zusammen, verstaute sie und holte eine neue heraus.

Darauf abgebildet war der Dogenpalast bei Nacht, erhellt von zwei kleinen Lichtern, welche die zwei einzigen rosafarbenen Säulen des Gebäudes erkennen ließen. Obwohl das Bild mit schwarzer Farbe gezeichnet worden war, wusste sie, dass es sich um diese handelte.

„Das ist nicht schwer", sagte sie erleichtert. „Der Dogenpalast. Soll ich Sie dorthin bringen?"

Mit den Fingerkuppen strich er sanft über die Leinwand, darauf bedacht, nichts zu verwischen.

„Ich bitte darum."

Sofort kam Marta auf die Beine, löste die Seile und sprang auf ihren Platz am Heck. Flink stieß sie das Boot ab und ruderte den düsteren Kanal entlang. Während sie durch die Dunkelheit glitten, ruhten ihre Augen immer wieder auf dem Hinterkopf des fremden Mannes, der sie tief berührte. Die einzige Erklärung für ihre

Schwäche ihm gegenüber meinte sie in der Vermutung, dass es seine Freundlichkeit war, die sie dermaßen von ihm einnahm, zu finden. Normalerweise wurde sie herumkommandiert, gestoßen, angeschrien. Niemand hatte sie jemals so höflich behandelt wie Signore Esposito.

Trotzdem machte sie sich Sorgen um den Grund, aus dem er diese merkwürdigen Nachforschungen vorantrieb. Jedes der Bilder beunruhigte sie.

In einer dunklen Ecke unweit des Markusplatzes legte sie an. Behände sprang er auf den Gehweg und wandte sich ihr zu.

„Warte hier!", befahl er und verschwand Sekunden später zwischen den Schatten der Nacht.

Keiner der matten Lichtkreise der entlang des Weges entzündeten Gaslaternen erhellte seine geduckte Gestalt, als vermiede er es, entdeckt zu werden.

Marta vertäute die Gondel und kauerte sich auf den Sitz, auf dem ihr Fahrgast zuvor gesessen hatte. Die Minuten verstrichen und ihre Unruhe wuchs. Schließlich hielt sie nichts mehr zurück und sie kletterte an Land. Leise schlich sie sich in die Richtung davon, in die er vor Ewigkeiten aufgebrochen war. Je näher sie dem Markusplatz kam, desto mehr bemühte sie sich darum, kein Geräusch zu machen. Um sich einen Überblick zu verschaffen, verharrte sie in einer Mauernische und sah sich um. Es war zu dunkel, um etwas zu erkennen, deswegen hatte sie keine andere Wahl, als aufs Geratewohl weiterzugehen. Als sie sich dem Säulengang näherte, hörte sie ein leises Reiben.

„Signore Esposito?", flüsterte sie angespannt und kniff die Augen angestrengt zusammen.

„Si, Pietro. Ich habe doch gesagt, du sollst in der Gondel bleiben." Wie aus dem Nichts tauchte er neben ihr auf.

„Ich habe mir Sorgen gemacht", gestand sie leise.

„Dazu besteht kein Anlass. Außer uns ist niemand hier. Anständige Menschen schlafen um diese Zeit."

Aus seinen letzten Worten meinte sie ein Lachen herauszuhören.

„Si, Signore", stimmte sie zu. „Kann ich Ihnen helfen?"

„Nein, ich denke nicht. Für heute gebe ich auf."

Er rieb die Hände aneinander, als versuchte er, Staub und Schmutz abzuschütteln.

„Was haben Sie gehofft, hier zu finden?", wollte Marta voller Neugier wissen, als sie nebeneinander den Markusplatz überquerten.

„Ich bin ein Mann der Wissenschaft", erklärte er leise, „und hoffe, hier in Venedig ein paar Anhaltspunkte dafür zu entdecken, dass Wikinger vor hunderten von Jahren bis hierher vorgedrungen sind."

„Wikinger?"

„Ein Volk aus dem Norden."

Verständnislos runzelte die junge Frau die Stirn. Sie konnte sich keinen Reim darauf machen, weshalb sich jemand für derartige Dinge interessierte.

„Und die sollen hier gewesen sein?"

„Um das herauszufinden, bin ich in Venedig."

Sie erreichten die Gondel und Signore Esposito setzte sich auf seinen Platz, während Marta die Seile einholte.

„Bitte bring mich nach San Stae. Für heute habe ich genug Misserfolge erlitten."

3

Mit Linda auf dem Rücken trieb sich Marta am folgenden Tag vor dem Dogenpalast herum. Da sie wie eine Bettlerin gekleidet war, nahm niemand Notiz von ihr. Deswegen konnte sie unauffällig über den Stein der Säulen tasten, ohne genau zu wissen, was sie da konkret tat. Aber sie vermutete, dass der geheimnisvolle Fremde in der Nacht genauso vorgegangen war. Untertags war es sicherlich einfacher, auf Wikingerspuren zu stoßen. Wie auch immer die aussahen. Während sie mit ihren Handflächen wie nebenbei über die raue Oberfläche der Stützen strich, ging sie in Gedanken die Zeichnungen durch, die er vor ihr ausgebreitet hatte. Sie erinnerte sich an seine schlanken Hände, als diese die Leinwand gehalten hatten und an die Wärme seines Leibes, als er sie vor dem Sturz bewahrt hatte. An den Ausdruck seiner Augen, als sie über die Höhe der Entlohnung protestiert hatte. An das Lachen, welches seine Stimme zum Schwingen gebracht hatte und auf einmal überwältigte sie Sehnsucht. In seiner Gegenwart fühlte sie sich geborgen. Sie musste unbedingt zu ihm eilen und irgendeinen Vorwand suchen, der ihr Auftauchen rechtfertigte. Fieberhaft überlegte sie, wie sie das bewerkstelligen könnte, ohne dass er Verdacht schöpfte. Ja, das war es! Sie würde ihm von Pietro eine Nachricht überbringen. Wie vom Blitz getroffen machte sie einen Satz und stürzte über den Markusplatz davon.

Sie war eine ganze Weile durch das unübersichtliche Labyrinth aus Kanälen und Gassen unterwegs, bis sie endlich in die Salizzada San Stae einbog. Ein Glück, dass ihr die Stadt vertraut war wie eine alte Freundin und sie jede Kirche, jede Brücke, ja jeden Steg kannte.

Vor dem Haus Nummer zehn hielt sie inne und klopfte an die schwere Holztür. Während aus den Fenstern eines der gegenüberliegenden Gebäude empörtes Kindergeschrei drang, blieb es hinter der Tür des Fremden still. Sie pochte noch einmal. Doch nichts rührte sich. Erst jetzt wurde sie der Müdigkeit gewahr, die ihre Glieder beschwerte. Sie löste Linda aus dem Tuch, setzte sich auf den Boden und hob das Kind, das sie mit großen Augen musterte, auf ihren Schoß.

„Ich ruhe mich nur kurz aus", flüsterte Marta mit einem beruhigenden Lächeln und lehnte den Kopf an der Mauer zurück.

Im nächsten Moment war sie eingeschlafen.

Ein Luftzug weckte sie und sie riss erschrocken die Augen auf. Dann hörte sie eine Tür, die direkt neben ihr geschlossen wurde. Hektisch kam sie auf die Füße und suchte die Umgebung nach Linda ab. Doch sie war verschwunden. Angst explodierte in ihr und sie schoss, auf der Suche nach ihr, um die Ecke. Erleichtert atmete sie aus, als sie die Kleine vor einem breiten Gartentor auf ihren wackligen Beinen stehen sah. Mit konzentriertem Nachdruck versuchte Linda, sich einen Gegenstand von der anderen Seite des Tores anzueignen. Marta stieß ein Dankgebet aus und stürzte zu ihrer Schwester.

„Jage mir nie wieder einen solchen Schrecken ein!",
schimpfte sie und setzte sich das Kind auf die Hüfte.

Dann kehrte sie zu dem Haus von Signore Esposito
zurück. Erneut klopfte sie. Dieses Mal hörte sie
Schritte, einen Riegel, der beiseitegeschoben wurde,
und Martas Herz begann wild zu pochen. Im nächsten
Moment stand Signore Esposito vor ihr und musterte
sie fragend. Sofort wurde ihr bewusst, dass er sich nicht
an sie erinnerte.

„Ja?", begehrte er zu erfahren, da sie keine Anstalten
machte, etwas zu sagen und ihn nur aus großen Augen
anstarrte.

„Ich bringe eine Nachricht von Pietro", flüsterte sie
und er warf einen Blick über ihre Schulter, als wollte er
sichergehen, dass niemand sie beobachtete. Gleichzeitig trat er einen Schritt zurück.

„Komm rein", bat er und sie folgte ihm nervös ins Innere.

Voller Entdeckerfreude sah Marta sich um. Durch die
schmalen Fenster, welche teilweise mit schweren Fens-
terflügeln verriegelt waren, fiel nur spärlich Licht.

„Bitte", sagte er und lud sie mit einer knappen Geste
ein, sich an einen Tisch zu setzen. Seine Augen glitten
über ihren Körper und hielten auf Linda inne.

„Möchtest du etwas trinken? Oder deine Tochter?"

Marta errötete. „Das ist nicht meine Tochter. Sie ist
meine Schwester."

„Entschuldige", bat er sofort und ein rätselhaftes Gefühl blitzte in seinen Augen auf. „Darf ich euch trotzdem etwas zu trinken bringen?"

Die junge Frau schluckte, als ihr bewusst wurde, wie
groß ihr Durst war.

„Ja, bitte", flüsterte sie schüchtern und er wandte sich um und kehrte mit einer Flasche Wein und zwei Gläsern zurück.

Großzügig schenkte er ein und schob ihnen die Trinkgefäße hin. Verwirrt starrte Marta darauf.

„Danke ... aber ... meine Schwester verträgt keinen Alkohol."

„Oh. Tut mir leid. Wie gedankenlos von mir!"

Er wandte sich ab, holte ein weiteres Glas und einen Wasserkrug. Nachdem er eingeschenkt hatte, stellte er es vor Linda auf den Tisch. Mit beiden Händen griff diese danach und trank gierig, wobei sie einen Teil verschüttete.

„Bitte verzeihen Sie", stammelte Marta bestürzt.

„Sie ist ein kleines Kind", meinte er nur, langte nach dem zweiten Weinglas und nahm einige kräftige Schlucke.

Marta nippte vorsichtig an ihrem Glas und als sie aufsah, bemerkte sie, dass seine Augen auf ihr ruhten.

„Du kommst mir bekannt vor", stellte er nachdenklich fest. „Kann es sein, dass ..."

„Vor dem Dogenpalast", berichtete sie schnell, bevor er weitere Überlegungen anstellen konnte. „Sie haben mich gestützt, als ich fast gefallen wäre."

Er verengte die Augen, als versuchte er, sich zu erinnern, dann machte er eine wegwerfende Handbewegung.

„Tut nichts zur Sache. Du überbringst mir eine Nachricht von Pietro?"

„Ja."

Abwartend musterte er sie. Da sie schwieg, meinte er nach einer Weile: „Tu dir keinen Zwang an! Ich höre."

Marta schluckte, während sie inständig hoffte, dass er ihren fadenscheinigen Vorwand nicht durchschaute.

„Die rosafarbenen Säulen des Dogenpalastes erinnern an das Blut der Hingerichteten. Denn zwischen ihnen verkündete der Doge einst die Todesurteile."

Signore Esposito runzelte die Stirn.

„Woher hast du das?"

Da sie befürchtete, sich verraten zu haben, stürzte sie beinahe den gesamten Inhalt des Weinglases hinunter.

„Von ... von Pietro."

„Aha."

Er lehnte sich zurück und verschränkte die Arme vor der Brust.

„Und woher weiß er das?"

„Das ... das hab ich ihn nicht gefragt."

Sie nahm einen weiteren Schluck und meinte plötzlich, ein kleines bisschen zu schweben. Linda stieß ein paar unzufriedene Laute aus und Marta stellte sie auf den Boden. Esposito senkte den Kopf und beobachtete das Mädchen, als es direkt auf ihn zutappte. Noch bevor Marta reagieren konnte, hatte sie seinen Unterschenkel mit beiden Ärmchen umschlungen und klammerte sich daran fest.

„Oh, entschuldigen Sie!"

Marta sprang auf, aber er hielt sie mit einer beschwichtigenden Geste zurück.

„Schon gut! Ich habe keine Angst vor Menschen, die unter fünf Fuß groß sind."

Ratlos, ob er sich auf ihre Kosten amüsierte, forschte sie in seinem Gesicht und entdeckte, dass er ihr zuzwinkerte. Er scherzte, das war alles. Und doch war es viel mehr, als man sonst in ihrer Gegenwart tat. Er behandelte sie wie einen Menschen, nicht wie ein unnützes Mädchen, das sich kaum von einer Sklavin unterschied. Bemerkte er ihr ärmliches Gewand, den Schmutz auf ihrem Hals oder den Dreck unter ihren Fingernägeln nicht? Sie konnte sich nicht helfen, aber ihr Herz flog ihm zu und sie war überzeugt davon, dass es für immer bei ihm bleiben würde.

„Ungeachtet dessen zurück zu Pietro."

Aus weiter Ferne drang des Signores Stimme an Martas Ohren und es kostete sie einige Anstrengung, in die Realität zurückzukehren.

„Jaaaa …", begann sie vage und trank wieder einen Schluck.

Sie mochte den Geschmack, Arturo ließ sie nie Wein kosten. Espositos Augen glitten besorgt zu dem Glas und von dort zurück zu ihrem Gesicht.

„Ich befürchte, nicht nur deine Schwester verträgt Alkohol nicht", stellte er erschrocken fest.

„Da liegen Sie flasch, Signore Eschposchito! Er schschmeckt auschgezeichnet!"

Als er zusammenzuckte, senkte sie den Kopf und entdeckte, dass Linda an seinem Knie knabberte. Deshalb begann sie schallend zu lachen.

„Isch glaub, Schie schmecken ihr!"

„Es erweckt den Anschein", stellte er trocken fest, beugte sich vor und fasste das Kind unter den Achseln.

Mühelos hob er Linda hoch und setzte sie sich auf den Schoß.

„Tut mir leid, mein Knie brauche ich weiterhin", erklärte er und überlegte sekundenlang.

Dann erhob er sich mit dem Mädchen auf dem Arm und verließ den Raum. Als er zurückkehrte, hielt es ein Stück Brot in der Hand, das so weich aussah, als käme es frisch vom Bäcker.

Voll stiller Bewunderung ob seines freundlichen Wesens kämpfte sich Marta auf die Beine.

„Schignore Eschposchito, Schie schind der netteschte Mensch auf der Welt. Isch liebe Schie!"

Um nicht zu fallen, klammerte sie sich an den Tisch, schwankte aber doch bedenklich. Sekundenlang starrte er sie an, als könnte er nicht fassen, was sie gesagt hatte, dann begann er zu lachen.

„Oh, ich weiß, dass du dich irrst! Kein guter Mann würde ein Mädchen betrunken machen!"

„Isch bin kein Mädchen mehr", wehrte Marta grimmig ab und griff demonstrativ nach dem Glas.

Doch bevor sie es an die Lippen führen konnte, entwand er es ihrer Hand sanft, aber umso bestimmter.

„Meines Erachtens hast du genug davon."

Er stellte das Glas außerhalb ihrer Reichweite ab und Marta ließ sich auf den Stuhl zurückfallen. Ohne sie aus den Augen zu lassen, setzte er sich wieder ihr gegenüber hin, Linda auf dem Schoß, die zufrieden an dem Brot kaute.

„Wollen Schie mir nischt eine von den Zeichnungen zeigen? Vielleischt erkenne isch bei Lischt besser, wasch darauf ischt."

Alarmiert zog er die Augenbrauen zusammen und eine steile Falte bildete sich auf seinem Nasenrücken.

„Hat Pietro dir davon erzählt?"

„Ja", lachte sie triumphierend.

„Aber ich habe ihm strengstens untersagt, jemanden einzuweihen!"

Sofort wurde Marta ernst und hob ertappt eine Hand vor ihren Mund.

„Er würde niemand anderem etwasch davon schagen! Nur mir!"

„Trotzdem. Ich denke, ich werde später mit ihm ein Hühnchen rupfen müssen."

„Nein, bitte, tun Schie das nischt!"

Sie kämpfte sich auf die Beine und fiel bei dem Versuch, zu ihm zu gelangen, darüber. Geistesgegenwärtig streckte er einen Arm nach ihr aus und fing sie auf, während er gleichzeitig Linda auf seinem Schoß balancierte.

„Himmel!", stieß er aus und zog die verwunderte Marta näher an sich heran, um nicht selbst das Gleichgewicht zu verlieren.

Mit großen, klaren Augen sah sie ihn an. Ihre Gesichter waren nur mehr wenige Zentimeter voneinander entfernt. Als könnte sie sich nie an ihm sattsehen, sog sie seinen Anblick in sich auf. Dann hob sie eine Hand und legte sie an seine Wange. Er blinzelte, stellte Linda auf den Boden, erhob sich und drückte Marta an seiner Stelle auf den Stuhl.

„Ich muss ehrlich sagen, ich wundere mich über deinen Besuch. Was soll das alles? Bis jetzt hast du mir nichts verraten, was von Bedeutung ist."

„Nein?"

„Nein. Den Grund dafür, weshalb die beiden Säulen rosa gestrichen sind, kann ich ganz gewiss in jedem Geschichtsbuch nachlesen."

„Oh!"

Die Strenge in seinem Blick schüchterte sie ein.

„Er, ich ... wir beide ... wollten nur helfen ... Ihnen helfen, Schignore Eschposchito."

„Stattdessen hast du dir einen Schwips angetrunken und machst es mir unmöglich, dich vor die Tür zu setzen, obwohl du nichts anderes verdient hättest."

Ihr Gesicht strahlte auf und sie warf ihm einen erleichterten Blick zu.

„Isch darf hierbleiben?"

„So lange, bis du wieder aufrecht gehen kannst."

Bevor er ahnen konnte, was sie plante, hatte Marta nach dem Glas gegriffen und stürzte den letzten Rest des Weins hinunter. Baff starrte er sie an und sie beobachtete, wie Ärger in ihm aufstieg.

„Schehen Schie misch nischt so finschter an, Schibnore! Isch hatte einfasch nur Durscht!"

Sekundenlang schloss sie die Augen, als sich die sich um sie drehende Welt in ihrem Wirbel beschleunigte.

„Jetscht isch mia schwindl..."

Sie beugte sich vor, legte ihre Arme vor sich auf den Tisch und bettete den Kopf darauf. Dann schloss sie die Augen und schlief ein.

Zutiefst erschüttert musterte Daniele seine junge Besucherin und beobachte aus dem Augenwinkel, wie das Kleinkind wackligen Schrittes den Raum durchquerte und die Ledertasche öffnete, welche auf dem Boden stand. Damit es keinen Schaden anrichten konnte, sprintete er zu dem kleinen Mädchen, hob die Tasche schnell auf und brachte sie in seinem Zimmer im oberen Stock in Sicherheit. Ratlos kehrte er zu den beiden zurück und betrachtete die Schwester der Kleinen, die auf der Tischplatte schlief. Wie war er nur auf die Idee gekommen, ihr Wein anzubieten? Offensichtlich war er ungewöhnlich durcheinander, weshalb er Dinge tat, die ihm normalerweise nie in den Sinn kamen. Ein Glück, dass sie kein Mädchen aus gutem Elternhaus war, denn sonst hätte er jetzt zweifellos ein schwerwiegendes Problem. Sie hielt sich schon zu lange ohne Aufsicht innerhalb seiner Wände auf. Hoffentlich würde sie nach einem kurzen Nickerchen in ordentlicher Verfassung sein und sich wieder auf den Heimweg begeben können. Wenn er sie auf das Sofa legte, würde sie sich möglicherweise schneller regenerieren.

Eilig trat er neben sie und schob seine Arme unter ihren Körper. Dann hob er sie auf. Sie war leichter als sie aussah. Vermutlich bekam sie nicht regelmäßig zu essen. Er schimpfte mit sich, da er ihr nichts angeboten hatte und beschloss, ihr etwas zu geben, bevor er sie aus dem Haus scheuchte. Plötzlich erinnerte er sich an den Blick, mit dem sie das Brot in der Faust ihrer Schwester angesehen hatte. Als wäre es die Erfüllung all ihrer Wünsche. Warum war ihm das nicht früher aufgefallen? Einerlei.

Mit der Schulter stieß er die Tür zum Salon auf und legte sie auf das einzige Sofa. Dabei streifte sein Handrücken ihre Wange und er überlegte, weshalb ihre Haut trotz der Schmutzschicht so weich war. Um sich abzulenken, griff er nach einer Decke und breitete sie über ihr aus. Dann kehrte er zu dem abenteuerlustigen Mädchen zurück.

Die folgenden beiden Stunden verbrachte er damit, hinter der Kleinen herzuräumen, welche den sich in ihrer Reichweite befindlichen Inhalt aus den Schränken nahm. Zwischendurch drückte er ihr ein Stück Brot in die Hand und genoss die dadurch entstandene Pause bei ihrem Zerstörungswerk. Irgendwann gab er auf, setzte sich auf den Boden und lehnte sich an einen der Kästen zurück. Schweigend beobachtete er, wie das Chaos um ihn herum stetig zunahm.

Einen fürchterlichen Moment lang wusste Marta nicht, wo sie sich befand. Als die Erinnerung zurückkehrte, fuhr sie mit einem erschrockenen Schrei in die Höhe und sprang auf die Beine. Das hätte sie nicht tun sollen! Ihr Kopf schmerzte entsetzlich. Wie spät war es? Hoffentlich kam sie noch rechtzeitig zu Arturo! Er würde ...

„Linda!"

Panisch schoss sie in den Nebenraum und stolperte über ein Tongefäß, in dem man normalerweise Oliven aufbewahrte. Bevor sie zu Boden stürzen konnte, klammerte sie sich an den Türrahmen und fing sich wieder. Dann blinzelte sie. Mehrmals. Denn sie befürchtete, ihren Augen nicht trauen zu können. Signore Esposito saß inmitten eines Sammelsuriums unterschiedlicher Haushaltsgegenstände und schlief, während sich Linda begeistert durch die Unordnung wühlte, mit den Gegenständen schepperte und manchmal sogar einen davon durch die Gegend warf.

Zögernd näherte Marta sich dem Schlafenden und ging neben ihm in die Hocke. „Signore Esposito?"

Schüchtern stupste sie ihn an der Schulter an. Er öffnete die Augen und sah direkt in ihre. Sekundenlang rührte sich keiner, dann löste er sich aus dem Blickkontakt und nahm die ihn umgebende Unordnung in Augenschein.

„Ich muss jetzt gehen", stammelte Marta verschämt. „Aber ich verspreche, dass ich morgen komme und alles wieder in Ordnung bringe. Ist das für Sie gelegen?"

Er kämpfte sich auf die Beine, streckte ihr hilfsbereit einen Arm entgegen und zog sie in die Höhe.

„Das ist nicht nötig. Ich schaffe es allein."

Ohne darüber nachgedacht zu haben, legte sie eine Hand auf seinen Oberarm. Sie hätte es nicht tun sollen, denn der innige Wunsch, ihn niemals mehr verlassen zu müssen, setzte sich in ihr fest.

„Bitte, Signore, schlagen Sie meine Hilfe nicht aus. Sie waren so gut zu mir und meiner Schwester und es würde mich bekümmern, wenn Sie mir nicht gestatteten, aufzuräumen. Bitte, lassen Sie mich das morgen für Sie tun."

„Meinetwegen", seufzte er und löste sich aus ihrem Griff.

Sie beobachtete, wie er sich mit der anderen Hand über die Stelle fuhr, an der sie ihn umschlossen hatte. Erging es ihm wie ihr? Wollte er ihre Wärme festhalten?

„Pietro wird Sie am Abend pünktlich erwarten", versprach Marta und hob Linda auf, die sofort zu protestieren begann.

Dies war ein neuer Zug an ihr. Normalerweise ließ sie alles apathisch mit sich geschehen.

„Vielen Dank für Ihre Gastfreundschaft, Signore Esposito", rief die junge Frau und eilte ins Freie.

4

„Du bist zu spät", fauchte Arturo und Martas Mut sank.

Trotzdem ließ sie sich nichts von ihrer Furcht anmerken und legte einige Münzen vor ihren Bruder auf den Tisch.

„Dafür ist es mehr als sonst", flüsterte sie.

Er pfiff durch die Zähne, begutachtete jedes Geldstück mit gierigen Augen. Doch plötzlich runzelte er die Stirn und richtete seinen Blick auf sie. Was sie darin lesen konnte, erschreckte sie.

„Hast du einem Mann deine Dienste angeboten?", wollte er wissen und erhob sich.

„Nein!"

Entsetzt wich sie vor ihm zurück.

„Woher stammt das Geld dann?"

„Ich hatte Glück. Als ich beim Dogenpalast bettelte, hat es mir ein Fremder hingeworfen."

„Ohne Grund? Warst du nicht zuvor ein bisschen freundlich zu ihm?"

„Nein, er ist mir nicht nahegekommen. Vermutlich hatte er Mitleid mit Linda."

Sein Gesicht verschloss sich und Marta biss sich erschrocken auf die Zunge. Wie hatte sie ihre Schwester nur erwähnen können? Sie wusste, wie unbändig Arturo sie hasste. Seit dem Tod ihrer Mutter wollte er sie aussetzen.

„Dieser Balg ist mir ein Dorn im Auge", knurrte er da auch schon und Martas Anspannung steigerte sich.

Arturo machte einem seiner Männer ein kaum erkennbares Zeichen mit dem Kinn. Bevor sich Marta hätte in Sicherheit bringen können, packte sie jemand an den Handgelenken und zerrte ihre Arme auf den Rücken zurück.

„Du weißt, dass deine Unschuld mir gehört", zischte er und Marta begann ängstlich zu zittern.

„Gewiss, Arturo. Ich schwöre, dass sich mir kein Mann genähert hat!"

Er hob eine Hand zu ihrer Wange und kniff sie hinein. Obwohl die Berührung schmerzte, ertrug sie diese stoisch.

„Allora, dann bin ich beruhigt", gab er nach, ließ seine Hand aber wo sie war und spießte sie mit den Augen auf. „Denn ich denke, der Moment, um dich nützlich zu machen, ist gekommen."

„Was meinst du damit?", wagte sie tonlos zu fragen.

„Ein Fremder ist in Venedig aufgetaucht und es ist unerlässlich, dass ich alles über ihn erfahre."

Eine schreckliche Vorahnung stieg in Marta auf, doch sie wich seinem Blick nicht aus.

„Es gibt viele Reisende in der Stadt", warf sie ein und er zog den Arm zurück, wandte sich um und ließ sich wieder hinter seinem Schreibtisch nieder.

Nebenbei machte er seinem Gefolgsmann ein Zeichen und dieser gab Marta sogleich frei.

Sie atmete auf, schlang die Arme um ihren Oberkörper, um damit das Zittern besser zu unterdrücken.

„Aber keiner der anderen legte dem Sindaco ein Empfehlungsschreiben aus San Marino vor, unterschrieben von Giuseppe Damico, dem dort zurzeit amtierenden Capitao Reggento."

Marta verstand kein Wort von dem, was Arturo ihr sagte. Als hätte er ihre Gedanken gelesen, fuhr er fort: „Es hat für dich nichts zu bedeuten. Außer, dass du ihn verführen wirst, um ihm Informationen zu entlocken, die er normalerweise für sich behalten würde."

Die junge Frau erblasste.

„Das kannst du nicht … ich werde nicht … nein!"

Sie wirbelte um die eigene Achse und wollte aus dem Zimmer fliehen, doch einer von Arturos Handlangern versperrte ihr den Weg.

„Bleib, du dummes Gör!", herrschte der furchteinflößende Mann am anderen Ende des Raumes. „Wenn dir Lindas Leben lieb ist, tust du, was ich dir befehle!"

Martas Herz erstarrte zu Eis und sie bekam kaum Luft. Verzweifelt drehte sie sich um. Mit einem Ruck stand Arturo auf, das Knarren des Sessels untermalte die Macht, welche er über sie hatte.

„Morgen Abend wirst du ihm vorgestellt werden."

Nein, das durfte nicht wahr sein! Sie konnte doch Signore Esposito nicht versetzen! Der Mann war auf ihre Hilfe angewiesen und sie auf seinen Lohn.

„Ich erwarte, dass du ihn umgarnst. Wecke seine Leidenschaft und löse ihm die Zunge. Gewinne sein Vertrauen!"

Marta wusste, dass es keine Gelegenheit für sie gab, ihrem Bruder zu entkommen und ballte die Fäuste. Sie hatte sich mit ihrem ganzen Sein danach gesehnt, Signore Esposito regelmäßig zu treffen. Wie ein Kartenhaus stürzten all ihre Träume zusammen und Tränen brannten in ihren Augen.

„Giulia wird dir ein Abendkleid anpassen. Ihre Dienstmädchen werden sich um dich kümmern. Die Zeit ist angebrochen, dich daran zu erinnern, wer du bist."

Marta blinzelte. Seit dem Tod ihres Vaters hatte Arturo alles unternommen, um sie genau das vergessen zu lassen. Einzig um in dem für sie ungünstigsten Moment von ihr zu erwarten, dass sie wie der Phönix aus der Asche stieg. Das Leben war, solange sie sich vergegenwärtigen konnte, ungerecht zu ihr. Doch diesmal würde sie sich nicht so leicht geschlagen geben und dafür kämpfen, Signore Esposito nicht zu verlieren. Womöglich gelänge es ihr, diesen unseligen Ankömmling schnell abzuwimmeln und sich danach zu Signore Esposito davonzustehlen?

„Ach ... und Marta, bevor ich es vergesse: Wir werden miteinander nicht bekannt sein, ist dir das klar? Du kennst mich nicht, hast nie von mir gehört. Weißt nicht, wer ich bin, verstanden?"

Obwohl Marta nicht nachvollziehen konnte, was ihn antrieb, nickte sie.

„Der Sindaco wird dich als seine Nichte ausgeben. Du wirst trotzdem unseren Familiennamen tragen, da er keinen Verdacht erregt."

In den Augen der jungen Frau wurde die Angelegenheit immer verworrener. Inwiefern sollte ihr Nachname bedenklich sein?

„Ich rate dir, dein Bestes zu geben. In deinem und in Lindas Interesse. Du kannst gehen."

Marta schluckte und nickte. Als sie sich dieses Mal umdrehte, versperrte ihr niemand den Weg. Mit hocherhobenem Kopf verließ sie den Raum.

Endlich war die Sonne untergegangen. Marta wartete angespannt darauf, dass sich die Schatten in den Gassen verdichteten, um in ihrem Schutz das Haus verlassen zu können. Jede Minute zog sich wie eine Ewigkeit in die Länge, erschien ihr verloren, da sie diese nicht an Signore Espositos Seite verbringen konnte. Schließlich war es so weit und das Risiko gering, entdeckt zu werden. Leise stahl Marta sich ins Freie und huschte eine Weile durch schmale Häuserschluchten, bis sie ans Ziel ihres heutigen Abends gelangte. Denn jede Nacht entwendete sie die Gondel an einer anderen Stelle.

Nicht lange und sie ruderte durch die engen Kanäle San Stae entgegen. Als sie den Treffpunkt erreichte, löste sich eine Silhouette aus der Dunkelheit und sprang, bevor sie hätte anlegen können, ins Boot. Durch die Wucht des Aufpralls schaukelte das Flachboot bedenklich und Marta klammerte sich fester ans Ruder. Signore Esposito ging in die Knie, stützte sich mit einer Hand auf dem Sitz ab und wartete, bis es nicht mehr schwankte, dann richtete er sich auf und taxierte sein erschrockenes Gegenüber mit funkelnden Augen. Sein Zorn entging ihr nicht.

„Signore Esposito, es tut mir leid, dass …“

Einhalt gebietend hob er eine Hand und sie verstummte.

„Nicht nur, dass du diesem Mädchen meine Adresse genannt hast …“, begann er mit gesenkter Stimme, „… du hast ihr außerdem meinen Namen und den Grund meiner Anwesenheit in Venedig verraten.“

„Signore Esposito …“

„Schweig!“

Marta schluckte und tauchte das Ruder ins Wasser. Da er ihr kein Ziel genannt hatte, lenkte sie das Boot auf den Canale Grande.

„Ich habe dir ausdrücklich verboten, mit jemandem darüber zu sprechen!"

Seine Stimme übertönte das leise Plätschern kaum hörbar, trotzdem entging Marta nicht, dass jedes Wort zorndurchdrungen war.

„Ich habe dir vertraut und du hast nichts Besseres zu tun gehabt, als mein Geheimnis schon einen Tag später jedem dahergelaufenen Straßenkind zu erzählen."

„Sie ist kein Kind mehr und sie ist vertrauenswürdig."

„Und wer entscheidet das? Du?"

Ein dicker Kloß schnürte ihr die Kehle ab, sie konnte es nicht ertragen, dass er so wütend auf sie war. Tränen trübten ihre Sicht.

„Leg das Ruder weg und setz dich zu mir!"

Sofort gehorchte sie und ließ sich zu ihm in den Schiffsbauch hinab. Sie kauerte sich vor ihn auf den Boden und sah verzweifelt zu ihm auf. Seine Augen wanderten über ihr Gesicht und sie konnte beobachten, wie die Wut von ihm abfiel, als er ihren Schmerz bemerkte.

„Es tut mir leid", flüsterte Marta, senkte den Kopf und verbarg ihr Antlitz hinter einer Hand, um zu vertuschen, dass sie weinte. „Marta ist meine Zwillingsschwester. Wir haben keine Geheimnisse voreinander. Ich konnte nicht ..."

„Kein Grund, die Fassung zu verlieren, Junge", versuchte sie der Fremde zu beschwichtigen. „Wem hast du sonst davon erzählt? Ich fordere, dass du ehrlich zu mir bist!"

„Keinem. Marta ist die Einzige. Ich würde ihr mein Leben anvertrauen!"

Signore Esposito seufzte schwer.

„Wenn du diese Arbeit behalten willst, musst du mir geloben, niemandem mehr davon zu berichten. Nicht einmal Marta. Versprichst du mir das?"

Das Herz der jungen Frau sank.

„Das kann ich nicht", flüsterte sie, kurz davor, verzweifelt aufzuschluchzen. „Sie kitzelt alles aus mir heraus."

„Gut, dann ...", er lehnte sich steif nach hinten,

„... bring mich zurück. Wir haben nichts mehr miteinander zu schaffen."

Entsetzt sah sie auf und entdeckte, dass er sich von ihr abgewandt hatte und die Spitze eines der unzähligen Holzpfähle, die zu beiden Seiten des Kanals aus dem Wasser ragten, fixierte. Bevor sie sich zurückhalten konnte, legte sie eine Hand auf seinen Oberschenkel, um seine Aufmerksamkeit erneut zu gewinnen.

„Marta ist klug, sie könnte uns helfen. Sie weiß sehr viel über Venedig."

Seine Augen senkten sich auf ihre Finger, die seinen Schenkel nach wie vor umspannten. Eilig zog sie ihre Hand wieder weg. Minuten verstrichen, bis er den Kopf hob und sie direkt ansah. Die Miene des Fremden war unergründlich.

„Bitte", flehte sie inbrünstig, „ihre Hilfe ist Gold wert! Keiner von uns wird Sie verraten! Wenn sie morgen zu Ihnen kommt, lassen Sie sie schwören!"

Signore Esposito rieb sich nachdenklich über die Wange, dann nickte er.

„Ich hoffe, du sprichst die Wahrheit", meinte er, griff nach der Ledertasche, die neben ihm auf dem Boden stand, und zog eine Zeichnung heraus.

Wie an den Abenden zuvor ging er dabei überaus behutsam vor, so, als wären sie sein kostbarster Besitz. Diesmal war eine Bibliothek darauf abgebildet, in deren Mitte auf einem Tisch ein Globus platziert worden war. Um besser sehen zu können, entzündete Marta eine weitere Petroleumlampe und hielt sie näher an die Abbildung.

„Weißt du, wo sich diese Büchersammlung befindet?", fragte Signore Esposito leise.

Marta nickte. Vor vielen Jahren, es könnte aber auch in einem anderen Leben gewesen sein, hatte Martas Mutter sie dorthin mitgenommen. Es war das einzige Mal gewesen, dass sie sich dort aufgehalten, dass sie überhaupt einen Fuß an einen Ort wie jenen gesetzt hatte.

„Ja, ich glaube, ich war einmal da", flüsterte sie, erleichtert, ihrem Helden weiterhelfen zu können. „Das ist die Bibliothek des patriarchalischen Seminars, wenn mich nicht alles täuscht."

Ihr Fahrgast stieß einen Seufzer aus, als fiele ihm ein schwerer Stein vom Herzen.

„Endlich eine Spur", murmelte er.

„Sie meinen, die Wikinger stöberten in den Büchern der Bibliothek?", hinterfragte die junge Frau verwundert.

Als hätte sie ihn in die Realität zurückgeholt, klärte sich sein Blick und er runzelte die Stirn.

„Bücher sind immer ein geeigneter Ort, um die Spuren vergessener Existenzen auszugraben", erklärte er und atmete tief durch. „Wo befindet sich diese Bibliothek?"

„Am anderen Ende des Canale Grande. Gegenüber des Piazzo San Marco."

„Ah", murmelte er und überlegte. „Ich denke, es ist sinnlos, jetzt dorthin zu fahren. Vermutlich habe ich morgen im Laufe des Tages mehr Erfolg, den Raum besichtigen zu können."

„Sie haben zweifellos recht", stimmte Marta zu und betrachtete ihren Auftraggeber abwartend. „Und jetzt?"

„Jetzt ..." Nach einem letzten Blick auf die Zeichnung rollte er die Leinwand zusammen. „Bring mich ein weiteres Mal zum Dogenpalast."

Marta löschte das Licht der Lampe und kletterte flink aufs Heck, während sie das Ruder in die Forcola einlegte. Nicht lange und sie glitten fast geräuschlos durch den friedlich liegenden Canale Grande, passierten den Fischmarkt und fuhren unter der Rialtobrücke hindurch. Kurz danach bogen sie links in den Rio di San Luca. Dank dieses Wasserarms musste sie nicht die komplette Windung des Hauptkanals entlangrudern, sondern erreichte ihn wieder knapp oberhalb der Giardini ex Reali. Von da aus war es nur mehr ein Katzensprung zu Venedigs größtem Platz.

„Dort drüben befindet sich die Bibliothek", flüsterte sie und deutete auf die andere Seite des Kanals auf den Ortsteil Dorsoduro, der an dieser Stelle zu einer Spitze auslief.

Signore Esposito musterte die altehrwürdigen Gebäude interessiert.

„Kannst du mich morgen dorthin rudern?", wollte er wissen und drehte sich wieder in Fahrtrichtung.

Dorsoduro blieb hinter ihnen zurück, löste sich in der Dunkelheit auf, je weiter sie sich davon entfernten. Nur eine der Hausfassaden reflektierte einladend den warmen Schein eines golden schimmernden Mondes. Martas Herz zog sich zusammen. Wie sehnlichst wünschte sie sich, ihm diese Bitte erfüllen zu können, doch es wäre zu riskant. Niemals würde sie es wagen, im Trubel eines venezianischen Tages eine Gondel zu entwenden.

„Tut mir leid, Signore, aber untertags ist das unmöglich. Ich arbeite ausschließlich in der Nacht."

Sie konnte die Frage in seinen Augen erkennen, als er sekundenlang über die Schulter zurücksah. Dann wandte er sich wieder um und zuckte die Achseln. Augenblicke später erreichten sie ihr Ziel und Signore Esposito sprang an Land.

„Dieses Mal bleibst du hier", befahl er streng und blickte Marta grimmig an.

„Si, Signore", flüsterte diese und beschloss, ihm zu gehorchen, da sie ihn nicht ein weiteres Mal reizen wollte.

Es war ihr wichtig, ihn als Kunden zu behalten.

Martas Herz pochte aufgeregt, als sie die Faust hob, um gegen Signore Espositos Tür zu klopfen. Wie vereinbart suchte sie ihn auf, um die Unordnung zu beseitigen, welche Linda am Vortag gemacht hatte.

Als sich die Tür öffnete, hielt sie voller Vorfreude die Luft an, doch ein fremder Mann musterte sie mit undurchdringlicher Miene.

„Ja?", fragte er streng.

„Buongiorno, mein Name ist Marta und ich bin hier, um aufzuräumen. Ist Signore Esposito da?"

Über die Schulter des düsteren Mannes versuchte sie, einen Blick ins Innere zu erhaschen, was kläglich misslang. Anders als der Fremde ihres Herzens wirkte ihr Gegenüber furchteinflößend und mürrisch.

„Der Signore ist ausgegangen", erklärte er und machte einen Schritt zurück, bedeutete ihr, einzutreten.

Enttäuscht schaute Marta zu Boden. Sie hatte sich so gefreut, den Mann ihrer Träume heute wiederzusehen. Vermutlich waren diese Augenblicke die einzige Möglichkeit, ihm am heutigen Tag zu begegnen, denn am Abend verfügte Arturo über sie. Ihr graute davor, den Unbekannten zu treffen, der für ihren Bruder von Interesse war. Bisher hatte sie jeder seiner Bekannten eingeschüchtert. Immer handelte es sich um finstere Kerle mit eiskalten Augen und riesigen Pranken. Um Männer, denen man nicht zu nahe kommen wollte und von denen man sich lieber fernhielt. Doch noch vor Mitternacht musste sie einen von ihnen sogar für sich einnehmen. Wie sie das anstellen sollte, war ihr nach wie vor ein Rätsel. Sie hatte keinerlei Erfahrung im Umgang mit dem anderen Geschlecht.

„Also los, worauf wartest du?", riss sie der Unbekannte aus den Gedanken und sie straffte die Schultern und trat ein.

Ohne ihn eines weiteren Blickes zu würdigen, machte sie sich an die Arbeit. Obwohl sie sich Zeit ließ, war sie bald fertig.

„Wann erwarten Sie Signore Esposito zurück?"

Die Augen des dunklen Mannes verengten sich.

„Das geht dich nichts an", knurrte er, trat zur Tür und hielt sie ihr demonstrativ auf.

Marta sah ein, dass es keinen Vorwand mehr gab, um länger zu bleiben. Deswegen verabschiedete sie sich und schlenderte auf die vor Hitze flirrende Straße. Sie hörte, wie die Tür hinter ihr nachdrücklich geschlossen wurde.

Nachdem sie ein paar Schritte gegangen war, legte sie den Kopf in den Nacken und las die Uhrzeit mittels des Sonnenstandes. Es war bei weitem noch nicht Mittag. Deswegen beschloss sie, bis dahin auf Signore Esposito zu warten. Immerhin musste sie ihn ja davon in Kenntnis setzen, dass sich Pietro vermutlich verspäten würde, sollte er überhaupt kommen.

Mit einem Seufzer setzte sie sich in einen schattigen Eingang, die Augen auf die Gasse vor sich gerichtet. Unter keinen Umständen durfte ihr der Mann entgehen, auf den sie so sehnsüchtig wartete. Unbedingt musste sie ihn abfangen, bevor er die Wohnung betrat.

Ihr Puls beschleunigte sich, als eine Gestalt am Ende der Gasse auftauchte und sie ihn erkannte. Im Gegenlicht wirkte die dunkle Silhouette seines Körpers breiter und bedrohlicher. Marta blinzelte verwirrt, sekundenlang davon überzeugt, sich geirrt zu haben. Trotzdem erhob sie sich und trat aus dem Schatten. Er war mittlerweile nur mehr wenige Schritte von ihr entfernt und als sein Blick auf sie fiel, hielt er überrascht inne.

„Oh, gut, dass du hier bist! Wir haben ein Hühnchen miteinander zu rupfen."

Marta schluckte unbehaglich. Ohne sie weiter zu beachten, setzte sich Signore Esposito erneut in Bewegung und winkte ihr, ihm zu folgen. Angespannt gehorchte sie und fand sich wenige Augenblicke später in seiner Wohnung wieder.

„Daniele", begrüßte der unheimliche Mann den Ankömmling und sein harter Blick fixierte Marta, die hinter ihrem Retter in Deckung ging. „Was macht dieses Gör hier?"

„Ich muss ihr die Leviten lesen", erklärte Esposito.

Der düster anmutende Mann schüttelte missbilligend den Kopf und zog sich zurück.

Nachdem Marta die Tür geschlossen hatte, drehte Esposito sich zu ihr um und betrachtete sie finster. Erst jetzt wurde ihr bewusst, welch beängstigender Gesichtsausdruck ihr in der vergangenen Nacht entgangen war. Es war, als hätte ein skrupelloser Fremder die freundlichen Züge ihres Retters fortgewischt. Erschrocken starrte sie ihn an und ihre Augen weiteten sich vor Entsetzen. Die Luft um ihn vibrierte genauso wie in Arturos Umfeld. Unwillkürlich trat sie einen Schritt zurück. Funken blitzten in seinen Augen auf, dann atmete er tief durch und das Bedrohliche fiel von ihm ab. Doch der Schreck ließ sich aus Martas Herz nicht so leicht vertreiben.

„Es tut mir leid", hauchte sie hastig. „Pietro hat mir berichtet, wie ärgerlich Sie darüber waren, dass er mir von Ihnen erzählt hat. Ich verspreche, nichts weiterzusagen."

Seine Augen ruhten auf ihr und sie hatte das ungute Gefühl, er würde bis in ihr Innerstes sehen.

„Dein Bruder hat damit geprahlt, dass dir die Geschichte Venedigs vertraut ist. Ist das wahr?"

„Si, Signore."

„Gut", stellte Esposito fest, verließ den Raum und kehrte Minuten später mit einer der Zeichnungen zurück.

Er rollte sie vor ihr aus und das Hochrelief der Lucia Rossi sprang ihr entgegen.

„Dann sage mir, wo sich dieses Haus befindet!"

Marta kämpfte verbissen darum, ihm Ahnungslosigkeit vorzuspielen. Mit zusammengekniffenen Augen beugte sie sich näher und untersuchte jeden Winkel.

„Es tut mir leid, ich habe es nie zuvor gesehen", erklärte sie entschieden und richtete sich auf.

Er starrte sie ungläubig an. „Ein derartiges Relief kann einer bewanderten Kennerin nicht entgangen sein", stellte er zornig fest. „Aber sei's drum. Geh, ich vermag dich nicht zu gebrauchen!"

Ihr Blick heftete sich auf ihn und wieder überkam sie latente Furcht. Irgendetwas Bedrohliches brodelte unter der gütigen Oberfläche dieses Mannes. Trotzdem wollte sie ihn nicht aufgeben.

„Geben Sie mir etwas Zeit. Ich werde es herausfinden", bat sie und verschränkte die Arme vor der Brust. „Pietro erwähnte, dass es weitere Zeichnungen gibt. Vielleicht kann ich Ihnen dabei weiterhelfen?"

„Nein", wehrte der Signore ungehalten ab. „Verschwinde!"

Sie warf ihm einen letzten flüchtigen Blick zu, sah, dass er sich mit einer Hand durch die dichten dunklen Haare strich, schon dabei, sich von ihr abzuwenden.

„Eines noch, Signore", murmelte sie niedergeschlagen.

„Ja?"

Seine Aufmerksamkeit richtete sich wieder auf sie.

„Pietro bat mich, Ihnen auszurichten, dass er nicht sicher ist, ob er heute Abend kommen kann. Vermutlich wird er sich verspäten."

„Was soll das heißen? Wird er da sein oder nicht?"

Seine Züge verdüsterten sich wieder.

„Es liegt ihm viel daran, den Termin wahrzunehmen und Sie nicht zu versetzen. Aber ... unser älterer Bruder hat ihn mit einer Aufgabe betraut und er weiß nicht, wie lange er dafür benötigt."

„Das heißt, er lässt mich im Stich?"

„Nur diese eine Nacht, Signore."

Esposito machte einen Schritt auf sie zu, bohrte seine Augen in die ihren.

„Morgen Nacht steht er wieder zu Ihrer Verfügung", schob sie eilig nach, da er den Eindruck erweckte, sie vollkommen aus seinen Diensten entlassen zu wollen.

„Dann richte ihm aus, dass ich ihn morgen Nacht pünktlich erwarte. Wenn er nicht da ist, braucht er sich gar nicht mehr die Mühe zu machen zu kommen."

Marta schluckte unbehaglich und nickte.

„Ich werde es ihm sagen."

„Gut."

Er löste den Blick von ihr und als besänne er sich, griff er in seine Tasche und holte einige Münzen hervor. Dann reichte er sie ihr, doch Marta schüttelte den Kopf.

„Ich habe nur in Ordnung gebracht, was meine Schwester verwüstet hat."

Er zog die Hand zurück und für den Bruchteil einer Sekunde erhellte ein flüchtiges Lächeln seine Pupillen.

„Auf Wiedersehen, Marta", sagte er, steckte das Geld wieder ein, wandte sich um und verließ den Raum.

5

Im Laufe des Nachmittags steigerte sich Martas Nervosität, bis jedes Atemholen zu einem Ringen wurde. Zusätzlich schnürte sie das Korsett ihrer Schwägerin Giulia unangenehm ein und die Angst vor dem Bevorstehenden lag ihr schwer im Magen. Sie fragte sich, wie sie die Anwesenheit eines Mannes ertragen sollte, der ebenso hart und brutal war wie all die Bekannten ihres Bruders. Abgesehen davon befürchtete sie, sämtliche Benimmregeln der gehobenen Etikette vergessen zu haben. Seit dem Tod des Vaters vor etwas über zwei Jahren hatte sie sich überwiegend auf der Straße herumgetrieben und die Zeitspannen, während derer sie sich nicht mehr an ihr früheres Leben erinnerte, hatten sich immer weiter ausgedehnt.

Das Dekolleté ihres Kleides war beschämend tief ausgeschnitten, was sie zusätzlich mit Unbehagen erfüllte. Deswegen drapierte Marta ihr Umhängetuch darüber, hoffte, es im Laufe des Abends nicht ablegen zu müssen.

„Wir sehen uns später", erklärte Giulia und umschloss Martas Hände mit ihren. „Aber vergiss nicht, dass wir einander nicht kennen."

Marta nickte und musterte ihr Gegenüber. Giulia, Arturos Frau, war nur wenige Jahre älter als sie selbst, eine sanfte Person mit schmerzerfüllten Augen. Zweifellos war es für sie eine Qual, Arturo Tag und Nacht ausgeliefert zu sein. Wenn sie lächelte, befürchtete Marta stets, sie würde augenblicklich in tausend Stücke zerspringen.

„Danke, Giulia", flüsterte sie und drückte die Hände ihrer Schwägerin.

Die blickte sie an, als überlegte sie, noch etwas zu sagen. Zu guter Letzt rang sie sich dazu durch, denn sie murmelte: „Sorge dich nicht, Martarina. Es ist nicht so schlimm und du wirst es überleben."

Die Angst in Marta nahm zu.

„Aber ich weiß doch gar nicht ..."

„Pscht." Giulia legte einen Finger über die Lippen der Jüngeren. „Er wird es wissen. Wenn du Glück hast, ist er vorsichtig mit dir. Du musst ihn für dich gewinnen, dann ..."

„Marta!"

Arturos Stimme schallte von der Halle herauf und beide Frauen zuckten zusammen.

„Geh jetzt!"

Giulia strich ihr ein letztes Mal über die Wange, während Marta ihre Röcke raffte und in den unteren Stock eilte. Ihr Bruder erwartete sie vor der Eingangstür und ließ seine Augen abschätzend über ihren Körper wandern, so, als wäre sie ein Stück Ware, das man am Markt feilbietet.

„Du weißt, dass alles von dir abhängt", mahnte er eindringlich. „Insbesondere Lindas Leben. Versagst du heute, wirst du sie in den nächsten Tagen aus einem der Kanäle fischen können."

Marta ballte die Fäuste, darum bemüht, nicht vor Angst in die Knie zu gehen. Es war gemein, dass Arturo genau wusste, wie er sie unter seinen Willen zwingen konnte und dass Marta alles dafür tun würde, ihre kleine Schwester zu beschützen. Für sie tat es nichts zur Sache, dass Linda nicht so agil war wie andere Kinder ihres Alters. Sie liebte sie trotzdem über alles und mit der Zeit würde auch sie lernen, richtig zu sprechen. Dessen war Marta gewiss. Arturo hingegen hatte Linda bereits abgeschrieben. Für ihn hatte sie noch weniger Wert als Frauen im Allgemeinen. Genau genommen beschuldigte er die Kleine, ihm auf der Tasche zu liegen. Derweil gab er nicht eine Münze für sie aus, denn Marta versorgte sie mit den Lebensmitteln, die sie untertags einsammelte. Vermutlich kam es Arturo überaus gelegen, das Mädchen als Druckmittel einsetzen zu können.

Mit diesen Gedanken im Hinterkopf ließ sie sich ohne Gegenwehr von ihrem Bruder aus dem Haus und entlang der Calle Larga San Marco zum nächstgelegenen Steg am Rio di Son Zulian führen, wo sie eine Gondel erwartete. Der Gondoliere half ihr zuvorkommend hinein und sie setzte sich auf den Platz für die Fahrgäste. Sie schloss die Augen, um sich zu sammeln, doch ihr hämmerndes Herz riss an ihr und verursachte ihr Schmerzen.

Nicht lange und sie erreichten den Canale Grande und hielten auf den Palazzo Gritti zu, der im Besitz des Bürgermeisters war. Als sie auf der mit Fackeln erleuchteten Terrasse ausstieg, warf sie einen Blick zum anderen Ufer, wo die Kirche Santa Maria della Salute, mächtig und atemberaubend schön, den Abend willkommen hieß. Direkt daneben befand sich jene Bibliothek, welche für Signore Esposito so wichtig war.

Bei dem Gedanken an ihn dehnte sich Hoffnungslosigkeit in ihr aus. Sekundenlang wünschte sie, ihm nie begegnet zu sein. Wüsste sie nicht, wie es sich anfühlte, von ihm angesehen zu werden, würde sie ihn nicht so verzweifelt vermissen wie jetzt. Er war der gütigste Mann, den sie jemals getroffen hatte.

„Meine liebe Nichte", begrüßte sie Sindaco Caputo und riss Marta aus ihren Gedanken. Diese löste ihre Augen von der beeindruckenden Kuppel und wandte sich um.

„Onkel", murmelte sie leise und er bot ihr seinen Arm.

„Nicht so schüchtern", raunte er ihr zu und führte sie ins Innere des Palazzos.

Es wunderte Marta nicht, dass er sich nicht daran erinnerte, sie wenige Tage zuvor als Hure beschimpft zu haben. Im Grunde war sie sogar dankbar dafür.

Der helle italienische Marmor schimmerte warm im Licht der Kerzen, die in riesigen funkelnden Lüstern aus Murano-Glas entzündet worden waren. Sekundenlang vergaß Marta, wo sie sich befand und hielt überwältigt die Luft an. Sie konnte sich nicht daran erinnern, jemals einen Fuß in ein ähnliches Haus gesetzt zu haben. Überwältigende Gemälde nahmen ganze Wände ein, fein gearbeitete, mit filigranen Intarsien verzierte Stühle standen an ebenso vornehmen kleinen Tischen, auf denen wiederum Lampen ihre goldenen Flammen unter zierlichen Schirmen bargen. In den hohen Bögen der meterhohen Fenster spiegelte sich der Prunk dieses Ortes.

„Wir erwarten unseren Gast in den nächsten Minuten", erklärte der Bürgermeister und hielt neben einem Lakaien inne.

Bevor Marta begriffen hatte, was er plante, zog er ihr
das Tuch von den Schultern. Seine Augen verfingen
sich in ihrem Ausschnitt und Marta errötete verlegen
und wandte sich ab.

Da griff er schon wieder nach ihrem Arm und schob
sie weiter. Auf ihrem Weg stellte er ihr andere Besucher
vor und die junge Frau kämpfte damit, sich ihre Unsi-
cherheit nicht anmerken zu lassen. Deswegen setzte sie
ein leichtes Lächeln auf und sprach nur, wenn es sich
nicht vermeiden ließ.

Ein Schwall kühler Luft umspielte die ungeschützte
Haut ihres Oberkörpers, als erneut Gäste eintrafen und
die schwere Kälte des Kanals mit ins Innere brachten.
Marta warf einen Blick über die Schulter und erstarrte.

Signore Esposito reichte einem der Bediensteten seinen Hut und die Handschuhe. Obwohl er ihr den Rücken zuwandte, erkannte sie ihn sofort. Entsetzen und
Freude rangen in ihr gleichermaßen um die Vorherr-
schaft. Was machte ausgerechnet er hier? Sein raben-
schwarzes Haar glänzte im Schein der unzähligen Kerzen und sie wünschte sehnlichst, ihn berühren zu können, seinen intensiven Blick, der sie zum Leben erweckte, auf sich zu fühlen.

Als er sich umwandte, wich Marta instinktiv einen
Schritt zurück und verbarg sich hinter der Schulter des
Bürgermeisters. Trotzdem ließ sie den geliebten Mann
nicht aus den Augen und verfolgte aus ihrer Deckung
heraus aufmerksam, wie er einige der Anwesenden begrüßte und kurz mit ihnen plauderte. Alles in ihr
drängte, zu ihm zu gehen. Doch sie durfte sich nicht
verraten. Irgendetwas in ihr warnte sie davor, sich ihm

zu zeigen und sie versteckte sich vor seinen forschenden Blicken, die immer wieder über die Menge strichen. Auch hier, inmitten der feinen venezianischen Gesellschaft, wirkte er wie ein gefährliches Tier, das sich unter einer freundlichen Oberfläche verbarg.

Plötzlich drehte sich der Sindaco zu Marta um, hängte ihren Arm bei sich ein und zog sie mit sich, direkt auf Esposito zu. Unwillkürlich hielt die junge Frau die Luft an und setzte ein unschuldiges Lächeln auf, während ihr Herz so wild pochte, als wollte es ihren Brustkorb sprengen. Es bestand die geringe Möglichkeit, dass er sie nicht erkannte. Kein Mensch würde eine Bettlerin auf einem Empfang wie diesem vermuten.

„Verehrter Freund", tönte da schon Matteo Caputo und Esposito wandte sich ihm zu. „Ich freue mich außerordentlich, dass Sie meiner Einladung gefolgt sind."

„Es ist mir eine Ehre, Sindaco", erwiderte der Gast höflich.

„Darf ich Ihnen Ihre Tischdame für den heutigen Abend vorstellen?" Er schob Marta auf Esposito zu. „Das ist meine Nichte Marta Caruso."

Seine Augen wanderten zu ihr und für den Bruchteil einer Sekunde verdunkelte sich sein Blick, während in Marta Begeisterung erwachte. Hätte sie gewusst, dass er derjenige war, an dessen Seite sie den Abend verbringen würde, dann ... Doch Hand in Hand mit ihrer Euphorie stieg die unheilvolle Ahnung in ihr auf, dass er gefährlich war, wenn sein Bruder sich für ihn interessierte.

Als könnte ihn nichts aus der Ruhe bringen, hielt Esposito Marta seine Hand hin, woraufhin sie sich an die

Umgangsformen erinnerte und ihm ihre reichte. Er beugte sich formvollendet darüber.

„Es ist mir eine Freude, Signorina Marta", erklärte er mit einem falschen Lächeln, nachdem er sich wieder aufgerichtet hatte.

„Ganz meinerseits, Signore …"

„Esposito", half er schnell, als befürchtete er, dass sie sich verraten könnte. „Daniele Esposito."

„Signore Esposito", wiederholte sie unbehaglich.

„Signore Esposito ist Wissenschaftler. Seine Passion sind die Wikinger", erklärte der Sindaco neben Marta. „Hast du schon jemals von diesem Volk gehört?"

„Ja, Onkel", erwiderte Marta verlegen. „Es stammt aus dem Norden."

Ihr Begleiter für den heutigen Abend löste seine Hand von ihrer und richtete die Aufmerksamkeit auf den Stadtvorsteher.

„Ihre Nichte scheint mir ungemein gebildet zu sein, Sindaco", stellte er anerkennend fest und Marta errötete.

„Das ist sie durchaus", stimmte der einflussreiche Mann zu. „Wenn es Ihnen beliebt, überlasse ich meinen Schatz nun Ihrer Obhut, Signore."

„Tun Sie das. Ich werde mich ihrer annehmen."

Nachdem sich der Sindaco abgewandt hatte, hakte Esposito Martas Arm bei sich unter und führte sie an den Rand des Saals. Sein Griff war hart und unnachgiebig. Sich des Auftrags ihres Bruders erinnernd, folgte sie ihm und als er anhielt, um sich ihr zuzuwenden, meinte sie: „Auf der Terrasse sind wir ungestört."

Der Ausdruck seiner Augen veränderte sich und Erkenntnis blitzte in ihnen auf. Marta konnte sich nicht erklären, was das zu bedeuten hatte.

„Welches Spiel spielst du hier, Mädchen?", wollte er mit versteinertem Gesichtsausdruck wissen.

„Ich weiß nicht, was Sie meinen, Signore."

„Verkaufe mich nicht für dumm", stellte er sarkastisch fest. „Was soll das alles? Du bist die Nichte des Sindacos und treibst dich ..."

Er brach ab und blickte unauffällig über die Schulter. Offenkundig beruhigt, da niemand sie beobachtete, wandte er sich ihr wieder zu.

„Du weißt, was ich andeuten will", beendete er den Satz. „Hast du jemandem etwas verraten?"

„Nein, doch erscheint mir Ihre Vorsicht unlogisch. Sogar mein Onkel weiß, weshalb Sie in Venedig sind."

Sekundenlang schloss er die Augen und ein Muskel an seiner Wange zuckte. Am liebsten hätte sie die Hand nach ihm ausgestreckt und diese Anspannung mit ihren Fingerkuppen gelöst.

„Hast du ihm von den Zeichnungen berichtet?", drängte er gepresst zu erfahren und blickte sie wieder an.

„Nein."

Kurz forschte er in ihr, dann atmete er aus, drehte sich und suchte die Menge nach jemandem ab.

„Wo ist dein Zwillingsbruder?"

„Pietro ist nicht hier."

Er lüpfte eine Augenbraue. Sie konnte sehen, wie sich seine Gedanken in hoher Geschwindigkeit jagten.

„Ein merkwürdiger Zufall, dass ausgerechnet du als meine Tischdame auserkoren wurdest", stellte er nach einer Weile fest.

Marta lächelte, da sie zu bemerken meinte, dass jegliche Feindseligkeit von ihm abfiel.

„Ein angenehmer Zufall, wie ich finde. Ich hatte schon das Schlimmste befürchtet."

Er erwiderte das Lächeln nicht, taxierte sie mit undurchdringlicher Miene. „Das ist es ganz und gar nicht. Ich möchte nur, dass du weißt, dass mir dies nicht entgangen ist."

Als hätte man das Programm auf sie abgestimmt, wurden die Flügeltüren in den Speisesaal geöffnet und man begab sich zu Tisch.

Signore Esposito als Gesellschafter für den Abend zugewiesen bekommen zu haben, hatte Marta mit stillem Glück erfüllt. Frustriert musste sie bald erkennen, dass er sie kaum beachtete. Nur wenn es der Höflichkeit geschuldet war, wandte er sich ihr zu, vertiefte sich sonst aber in ein anregendes Gespräch mit seiner rechten Tischnachbarin. Martas Stimmung sank und die auffordernden Blicke, die der Sindaco ihr zuwarf, setzten sie zusätzlich unter Druck. Deswegen legte sie unauffällig eine Hand auf den Oberschenkel ihres geliebten Fremden. An ihrer Handfläche konnte sie die Kraft seiner harten Muskeln spüren, die er aufgrund ihrer Berührung anspannte. Trotzdem wandte er sich ihr nicht zu, sondern umschloss ihr Handgelenk diskret und zerrte es von seinem Bein. Seine offensichtliche Ablehnung traf Marta tief und sie schämte sich in Grund und Boden. Deswegen starrte sie von da an nur mehr auf ihren Teller.

Nachdem die Tafel aufgehoben worden war, begaben sich die Männer in einen der anderen Salons, um zu rauchen, während sich die Frauen in Gruppen zusammensetzten, an Konfekt knabberten und den aktuellsten Tratsch austauschten. Die harschen Worte des Bürgermeisters geisterten durch ihren Kopf. Um sich abzulenken, setzte sie sich unauffällig auf eine Recamiere und genoss eine beachtliche Anzahl an Pralinen. Sein schwelender Zorn war ihr nicht entgangen, als er sie erneut beiseitegenommen und dazu aufgefordert hatte, Signore Espositos Vertrauen zu gewinnen, indem sie ihn an einen einsamen Ort lockte. Doch wie es aussah, war jener Mann, der in den Fokus der Aufmerksamkeit von Bürgermeister und Arturo gerückt war, immun gegen ihren Charme. Vielleicht lag es aber daran, dass er ständig an die Bettlerin erinnert wurde, die sich an seinem Küchentisch betrunken hatte. Sein Desinteresse brachte sie an den Rand der Verzweiflung.

Eine knappe Stunde später versammelte man sich im Musikzimmer, wo sich ein kleines Orchester eingefunden hatte und die Instrumente stimmte.

„Mir ist schwindlig", seufzte Marta, als Signore Esposito sie zu einem Platz führte. „Würde es Ihnen etwas ausmachen, mit mir kurz an die frische Luft zu gehen?"

Obwohl sie seinen Unwillen deutlich erkennen konnte, bot er ihr den Arm und geleitete sie aus dem Raum und auf die Terrasse. Doch bevor sie sich ihm hätte zuwenden können, hatte er sich von ihr gelöst und sich im Rahmen der breiten Flügeltüren positioniert. Ihr schien es, als wäre er darauf bedacht, in keine verfängliche Situation zu geraten. Marta stützte sich an der steinernen Balustrade ab und atmete tief durch, während sie fieberhaft überlegte. Was würde ihn dazu bewegen, sich ihr zu nähern?

„Oh", rief sie ermattet, „ich fürchte, ich verliere das Bewusstsein!"

Schon sank sie opernreif in sich zusammen. Doch bevor sie auf dem Boden aufschlug, umfassten sie kraftvolle Arme, welche das Unglück verhinderten. Deshalb gab sie jegliche Körperspannung auf und genoss es, aufgehoben zu werden. Esposito hielt sie sicher und vermittelte ihr Geborgenheit in einer Welt, die für sie überaus beängstigend war.

„Signorina", rief er beunruhigt und kehrte mit ihr in den Palazzo zurück.

Dort bettete er sie auf eines der Sofas und bat einen der Lakaien, Riechsalz zu bringen. Als dieser den Raum verlassen hatte, nahm die junge Frau an, sie wären endlich allein und blinzelte, wobei sie eine Hand über ihr Herz legte.

„Wo bin ich?", murmelte sie und blickte ihren Retter mit der größten Verwirrung an, zu der sie fähig war.

Sekundenlang starrte er sie an, dann begann er amüsiert zu lachen.

„Eine gelungene Darbietung", stellte er anerkennend fest. „Bis zu dem Moment hast du mich getäuscht. Aber damit ist jetzt Schluss. Ich frage mich, was du dir von diesem Theater erhoffst."

„Ich lag zumindest in Ihren Armen, Daniele", hauchte sie und sein Lächeln erlosch.

„Du bist nicht die Nichte des Sindacos", schlussfolgerte er nachdenklich und Schrecken fuhr Marta in die Glieder.

Wie war er darauf gekommen?

„Doch, selbstverständlich bin ich das!"

„Nein, vielmehr nehme ich an, du bist eines der Mädchen der Nacht."

Entsetzt fuhr Marta in die Höhe, im gleichen Moment, als der Lakai mit dem Riechsalz zurückkehrte. Als dieser sah, dass er nicht mehr benötigt wurde, zog er sich diskret zurück.

„Niemals! Unter keinen Umständen bin ich eine von ihnen!"

Danieles Augen verengten sich, während er sie noch eindringlicher musterte.

„Wer bist du dann? Für wen arbeitest du?"

Jegliche Farbe wich aus Martas Wangen.

„Ich bin Marta Caruso und ich arbeite für niemanden."

„Das ergibt keinen Sinn. Du bist ein Kind der Straße."

„Bin ich nicht!"

„Dein Bruder rudert Gondeln."

„Pscht!" Marta kam auf die Beine und umschloss seinen Unterarm. „Das darf niemand erfahren!"

Seine Miene verfinsterte sich und er legte eine Hand über die ihre, um sich aus ihrem Griff zu befreien.

„Das gefällt mir ganz und gar nicht. Ich befürchte, du stellst mir eine Falle."

„Keineswegs", keuchte sie entsetzt und bemerkte aus dem Augenwinkel eine Bewegung.

Sindaco Caputo stand auf der Terrasse und spähte zu ihnen herein. Als er sah, dass er ihre Aufmerksamkeit auf sich gelenkt hatte, hob er einen Finger und deutete auf seinen Mund. Marta ahnte, was er von ihr verlangte und ihr Herz zog sich bekümmert zusammen. Ihr war vollkommen klar, dass sie das Vertrauen ihres Begleiters für immer verlieren würde, wenn sie tat, was man von ihr erwartete. Doch die Folgen einer Weigerung wogen weit schwerer. Linda durfte nicht sterben!

Mittlerweile hatte Esposito sie abgeschüttelt und war kurz davor, sich von ihr abzuwenden. Da machte sie einen Satz auf ihn zu, schlang ihre Arme um seinen Nacken, zog seinen Kopf mit aller Gewalt tiefer und presste ihre Lippen auf seine. Sekundenlang geschah nichts und obwohl sie wusste, dass der Sindaco sie beobachtete, empfand sie die Wärme von Espositos Mund als überraschend angenehm.

Da wurden die Terrassentüren mit einem lauten Knall aufgestoßen und Marta wich erschrocken nach hinten. Der Fremde stand wie erstarrt, sein Blick wanderte gehetzt von ihr zum Bürgermeister und zurück zu ihr. Ein Entsetzen, wie sie es nie zuvor bei einem Menschen gesehen hatte, zeichnete seine Gesichtszüge. Dann schloss er die Augen und atmete mehrmals tief durch. Als er sie wieder öffnete, ließ die Kälte darin Marta frösteln.

„Signore Esposito, Sie haben mein Vertrauen missbraucht! Ich bin erschüttert zu sehen, dass Sie den Ruf meiner Nichte ruiniert haben!", donnerte der Sindaco empört.

Verachtung zeichnete Espositos Gesichtszüge, als er sie kurz streifte und in Marta steigerte sich die Verzweiflung. So war das nicht abgemacht gewesen! Man hatte sie dazu angehalten, ihn zu verführen, nicht, ihn bloßzustellen. Zutiefst beunruhigt senkte sie den Kopf.

„Bei aller Achtung, Signore Sindaco, es lag mir fern, Ihre Nichte zu kompromittieren. Ich verspreche, mich in Zukunft von ihr fernzuhalten."

„Zu spät", brummte der Bürgermeister und trat weiter in den Raum hinein. „Ich erwarte, dass Sie den angerichteten Schaden ausmerzen."

Marta wäre am liebsten auf der Stelle gestorben, als ihr bewusst wurde, wie heftig Esposito sie für ihren Verrat hassen würde.

„Ich bedaure es aufrichtig, aber ich kann Ihre Nichte nicht heiraten."

„Weshalb? Haben Sie bereits ein Eheweib?"

Unter gesenkten Wimpern musterte Marta Esposito und hoffte inbrünstig, dass er ungebunden sei.

„Nein. Es hat andere Gründe."

„Wenn jene weder der Moral noch den Regeln der Kirche widersprechen, bestehe ich auf diese Verbindung."

Esposito lenkte seine Aufmerksamkeit auf Marta, die sich am liebsten in Luft aufgelöst hätte. Zögernd sah sie auf und ihm in die Augen. Sie konnte Enttäuschung und Nervosität darin erkennen.

„Ich gebe nach", erklärte er da und die junge Frau atmete tief ein, „doch darf niemand von dieser Eheschließung erfahren. Sie muss ein Geheimnis bleiben."

Die Augenbrauen des Bürgermeisters schossen in die Höhe und Marta meinte, Berechnung aus seinen Gesichtszügen ablesen zu können.

„Sie haben mein Wort", erklärte das Stadtoberhaupt zufrieden. „Sie können Marta von Venedig fortbringen, sobald Sie Ihrer Pflicht nachgekommen sind."

Bei dieser Aussicht wurde Marta übel. Fort von hier? Weg aus Venedig? Nicht nur, dass sie nie zuvor an einem anderen Ort gewesen war – sie konnte Linda nicht einfach zurücklassen. Sie musste mit Signore Esposito dringend über ihre kleine Schwester sprechen!

„Gehen wir in mein Büro, wo wir den Vertrag aufsetzen und die Ehe schließen werden."

„Heute?", wollte Signore Esposito entgeistert wissen. „Wie soll das möglich sein?"

Auch Marta wurde es angesichts der Tatsache, schon in dieser Stunde heiraten zu müssen, flau im Magen.

„Ich bin der Bürgermeister", erinnerte Caputo seinen Gast. „Mir ist die Macht gegeben, Sondergenehmigungen auszustellen. Glücklicherweise befindet sich ein Geistlicher unter den heute Anwesenden. Ich werde einen Diener nach ihm schicken." Er musterte sein Gegenüber verschlagen. „Sehen Sie, ich kenne Sie kaum, Esposito. Ich muss davon ausgehen, dass Sie sich in den kommenden Stunden aus dem Staub machen."

Daniele nickte, als hätte er eingesehen, dass er verloren hatte. Kein einziges Mal blickte er zu Marta, was dieser nicht entging. Würde er ihr jemals vergeben?

„Darf ich bitten?", forderte der Bürgermeister und ging ihnen voraus.

Esposito folgte ihm sofort, doch Marta zögerte. Sie kannte den Mann nicht. Obwohl er freundlich zu ihr gewesen war, hatte er mit absoluter Sicherheit eine dunkle Seite, die sie ängstigte. Hoffentlich würde er seinen Zorn nicht an ihr auslassen – und sie für den Rest ihres Lebens für diesen Verrat büßen lassen! Niedergeschlagen huschte sie hinter den Herren in den oberen Stock des Palazzos. Im Arbeitszimmer nahmen sie

Platz und warteten auf das Auftauchen des Kirchenmannes. Angespanntes Schweigen dehnte sich zwischen ihnen aus, bis die Tür endlich geöffnet wurde. Die ganze Zeit hatte Marta das Gefühl, all dies wäre genauso geplant gewesen. Demnach war nicht nur Signore Esposito ihrem Bruder und seinen Komplizen in die Falle getappt, sondern auch sie.

Nachdem sie einander das Jawort gegeben und unterschrieben hatten, erhob sich Signore Esposito.

„Ich werde das Fest jetzt verlassen", sagte er im nächsten Moment, eine Hand auf der Türklinke.

Vollkommen verwirrt sprang Marta auf. „Und was ist mit mir?", fragte sie, wobei sie selbst nicht genau wusste, ob die Frage an ihren frisch angetrauten Ehemann oder den Bürgermeister gerichtet war.

„Du gehst selbstredend mit ihm", erklärte der Sindaco und trat zu ihr.

Als er seinen unbeteiligten Blick in ihre Augen bohrte, wurde ihr die unterschwellige Aufforderung, ihm baldmöglichst Bericht zu erstatten, unverzüglich klar.

Marta blickte zu Esposito, der reglos in der Bewegung erstarrt war, die Augenbrauen fest zusammengezogen, eine steile Falte auf der Stirn.

„Ich werde sie morgen abholen", erklärte er und drückte die Klinke nach unten.

„Nein. Sie werden Marta jetzt mitnehmen!"

Was dachte der Bürgermeister eigentlich? Dass sie das Vertrauen Espositos auf diese Weise gewinnen würde? Oder ging es ihm gar nicht darum? Erwartete er, dass sie ihn ausspionierte? Die stählerne Hand um ihr Herz drückte immer fester zu.

Wieder atmete Esposito tief ein, dann wandte er sich zu Marta und bedeutete ihr, ihm zu folgen. Langsam schlich sie näher. Ohne darauf zu warten, dass sie ihn erreichte, riss er die Tür auf und stürmte auf den Gang. Mit etwas Abstand eilte ihm die junge Frau hinterher. Er hastete die Treppe hinunter auf die Terrasse, wo er eine Gondel heranwinkte.

Er würdigte sie keines Blickes, als er ihr beim Einsteigen half. Augenblicke später setzte er sich neben sie.

„Signor…"

„Schweig!"

Marta verkrampfte die Hände in ihrem Schoß, nahm ihren ganzen Mut zusammen und drehte ihren Kopf, um ihn besser ansehen zu können.

„Wir müssen Linda holen", flüsterte sie.

„Gar nichts müssen wir", erwiderte er hart. „Glaube nicht, dass ich dir jemals wieder einen Gefallen tun werde. Das, was du heute angerichtet hast, war die größte Dummheit deines Lebens!"

Marta schlang die Arme um ihren Oberkörper und senkte den Kopf. Dies war ihr deutlich bewusst. Doch sie hatte keinen blassen Schimmer, wie sie dem hätte entgehen können.

„Aber Linda kann nichts dafür", versuchte sie es ein weiteres Mal.

„Kein. Wort. Mehr."

Tränen brannten in ihren Augen.

„Du gefährdest alles, was ich mir im Leben aufgebaut habe", stieß er bitter hervor.

„Es tut mir so leid." Martas Lippen bebten in aufrichtiger Reue.

„Du ahnst ja nicht, wie sehr du dereinst bereuen wirst, mich in diese Falle gelockt zu haben!“

6

Als sie die Gondel bei San Stae verließen, zitterte Marta vor Angst. Sie konnte sich nicht erklären, was er mit seiner Drohung gemeint hatte, trotzdem fürchtete sie sich davor, dass sie eines fernen Tages wahr werden würde.

Schnellen Schrittes eilte er in Richtung der Wohnung und Marta folgte ihm. Einige Meter vom Haus entfernt blieb er stehen.

„Warte hier!", befahl er und wollte sich abwenden, als er sich eines Besseren besann. „Eines noch: Hast du irgendjemandem meine Adresse verraten?"

„Nein! Niemand weiß, dass wir einander vor diesem Abend begegnet sind."

„Ich hoffe, du sprichst die Wahrheit."

Ohne sich länger aufzuhalten, öffnete er die Tür und trat ins Innere. Nachdem sie hinter ihm zugefallen war, bemerkte Marta, wie still es war. In weiter Ferne hörte sie Schritte, die sich aber in einer der unzähligen Gassen verloren. Während sie in der Dunkelheit verharrte, versuchte sie zu verstehen, was an dem Abend geschehen war. Wie war sie nur in diese Lage geraten, die sie zutiefst ängstigte? Nur zu gut erinnerte sie sich an den Mann, der sie am Vormittag empfangen hatte. Sie war felsenfest davon überzeugt, dass dessen Brutalität derjenigen ihres Bruders Arturo in nichts nachstand. Hoffentlich wohnte er nicht ebenfalls hier! Hoffentlich ...

„Marta!"

Sie zuckte zusammen und entdeckte Esposito, der seinen Kopf ins Freie steckte. Sofort setzte sie sich in Bewegung und trat ein. Ihre Knie wurden weich, als sie den anderen Mann erkannte, der mit vor der Brust verschränkten Armen an der gegenüberliegenden Wand lehnte und sie mit grimmigem Gesicht musterte.

„Das ist Signore Bernardi", stellte ihn Esposito der jungen Frau vor.

Entsetzt nickte sie und ballte ihre Fäuste.

„Du solltest dich vor ihm in Acht nehmen. Er ist nicht so nachsichtig wie ich es bin. Ich gewähre ihm freie Hand im Umgang mit dir. Denn er wird dich, bis wir aus Venedig abreisen, nicht aus den Augen lassen. Genau genommen ...", Signore Esposito beugte sich etwas vor und spießte sie mit seinem Blick auf, „... wirst du bis dahin keinen Fuß vor die Wohnung setzen."

Diese Ankündigung war wie ein Schlag in die Magengrube und Marta krümmte sich zusammen. Wie würde es Linda ergehen, wenn sich niemand mehr um sie kümmerte? Auf Giulia konnte sie nicht vertrauen, denn die musste Arturo jederzeit zur Verfügung stehen.

„Signore Esposito", flüsterte sie, kurz davor zusammenzubrechen, „machen Sie mich bitte nicht zu Ihrer Gefangenen."

Da trat Bernardi auf sie zu und hob eine Hand, in der ein Seil schwang. Grauen überwältigte sie.

„Ich verstehe nicht ... weshalb haben Sie solche Angst, ich könnte entfliehen?"

„Oh, das ist es nicht", erklärte Esposito eisig. „Vielmehr befürchte ich weitere Schwierigkeiten, in die du mich bringen könntest. Deine Gefangenschaft ist der einzige Kompromiss, auf den sich Signore Bernardi eingelassen hat. Andernfalls ..."

Er brach ab, dafür machte Bernardi mit der Hand eine Geste, als würde er sich mit einem Finger die Kehle durchschneiden. Einen Augenblick später hatte er sie erreicht und drehte sie herum, packte ihre Arme und fesselte sie auf dem Rücken. Marta konnte nicht verhindern, dass Tränen über ihre Wangen rannen. Es war alles verloren.

Als Bernardi fertig war, umschloss Esposito ihren Oberarm und schob sie durch einen angrenzenden Raum und weiter in einen schmalen Gang, an dessen Ende eine Treppe in den oberen Stock führte. Schweigend erklomm sie vor ihm die Stufen und wehrte sich nicht, als er sie in ein mittelgroßes Zimmer stieß, das gänzlich leer war.

„Hier wirst du bleiben", befahl er und gab sie frei. „Morgen werde ich dir eine Matratze organisieren, damit du nicht so hart liegen musst."

Sie wusste nicht, was sie sagen sollte. Der Mann vor ihr war ihr fremd, er war nicht mehr derjenige, der ihr Herz zum Singen brachte. Er hatte keinerlei Ähnlichkeiten mit dem Unbekannten, der sie großzügig für ihre Dienste entlohnt hatte. Dieser Mann hier war skrupellos und gemein. Ohne ein weiteres Wort zu verlieren, zog er die Tür hinter sich zu und verriegelte sie.

Es war Signore Bernardi, der ihr am nächsten Tag das Frühstück, lediglich bestehend aus einer Scheibe Weißbrot, brachte. Er stellte den Teller vor ihr auf den Boden und grinste sie spöttisch an. Marta starrte auf das Essen und das Glas Wasser daneben und fühlte die Qual, nicht danach greifen zu können, deutlich. Offensichtlich genoss es Bernardi, sie zu foltern.

„Komm her!", befahl er nach einer Weile, in der er sich an ihrem Elend ergötzt hatte.

Mühsam kämpfte sich Marta auf die Beine und trat zu ihm.

„Umdrehen!"

Schweigend gehorchte sie. Abscheu erfüllte sie, als er ihre Haut streifte, während er sie von den Fesseln befreite. Nachdem er fertig war, wollte sie sich von ihm entfernen, doch seine Hände umfassten sie an der Taille.

„Halte still!"

Marta erstarrte, als er begann, die Schnüre ihres Kleides zu lösen.

„Nein!", keuchte sie entsetzt. „Bitte tun Sie das nicht!"

„Ist das Mieder angenehm?", wollte er knapp wissen.

„Nein, aber ..."

„Dann halte still."

Marta schloss die Augen und versuchte an etwas anderes zu denken. Allein bei der Vorstellung, dieser rohe, gefühllose Mann berührte sie, sprudelte Ekel wie Galle ihre Kehle empor. Als er das Korsett gelöst hatte, trat sie schnell von ihm fort. Er hatte keine Einwände.

„Wo ist Signore Esposito?", wollte sie wissen und sank vor dem Teller in die Knie.

„Dieselbe Antwort wie gestern: Es geht dich nichts an."

Marta griff nach dem Glas und trank gierig, dann biss sie hungrig von dem Brot ab.

„Ihm diese Falle gestellt zu haben, war überaus unklug von dir", bemerkte er düster und Marta spürte die von ihm ausgehende Bedrohung immer deutlicher.

Als sie fertig gegessen hatte, nahm er das Seil wieder auf.

„Ich müsste dringend auf einen gewissen Ort", murmelte sie verlegen.

Da warf er die Fessel auf den Boden, umfasste sie ungeduldig am Oberarm und zog sie mit sich aus dem Zimmer und die Treppe hinunter. Dann öffnete er die Tür zu einem winzigen Raum. Erst nachdem sie den Riegel hinter sich zugeschoben hatte, atmete sie tief durch.

In großer Einsamkeit verging der restliche Tag, ohne dass sie Esposito zu Gesicht bekommen hätte. Signore Bernardi versorgte sie mit dem Nötigsten und es war ihm deutlich von der Nasenspitze abzulesen, wie tief er Marta verachtete.

Es war dunkel, als er eine Matratze brachte und auf den Boden warf. Ihr ganzer Leib schmerzte, als sie sich darauflegte. Sie krümmte sich zusammen und verscheuchte die sorgenvollen Gedanken an Linda. Versuchte, ihren Kopf zu leeren und damit zu verhindern, dass sie vor Angst wahnsinnig wurde.

Sie wusste nicht, wie lange sie geschlafen hatte, als die Tür mit einem Knall gegen die Wand schlug. Entsetzt kämpfte sie sich in die Höhe und blinzelte in eine hell leuchtende Petroleumlampe.

„Wo ist Pietro?", durchbrach Signore Espositos zornige Stimme die Stille und Marta gelang es, den Schlaf und ihre Verwirrung abzuschütteln.

Neben ihr ging er in die Hocke, packte sie an den Oberarmen und schüttelte sie ungeduldig.

„So sprich schon! Wo ist dein Bruder? Weißt du es?"

„Ja."

Marta wich seinem Blick nicht aus.

„Dann rede!"

„Bitte binden Sie mich los! Ich bringe Sie zu ihm."

„Du wirst nirgendwohin gehen! Nenne mir den Ort, an dem ich ihn finden kann!"

„Bitte! Mir tut alles weh! Ich verspreche, dass ich nicht davonlaufen werde."

„Die Zunge einer Schlange spricht lieblich in der Stunde des Verrats."

Marta schüttelte unwillig den Kopf.

„Sie müssen mir glauben, dass ich nie vorhatte, Sie zu hintergehen. Im Gegenteil, ich wünschte mir Ihr Bestes!"

Er schnaubte bitter auf.

„Wie es aussieht, hast du dein Ziel verfehlt. Oder behauptest du, *du hier* seist das Beste, was mir passieren konnte?"

Mit einer abfälligen Geste deutete er auf sie und Marta schluckte.

„Es hätte durchaus so sein können", flüsterte sie entmutigt.

„Es hätte niemals so sein können", widersprach er hart und schüttelte sie wieder. „Also sprich! Wo ist Pietro?"

Marta schloss die Augen, während sich ihr inneres Zittern verstärkte. Hoffentlich bemerkte er die Angst nicht, welche sie vor ihm hatte.

„Er ist hier", murmelte sie tonlos.

„Hier?", wiederholte er, davon überzeugt, sich verhört zu haben.

„Ja, hier."

Marta öffnete die Augen und sah ihn direkt an. In seinen Pupillen zuckten Blitze.

„Willst du sagen ...?"

„Ja. Ich bin Pietro."

Er sank auf sein Gesäß zurück und fixierte sie sekundenlang.

„Habe ich dich recht verstanden und du erklärst mir, dass du ..."

„Si, Signore Esposito."

Minutenlang starrte er sie an, als hätte er sie nie zuvor gesehen.

„Bei allen Heiligen, das ist absurd!"

Marta witterte ihre Chance.

„Wenn Sie mich losbinden, kann ich Ihnen helfen. Ich kenne Venedig wie meine Westentasche – das habe ich Ihnen doch längst bewiesen. Wenn Sie mir die Zeichnungen geben, werde ich sie gründlich studieren und ich bin sicher, dass ich Details entdecken werde, die wir bisher übersehen haben. Ich kann Ihnen helfen, Signore! Ich bitte Sie! Ermöglichen Sie es mir, Ihnen zu beweisen, dass Sie mir trauen können."

„Mein Entgegenkommen ist dir bereits zuteilgeworden und du hast mich schwer enttäuscht. Bei der nächsten Gelegenheit wirst du deinem *Onkel* alles erzählen."

„Nein, ich werde ihn auf eine falsche Fährte locken."

Seine Augen verengten sich und ihr wurde bewusst, dass sie sich verplappert hatte.

„Ich meine ..."

„Wer, denkt der Sindaco, bin ich?"

„Das weiß ich nicht. Doch er hofft, alles über Sie in Erfahrung bringen zu können.“

„Was hat er bisher herausgefunden?“

Marta zuckte mit den Achseln und blickte ihr Gegenüber auffordernd an.

„Nun gut“, knurrte er und sie drehte sich, damit er ihr die Fesseln lösen konnte.

Sie biss sich auf die Zunge, um nicht vor Schmerz laut aufzustöhnen, als sie ihre Arme nach vorne bewegte. Durch die stundenlange starre Haltung hatte sich ihr kompletter Körper verspannt.

„Kaum etwas“, beantwortete sie nun seine Frage, „nur, dass Sie ein Wissenschaftler sind. Ich glaube, Ihr Empfehlungsschreiben aus San Marino hat ihn beunruhigt.“

„Verdammt, ich habe es befürchtet! Damico hätte nicht darauf bestehen dürfen.“

Behände kam er auf die Beine und begann im Zimmer auf- und abzugehen. Marta beobachtete ihn schweigend. Ihre Gedanken rasten. Womit gelänge es ihr bloß, Esposito davon zu überzeugen, Linda aus den Fängen ihres Bruders zu befreien?

Unvermittelt blieb er stehen und baute sich vor ihr auf. Ahnungsvoll legte seine Gefangene den Kopf in den Nacken und ertrug die bohrende Musterung.

„Ich bestehe darauf, dass du mir die Wahrheit sagst! Wer bist du in Wirklichkeit?“

„Das wissen Sie längst! Ich heiße Marta Caruso.“

Ungläubig zog er die Augenbrauen zusammen.

„Erzähle mir nicht, dass du die Nichte des Bürgermeisters bist.“

Da sie seinen starrenden Blick nicht mehr ertrug, senkte Marta ihr Antlitz. Wieder ging er vor ihr in die Hocke, griff unter ihr Kinn und drehte ihr Gesicht so, dass er sie eingehend betrachten konnte. Da sie schwieg, wiederholte er die Frage.

„Sag mir, wer du bist, verdammt! Welche Rolle spielst du in dieser Scharade?"

Obwohl er überaus einschüchternd war, weigerte Marta sich, zu antworten. Er schwebte in ernster Gefahr, wenn sie ihm verriete, wer Arturo und dass er Teil ihrer Familie war. Sie wusste es, als hätte es ihr jemand zugeflüstert. Er gab sie frei, packte sie an den Schultern und schüttelte sie entnervt.

„Sprich, Mädchen! Wer bist du?"

„Marta Caruso, Signore. Mehr gibt es zu mir nicht zu sagen."

„Dieser Name sagt mir nichts, verdammt! Ich glaube dir kein Wort! Es ergibt keinen Sinn, dass du des Nachts Gondeln durch die Stadt ruderst, tagsüber bettelst und am Abend die Nichte des Sindacos spielst. Verflucht noch einmal, *wer* bist du?"

Er legte eine Hand an ihren Hals und sein Daumen glitt über ihre Kehle. Er drückte nur leicht zu, trotzdem erkannte sie die unmissverständliche Drohung in dieser Geste.

„Bekenne, dass du ihre Spionin bist! Gestehe, dass sie dich auf mich angesetzt haben, um mich auszuforschen!"

In seiner Stimme schwang eine Unerbittlichkeit, die sie frösteln ließ.

„Mir entgeht, worauf Sie hinauswollen, Signore. Zu keiner Sekunde rechnete ich damit, Ihnen am gestrigen

Abend zu begegnen. Ich war genauso überrascht wie Sie. Bitte glauben Sie mir!"

„Du weichst mir aus und denkst, ich bemerke es nicht!"

Der Druck seines Daumens verstärkte sich.

„Bitte, Signore, sie haben meine Schwester ... sie haben Linda in ihrer Gewalt und werden sie töten, wenn ich ihnen keine Informationen darüber liefere, weshalb Sie hier sind."

„Warum interessiert sie das?"

„Das weiß ich nicht!"

„Wer sind *sie?*"

Er lockerte den Griff minimal. Sie hob eine Hand und legte sie bittend über seine, doch er gab nicht nach.

„Der Bürgermeister und jene Männer, die für ihn arbeiten."

„Ich brauche Namen, verdammt! Wer sind seine Komplizen?"

„Ich kenne sie nicht."

Er atmete tief durch, schloss die Augen.

„Ich glaube dir kein Wort. Du bist weder die Nichte des Bürgermeisters, noch so ahnungslos, wie du dich gibst."

Die Wärme seiner Haut unter ihrer Handfläche erinnerte sie an jene sanfte Berührung, als er sie vor wenigen Tagen aufgefangen hatte. Wehmut stülpte sich wie ein Leinensack über sie. Wie hatte sie sich in dem Mann nur so irren können?

„Wo ist Linda jetzt? Wenn ich dir verspreche, sie zu holen ... wirst du mir dann erzählen, was du weißt?" Er zog die Hand zurück und musterte sie abwartend.

Nein, auch in dem Fall würde sie ihm nichts über ihren Bruder verraten. Tief in ihrem Inneren ahnte sie, dass diese Information Espositos Tod bedeuten würde. Er war nach wie vor der einzige Mensch auf dieser Welt, der nett zu ihr gewesen war. Sie wollte fest daran glauben, dass sein harter Griff und seine strengen Worte eine Ausnahme darstellten – den Ausdruck seines Zorns über ihren Verrat. Sie hatte einen schweren Fehler begangen, als sie ihn in die Falle hatte tappen lassen. Deshalb stand sie noch tiefer in seiner Schuld. Unter keinen Umständen wollte sie sich an seinem Tod schuldig machen und alles dafür tun, um ihn zu verhindern. Auch wenn dies bedeutete, ihn anzulügen.

Deswegen nickte sie zustimmend. Sie würde einiges erzählen und manches verschweigen.

„Ja. Ich werde alles tun und verspreche bei meinem Leben, dass ich Ihnen helfe, das Rätsel der Zeichnungen zu lüften."

Er griff nach der Petroleumlampe und hob sie höher, um sie genauer betrachten zu können. Von ihrer inneren Zerrissenheit wie gelähmt, wurde sie des eiskalten Funkelns in seinen Augen gewahr.

„Du lügst", stellte er schlicht fest. „Somit ist Linda verloren."

„Nein!", kreischte Marta verzweifelt und packte seinen Arm. „Nein! Ich flehe Sie an, sie ist unschuldig, sie kann nichts dafür! Sie haben sie doch liebgewonnen, erinnern Sie sich!"

„Ich habe niemanden liebgewonnen."

„Sie gaben ihr Brot und etwas zu trinken. Erlaubten ihr, an Ihrem Knie zu knabbern und gestatteten ihr außerdem, ein Durcheinander in Ihrer ..."

„Schweig!"

„...Wohnung zu machen. Sie waren so gütig und freundlich und setzten sie auf Ihren Schoß! Das dürfen Sie nicht ..."

Mit einer schnellen Bewegung riss er sie herum, sodass sie mit dem Rücken gegen seinen Brustkorb gedrückt wurde. Dann presste er eine Hand auf ihren Mund. Sein Atem streifte ihre Wange.

„Kein Wort mehr! Linda bedeutet mir nichts. Du bedeutest mir nichts. Im Gegenteil, du bist mein Todesurteil, Mädchen, mein Niedergang. Deswegen muss ich dich verstecken. Schlimm genug, dass Bernardi von unserer Eheschließung weiß. Ich hoffe eindringlich, dass er niemandem davon erzählt."

Der Gedanke, dass Linda verloren war, schnitt tief in Martas Herz und ihre Augen wurden von Tränen überschwemmt, die über ihre Wangen sprudelten und seine Hand benetzten. Als er ihren Kummer bemerkte, zog er sich zurück und erhob sich.

„Wir werden Venedig verlassen, sobald ich hier fertig bin", fuhr er leise fort. „Ich werde dich an einen weit entfernten Ort bringen und die Ehe annullieren lassen. Du solltest inständig hoffen, dass niemand jemals davon erfährt. Bis dahin wirst du hierbleiben. Du hast bereits genug Unheil angerichtet und ich traue dir nicht über den Weg."

„Bitte", schluchzte sie, „vertrauen Sie mir! Ich will Ihnen wirklich helfen, Signore! Wenn ich Sie des Nachts rudere, wird mich keiner erkennen!"

„Glaubst du im Ernst, ich würde mich darauf einlassen? Zu jeder Sekunde müsste ich damit rechnen, dass du davonläufst oder eine geheime Nachricht versteckst. Nein, Bella, du bleibst hier!" Den Kosenamen betonte er überaus ironisch und Martas Hoffnungslosigkeit steigerte sich.

„Dann geben Sie mir zumindest die Zeichnungen, damit ich sie genau betrachten kann!"

„Und sie zerstörst?"

„Wieso sollte ich das tun?" Entsetzt erwiderte sie seinen Blick.

„Aus dem gleichen Grund, aus dem du mich belügst."

Marta wischte sich verbissen die Tränen von den Wangen, dann kam sie auf die Beine und stellte sich direkt vor ihn.

„Ich hasse den Sindaco!", beschwor sie ihn und fixierte sein Gesicht. „Und werde alles dafür tun, um ihm zu schaden und Ihnen zu helfen. Ob Sie mir glauben oder nicht: Es entspricht der Wahrheit! Abgesehen davon haben Sie niemanden, der Sie rudert. Heute haben Sie schon viel kostbare Zeit vergeudet. Lassen Sie uns nicht länger streiten. Ich gebe Ihnen mein Wort, Sie weder zu verraten noch davonzulaufen. Vielmehr könnte es hilfreich sein, den Sindaco und seine Männer auf eine falsche Fährte zu locken. Ich kann das für Sie erledigen, wenn Sie mir sagen, welche Nachricht ich ihm senden soll." Kurz hielt sie inne.

Da er schwieg, fuhr sie fort: „Bringen Sie mir ein Hemd, eine Hose, ein Tuch und einen Hut und ich bin bereit, mit Ihnen dieses tödliche Geheimnis zu lüften, das Menschen in Gefahr bringt."

Er runzelte die Stirn und sein Blick bohrte sich in ihren, als wollte er sie bis in die verborgensten Tiefen erforschen. Mit einem schweren Seufzen ließ er die Schultern fallen und wandte sich der Tür zu.

„Ich bin gleich wieder da", sagte er, verließ den Raum und schloss hinter sich ab.

Minuten später kehrte er mit der von ihr gewünschten Kleidung und einer zusammengerollten Leinwand zurück. Nebeneinander setzten sie sich auf die Matratze und starrten auf das Bild, welches den Globus in der Bibliothek zeigte.

„Ich war gestern dort. Du hattest recht, dass sich der Raum im patriarchalischen Seminar befindet. Aber ich habe nichts gefunden. Keinen einzigen Hinweis."

„Auf die Wikinger?", hinterfragte Marta spöttisch.

„Genau."

Die junge Frau drehte den Kopf und sah Esposito rügend an.

„Wenn Sie wollen, dass ich Ihnen helfe, müssen Sie mir offenbaren, wonach Sie in Wahrheit suchen."

„Natürlich, welch ausgezeichnete Idee! Vielleicht sollte ich meine Beweggründe sogleich niederschreiben und direkt an den Sindaco schicken", erwiderte er bissig.

„Aber so kommen wir nicht voran. Wenn Sie mir nicht vertrauen, werde ich Ihnen nicht weiterhelfen können."

Er zuckte mit den Achseln. „Du findest demnach nichts, was dir merkwürdig erscheint?", begehrte er zu erfahren, ohne weiter auf ihr Argument einzugehen.

Marta beugte sich vor und hob die Leinwand bis knapp über ihre Augen. Die Lichtverhältnisse waren katastrophal.

„Es ist zu dunkel, um etwas zu erkennen", beschwerte sie sich.

„Warte, ich hole eine zweite Lampe."

Schnell stand er auf und ließ sie zurück.

Nicht lange und er saß wieder neben ihr. Diesmal war es deutlich heller. Marta legte die Leinwand auf den Boden, kniete sich auf die Matratze und beugte sich konzentriert vor. Zentimeter um Zentimeter untersuchte sie das Bild. Mittlerweile hatte sie zwei Drittel der Zeichnung nach Hinweisen durchforstet, aber nichts Ungewöhnliches entdeckt. Da lenkte die Form eines Kontinents, der auf dem Globus abgebildet war, ihre Aufmerksamkeit auf sich. Sofort beschleunigte sich ihr Herzschlag.

„Da", flüsterte sie aufgeregt und Esposito beugte sich ebenfalls vor.

Mit zusammengekniffenen Augen studierte er ihre Entdeckung.

„Der Kontinent ist ungewöhnlich geformt", stellte er anerkennend fest und drehte den Kopf. Er wirkte überaus erleichtert und etwas von der Anspannung fiel von Marta ab.

„Ja", stimmte sie zu. „Jetzt gilt es nur herauszufinden, was es damit auf sich hat."

„Kommt dir irgendetwas daran bekannt vor?", wollte er hoffnungsvoll wissen.

„Ja, aber ich kann es nicht genauer definieren. Ich werde darüber nachdenken. Darf ich dieses Detail abzeichnen?"

Er nickte. „Morgen."

Bevor sie etwas erwidern konnte, erhob er sich.

„Ich muss jetzt gehen, doch zuvor werde ich deine Arme fesseln."

Marta erbleichte. „Bitte tun Sie das nicht! Mein ganzer Körper schmerzt von der unangenehmen Haltung. Wie soll es mir möglich sein, zu entkommen? Sie versperren die Tür. Ich bin Ihre Gefangene. Das hier ist nicht nötig!"

Sie deutete auf das Seil. Nachdenklich starrte er auf sie herab, dann bückte er sich, hob die Leinwand auf und rollte sie zusammen.

„Meinetwegen. Ich hoffe inbrünstig, dass ich es nicht bereuen werde, dir nachgegeben zu haben."

„Danke", seufzte sie und griff nach der Männerkleidung. „Und was ist damit?"

„Heute macht es keinen Sinn mehr. Aber morgen. Behalte die Sachen."

Noch bevor sie ihm eine gute Nacht wünschen konnte, war er gegangen.

„Daniele ist zu nachsichtig mit dir", brummte Bernardi missbilligend, als er in der Früh Martas Gefängnis betrat und ein karges Frühstück vor sie auf den Boden stellte. „Abgesehen davon ist es ihm nicht gelungen, dir hilfreiche Informationen über deine Identität zu entlocken."

Marta sah den verhassten Mann nicht an, sondern stürzte den Inhalt des Glases hinunter. Ihre Kehle brannte vor Durst.

„Mehr", bat sie leise und hielt ihm auffordernd das leere Trinkgefäß hin.

„Später. Wenn du mir verraten hast, in wessen Auftrag du handelst." Er zog eine Peitsche aus dem Gürtel, die ihr bis zu dem Moment entgangen war. Vermutlich, weil er sie über seiner Hüfte in Rückennähe getragen hatte. Alles in ihr spannte sich an. „Dieses kleine Kätzchen hier wird dir die Haut vom Fleisch lösen."

Entsetzt wich sie vor ihm zurück, bis sie mit dem Rücken an die Wand stieß.

„Bitte", flehte sie ängstlich. „Tun Sie das nicht!"

„Nenne mir einen Namen und dieser Kelch wird heute an dir vorübergehen."

„Aber ich ..."

„Einen verdammten Namen!"

Er beugte sich zu ihr, umschloss ihr Handgelenk und zerrte sie auf die Matratze, wobei er sie auf den Bauch drehte. Als er sein Gewicht auf sie verlagerte, ahnte sie, dass er den Arm hob, bereit, zuzuschlagen.

„Bitte!", flehte sie. „Ich kenne ..."

Schmerz flammte auf und sie wimmerte unterdrückt. Barg ihr Gesicht in der Matratze, damit er keinen weiteren Laut von ihr vernehmen konnte. Der zweite Schlag peinigte sie so sehr, dass sie meinte, ihr kompletter Rücken wäre von der Peitsche aufgerissen worden. Sie krallte ihre Hände in die Hose, die sie für ihre Tarnung am folgenden Abend hatte verwenden sollen und die neben ihr lag. Mit zusammengepressten Kiefern erwartete sie den dritten Hieb. Doch Bernardi stand auf.

„Denke darüber nach", riet er ihr. „Ich komme wieder."

Marta bewegte sich nicht, bis er gegangen war, dann vergrub sie ihr Gesicht in Espositos Hemd und begann leise zu weinen. Ihr Rücken brannte und sie befürchtete, dass er niemals heilen würde.

Als sich die Tür das nächste Mal öffnete, rührte sie sich nicht.

„Dein Essen", erklärte Bernardi, stellte es ab und verließ den Raum.

Mit vor Qual verzerrtem Gesicht machte sich Marta darüber her, dann legte sie sich wieder auf die Matratze. All ihre Sinne waren auf die Geräusche ausgerichtet, welche zu ihr durchdrangen. Sie wartete auf Schritte, die sich ihr erneut näherten. Sie rechnete jede Sekunde damit, dass Bernardi zurückkehrte, um fortzusetzen, was er begonnen hatte.

Am Abend hörte sie jemanden unaufhaltsam in ihre Richtung streben, den Schlüssel, der im Schloss gedreht, die Tür, welche aufgestoßen wurde. Mit geballten Händen und abgewandtem Gesicht harrte sie der Dinge. Ihre Lunge rebellierte gegen ihr erschrockenes Luft anhalten.

Bernardi blieb reglos in der Mitte des Zimmers stehen. Hob er die Peitsche? Keuchend ließ sie die Luft entweichen, hoffte, dass ihm entging, wie groß ihre Angst vor ihm war. Sie war bis zur letzten Zelle ihres Körpers angespannt, die nervenzerreißende Stille war kaum zu ertragen. In den vergangenen Stunden hatte sie einen Entschluss gefasst: Sie würde ihren Bruder nicht länger decken und Espositos Tod riskieren. Sollten beide sterben, wäre es ihr egal. Keinem von ihnen bedeutete sie etwas. Das hatte Marta mittlerweile eingesehen.

„Arturo Caruso", flüsterte sie und ihre Stimme brach. Dann räusperte sie sich und wiederholte lauter: „Arturo Caruso. Das ist der Name, den Sie wissen wollten."

„Wer soll das sein?" Esposito! Es war gar nicht Bernardi! Seine Stimme beruhigte sie jedoch nur vorübergehend, denn wie sie endlich erkannt hatte, war er nicht besser als Bernardi, der Bürgermeister, Arturo oder all die anderen Männer, die ihr schon immer Angst eingejagt hatten.

„Mein Bruder", erwiderte sie, ohne sich zu ihm zu drehen.

Da hörte sie ihn näherkommen und spannte sich an. Neben ihr senkte sich die Matratze, als er sich darauf kniete. Als er sie am Rücken berührte, zuckte sie zusammen.

„Nicht", flehte sie und biss die Zähne aufeinander, um nicht schmerzerfüllt zu stöhnen.

„Jemand muss sich darum kümmern", erwiderte er.

Als er den zerfetzten Stoff ihres Kleides von ihrem Körper löste, wimmerte sie und versuchte, ihm zu entkommen, doch er hielt sie fest, indem er mit einer Hand ihre Schulter auf die Matratze presste. Mit einem Ruck zerrte er einen der Fetzen von ihrem Rücken und sie schrie vor Pein, da er gleichzeitig die Wunde wieder aufriss. Qual überwältigte Marta und sie begann zu weinen.

„Ruhig", befahl er und sie konnte nicht heraushören, ob er Mitgefühl angesichts ihrer Verletzung empfand.

Er lockerte den Griff seiner Hand und sie rückte von ihm ab.

„Steh auf, ich werde dir aus dem Kleid helfen."

Nein, sie würde ihm nicht gehorchen! Was dachte er sich dabei, sie dazu aufzufordern, sich vor ihm zu entblößen? Sie presste die Augen zusammen und bewegte sich nicht.

„Hör zu, Marta, mir bleibt keine Zeit für diese Spielchen. Wir müssen aufbrechen, wenn wir heute etwas in Erfahrung bringen wollen. Ich habe die Brücke mit dem Löwenkopf nach wie vor nicht gefunden."

Er verlangte von ihr, dass sie ihn in dem Zustand ruderte? Wie stellte er sich das vor? Marta beschloss, ihn weiter zu ignorieren. Ungeduldig stupste er sie an.

„Steh auf! Mir rinnt die Zeit davon!"

Unter Tränen setzte sie sich auf.

„Ich werde nicht mit Ihnen kommen! Haben Sie meinen Rücken nicht gesehen? Bedanken Sie sich dafür bei Ihrem Freund!"

Sie blinzelte, um ihn besser erkennen zu können. Er sah müde und erschöpft aus und für einige Sekunden meinte sie, Mitleid in seinen Augen zu entdecken.

„Pietro ist ein Junge. Er muss sich eben zusammenreißen", stellte er gefühllos fest. „Abgesehen davon sind die Schnitte nicht tief und werden schnell heilen."

Perplex ob seiner Kaltblütigkeit atmete sie zitternd ein. Sein Mitgefühl hatte sie sich demnach eingebildet.

„Sie wissen genau, dass ich kein Junge bin. Im Gegenteil: Ich bin Ihre Frau."

„Das bist du nicht und wirst du niemals sein. Hast du nicht begriffen, dass du nicht einmal daran denken sollst? Geschweige denn, es laut aussprechen? Wir sind kein Paar!"

„Auf dem Papier schon."

„Das Papier lügt, es ist geduldig." Er stand auf und streckte ihr auffordernd einen Arm entgegen, doch sie schüttelte den Kopf.

„Mir ist eingefallen, wo ich den Löwen gesehen habe. Wenn ich es Ihnen verrate, darf ich dann hierbleiben?"

Er beugte sich so schnell zu ihr, dass sie erschrak.

„Wo?", fragte er und umfasste sie an der Schulter.

„Es ist der Löwe des Sindacos."

„Wie bitte?"

„Es ist sein Wappentier, Signore."

Er sank vor ihr auf die Knie und starrte sie ungläubig an. „Seit wann weißt du das?"

„Es ist mir im Laufe des Nachmittags eingefallen."

„Lügnerin."

Marta zuckte mit einer Schulter und verzog sogleich schmerzlich das Gesicht.

„Warum verrätst du es mir erst jetzt?"

„Weil …", sie wich seinem Blick aus, „… weil ich eingesehen habe, dass Ihr Leben genauso wenig wert ist wie das meines Bruders. Es ist kein Verlust, wenn Sie sterben und ich werde nicht länger versuchen, Sie zu beschützen. Denn Sie verdienen es nicht."

Er blinzelte. Sekundenlang fehlten ihm die Worte.

„Du hast dies verheimlicht, um mich zu beschützen?", hinterfragte er ungläubig.

„Si, Signore, denn für ein paar flüchtige Tage nahm ich an, Sie wären anders. Mittlerweile habe ich eingesehen, dass ich mich geirrt habe. Sie sind ebenso grausam wie die Männer, mit denen mein Bruder sonst verkehrt."

Seine Augen verengten sich zu Schlitzen, dann nickte er und kam auf die Beine.

„Ein Glück, dass du dies erkannt hast", stellte er im Hinausgehen fest.

Marta legte sich erneut auf den Bauch und senkte erleichtert die Augenlider. Zumindest musste sie die nächsten Stunden nicht rudernd auf einer Gondel verbringen! Esposito war vermutlich eine ganze Weile damit beschäftigt, die Informationen zu verdauen, die sie ihm geliefert hatte. Umso überraschter war sie, als sich die Tür kurze Zeit später wieder öffnete. Es war doch hoffentlich nicht dieser verfluchte Bernardi! Obwohl es wie Messerklingen in ihren Rücken stach, kämpfte sie sich auf die Ellbogen und drehte den Kopf.

Esposito hielt eine Schüssel in Händen und stellte sie neben der Matratze ab. Marta entdeckte ein Tuch, das in dem Wasser schaukelte. Wortlos begann er ihr Kleid zu öffnen und sie sank ohne Gegenwehr auf ihr Lager zurück. Vorsichtig schob er den Stoff beiseite und wrang den Lappen aus. Allein die Vorstellung, dass er sie gleich an der offenen Wunde berühren würde, führte dazu, dass sich ihr gesamter Körper in Erwartung des Schmerzes anspannte. Offensichtlich entgingen ihm ihre Angst und der Drang, sich ihm zu entziehen nicht, denn er streichelte sie sanft über dem Schulterblatt.

„Entspanne dich", riet er. „Ich werde versuchen, dir so wenige Qualen wie möglich zu bereiten."

„Ich brauche Ihre Hilfe nicht!"

„Sei nicht undankbar, du freches Gör!"

Bevor sie etwas erwidern konnte, tupfte er auf die Verletzung und sie wimmerte.

„Nein, hören Sie auf! Ich will das nicht!"

„Stell dich nicht so an!“ Er klang ungeduldig. „Hast du jemals einen entzündeten Rücken gesehen?“

„Nein.“

„Ich schon und glaube mir, es ist kein angenehmer Anblick.“

„Das hätten Sie sich vorher überlegen müssen. Bevor Sie Bernardi den Auftrag gaben, mich auszupeitschen.“

„Du denkst, ich habe ihn geschickt?“

„Freilich! Wahrscheinlich ist er Ihr Mann für die Drecksarbeit.“

Statt einer Antwort tupfte er wieder auf die Wunde.

„Au!“

Sie hörte, wie er das Tuch ins Wasser tauchte und es auswrang.

„Habe ich recht?“, bohrte sie nach, da er keine Anstalten machte, ihre Vermutung zu bestätigen.

„Womit?“

„Damit, dass Sie sich die Hände nicht schmutzig machen wollten.“

„Weder meine Beweggründe, noch meine Beziehung zu Signore Bernardi haben dich zu interessieren.“

Marta schnaubte auf und krallte ihre Finger in das Hemd, welches er ihr am Vortag gebracht hatte, als er sich erneut der Verletzung zuwandte.

„Des Weiteren begehre ich zu erfahren, was du vor zwei Tagen auf dem Empfang des Bürgermeisters gesucht hast.“

„Das habe ich Ihnen schon gesagt. Man befahl mir, einen Mann auszuhorchen. Ich ahnte nicht, dass Sie es sein würden.“

„Es war deine Aufgabe, mich zu betören?“

„Si, Signore.“

„Wie weit wärst du gegangen?"

Kurz schloss sie die Augen und das Bild ihrer kleinen Schwester stieg vor ihr auf.

„Ich hätte alles gegeben."

Er zog seine Hand zurück. Um herauszufinden, was er dachte, drehte sie den Kopf und ihr wurde bewusst, dass er die Mundwinkel abfällig nach unten gezogen hatte.

„Ich habe demnach eine Hure geheiratet", stellte er angewidert fest.

„Haben Sie nicht. Wir sind nicht verheiratet."

„Doch, auf dem Papier", erinnerte er sie.

„Papier ist geduldig", erwiderte sie und wiederholte bewusst seine Worte.

Sekundenlang glätteten sich seine Züge und ein flüchtiges Lächeln umspielte seine schön geformten Lippen, dann wurde er wieder ernst.

„Wie viele Männer hattest du bislang, Mädchen?"

„Keinen einzigen."

„Das soll ich dir glauben?"

„Ja, es ist die Wahrheit."

Ungläubig schüttelte er den Kopf. „Aber weshalb solltest du deine Unschuld derart leichtfertig aufs Spiel setzen?"

„Das ist leicht zu erklären: wegen Linda."

„Deiner Schwester?"

„Sí."

„Weil dein Bruder droht, sie zu töten, wenn du ihm nicht gehorchst?"

Tränen brannten in Martas Augen und sie nickte unmerklich. „Sí", flüsterte sie mit erstickter Stimme.

„Es tut mir leid, dass ich sie nicht retten kann", erklärte er nach einer Weile.

„Vielmehr wollen Sie es nicht!", korrigierte sie ihn verzweifelt.

„Nein, das siehst du falsch. Ich vermag es nicht. Mir sind die Hände gebunden."

„Ich glaube kein Wort! Wer soll Ihnen die Hände binden? Wer könnte sich Ihnen in den Weg stellen?"

„Mädchen", sagte er leise und klang dabei überaus müde, „das verstehst du nicht."

Marta schnaubte unwillig. „Ja, das ist wahr! Ich fasse nicht, dass ein Mann wie Sie behauptet, keinen Handlungsspielraum zu haben, einem kleinen Kind das Leben zu retten! Das ist eine faule Ausrede!"

Als er wieder auf die Striemen tupfte, zuckte Marta zusammen und stöhnte auf. Trotz des Brennens ihrer Haut wartete sie angespannt auf seine Antwort, doch er schwieg.

„Sagen Sie etwas!", flehte sie erstickt. „Bitte, ignorieren Sie mich nicht! Sie müssen meiner Schwester helfen!"

Er erwiderte nach wie vor nichts, als wäre nur mehr sein Körper anwesend, während sich sein Inneres längst zurückgezogen hatte. Vorsichtig verteilte er die Salbe auf den blutigen Schnitten und Marta weinte vor Pein und Kummer, gab es auf, ihn umzustimmen. Endlich war er fertig und erhob sich.

„Schone dich", befahl er, „denn morgen Nacht wirst du mich rudern."

Marta lauschte seinen Schritten, die sich entfernten, der Tür, die geöffnet und wieder geschlossen, dann abgesperrt wurde. Sie meinte, ihr würde keine Luft mehr

zum Atmen bleiben, als sich die Panik in ihr verdich-
tete. Linda! Instinktiv fühlte sie, dass die letzten Stunden ihrer Schwester angebrochen waren.

7

In der Nacht erschütterte ein schweres Unwetter, dessen Stärke untypisch für diese Region war, Venedig. Entwurzelte Bäume behinderten das Vorankommen der Passanten auf den breiten Plätzen, in ihren Kronen hatte sich die Berichterstattung der letzten Tageszeitungen verfangen. Ziegelsteine waren auf die engen Gassen gefallen, Dächer abgedeckt worden.

„Es hat uns erwischt", berichtete Bernardi grimmig, als Daniele die Küche betrat.

Auf dem Herd sprudelte Kaffee und verströmte einen angenehmen Geruch. Schweigend schenkte sich Daniele ein und nahm einen Schluck.

„Wir haben keine andere Wahl, als einen Zimmermann zu bestellen", brummte Bernardi und der jüngere Mann zuckte gleichgültig mit den Achseln. Nachdem er seine Tasse geleert hatte, wandte er sich der Tür zu. Doch bevor er den Raum verließ, hielt er kurz inne: „Du wirst sie heute nicht schlagen, hast du verstanden? Ich brauche sie unversehrt."

„Dieses nutzlose Gör?", hinterfragte Bernardi ungläubig. „Sie ist keinen Pfifferling wert. Abgesehen davon schweigt sie nach wie vor. Wenn ich sie nicht bestrafe, wird sie jeglichen Respekt verlieren."

„Sie hat gesprochen", berichtigte Daniele und drehte sich zu seinem Gesprächspartner um, dessen Augenbrauen in die Höhe schossen.

„Ach ja? Was hat sie denn von sich gegeben?“
„Einen Namen.“
„Der wie lautet? Verflucht, Daniele, lass dir nicht jede
Information aus der Nase ziehen!“
„Arturo Caruso.“
„Der sagt mir nichts. Vermutlich hat sie nur geblufft.“
Sein Gegenüber zuckte mit den Achseln, wandte sich
wieder zum Gehen. „Das werde ich herausfinden“, ver-
sprach er und verließ Bernardi.

Die Frische des vergangenen Gewitters hing in der
Luft und mischte sich wohltuend mit dem Geruch des
abgestandenen Wassers der Kanäle, der normalerweise die Nasenschleimhäute der Bürger reizte. Deswegen atmete Daniele tief durch und meinte, das erste
Mal, seit er venezianischen Boden betreten hatte, wieder genügend Sauerstoff zu bekommen. Trotz der frühen Morgenstunde brannte die Sonne heiß und trocknete die letzten Pfützen, welche die Gassen wie Hautge-
schwüre überzogen. Eiligen Schrittes strebte Daniele
San Stae entgegen und wich dabei Ziegelsteinen, Unrat
und großen Pfützen aus. Am Canale Grande ließ er sich
auf die andere Seite rudern und tauchte keine zehn Minuten später in das geschäftige Treiben auf der Strada
Nova ein. Ohne sein Tempo zu verringern, bahnte er
sich einen Weg zwischen den Marktständen der Händ-
ler und ihren Kunden hindurch, visierte eine im Schatten liegende Seitengasse an und bog ab. Sofort legte
sich der Lärm und je weiter er sich von dem Trubel entfernte, desto deutlicher vernahm er das Klacken seiner
Schuhe, welches sich zwischen den Hausfassaden ver-
fing. Als er den Hintereingang eines Hotels erreichte,

hielt er kurz an und sah sich unauffällig um. Nachdem er sich davon überzeugt hatte, nicht beobachtet zu werden, öffnete er leise die Tür und glitt ins Innere. Über notdürftig beleuchtete Treppen huschte er bis ins dritte Stockwerk empor und tastete nach dem Zimmerschlüssel. Keine Minute später lehnte er sich aufatmend von innen an die Tür eines Hotelzimmers. Er schloss die Augen, genoss die wenigen Sekunden der Stille, bevor ihn seine Gedanken wieder überfielen und ihn antrieben. Während er das Zimmer durchquerte, entledigte er sich des Gehrocks, öffnete Hemd und Hose und entkleidete sich vollends, nachdem er die Badezimmertür hinter sich geschlossen hatte. Vor einem meterhohen goldgerahmten Spiegel straffte er die Schultern und sah sich fest in die Augen. Langsam senkte er den Blick und folgte dem Verlauf einer schlecht verheilten Narbe, die von seiner linken Brust bis knapp über den Bauchnabel führte.

Wenn du einer von uns sein willst, dann ...
Wer bist du?
Daniele Esposito.
Woher stammst du?
Aus Rom. Ich stamme aus Rom.
Ist das die Wahrheit?
Ja. Mein Vater zog von Neapel hierher.
Wieso bist du uns bisher nicht aufgefallen?
Ich lebte bei meiner Verwandtschaft in Neapel.
Wenn du einer von uns werden willst, dann ...

Esposito öffnete seine rechte Hand und drehte die Handfläche so, dass er sie im Spiegel betrachten konnte. Wenn sein Blick darauf fiel, meinte er, die glühenden Kohlen brannten sich nach wie vor in die Haut. Schmerz prickelte seine Nervenbahnen entlang bis zur Schulter. Er ließ den Arm sinken und wanderte mit den Augen höher zu einer schwarzen, hässlichen Tätowierung auf dem rechten Oberarm. Drei Blutstropfen.

Wenn du einer von uns werden willst, dann ...
Ich will.
Körperlicher Schmerz wird dein Leben bestimmen, doch wenn du ihn erträgst, wirst du stärker als dein größter Feind.
Ich werde ihn besiegen.
Dann gehörst du uns. Mit Leib und Seele.
Ich gehöre euch.
Wenn du gegen die Regeln verstößt, werden wir zwar deine Seele töten, aber deinen Leib zur Strafe erhalten.
Ich werde niemals dagegen verstoßen.
Schwöre es!
Ich schwöre!
Beweise es!

Daniele wandte dem Spiegel den Rücken zu und betrachtete mit einem Blick über die Schulter die zu Schwülsten verheilten Striemen darauf.

Ich beweise es.
Jetzt gehörst du uns.
Ich gehöre euch.
Mit Leib und Seele.
Für zwanzig Jahre.
Nein, für immer.

Für immer.
Vergiss es nicht!
Niemals!

Daniele schluckte und lenkte seine Aufmerksamkeit auf die Waschschüssel, die einige Meter von ihm entfernt stand. Er riss sich von den düsteren Erinnerungen los und konzentrierte sich auf die Körperpflege.

Sein dunkles Haar glänzte feucht, als er eine halbe Stunde später, in edles Tuch gewandet, den Empfangsbereich des Hotels betrat und die Rezeption ansteuerte.

„Gibt es Nachrichten für mich?", wollte er höflich wissen und musterte den Portier eindringlich.

„Si, Signore Esposito", erklärte der und reichte ihm ein versiegeltes Kuvert.

Ein Blick darauf genügte und Daniele wusste, dass es vom Bürgermeister stammte.

„Danke", sagte er und strebte in Richtung Speisesaal.

Auf einem Tisch lagen mehrere Ausgaben der aktuellen Tageszeitung. Als er diesen passierte, griff er nach einer und klemmte sie sich unter den Arm. Die einzige Zeit, die nur ihm gehörte, war jene halbe Stunde, in der er sie durchblätterte.

Nachdem er gefrühstückt hatte, ließ er sich zum Palazzo Gritti rudern und wurde Augenblicke später vom Sindaco in dessen Arbeitszimmer empfangen. Hinter Caputo hing das Familienwappen an der Wand. Trotzdem wunderte es Daniele nicht, dass es ihm an dem nicht lange zurückliegenden Tag, als man ihn dazu gezwungen hatte, Marta zu heiraten, nicht aufgefallen war. Zu jenem Zeitpunkt hatte er außerdem nicht geahnt, dass es sich vermutlich um denselben Löwen handelte wie auf der Zeichnung mit der Brücke. Unauffällig musterte er die Darstellung und reichte dem Bürgermeister die Hand.

„Es tut mir leid, dass ich Sie aus den Flitterwochen reiße", erklärte der Stadtvorsteher und bot ihm einen Platz an. Daniele setzte sich und lenkte seine Aufmerksamkeit auf sein Gegenüber.

„In diesem Zusammenhang hoffe ich, dass Sie mir mein unerbittliches Vorgehen verzeihen. Doch in den Belangen, meine geliebte Nichte betreffend, bin ich überaus streng. Sie liegt mir sehr am Herzen."

„Das verstehe ich", stimmte Daniele glatt zu. „Sie ist außerordentlich liebreizend. Ich bin ausgesprochen angetan von ihr, hätte es schlechter treffen können."

„Es freut mich, das zu hören! Wie geht es Marta?"

„Soweit mir bekannt ist, erfreut sie sich bester Gesundheit."

Der Bürgermeister runzelte die Stirn.

„Was wollen Sie damit andeuten?"

„Nichts. Ich brachte sie nach Rom zu meinen beiden Kindern."

„Nach Rom? Zu Ihren Kindern?"

„Korrekt. Meine erste Frau starb vor einem Jahr und ich bin dankbar dafür, den Kindern eine neue Mutter schenken zu dürfen, die sich ab jetzt liebevoll um sie kümmert. Sobald ich die Forschungen in Venedig abgeschlossen habe, werde ich zu ihnen zurückkehren."

Caputo erblasste und Daniele lächelte ihm freundlich zu.

„Davon wusste ich nichts."

„Ich mache Ihnen diesbezüglich keinen Vorwurf. Weshalb sollten Ihnen meine Umstände bekannt sein?"

„Das heißt, Sie sind keiner der ..."

Der Bürgermeister brach erschrocken ab und schluckte schwer.

„Wie meinen?", hinterfragte Daniele und bemühte sich darum, sein freundliches Lächeln beizubehalten. Triumph darüber, die falsche Fährte erfolgreich gelegt zu haben, elektrisierte ihn.

„Nichts", murmelte der Sindaco und straffte die Schultern, als wollte er sich sammeln. „Ich meinte, Sie sind kein glücklicher Bräutigam."

„Sie irren sich! Das bin ich. Doch meine wissenschaftliche Arbeit kann unter keinen Umständen aufgeschoben werden. Ich werde mich an der Gesellschaft Ihrer werten Nichte nach der Rückkehr in meine Heimatstadt erfreuen."

Der Bürgermeister faltete nachdenklich die Hände und legte sie, nachdem er sich gesetzt hatte, vor sich auf den Tisch.

„Allora, dann will ich Sie nicht weiter aufhalten. Verzeihen Sie meine Neugierde."

Daniele erhob sich sogleich und neigte in einer flüchtigen Geste den Kopf. „Sie sind ein besorgter Onkel – eine über die Maßen umsorgende und liebevolle Familie ist der größte Schatz, den diese Welt zu bieten hat." Wieder zwang er sich zu einem Lächeln. „Auf Wiedersehen, Signore Sindaco!"

„Ich wünsche Ihnen viel Erfolg bei Ihren Nachforschungen", rief ihm der Bürgermeister hinterher.

Bevor Daniele sich endgültig umwandte, streiften seine Augen ein letztes Mal über den Löwenkopf. Ja, es war der gleiche wie auf der Zeichnung. Aber was hatte das zu bedeuten?

Während er am Canale Grande stand und auf eine Gondel wartete, dachte er angestrengt nach. Arturo Caruso war ein Name, den er bisher kein einziges Mal vernommen hatte. Ob Bernardi recht und Marta ihm kaltblütig ins Gesicht gelogen hatte?

Andererseits ... wenn Arturo jene Position innehatte, die er vermutete, wurde er in dieser Stadt zweifellos gefürchtet. Sollte das der Fall sein, wäre Daniele seinem Ziel um ein ganzes Stückchen näher gerückt.

„Signore?"

Die tiefe Stimme eines Mannes riss ihn aus den Überlegungen und er bemerkte, dass eine Gondel vor ihm gehalten hatte und der Ruderer darauf wartete, dass er einstieg.

„Entschuldigung", murmelte er und sprang an Bord.

„Wohin soll ich Sie bringen?"

Fast hätte er Carusos Namen angegeben, doch er unterdrückte den brennenden Wunsch, der Sache sofort auf den Grund zu gehen und nannte den Stadtteil seines Hotels. Dort kleidete er sich um und eilte zu dem Haus, in welchem er sich mit Bernardi eingemietet hatte.

Eine halbe Stunde später öffnete Daniele die Haustür und rannte fast gegen einen breitschultrigen Mann, der mit dem Rücken zu ihm stand und auf Bernardi einredete.

„Entschuldigung", murmelte er und der Unbekannte drehte sich zu ihm und streckte ihm die Hand entgegen.

Noch bevor sie einander berührten, beschleunigte sich Espositos Puls und ein Aufblitzen in den Augen des anderen Mannes versetzte ihn in Alarmbereitschaft.

„Lu..."

„Sie sind wohl der Zimmermann?", übertönte Daniele sein Gegenüber und schüttelte ihm die Hand. „Daniele Esposito. Wie ist die Lage? Handelt es sich um eine größere Reparatur?"

„Das ist Signore Stormare", stellte Bernardi vor. „Er sagte, er hätte erst morgen Zeit, um den Schaden zu beheben."

Stormares Aufmerksamkeit war nach wie vor auf Daniele gerichtet und dieser konnte beobachten, wie er nervös schluckte.

„Das ist zu spät, oder?", fragte Daniele und riss sich von seinem Gegenüber los, ließ die Augen zu Bernardi schweifen.

„Wenn es die kommende Nacht ins Haus regnet, wird es Monate dauern, bis die Mauer getrocknet ist", erklärte der unwillig.

„Was soll's? Es ist nicht unser Haus", versuchte Daniele seinen Mitbewohner zu beruhigen.

„Korrekt, aber ich hasse diesen feuchten Mief!"

Daniele lenkte die Aufmerksamkeit auf den Zimmermann zurück.

„Glauben Sie nicht, dass Sie möglicherweise doch einen früheren Termin für uns finden könnten?"

Beunruhigt musste er feststellen, dass er den Handwerker aus dem Konzept gebracht hatte, denn dieser fuhr sich fahrig durchs Haar.

„Es wird heute Nacht nicht regnen", erklärte er abwesend, „und in der nächsten ebenfalls nicht. Gar nicht mehr in der folgenden Woche."

„Woher wollen Sie das wissen?", fauchte Bernardi ungeduldig und der Zimmermann zuckte mit den Achseln.

„Ich kenne das Wetter."

„Dann haben Sie den Sturm der letzten Nacht vermutlich ebenfalls vorausgesagt?"

„Nein, den nicht."

Als kostete es Stormare immense Anstrengung, zwang er sich unübersehbar dazu, den finsteren Mann zu mustern.

„Zeigen Sie mir bitte mal, was ausgebessert werden muss", schlug Daniele vor und der Handwerker nickte zustimmend.

Hintereinander verließen sie das Zimmer und stiegen die Stufen bis in den dritten Stock hinauf, dessen Räume direkt mit dem Dach abschlossen. Daniele zog die Tür hinter sich zu und legte einen Finger auf seinen Mund. Stormare bestätigte mit einer Kopfbewegung, dass er verstanden hatte, machte trotzdem einen Schritt auf ihn zu. Im nächsten Moment lagen sie einander in den Armen und klopften sich freundschaftlich auf die Schultern.

„Ich war mir sicher, sie hätten dich getötet", raunte Stormare Daniele ins Ohr.

„Es ist besser, wenn du das weiterhin denkst", entgegnete Daniele leise. „Vergiss, dass du mir begegnet bist!"

„Wie sollte ich?“

Sie lösten sich voneinander und Stormare musterte ihn mit stiller Freude.

„Hör auf, mich so anzusehen! Ich bin schon lange nicht mehr der Knabe jener Kindheitstage.“

„Nichts anderes habe ich angenommen und trotzdem warst du einst mein bester Freund.“

„Pscht!“ Daniele zog die Augenbrauen zusammen. „Bernardi weiß nicht, wer ich bin. Sollte er es erfahren, bin ich des Todes. Deswegen schweige, wenn du mich nicht in Schwierigkeiten bringen willst!“

Stormares Blick verdüsterte sich. „In welche Sache bist du da nur hineingeraten?“, wollte er leise, doch überaus beunruhigt wissen.

„Eine Frage, die du nie stellen solltest, Francesco.“

Die darauffolgende Stille hing schwer zwischen ihnen.

„Kann ich dir irgendwie helfen? Was soll ich tun, um dein Leben in Sicherheit zu bringen?“

„Gar nichts.“

Daniele wandte sich ab und trat ans Fenster. Die Mittagssonne wurde von der Scheibe eines der gegenüberliegenden Häuser gleißend reflektiert und blendete ihn. Deswegen drehte er sich wieder zu seinem Gesprächspartner um.

„Doch, eine Sache gibt es, bei der du mir helfen kannst. Ich bräuchte eine Auskunft.“

„Ja?“, fragte Stormare und verschränkte abwartend die Arme vor der Brust, als Danieles lauernder Blick auf ihn fiel.

„Ich muss wissen, wer Arturo Caruso ist.“

Die Luft entwich zischend aus des Zimmermanns Lunge und er bewegte sich sekundenlang nicht.

„Das ist wiederum eine Frage, die *du* nicht stellen solltest. Nicht hier in Venedig!"

„Es ist zwingend notwendig, dass ich alles über ihn herausfinde!"

Ohne ihn aus den Augen zu lassen, atmete Stormare tief ein.

„So arg bist du demnach in die Sache verstrickt?", stellte er fest und nackte Angst verzerrte seine Gesichtszüge.

„Wohl kaum, da ich nicht einmal weiß, wer er ist."

„Er ist einer der gefährlichsten Männer Venedigs", flüsterte Francesco so leise, dass Daniele ihn nur schwer verstehen konnte.

„Warum habe ich dann noch nie von ihm gehört?", bohrte Daniele ungerührt weiter.

„Weil er außerdem einen anderen Namen trägt. Den Namen seiner Familie."

Natürlich! Mit einem Schlag war Daniele alles klar. Weshalb hatte er nicht gleich daran gedacht? Jedes Syndikat operierte unter einem eigenen „Familiennamen", der nicht das Geringste über verwandtschaftliche Verhältnisse aussagte. Neapel beispielsweise befand sich in der Gewalt der Camorra. „Welcher Familie?", flüsterte er und wunderte sich über das Zittern, das seine Knie beben ließ.

„Rossi."

Daniele taumelte nach hinten und fand erst an der Wand, gegen die er sich mit dem Rücken presste, Halt. Sekundenlang befürchtete er, das Bewusstsein zu verlieren.

„Aber … das ist unmöglich", murmelte er verwirrt. „Ich suche nach der anderen Familie."

„Die gibt es nicht mehr."

„Nein, das … ich …"

Daniele verstummte und schloss sekundenlang die Augen. Seine Gedanken wirbelten durcheinander und er befürchtete, verrückt zu werden. Plötzlich fühlte er eine Hand auf seiner Schulter und er öffnete die Augen, traf direkt auf die seines alten Freundes.

„Wir sollten zurückgehen", murmelte der Zimmermann und drückte ihn aufmunternd. „Wenn du meine Hilfe brauchst, stehe ich jederzeit zu deiner Verfügung."

Doch Daniele bewegte bedauernd das Haupt. „Ich werde dich da nicht hineinziehen", erklärte er entschieden. „Vergiss, dass du mich gesehen hast. Bitte!"

Francesco schüttelte den Kopf und riss die Tür auf.

„Ich werde das Dach morgen reparieren", sagte er laut und polterte die Stufen hinunter.

„Habe ich Ihr Wort, dass es in den nächsten vierundzwanzig Stunden nicht regnen wird?", rief ihm Daniele hinterher und folgte ihm auf dem Fuß.

„Das haben Sie."

Bernardi saß vor einem Becher Wein am Tisch und erhob sich, als die Männer eintraten.

„Er kommt morgen wieder", berichtete Daniele und Stormare tippte sich zum Gruß an die Stirn. Im nächsten Moment war er fort.

Nachdem Bernardi Marta ein kleines Frühstück gebracht hatte und sie abermals allein war, beschloss sie, sich des zerfetzten Kleides zu entledigen und in Espositos Sachen zu schlüpfen. Den Schmerzen nach zu urteilen, welche die Berührung des Stoffes auf ihrem Rücken verursachte, waren die Striemen kaum verheilt. Auf dem Bauch legte sie sich wieder auf die Matratze, darum bemüht, sich so wenig wie möglich zu bewegen.

Als sich die Tür öffnete, kämpfte sie sich auf die Ellbogen und stöhnte vor Qual. Erleichtert stellte sie fest, dass Signore Esposito eintrat und nicht der brutale Bernardi. Ohne ein Wort zu sagen, setzte er sich neben sie und befahl ihr mit einer Geste, sich hinzulegen. Gehorsam ließ sie sich wieder niedersinken. Im nächsten Moment hatte er das Hemd höher geschoben und untersuchte die Schnitte. Starr vor Schreck war Marta unfähig, sich zu bewegen.

„Erzähle mir alles über deinen Bruder Arturo", befahl er plötzlich und Marta biss die Zähne aufeinander, bis es ihr gelang, wieder tief einzuatmen.

„Ich weiß kaum etwas von Bedeutung", murmelte sie, das Gesicht von ihm abgewandt. „Außer, dass er brutal ist und Linda bald töten wird, wenn ich ihm keine Informationen zukommen lasse."

„Schlag dir deine Schwester aus dem Kopf. Sie ist so gut wie tot. Heute habe ich bei Caputo jegliche Zweifel ausgeräumt, dass du ihm jemals Bericht erstatten wirst."

Obwohl es sie peinigte, fuhr sie in die Höhe und umklammerte seinen Arm.

„Signore Esposito, ich flehe Sie an! Retten Sie meine Schwester! Bitte, retten Sie dieses arme, unschuldige Kind!"

Sie begann bitterlich zu weinen.

„Es tut mir leid, aber das kann ich nicht. Wie oft muss ich das noch erklären?“

„Es gibt stets einen Weg!“

Daniele legte eine Hand über ihre und Marta empfand diese Geste als nahezu zärtlich.

„Bedauerlicherweise irrst du dich! Nicht immer. Genau genommen ist es selten, dass man einen Ausweg findet, eine Ausnahme. Es wundert mich, dass du das noch nicht eingesehen hast.“

„Dann lassen Sie zumindest mich gehen! Ich muss Linda retten!“

„Nein, du wirst bleiben, wo du bist. Niemand darf deiner ansichtig werden.“

„Aber weshalb nicht?“

„Unter anderem, weil du dich offiziell in Rom um meinen Nachwuchs kümmerst.“

Verblüfft öffnete Marta den Mund und starrte ihn ungläubig an.

„Sie haben Kinder?“

„Ja. Zumindest für den Sindaco und deinen Bruder.“

Mehrmals schluckte sie. Als sie sich wieder gefangen hatte, verstärkte sie ihren Griff um seinen Arm. „Bitte, ich tue alles, wenn Sie Linda retten!“

Seine Augen verengten sich nachdenklich und wanderten über die weichen Kurven ihres Oberkörpers, der sich verlockend unter dem weiten Hemd abzeichnete.

„Wirklich alles?“, hakte er nach.

„Ja.“

„Gut, dann fange mit der Wahrheit an. Bist du tatsächlich die Nichte des Bürgermeisters?“

„Nein.“

Er verzog bitter den Mund, musterte sie intensiv.

„Das heißt, wenn du als beschädigte Ware zu deiner Familie zurückkehrst, gibt es deswegen keinen Skandal?"

„Beschädigte Ware?", wiederholte sie verständnislos.

Anstatt zu antworten, hob er eine Hand und umschloss ihre linke Brust. Erschrocken keuchte sie auf, hielt seinem auffordernden Blick jedoch tapfer stand.

„Wir sind verheiratet, es wird keinen Skandal geben", flüsterte sie nervös.

„Ich werde unsere Ehe annullieren lassen, sobald ich hier fertig bin. Niemand wird erfahren, dass wir geheiratet haben und du wirst vor der Kirche bezeugen, dass du nach wie vor Jungfrau bist."

Alle Farbe wich aus Martas Wangen.

„Ich fordere dein Versprechen, dass du keinem von uns und den Dingen, die wir miteinander machen, erzählst. Nicht einmal Bernardi darf davon erfahren."

Um seinem Blick auszuweichen, senkte Marta den Kopf. „Und Sie retten Linda, wenn ich schweige?"

„Für dein Schweigen *und* deine Lüge."

Martas Herz verkrampfte sich. Ähnliches hatte Arturo vor wenigen Tagen von ihr gefordert. Er hatte ebenso Lindas Leben als Einsatz dafür missbraucht, sie zu zwingen, die Geliebte eines Unbekannten zu werden. Die Bedingungen hatten sich nicht geändert. In einer vom männlichen Geschlecht dominierten Welt hatte sie ohnehin nichts zu melden. Sie zuckte mit den Achseln und sah wieder auf, versuchte, in ihm jenen Fremden zu entdecken, der sie einst vor einem Sturz bewahrt und ihr großzügig Geld zugesteckt hatte. Doch er war verschwunden. Die Gesichtszüge des Mannes vor ihr waren hart und unerbittlich, genauso wie die derjenigen, die sich im Dunstkreis ihres Bruders herumtrieben. Wenn sie wider aller Vernunft die Hoffnung gehegt hätte, dass Esposito sie beschützen würde, so wäre diese jetzt mit seinen fordernden Worten erloschen. Schnell sah sie wieder weg, verschränkte ihre Finger krampfhaft ineinander.

„Ich werde Stillschweigen bewahren und lügen", flüsterte sie schweren Herzens und er zog die Hand zurück. Der Wärme seiner Handfläche beraubt, fröstelte es sie sekundenlang.

„Abgemacht", sagte er, griff nach dem Hemd und zog es über ihren Kopf.

Am liebsten hätte sie sich vor seinem forschenden Blick verborgen, doch bewegte sie sich nicht. Lange starrte er auf ihre Brüste, um ihr plötzlich zu deuten, dass sie sich umdrehen sollte. Ohne zu verstehen weshalb, kehrte sie ihm den Rücken zu. Sie hörte ihn mit irgendetwas hantieren, dann fühlte sie seine Fingerspitzen, die Salbe auf die Striemen strichen. Dankbar schloss sie die Augen. Als er fertig war, reichte er ihr auffordernd das Hemd und sie nahm es verwirrt entgegen.

„Halte dich heute Nacht bereit", raunte er ihr zu. „Wir werden uns aus dem Haus schleichen."

Marta blickte ihn fragend an und ein flüchtiges Lächeln huschte über sein Gesicht. Flink kam er auf die Beine und wog den Tiegel sinnierend in der Hand.

„Kein Wort zu Bernardi!", erinnerte er sie eindringlich und ließ sie allein zurück.

Überrascht fuhr Marta eine Stunde später auf, als die Tür erneut geöffnet wurde. Wieder war es Esposito.

Diesmal trug er die zusammengerollten Leinwände unter dem Arm. Er schloss die Tür hinter sich und ließ sich neben Marta auf der Matratze nieder. Vorsichtig setzte sich die junge Frau auf und beobachtete, wie er eine der Zeichnungen aufrollte. Sie erkannte ihr Elternhaus.

„Du kannst dein Versprechen weiter einlösen, indem du mir alles erzählst, was es zu diesem Bild zu sagen gibt", erklärte ihr Ehemann und zeigte auf das Hochrelief der Lucia Rossi. „Ich nehme an, es hat etwas zu bedeuten."

Marta nickte unbehaglich, dann erzählte sie ihm die Geschichte der Frau, die dabei geholfen hatte, jene Verschwörer, die sich gegen den damaligen Dogen erhoben hatten, zur Strecke zu bringen und dass ihre Familie seit Generationen darin lebte. Als sie geendet hatte, suchte sie verunsichert Danieles Blick. Er sah sie abschätzend an und musterte sie, als wollte er jeglichen Gedankengang, der ihr durch den Kopf ging, ergründen.

„Ist das alles?"

„Ja."

Daniele strich sich ratlos mit einer Hand über die Stirn.

„Vermutlich hat es nichts zu bedeuten und war einzig dazu bestimmt, mich zu deinem Elternhaus zu führen."

Marta schnappte erschrocken nach Luft.

„Sie müssen sich von meinem Bruder fernhalten!"

„Tatsächlich?", hinterfragte er sarkastisch und kam auf die Beine. Mit gesenktem Kopf durchmaß er den Raum, schritt auf und ab, als würde ihm dies dabei helfen, verborgene Hinweise zu ergründen.

„Lucias Vorgehen ist verwoben mit Verrat", murmelte er und seufzte schwer.

Marta folgte ihm angespannt mit den Augen. Nach einer Weile rollte sie eine der anderen Leinwände aus und betrachtete den Dogenpalast, der von zwei kleinen Lichtern erhellt wurde. Lange starrte sie darauf und suchte nach der geheimen Botschaft, die sich zweifellos dahinter verbarg. Kurz bevor sie aufgeben wollte, stutzte sie.

„Diese beiden Flammen", murmelte sie und Daniele hielt mit einem Ruck inne.

„Ja? Was ist damit?"

„Womöglich sind sie ein Hinweis auf die zwei stets brennenden Kerzen an der Südwestseite des Dogenpalastes."

Mit einem Satz war Daniele bei ihr, beugte sich zu ihr und packte sie an den Schultern.

„Was hat es damit auf sich? Sprich!" Seine Stimme klang hart und ungeduldig und schüchterte sie ein. „Verdammt, berichte endlich! Mir rinnt die Zeit wie Sand zwischen den Fingern hindurch!", herrschte er sie zornig an.

„Sie brennen jede Nacht und erinnern an einen Justizirrtum im 16. Jahrhundert."

„Einen Justizirrtum?" Verständnislos kam Esposito wieder in die Höhe und seine Arme fielen an den Seiten herab. „Das ist doch ... fahre fort! Was ist damals passiert?"

„Soweit ich mich entsinnen kann, fand ein Mann eine Leiche, neben der ein Dolch lag. Man beschuldigte ihn des Mordes und folterte ihn, bis er gestand. Deswegen richtete man ihn hin. Seine Unschuld wurde bewiesen, als man den wahren Täter kurz nach des Angeklagten Tod fasste. Um nicht zu vergessen, entzündet man die beiden Kerzen seither allabendlich."

„Verflucht!", stöhnte Esposito. „Das ergibt alles keinen Sinn!"

„Vielleicht doch? Unter Umständen muss man jede dieser Zeichnungen als Teil eines größeren Geheimnisses sehen."

„So ein Unsinn! Es sollen Hinweise auf einen Ort sein."

Marta holte tief Luft.

„Und eventuell außerdem auf ein Ereignis. Einen Verrat. Ein unschuldig Hingerichteter. Das Haus meines Bruders, das Emblem des Bürgermeisters, der Dogenpalast, vor dem die Todesurteile vollstreckt wurden und zu guter Letzt jenes Wappen auf dem Globus. Es muss einen Zusammenhang geben!"

Esposito starrte sie an, als wäre sie soeben vom Himmel gefallen. Dann begann er zu lachen.

„So ein ausgemachter Humbug! Wie hätte mein Vater all dies ..." Ertappt brach er ab und schüttelte den Kopf. „Ich vermute, derjenige, der die Zeichnungen angefertigt hat, musste uneingeschränkten Einblick in eine Verschwörung gehabt haben. So wahr ich hier stehe, kann ich dir versichern, dass dem nicht so war! Unter gar keinen Umständen. Deswegen verfolgst du die falsche Spur!"

Mutlos ließ Marta die Schultern fallen. Er hatte sicherlich recht.

„Hast du jemals etwas von einer Familie Rossi gehört?", wollte er nach einer Weile mit gesenkter Stimme wissen.

„Nein", erwiderte sie und sah Esposito als Beweis für ihre Aufrichtigkeit fest an. An seinem enttäuschten Gesichtsausdruck konnte sie ablesen, dass er ihr glaubte.

„Und von der Familie Bianchi? Wurde ihr Name irgendwann in deiner Gegenwart erwähnt?"

Marta schloss die Augen und dachte angestrengt nach.

„Ja", murmelte sie zögernd und sah zu ihm. „Ich war damals sehr klein. Ich hatte mich im Arbeitszimmer meines Vaters hinter dem Vorhang versteckt und belauschte, wie er zu Arturo sagte, dass er jenen Namen nie wieder hören wollte. Ich hätte dieses Gespräch gewiss vergessen, doch als ich hinter der Gardine hervorlugte, beobachtete ich, wie mein Vater Arturo packte und den Ärmel seines Hemdes so weit hinaufzerrte, dass sein Oberarm entblößt war. Irgendetwas war dort, ich konnte es nicht erkennen. Da zückte mein Vater ein Messer und schnitt es ihm aus dem Arm. Arturo ließ es geschehen, biss die Zähne zusammen und ertrug den Schmerz. Ich ..." Marta erzitterte, wie jedes Mal, wenn sie sich an jenen Augenblick erinnerte, „... ich presste mir die Hände auf den Mund, um nicht zu schreien und mich damit zu verraten. Bis heute habe ich nicht verstanden, was das sollte."

Esposito starrte sie schweigend an. Er hatte deutlich an Farbe verloren.

„Es war das einzige Mal, dass ich den Namen Bianchi vernommen habe", schloss Marta schnell und hoffte, er würde ihr jetzt die Bedeutung dahinter offenbaren.

„Wann war das?"

„Vor mehr als dreizehn Jahren. Ich war noch sehr klein."

„Kannst du dich daran erinnern, wie das, was da auf dem Oberarm deines Bruders war, ausgesehen hat?“

„Nein. Wie gesagt, ich konnte es nicht erkennen und ahnte davor nicht einmal, dass es da war. Wissen Sie, worum es sich dabei gehandelt hat?“

„Vermutlich um eine Tätowierung.“

Marta erblasste, doch es wunderte sie nicht, dass ihr Bruder eine solche getragen hatte. Tätowierungen waren etwas für gottlose, brutale Männer. Arturo zählte zweifellos dazu.

Esposito setzte seinen rastlosen Weg fort, zog wie ein Löwe in einem zu engen Käfig unendliche Kreise. Die junge Frau beobachtete ihn bis aufs Äußerste gespannt.

„Mag sein, dass das, was du vorhin gesagt hast, doch kein Unsinn ist“, flüsterte er.

„Was meinen Sie?“

„Die verborgenen Hinweise auf eine Verschwörung.“

Martas Herz setzte vor Schreck einige Sekunden lang aus. Aber bevor sie sich gefasst hatte, rollte Esposito die Leinwände zusammen und eilte zur Tür.

„Zu keinem ein Wort“, befahl er eindringlich. „Und halte dich bereit!“

8

Der Nachmittag zog sich unerträglich in die Länge und Martas Nervosität steigerte sich mit jeder Minute. Angst lauerte in den Tiefen ihres Herzens, bereit, jederzeit hervorzuspringen, um sie zu überwältigen. Um sie in Schach zu halten, ging Marta im Kopf alle Fakten durch, die sie bis jetzt gesammelt hatten. Bemühte sich darum, sich an die Zeichnungen zu erinnern und hoffte, weitere Hinweise zu entdecken. Doch als sich die Dunkelheit in den Gassen zu üblen Gestalten zusammenrottete und letztendlich die komplette Stadt einnahm, zitterte die junge Frau vor Angst. Sie kannte Esposito nicht. In den letzten Tagen war ihr bewusst geworden, dass sie sich fürchterlich in ihm getäuscht hatte. Zweifellos war er einer von diesen hartherzigen Bandenmitgliedern und sie befürchtete, dass er sie auf die gleiche Weise behandeln könnte wie Arturo Giulia. Durch die dünnen Wände hatte Marta sie oft wimmern hören, wenn er bei ihr gewesen war. Bei der Erinnerung an ihr Schluchzen krampfte sich Martas Herz noch enger zusammen. Aber sie wollte nicht weinen, das nahm sie sich fest vor. Esposito sollte es nicht gelingen, sie so weit zu treiben, dass sie um Gnade flehte. Ihm gegenüber schwor sie sich, keine Schwäche zu zeigen, denn er würde sie ohnehin nicht verstehen. Gefühle waren für Männer seines Kalibers unbekanntes Land.

Trotz dieser Gewissheit erinnerte sie sich an das Lächeln, das er ihr geschenkt hatte, als er Pietro das Geld gereicht hatte oder an die sanfte Berührung seiner Hände, als er ihre Wunden versorgt hatte. Vielleicht bestand ja doch noch Hoffnung?

Marta war fast erleichtert, als die Tür leise geöffnet wurde und Esposito sie mit einem Handzeichen aufforderte, ihm zu folgen. Schnell steckte sie das zu große Hemd in die Hose und wand ein Tuch um ihren Kopf, um ihr Haar darunter zu verbergen. Sein Blick glitt prüfend über ihren Körper, dann nickte er zufrieden.

„So, komm Pietro!", forderte er sie flüsternd auf und sie schlich hinter ihm aus dem Raum, die Stufen hinunter, durch die engen Straßen des schlafenden Venedigs.

„Organisiere uns eine Gondel", befahl er neben ihr und Marta hielt an, um nachzudenken.

„In Santa Croce werden wir bestimmt eine finden", flüsterte sie und wandte sich um.

Nebeneinander eilten sie einige Meter zurück und bogen dann in eine dunkle Gasse ein. Nur selten erleuchtete das trübe Licht einer Laterne die von der Hitze des Tages warmen Pflastersteine. Die Pfützen der letzten Nacht gehörten längst der Vergangenheit an.

Wie Marta angenommen hatte, fanden sie eine Gondel, die sie sich ohne große Schwierigkeiten „ausleihen" konnten. Obwohl sie die Bewegungen schmerzten, ruderte sie das Flachschiff auf den Canale Grande und die gegenüberliegende Seite. Geübt folgte sie Espositos geflüsterten Anweisungen. Im Rio di San Felice befestigte sie das Boot und sie gingen an Land.

Die Fahrt hatte die junge Frau abgelenkt, doch als sie hinter ihm die verlassenen Straßen entlangeilte, steigerte sich ihre Furcht. Was würde er mit ihr anstellen? Wohin brachte er sie? Ja, was genau erwartete sie? Ihre Verzweiflung übermannte Marta beinahe, als Esposito den Hintereingang eines hohen Gebäudes öffnete und sie mit einer Geste aufforderte, einzutreten. Bevor sie etwas im Dunkeln erkennen konnte, hatte er ihr Handgelenk umfasst und zog sie mehrere Treppenabsätze mit sich empor. Wo befanden sie sich nur?

Vor einer Tür hielten sie an und er schloss auf. Dann schob er sie ins Innere und sie hörte ein Geräusch, das sie nicht einzuordnen vermochte. Im nächsten Moment flammte wie von Geisterhand Licht auf und Marta blinzelte überrascht. Nur nebenbei bemerkte sie, dass Esposito die Tür abschloss, denn die Schönheit des Raumes, in den er sie gebracht hatte, beeindruckte sie. Mit einem Mal war ihre Angst vergessen und sie drehte sich staunend, mit leicht geöffnetem Mund im Kreis. Als ihr Blick auf ihn fiel, lächelte er.

„Gefällt es dir?", wollte er freundlich wissen und sie nickte überwältigt.

„Ja!", hauchte sie. „Ich war noch nie in einem Haus mit elektrischem Licht!"

„Es bietet weiteren Komfort", erklärte er und trat zu ihr.

Ohne sich lange aufzuhalten, hob er die Hände und löste das Tuch, welches ihr Haar verborgen hatte. Achtlos ließ er es zu Boden fallen und strich mit den Fingern durch ihre schweren dunklen Flechten. Marta hielt nervös den Atem an, während ihr Puls zu rasen begann. Den Blick fest auf sie gerichtet, zog er das Hemd aus der

Hose. Zögernd hob sie die Arme und er streifte ihr das Kleidungsstück über den Kopf und warf es ebenfalls beiseite. Als er die Schnüre an ihrem Hosenbund löste und sie dabei berührte, rauschte das Blut so laut in ihren Ohren, dass sie befürchtete, jede Sekunde in Ohnmacht zu fallen. Die Beinkleider rutschten tiefer und bauschten sich um ihre Knöchel. Marta schloss die Augen, da sie seine eingehende Musterung nicht ertrug. Er wich einige Schritte nach hinten.

„Dreh dich!", forderte er knapp.

Sie biss die Zähne zusammen und befolgte den demütigenden Befehl. Als seine Hand sie am Oberarm umschloss, zuckte sie erschrocken zurück und riss die Augen auf.

„Komm mit!"

Ohne Gegenwehr ließ sie sich in einen angrenzenden Raum führen. In dessen Mitte stand eine moderne Badewanne. Esposito gab Marta frei und drehte an der Armatur. Wasser sprudelte aus dem Hahn und ergoss sich in das Porzellanbecken. Es glitzerte silbrig.

„Fließendes Wasser", staunte sie und sah ihn begeistert an.

Reglos beobachtete er sie und es beunruhigte sie, dass sie nicht erkennen konnte, was in ihm vorging. Er bedeutete ihr, in die Wanne zu steigen. Vorsichtig kam sie seiner Anweisung nach und setzte sich in diese luxuriöse Vorrichtung. Das warme Nass umspielte ihren Leib. Es war zu köstlich! Nie zuvor hatte sie so weiches Wasser an ihrer Haut gespürt. Doch als es ihren Rücken benetzte, durchzuckte sie Schmerz. Tapfer ließ sie sich nichts davon anmerken, saß jedoch kerzengerade.

Mit einem Tuch näherte er sich ihr und setzte sich auf einen Hocker, der nicht weit entfernt gestanden und den er mit dem Fuß neben die Wanne gerückt hatte. Dann tauchte er den Lappen ins Wasser, griff nach einer Seife, die in einer goldenen Schüssel lag und begann sie zu waschen. Marta erstarrte und ließ ihn gewähren, entspannte sich unter seinen vorsichtigen Liebkosungen aber zunehmend. Er war überraschend sanft und sie hoffte inbrünstig, dass es auch in der kommenden Stunde so bleiben würde.

Daniele fühlte, wie sie sich unter seinen Fingerspitzen lockerte und als er sie drängte, sich an die Wanne zu lehnen, gab sie sofort nach. Nur kurz verzerrte Schmerz ihre Züge und er erinnerte sich an die Striemen auf ihrem Rücken. Deswegen half er ihr wieder auf, legte ihre Hände auf den Wannenrand. Dabei suchte er ihren Blick. Sie erwiderte ihn, sah nicht weg. Als er ihre Brust berührte, senkte sie die Wimpern und errötete.

Die Frauen, welche man ihm bisher in regelmäßigen Abständen gebracht hatte, verhielten sich nie derart. Deren Pupillen waren zumeist geweitet und die Augen glasig von Drogen oder Alkohol. Wie leblose Puppen hatten sie unter ihm gelegen und ertragen, was er mit ihnen angestellt hatte. Keine von ihnen hatte sich beschwert, geschweige denn in irgendeiner Form auf ihn reagiert. Es waren lebende Tote, die man ihm für ein paar Stunden zur Verfügung stellte. Nur ein einziges Mal hatte eines der Mädchen geweint. Mit einem Tuch hatte man ihr die Augen verbunden. Sie war seine Belohnung für eine heldenhafte Tat gewesen, welche die Anerkennung des Patrons gefunden hatte. Man gönnte

Daniele, sie zu zähmen und ihr das Leben aus den Gliedern zu treiben. Er hatte diesen Auftrag ausgeführt, wie all die anderen Befehle, die man ihm erteilt hatte, doch es hatte ihm nicht gefallen. Ihre Verzweiflung hatte ihn sogar wünschen lassen, sie wäre genauso betäubt wie jene Mädchen, die er zu Genüge kannte. Daniele konnte eine Menge ertragen. Trotzdem hatte er sich geschworen, Frauen in einer derartigen Verfassung wenn möglich zu meiden.

Martas sprühendes Leben pulsierte unter seinen Fingerspitzen. Sie war hier, ihre gesamte Aufmerksamkeit gehörte ihm. Die Intensität ihrer Nervosität erregte ihn, das schnelle Heben und Senken ihres Brustkorbs war berauschend. Er fühlte sich lebendig wie lange nicht mehr. Er stellte sich hinter sie und massierte Seife in ihre Haare. Konzentrierte sich auf die kleinste Bewegung, die sie machte. Sie war schöner als jedes gemalte Bild einer nackten Frau, das er bisher gesehen hatte. Ihre Haut und ihr Haar waren weicher als alle Frauenleiber, die er jemals berührt hatte. Sie war sein. Für diese eine und, wenn er Glück hatte, ein paar weitere Nächte gehörte sie ihm.

Nachdem er ihre Haarpracht ausgespült hatte, griff er nach ihrer Hand und zog sie in die Höhe. Entblößt und scheu, den Blick unschuldig gesenkt, stand sie vor ihm. Vorsichtig, um ihren Rücken zu schonen, wickelte er sie in ein großes Tuch ein und hob sie auf. Überrascht beobachtete er, wie sie fast vertrauensvoll einen Arm um seinen Nacken legte. Deswegen drehte er den Kopf und streifte mit seiner Nasenspitze die ihre. Ihre Wimpern hoben sich wie ein Vorhang und sie sah ihn ernst an. Unwillkürlich presste er sie enger an sich und trug sie zum breiten Bett. Doch er wollte sie nicht ablegen. Sehnte sich danach, sie noch ein paar Augenblicke so zu halten. Er begehrte, sie zu fragen, ob sie Angst vor ihm habe, brachte die Worte jedoch nicht heraus. Als hätte ihn irgendetwas der Fähigkeit zu sprechen beraubt. Nervös neigte er den Kopf und näherte sich ihr mit seinem Mund. Da schloss sie die Augen und öffnete den ihren, als erwarte sie seinen Kuss. Sanft umfing er sie mit den Lippen und die Wärme ihrer Haut strömte in ihn und beschleunigte seinen Puls. Plötzlich fühlte er ihre Fingerspitzen an seiner Wange, die ihn zärtlich streichelten und er befürchtete, sich in ihrer Gegenwart aufzulösen. Langsam ließ er sich auf den Bettrand sinken, hielt sie aber auf dem Schoß. Hob eine Hand zu ihrem Hinterkopf, den er besitzergreifend umspannte, als wollte er sie niemals mehr gehen lassen.

Sie wehrte sich nicht, als er Minuten später das Tuch öffnete und ihren Oberkörper davon befreite. Als er seine Lippen von den ihren löste, bemerkte er Sehnsucht in ihren auf ihn gerichteten Augen. Der Drang, sich ihr zu offenbaren, überwältigte ihn. Sie sollte sehen, was sonst niemand auf dieser Welt zu Gesicht bekam. Es verlangte ihn danach, dass Marta ihn erkannte wie keine Frau vor ihr. Deswegen umfasste er sie an der Taille und hob sie aufs Bett, dann stand er auf. Verwirrt folgte sie jeder seiner Bewegungen. Vier Meter entfernt baute er sich auf, ohne sie aus den Augen zu lassen. Inbrünstig hoffte er, dass sie nicht abstieß, was sich ihr bald offenbaren würde. Gleichzeitig hasste er sich für die Schwäche, ihr gefallen zu wollen, denn es war definitiv egal, was sie von ihm hielt. Dergleichen durfte ihn nicht weiter kümmern. Marta verkörperte für ihn eine

Ablenkung während einiger Nächte. Das war alles. Auf mehr zu hoffen, wäre töricht.

Langsam begann er damit, sein Hemd aufzuknöpfen, da wandte sie verschämt den Kopf ab.

„Sieh mich an!", befahl er rau und sie gehorchte mit hochroten Wangen.

Er taxierte sie konzentriert, als er den Oberkörper vor ihr entblößte. Sie erwiderte seinen Blick, ohne tiefer zu sehen.

„Schau mich an, verdammt!", wiederholte er hart und sie zuckte erschrocken zusammen.

Ängstlich senkte sie ihr Antlitz, ließ ihre Augen über seinen breiten Brustkorb wandern. Er sah, wie sie erstarrte, als sie die lange Narbe entdeckte, konnte beobachten, wie sie schwer schluckte. Dann hob sie erneut den Kopf, suchte seinen Blick. Erschütterung zeichnete ihre Gesichtszüge. Aber soweit es ihm zu erkennen möglich war, empfand sie keine Abscheu für dieses hässliche Mal.

Er schlüpfte aus dem Hemd und es fiel leise raschelnd zu Boden. Langsam drehte er sich um. Er hörte sie entsetzt aufkeuchen und eine Bewegung machen. Doch bevor er es vermochte, sich ihr wieder zuzuwenden, fühlte er ihre Fingerspitzen tröstend über die abstoßenden Hautschwülste streichen, als hoffte sie, ihn auf diese Weise zu heilen. Ihre Zärtlichkeit überraschte ihn und traf ihn tief. Soweit er sich erinnern konnte, hatte ihn niemand jemals so liebevoll berührt. Mit wild pochendem Herzen wandte er sich zu ihr um und fing ihren Blick auf. War es Mitgefühl, das darin schimmerte? Hoffentlich nicht! Denn er war nicht zu bedauern.

Schon gar nicht von einem Straßenmädchen wie sie es war.

Mit einem Finger zeigte er auf die Tätowierung auf seinem Oberarm. Marta blinzelte und schluckte, als sie diese betrachtete. Dann legte sie die Stirn in Falten und Daniele fragte sich, ob sie überlegte, was die Gravur zu bedeuten hatte. Da er sich nicht länger damit aufhalten wollte, drehte er seine Hand mit der Handfläche nach oben und machte mit dem Kopf eine auffordernde Geste. Marta senkte den Blick und stöhnte, als sie das kreisrunde Brandmal bemerkte. Da griff sie nach seiner Hand und hob sie höher, beugte sich darüber und hauchte einen Kuss darauf. Diesmal sog er die Luft tief ein. Himmel, diese Frau ging ihm unter die Haut! Er fing ihr Kinn ein und hob es an.

„Hab keine Angst", raunte er endlich und sie nickte unmerklich.

Wieder konnte er nicht widerstehen, umschlang sie mit den Armen und presste seine Lippen auf die ihren. Ihr Mund war weich und öffnete sich ihm bereitwillig. Da fühlte er ihre Hände, die ihn an den Schultern umklammerten. Jede ihrer Berührungen erfüllte ihn mit neuer Energie und Daniele befürchtete, bald zu bersten. Er vermochte nicht länger zu warten und löste sich von ihr, nur um sie im nächsten Moment aufzuheben und zum Bett zurückzutragen. Um ihr nicht wehzutun, setzte er sie ab, anstatt sie daraufzulegen. Dann schlüpfte er aus der Hose. Suchend sah er sich um und sein Blick blieb an einem gemütlichen Armsessel hängen. Um ihren Rücken zu schonen und zusätzliche Schmerzen zu vermeiden, hob er sie wieder auf und eilte mit ihr zu jenem Sessel. Er nahm Platz und zog sie auf seinen Schoß. Legte ihre Hände auf seine Schultern und begann sie sanft zu streicheln. Obwohl sie die Augen schloss, beobachtete er sie weiter. Er wollte keine einzige ihrer Regungen verpassen, begehrte, eine jede als Erinnerung abzuspeichern. Es erfüllte ihn mit stillem Glück, zu beobachten, wie sie unter seinen Liebkosungen schmolz und immer weicher wurde. Als sie bereit für ihn war, umfasste er ihre Hüften und rückte sie zurecht. Langsam senkte er sie ab. Da öffnete sie die Augen und ihr Blick war von Leidenschaft durchzogen.

„Daniele", stöhnte sie, „ich lass dich nicht mehr gehen!"

Als hätte sie ihm einen Dolch ins Herz gestoßen, schnitten ihm ihre Worte durch Mark und Bein. Sein Verlangen stürzte augenblicklich in sich zusammen.

„Wie bitte? Was hast du gesagt?", wiederholte er ungläubig und klemmte ihr Kinn zwischen Daumen und Zeigefinger ein. Zwang sie, ihn anzusehen.

„Ich werde dich nicht ziehen lassen", versprach sie lächelnd. „Niemals! Du bist mein Mann! Wir sind füreinander geschaffen!"

Noch bevor sie sich gegen seine Reaktion hätte wappnen können, hatte er sie auf den Boden gestellt und kam auf die Beine.

„Wir haben eine Abmachung", knurrte er und Zorn verschleierte ihm die Sicht.

Hilflos blickte sie ihn an. „Ja", lenkte sie sofort ein und griff wieder nach ihm. „Bitte hör nicht auf."

Sie wollte sich an ihn schmiegen, doch er wich zurück.

„Du wirst mich vergessen, Marta!"

Mit einer tröstenden Geste strich sie sich mit den Händen über die Oberarme. Dabei wirkte sie noch unschuldiger und einsamer als sonst.

„Ich werde dich nie vergessen", flüsterte sie unglücklich.

Da packte er sie an den Schultern und schüttelte sie, als könnte er ihr so Vernunft beibringen.

„Doch, du wirst mich vergessen!"

Sie klammerte sich an ihn, dann nickte sie, als hätte sie herausgefunden, dass dies die einzige Möglichkeit war, ihn zu besänftigen. Aufgrund ihres Einlenkens fiel die Beunruhigung von ihm ab und er musterte ihren verlockenden Leib, der unmissverständlich darum bettelte, von ihm berührt zu werden. Herrisch packte er sie um die Taille, kehrte mit ihr zum Stuhl zurück und setzte sie wieder auf sich. Ihr zufriedenes Seufzen katapultierte ihn wieder in die Welt der Leidenschaft und jegliche Beschränkungen seines Lebens fielen von ihm ab, während er sich unter ihren Fingerspitzen neu entdeckte.

Danach hatte er sie aufs Bett gelegt und sie dabei auf die Seite gedreht. Marta beobachtete, wie er, ihr ebenfalls zugewandt, neben sie rückte und eine Decke über ihre Körper zog.

„Wir müssen bald zurück", erklärte er und legte eine Hand auf ihre Hüfte, streichelte sie sanft mit dem Daumen.

„Ich wünschte, für immer hier bei dir bleiben zu können", gestand sie und betrachtete ihn eindringlich.

„Hör auf zu träumen, Bellissima, sonst zwingt dich die Realität in die Knie."

„Aber was hindert uns daran? Weshalb verweilen wir nicht einfach hier?"

„Wie du weißt, habe ich einen Auftrag zu erledigen."

„Dann lass mich dir als deine Frau helfen!"

Er zog seine Hand zurück und schüttelte den Kopf.

„Vergiss, dass wir verheiratet sind! Uns bleiben ein paar Nächte, danach werden wir einander niemals wiedersehen."

Tränen trübten Martas Blick und glitzerten wie Diamanten.

„Bitte sag das nicht! Verlass mich nicht!"

Danieles Gesichtszüge wurden hart und Marta fühlte jene unterschwellige Gefahr, die zuweilen von ihm ausging, erneut.

„So haben wir es vereinbart. Hör auf, mich zu bedrängen! Die Antwort lautet Nein und sie wird sich niemals ändern."

Da sie die Kälte seines Blickes nicht länger ertragen konnte, schloss Marta die Augen. Nach den überwältigenden Gefühlen, die sie vor wenigen Minuten empfunden hatte, war dieser Kontrast in seinem Benehmen nur schwer auszuhalten. Seine Ablehnung traf sie tief.

Als hätte er es sich anders überlegt, richtete er sich auf und glitt aus dem Bett.

„Nicht, bitte", flehte sie und sah ihn verzweifelt an. „Bleib noch eine kurze Weile!"

„Nein, es ergibt keinen Sinn", wehrte er ab und zog ihr die Decke vom Leib.

Unter seinem intensiven Blick wagte sie es nicht, sich zu bewegen und verharrte reglos, während seine Augen ihren Körper abtasteten. Erst als er ihr die Hand entgegenstreckte, richtete sie sich auf und ließ sich von ihm weiter in die Höhe ziehen. Schweigend schlüpften sie in ihre Gewänder und huschten aus dem Zimmer, die Stufen hinunter. Ohne von jemandem gesehen zu werden, hasteten sie durch die Straßen und kletterten in die Gondel. Leise glitt das Flachschiff durch das dunkle Wasser, das wie Pech gegen den Schiffsbauch schwappte.

Niemand hatte das Fehlen des Bootes bemerkt und sie vertäuten es wieder an seinem Platz in Santa Croce.

Das Haus lag still, als sie es auf Zehenspitzen betraten. In der Mitte ihres Zimmers blieb Marta stehen und sah ihren Mann an, den sie in der Dunkelheit kaum erkennen konnte.

„Ich liebe dich, Daniele. Vom ersten Moment an, als ich dir begegnet bin."

„Du törichtes Gör", erwiderte er grimmig und zog die Tür hinter sich zu.

Sie hörte, wie der Schlüssel im Schloss gedreht wurde und kroch auf die Matratze. Seine Schritte waren noch nicht verklungen, da sehnte sie sich bereits erneut nach ihm. Wünschte, seinen Körper an ihrem zu spüren. Einzig die Erinnerungen an die wenigen und zugleich schönsten Minuten ihres Lebens waren ihr geblieben. Immer wieder durchlebte sie in Gedanken jene berauschenden Augenblicke und es dauerte lange, bis sie endlich einschlief.

9

Marta erwachte, als die Tür aufgestoßen wurde und Bernardi eintrat. Darum bemüht, ihre Angst vor ihm zu verbergen, setzte sie sich auf, rückte aber unauffällig auf der Matratze weiter zurück.

„Dein Frühstück", erklärte er und stellte einen Teller auf den Boden.

„Danke", murmelte sie, obwohl sie befürchtete, an dem trockenen Brot, das er ihr serviert hatte, zu ersticken. Oder sich daran die Zähne auszubeißen.

Ohne ein zusätzliches Wort zu verlieren, verließ er den Raum, den er wie immer hinter sich absperrte.

Marta trank einige Schlucke, dann knabberte sie an der harten Brotscheibe. Was gäbe sie jetzt für eines dieser zarten mit Crema gefüllten Gebäckstücke! Zum Glück war sie es gewohnt, davon zu träumen, denn es war Jahre her, seit man ihr diese Köstlichkeit ab und zu serviert hatte.

Während sie aß, ließ sie die Tür nicht aus den Augen, lauschte konzentriert. Wenn sie doch nur Danieles Stimme hören, seine Arme fühlen, sich in seinem Blick verlieren könnte! Was gäbe sie darum, wieder bei ihm zu sein!

Plötzlich polterten Schritte über die Treppe und Männerstimmen drangen durch die Türritzen ins Zimmer. Mit wild klopfendem Herzen kam Marta auf die Beine, schlich zur Tür und presste ihr Ohr daran. Bernardis

Stimme erkannte sie sofort und auch die seines Begleiters war ihr bekannt. Fest kniff sie die Augen zusammen und überlegte angestrengt. Die Männer kamen näher, nur um sich sogleich erneut zu entfernen. Die Härchen auf Martas Armen stellten sich auf, noch bevor sie sich an den Namen des Gastes erinnerte. Es war der Zimmermann, der hin und wieder, zusätzlich zu seinen sonstigen Tätigkeiten, die Dächer seiner Kunden ausbesserte. Er hatte auch Arturo zuweilen einen Gefallen getan. Entsetzt wich sie von der Tür zurück und bemerkte, dass sie zitterte. Hoffentlich erfuhr er nie, dass sie hier war! Was hatte er nur hier zu schaffen?

Leise schlich sie zur Matratze und kauerte sich darauf. Angespannt lauschte sie in die wieder eingetretene Stille. Erst als er Stunden später gegangen war, beruhigte Marta sich. Da hatte sie noch einmal Glück gehabt!

Ab jetzt würde Daniele sein Hotelzimmer nicht mehr betreten können, ohne an Marta zu denken. Auf dem Weg ins Bad glitt sein Blick zu dem Stuhl, auf dem er sie geliebt hatte. Im Bad selbst sah er sie in Gedanken wieder in der Wanne sitzen, unschuldig und ihm vollkommen ausgeliefert. Entschlossen unterdrückte er das Verlangen nach ihr und entkleidete sich.

Nachdem er sich gewaschen und in die für einen Professor maßgeschneiderte Kleidung geschlüpft war, spazierte er wie jeden Tag zur Rezeption, erkundigte sich nach für ihn hinterlassenen Nachrichten und frühstückte im Speisesaal. Normalerweise verließ er dann das Hotel, um den Spuren zu folgen, die er in der vergangenen Nacht entdeckt hatte. Doch heute kehrte er in sein Zimmer zurück und entkleidete sich zum zweiten Mal. Vor dem Spiegel klebte er sich einen falschen Bart über Oberlippe und Kinn und schlüpfte in die Tracht eines Arbeiters. Durch den Hinterausgang huschte er aus dem Gästehaus und begab sich auf den Weg in Richtung Zentrum.

Es war mühsam, Arturos Adresse herauszufinden. Aufgrund ihres innigen Liebesspiels in der vergangenen Nacht ging Daniele davon aus, dass Marta sich eher die Zunge abbeißen würde, bevor sie ihm die Lage ihres Elternhauses verriete. Doch es gelang ihm, einem Straßenjungen die benötigte Information zu entlocken. Die ganze Körpersprache des Knaben hatte ihm offenbart, dass er unter fürchterlichem Hunger litt. Da wog die Münze auf Danieles Handfläche, die er ihm auffordernd hingehalten hatte, schwerer als die Angst, bestraft zu werden.

Als er endlich vor dem Haus von Martas Bruder eintraf, befürchtete er sekundenlang, das Bewusstsein zu verlieren. Vor dem Relief der alten Frau zu stehen und es mit eigenen Augen zu sehen, traf ihn wie ein Schlag. Vor langer Zeit musste Signore Riva hier verweilt und in die gleiche Richtung gesehen haben. Daniele wünschte sich sehnlichst, dass die Gegenwart seines Vaters hier an diesem Ort, in irgendeiner Mauerritze, gespeichert worden war und er ihn jetzt fühlen könnte. Doch bis auf einen Kloß im Hals spürte er nichts. Er schlenderte um das Haus herum und klopfte an den Dienstboteneingang. Eine ausgemergelte Dienerin mit kieselsteinharten Augen öffnete und sah ihn missmutig an.

„Ja? Was willst du?"

„Ich muss mit der Hausherrin reden", erklärte Daniele und drehte offensichtlich verlegen seine Mütze in den Händen.

„Signora Caruso ist nicht zu sprechen."

„Es ist dringend! Ich bringe Nachricht von meiner Herrin, Marta Caruso."

Die Dienerin riss überrascht die Augen auf und überlege sekundenlang. Dann trat sie zurück und bat ihn, mitzukommen. Sie führte ihn in einen Salon, dessen Einrichtung auf Carusos Macht und Einfluss hindeutete, aber einem aufmerksamen Betrachter schonungslos offenbarte, dass der Mann ursprünglich der Arbeiterklasse entstammte. Während Daniele wartete, sah er sich konzentriert um. Ihm war bewusst, dass ihm jedes noch so kleine Detail weiterhelfen konnte.

An einer Wand hingen unzählige Heiligenbilder. Bei genauerem Hinsehen stellte Esposito fest, dass sich darunter die Konterfeis einiger Päpste nebst Wappen befanden. Viele von ihnen waren ihm unbekannt, doch Innozenz XI. erkannte er. Im 17. Jahrhundert war dieser für kurze Zeit der höchste Kirchenvorsteher der römisch-katholischen Kirche gewesen und hatte maßgeblich dazu beigetragen, die Heilige Liga zu stärken, unter deren Zusammenschluss die Türken aus Wien zurückgeschlagen worden waren. Aufgrund seiner unermüdlichen erfolgreichen Bemühungen, zerstrittene Bündnispartner im Kampf zu vereinen, wurde er der Retter des Abendlandes genannt. Das Porträt, welches hier vor ihm an der Wand hing, musste ein Vermögen wert sein. Daniele verengte die Augen, während eine vage Erinnerung in ihm aufstieg. Nein, es lag nicht daran, dass der ehemalige Papst sich bei den Türkenkriegen hervorgetan hatte, weshalb er sich erinnerte. Denn dieses Bild hatte er als Junge stets im Blick gehabt, da es neben einem schlichten Holzkreuz in der Essecke seines Elternhauses an der Wand gehangen hatte.

Hitze wallte in ihm auf und sein Puls beschleunigte sich. Er war nach Venedig zurückgekommen, um etwas zu holen, was laut seines Vaters ihm gehörte. Natürlich hatte er geahnt, dabei auf ein Geheimnis zu stoßen, doch nicht auf eine Verschwörung diesen Ausmaßes!

Unglücklicherweise blieb ihm nicht ausreichend Zeit, um sich seinen privaten Angelegenheiten zu widmen, denn der Patron hatte ihn mit einer Aufgabe betraut, die dessen eigenem Interesse diente. Daniele befürchtete, dass sich diese Interessen gerade miteinander verwoben. Was, wenn er sie eines Tages nicht mehr voneinander würde trennen können?

Daniele wich einen Schritt zurück und wischte sich die Handflächen an der Hose ab. Die Sache entglitt ihm, je weiter er sich vorwagte. Marta und Linda hatten das Risiko, enttarnt zu werden, verzehnfacht. Was, verflucht, suchte er also hier?

Zornig über sich selbst wandte er sich der Tür zu, bereit, zu gehen. Doch in dem Moment wurde sie geöffnet und eine in Schwarz gekleidete Frau trat ein. Auf den ersten Blick schätzte er sie auf etwa fünfzig Jahre, aber als sie flüchtig zu ihm sah, meinte er zu erkennen, dass sie nicht älter als Mitte zwanzig sein konnte.

Als hätte sie Angst vor ihm, blieb sie neben der Tür stehen, die sie einen Spaltbreit offen ließ. Bis auf die

Vermutung, sie stünde weder unter Drogen noch Alkoholeinfluss, wirkte sie auf ihn wie jene weiblichen Wesen, die bis zur letzten Nacht sein Bett geteilt hatten. Wobei man das so, genau genommen, nicht nennen konnte. Signora Caruso hatte mehr Ähnlichkeiten mit einer leeren Hülle denn einem Lebewesen.

„Sie haben Nachricht von Marta?", murmelte sie leise, weshalb er sie kaum verstand.

„Ja, Signora. Marta bat mich, ihre Schwester Linda zu ihr nach Rom zu bringen."

Die gebrochene Frau taumelte vorwärts und umklammerte eine Stuhllehne. Ihre Schultern sackten herab und sie erschien ihm noch kleiner. Dabei mied sie seinen Blick.

„Es ist zu spät. Sie ist nicht hier", flüsterte sie, senkte den Kopf, wobei sie wie unter schwerer Folter zu zucken begann.

„Was soll das heißen?", begehrte Daniele zutiefst erschüttert zu erfahren.

„Er hat sie … er hat sie …" Mehr brachte sie nicht hervor und ihr lautloses Weinen drang ihm ins Herz.

„Umgebracht?", fragte er vorsichtig.

Da nickte sie. Sekundenlang schloss Daniele die Augen und erinnerte sich an das aufgeweckte Mädchen, welches vertrauensvoll auf seinem Arm gesessen und ihn neugierig gemustert hatte. Entsann sich ihres Elans, mit dem sie die Küche durcheinandergebracht hatte.

Um sich vor Sentimentalitäten zu bewahren, räusperte er sich.

„Mein Beileid", sagte er und meinte es aufrichtig. „Ich werde es meiner Herrin berichten."

„Nein!", kam es unerwartet heftig von seinem Gegenüber. „Tun Sie das nicht! Solange sie annimmt, Linda
sei am Leben, wird sie alles für Arturo tun. Wenn sie
sich gegen ihn stellt, wird er kein Erbarmen mit ihr zeigen."

Daniele runzelte nachdenklich die Stirn. „Marta lebt
jetzt in Rom. Sie kann gar nicht mehr für Ihren Mann
arbeiten."

„Aber Arturo wird sie finden und seine Rache wird
grausam sein!" Mit einem Ruck richtete sie sich auf,
machte einen Schritt auf den Besucher zu und umklammerte dessen Arm.

„Bitte, Sie müssen sie beschützen! Ihr darf nichts passieren! Sie trägt doch keine Schuld."

Daniele nickte perplex und sie ließ ihre Hand sinken.
Zum Abschied murmelte er einen höflichen Gruß und
hastete aus dem Raum.

Während er Minuten später durch das Labyrinth aus
Brücken, Gassen und Kanälen eilte, überlegte er, ob die
Signora recht hatte. Marta täte alles für ihn, solange sie
davon überzeugt war, damit das Leben ihrer Schwester
retten zu können. Es war unausweichlich, ihr eines Tages die Wahrheit zu gestehen. Doch er konnte diesen
Zeitpunkt bis zu dem ohnehin bald eintretenden Ende
ihrer Beziehung hinauszögern. In seinen Gedanken sah
er sie wieder vor sich: ihre geschlossenen Augen, den
leicht geöffneten Mund, die rosigen Wangen. Nein, momentan wollte er ihre geheimen Treffen nicht mit Lindas Tod gefährden.

Als Daniele die Tür hinter sich zuzog und seinen Blick auf Marta richtete, errötete diese und senkte ihr Antlitz. Ob sie es bereute, letzte Nacht mit ihm gegangen zu sein?

Um die angespannte Stille erträglicher zu gestalten, nahm er die gerollten Leinwände, die er unter dem Arm eingeklemmt hatte, in die Hand. Dann ging er zu ihr und setzte sich neben sie auf die Matratze. Als ließe ihre betörende Nähe ihn kalt, rollte er die Zeichnungen aus und starrte darauf.

Da hob sie den Kopf und sah ihn verunsichert an, was er bemerkte, als er sich ihr zuwandte. Zusätzlich entdeckte er ein undefinierbares Gefühl, welches in ihren Augen schimmerte. Die darin enthaltene Eindringlichkeit wühlte ihn auf. Um sich nicht länger mit ihrem Innenleben befassen zu müssen, deutete er auf die Leinwände.

„Ist dir sonst noch etwas aufgefallen?", wollte er betont teilnahmslos wissen.

Aus dem Augenwinkel verfolgte er, wie sie sich von ihm abwandte und auf die künstlerischen Darstellungen konzentrierte. Erleichtert atmete er aus.

Kein Lächeln, kein freundliches Wort, keine liebevolle Geste. Nichts davon hatte Daniele für sie übrig. Martas Körper brannte nach wie vor von den zärtlichen Berührungen, mit denen er sie wie aus einem tiefen Schlaf zum Leben erweckt hatte. Niemals zuvor hatte sie sich so intensiv gespürt, wie während der knappen Stunde in seinem Hotelzimmer. Die Augenblicke, die für sie eine neue Welt geschaffen hatten, waren für Daniele zweifellos belanglos. Nichts an ihm vermittelte ihr den Eindruck, dass sie ihn nachhaltig beschäftigte.

„Fällt dir irgendetwas auf, das wir bisher übersehen haben?", begehrte er plötzlich zu erfahren und bestätigte damit ihre Vermutungen. Betroffen zuckte sie zusammen.

„Nein", flüsterte sie und blinzelte die aufsteigenden Tränen weg.

„Sieh genau hin!", befahl er ungeduldig. „Des Rätsels Lösung liegt vor uns, wir müssen sie nur finden!"

Minutenlang fixierte Marta das Bild, doch da es vor ihren Augen verschwamm, richtete sie sich schließlich auf.

„Wozu soll das alles gut sein? Was erhoffst du dir davon?"

„Das geht dich nichts an", knurrte Esposito und sein Gesicht erstarrte zu einer Maske.

Martas Mut sank, trotzdem betrachtete sie ihn reglos. Dann verschränkte sie die Arme vor der Brust.

„Wohin hast du Linda gebracht?", wollte sie nach einer Weile wissen, in der sie sich schweigend gemustert hatten.

„Nirgendwohin."

Wieder überwältigte sie Angst um das kleine Mädchen. „Aber warum nicht? Du hast versprochen, sie zu holen!"

„Es geht ihr gut", erklärte er ausdruckslos. „Signora Giulia lässt sie keinen Moment lang aus den Augen. Ich habe sie auf dem Weg zum Markt beobachtet."

„Sie sind auf den Markt gegangen?", stieß Marta ungläubig aus. „Das ist vollkommen ausgeschlossen. Arturo gestattet es Giulia nicht, das Haus zu verlassen."

Lässig zuckte Daniele mit den Achseln. „Scheinbar doch. Sonst hätte ich sie nicht beobachten können. Dem Kind fehlt es an nichts."

Marta war felsenfest davon überzeugt, dass er sie belog. Deswegen musterte sie ihn forschend, fand allerdings keinen Hinweis darauf, dass ihr Verdacht stimmte. Aber was hatte sie erwartet? Daniele war ein Verbrecher, ein Mann mit einer dunklen Vergangenheit und einer düsteren Zukunft. Es war für ihn überlebenswichtig, dass man ihm nicht ansah, was in ihm vorging.

„Dann musst du sie holen, bevor ihr etwas geschieht!", drängte sie und Zorn blitzte in seinen Augen auf.

„Sag du mir nicht, was ich zu tun habe!", blaffte er und Marta wich angstvoll vor ihm zurück.

Da war er wieder, der Fremde, vor dem sie sich fürchtete. Der Mann, der sie hatte auspeitschen lassen. Ihr Herz zog sich verletzt zusammen und sie wandte sich schnell ab, blickte, um Beherrschung ringend, auf die detaillierte Abbildung der Bibliothek des patriarchalischen Seminars. Wie so oft in ihrem Leben hätte sie am liebsten geweint. Laut und heftig. Doch wie immer zwang sie sich dazu, ihre Verzweiflung zu überspielen.

„Stattdessen solltest du dich konzentrieren, Mädchen! Ich habe nicht ewig Zeit!"

Sie nickte hoffnungslos.

„Ich kann hier einfach nichts entdecken! Bis auf diesen merkwürdigen Kontinent ist kein Detail ungewöhnlich."

Mit zusammengezogenen Augenbrauen beugte sich Esposito vor und starrte auf den einzigen Hinweis, den er nicht entschlüsseln konnte. Plötzlich stand er wieder in dem Esszimmer seines Elternhauses und beobachtete den Vater, der einen Nagel in die Wand schlug und das Bild von Innozenz XI. aufhängte.

„Es ist ein Geschenk unseres Bischofs", hatte Signore Riva damals erklärt. „Als Dankeschön für die Gondel, die ich ihm gebaut habe."

Noch während er auf die Wand im Esszimmer starrte, veränderte sich der Hintergrund und plötzlich hing das Bild im Salon der Carusos. Daniele blinzelte. Einmal, zweimal. Wieder verwandelte sich die Umgebung und das Porträt erblasste. Nur das Wappen fügte sich in die neue Stelle, direkt vor seinen Augen, wurde zu einem Kontinent.

„Mein Gott", stieß er verblüfft hervor, „es ist das Emblem von Innozenz XI.!"

Sekundenlang drehte sich die Welt um ihn herum, dann wandte er sich Marta zu, ohne sie wahrzunehmen. „Was, verdammt, hat der vor einer Ewigkeit verstorbene Papst mit dieser vertrackten Angelegenheit zu schaffen?"

Er konnte nicht mehr still sitzen und sprang auf. Aufgewühlt schritt er im Raum auf und ab. „Ich muss ein weiteres Mal ins Seminar. Möglicherweise finde ich diesmal eine Spur!" Frustriert entdeckte er, dass die Schatten vor dem Fenster länger wurden. „Morgen. Heute ist es schon zu spät." Mit einem Ruck hielt er inne. „Verflucht, es ist Freitag. Die Bibliothek öffnet erst am Montag wieder."

Er war so kurz davor, das Geheimnis zu lüften. Mit jeder Faser seines Leibes spürte er es. Die beiden kommenden Tage würden ihn auf eine harte Probe stellen. Sein Blick glitt zurück zu Marta, die mit verschränkten Armen auf der Matratze saß und die Zeichnung taxierte. Zum Glück hatte er begonnen, die junge Frau an seine Hand zu gewöhnen. Somit stand kein Hindernis im Weg, welches sie davon abhalten würde, ihn auf andere Gedanken zu bringen. Zumindest in den Nächten.

„Halte dich nach Sonnenuntergang bereit", befahl er, rollte die Leinwände zusammen und verließ, ohne einen letzten Blick zurückzuwerfen, das Zimmer.

10

Es tat fürchterlich weh zu erkennen, dass er nichts für sie empfand und sie für ihn offenbar nicht mehr als eine Ablenkung bedeutete. Daniele hatte nie einen Zweifel daran gelassen, dass Marta ihm als Zeitvertreib diente. Trotzdem hatte sie es nicht zu verhindern vermocht, dass ihm ihr Herz zugeflogen war. Als wäre dies nicht das Dümmste, was sie zulassen konnte. Doch bis auf jenen Moment, als er sie Bernardi überlassen hatte, war er nie grausam zu ihr gewesen. Im Gegenteil, er hatte sie weitaus besser behandelt als alle Männer, denen sie bisher begegnet war. Was hätte sie dem entgegenzusetzen, wie sich ihm verweigern können?

„Marta?" Sie blinzelte und bemerkte, dass Daniele sie eindringlich musterte. „Los, steig in die Wanne!"

Mit einem Schlag kehrte sie in die Gegenwart zurück und blickte auf das klare Wasser in dem Becken vor sich. Es war keine volle Stunde her, seit sie San Stae verlassen hatten. Sie hob ein Bein und stieg hinein. Wider besseren Wissens sah sie zu ihm auf und beobachtete, wie er sich ebenfalls entkleidete. Verwirrt stellte sie fest, dass er zu ihr kam. Er hob sie auf seinen Schoß, dann legte er eine Hand an ihre Wange, streichelte sie sanft. Wenn sie beisammen waren, sprach er kaum mit ihr. Auch jetzt sagte er nichts, bohrte nur seinen Blick in ihren. So verzweifelt sie sich auch darum bemühte, konnte sie ihn nicht finden, ihn nicht erreichen. Er hatte sich vor ihr verschlossen und würde sich ihr niemals öffnen. Mehr als diese innigen Minuten würde sie nie bekommen. Marta ahnte es tief in ihrem Herzen.

Er zog sie näher und strich mit den Lippen über ihren Mund. Sie schwieg ebenso, verbot es sich, ihm ihre Gefühle zu offenbaren. Daniele war nicht hier, um ihr geheimes Ich zu erkunden. Alles was er wollte, war seine Lust zu befriedigen. Marta durfte nicht vergessen, dass sie eine günstige Gelegenheit dafür darstellte. Mehr nicht.

Obwohl sie machte, was er forderte, bemerkte Daniele, dass sie nicht so nah bei ihm war wie in der Nacht zuvor. Als hielte sie irgendetwas vor ihm zurück. Mit keiner anderen Handlung hätte sie ihn tiefer treffen können, als mit der Weigerung, sich ihm vollkommen hinzugeben. Gleichgültige Geschöpfe hatte er genug unter sich liegen gehabt. Gestern hatte er geschmeckt, wie es sich anfühlte, wenn sich eine Frau allein auf ihn ausrichtete. Es hatte ihm gefallen und ihn verlangte erneut danach.

„Was muss ich tun?", fragte er heiser und richtete sich auf.

Nachdem sie aus der Wanne gestiegen waren, hatte er ihren Rücken eingecremt und festgestellt, dass die Striemen gut verheilten. Deswegen hatte er sie aufs Bett gelegt, um es auf einen Versuch ankommen zu lassen. Sie hatte alles mitgemacht, hatte auf seine Berührungen reagiert und doch ... da fehlte etwas.

Sie blinzelte, öffnete die Augen und sah ihn verständnislos an. „Ich verstehe nicht ...", flüsterte sie scheu.

„Was muss ich tun, damit es wie gestern wird?", wiederholte er die Frage ungeduldig.

An ihrem Gesichtsausdruck war abzulesen, dass sie sich nach wie vor nicht erklären konnte, worauf er hinauswollte. Wie um ihn in seiner Annahme zu bestätigen, deutete sie zum breiten Armsessel.

„Nein, das meinte ich nicht. Ich spreche von dir."

Martas Brauen zogen sich sekundenlang zusammen und ihre Augen weiteten sich fragend. Dann sah er Angst, die sich wie ein Schatten über ihre Pupillen legte. Befürchtete sie, seinen Erwartungen nicht zu entsprechen und deswegen von ihm misshandelt zu werden? Ja, es stimmte, dass sie sein Sehnen nicht erfüllte, dennoch würde er ihr nicht wehtun. Wie konnte sie Derartiges nur vermuten?

Trotzdem widerstrebte es ihm, sie zu beruhigen. Angst war immer ein guter Motivator, um die eigenen Wünsche durchzusetzen. Da er sie nach wie vor unverwandt anstarrte, drehte sie ihr Gesicht von ihm fort. Nachdenklich betrachtete er ihren fein geschwungenen Hals, ihre zart gerundete Wange und den dunklen Ansatz ihrer Augenbraue. Wie es aussah, verweigerte sie ihm diesen Teil von sich, den er begehrte, deswegen musste er ihn irgendwie aus ihr herauslocken. Er würde sie dazu treiben, dass sie den Grund ihrer Zurückhaltung hinter sich ließ, um sich ihm unter seinen Fingerkuppen auszuliefern und alles preiszugeben, was sie ausmachte. Das erhabene Gefühl, jemanden absolut zu besitzen, welches er in der vergangenen Nacht erstmalig empfunden hatte, war zu berauschend, um nicht erneut davon zu kosten. Es zu trinken und mit jeder Pore seiner Haut aufzusaugen. Wenn sie sich ihm nicht freiwillig schenkte, würde er ihren Schutzwall durchbrechen und sie ausplündern, bis nichts mehr von ihr übrig wäre. Erst dann würde er zufrieden sein, gesättigt von ihrer Unschuld, ihrer Kapitulation, ihrer Lebendigkeit. Entschlossen setzte er sich auf und beugte sich über ihren weichen Leib. *Du wirst mir nicht entkommen! Das werde ich nicht zulassen!*

Auf der Matratze in ihrem persönlichen Gefängnis rollte sich Marta zusammen und weinte leise. Obwohl er sie vor wenigen Minuten verlassen hatte, fühlte sie Danieles Körper noch immer auf sich, seine Hände, die sie reizten, bis sie sich nicht mehr vor ihm verbergen konnte und ihm gab, was er forderte. Er war sanft, zärtlich zu ihr gewesen, doch die Verbissenheit in seinen Augen hatte sie schwer verletzt. Als wäre sie der Beweis dafür, dass seine Liebkosungen nicht seinem Herzen entsprangen, sondern einem geheimen Plan folgten, den er ersonnen hatte. Sie hatte keinen blassen Schimmer, was in ihm vorging, konnte sich nicht erklären, weshalb sie so unglücklich war, obwohl er sie gut behandelte. Trotzdem schmerzte ihr Inneres, als hätte er es entzweigerissen. Ob sie jemals den besitzergreifenden Blick seiner harten Augen vergessen würde, mit dem er sie wie einen Siegespokal betrachtet hatte? Schutzlos hatte sie sich ihm ausgeliefert, hatte nackt vor ihm gestanden, ihr aufgerissenes Herz in den Händen, das sie ihm zitternd hingehalten hatte. Das Lächeln, welches seinen Mund geteilt hatte, peinigte sie wie Salz in einer offenen Wunde. Es hatte sie verletzt, nicht geheilt. Beunruhigt warf sie sich auf ihrem Lager von einer Seite auf die andere, kämpfte darum, die Erinnerungen zu verscheuchen. Erst im Morgengrauen fiel sie in einen leichten Schlaf.

Bernardi betrachtete ihn mit diesem Blick, der Daniele in Alarmbereitschaft versetzte. War ihm nicht entgangen, dass er sich mit Marta in der Nacht aus dem Haus geschlichen hatte? Esposito beschloss, die aufsteigende Beunruhigung zu ignorieren und sein Gegenüber stattdessen mit Informationen zu füttern, nach denen es lechzte.

„Ich habe ihn gefunden", sagte er deshalb leichthin und blies in den Kaffee in seiner Tasse.

Wie erwartet entlockte diese Mitteilung Bernardi eine Reaktion und er straffte die Schultern. Sonst wies nichts darauf hin, dass ihm das Gesagte etwas bedeutete. Er schwieg, forderte Daniele nicht dazu auf, weiterzusprechen. Deswegen fuhr dieser fort: „Sein Name lautet, wie bereits erwähnt, Arturo Caruso. Er ist der Kopf der Rossis und wird von den Venezianern gefürchtet wie kein anderer."

„Caruso?", brummte Bernardi und sein Blick wanderte ins Freie. „Ist er mit Marta verwandt?"

„Nein."

Daniele leerte die Tasse und stellte sie ab. „Wir sehen uns später", sagte er und ging.

Nachdem Daniele im Hotel gefrühstückt hatte, kehrte er auf sein Zimmer zurück, zog einen Bogen des hoteleigenen Briefpapiers aus der Lade eines zierlichen Sekretärs und griff nach einer Feder. Dann begann er alle Fakten niederzuschreiben. Jedes Detail, welches ihm zu den Zeichnungen einfiel, brachte er zu Papier und musterte kurze Zeit später eine spärliche Liste vager Sachverhalte. Verdammt! Es war nicht so leicht, das Rätsel zu lösen, wie er vermutet hatte. Abgesehen davon saß ihm Bernardi im Nacken. Ein weiterer Fehltritt und Daniele hätte den Schutz des Patrons verwirkt, der schon lange ein Auge auf das reiche Venedig geworfen hatte. Wie jedes Mal, wenn er über die Konsequenzen, die sich aus seinem Handeln ergeben könnten, nachdachte, unterband er die darauffolgenden Überlegungen. Sein Körper bezeugte die Brutalität des Syndikats eindrücklich. Und er war ihr Mitglied, kein Feind. Er drehte die Hand und starrte auf die verbrannte Handfläche. Er war einer von ihnen und sie hatten ihn gezeichnet, als Eigentum gebrandmarkt. Käme er in die Gewalt einer anderen Familie, würde diese jedes Mal zu deuten wissen. Die vernarbte Haut bürgte für seine Mitgliedschaft. Die Tätowierung hatte man ihm gestochen, nachdem er fünf Männer ermordet hatte. Die Narbe auf dem Oberkörper hatte ihm sein Padre zugefügt, als Zeichen, dass er ihm bis zum Lebensende verpflichtet war. Die Peitschenhiebe hatte ihm der Patron selbst verpasst – sie wiesen Daniele als einen seiner engsten Vertrauten aus. Es gab nur vier von ihnen, den sogenannten Elettos, und trotzdem hatte der Patron Bernardi mit ihm auf diese Mission geschickt. Damico traute nicht einmal seiner rechten Hand. Wenn Bernardi dem Familienoberhaupt von der Eheschließung des Elettos berichtete oder davon, dass er sogar mit einem Mädchen geschlafen hatte, das nicht Bernardi ihm zugeführt hatte, wäre Daniele so gut wie tot. Nicht körperlich tot. Denn die Männer des Syndikats würden dafür sorgen, dass er jede Sekunde seines restlichen Lebens für die Missachtung der Regeln würde büßen müssen. Ganz zu schweigen von der Bestrafung, der man ihn aussetzen würde, wenn jemand erführe, dass er eigene Pläne verfolgte und Zeit, die ihm nicht gehörte, für die Nachforschungen verschwendete.

Daniele wusste, dass er auf einem Pulverfass saß, welches jederzeit explodieren konnte. Als Marta ihn geküsst hatte, hatte sie damit sinnbildlich die Lunte in Brand gesteckt. Der Eletto hoffte, dass er dem Clanoberhaupt geliefert hatte, wonach sich dieser verzehrte, wenn das Fass in die Luft flog und er dessen Anerkennung und nicht seine Verachtung errungen hatte. Dann hätte er die eigene Haut gerettet und man würde über die kleinen, von ihm begangenen Fehltritte hinwegsehen, sollten sie jemals ans Tageslicht kommen. Momentan galt es, sich zu konzentrieren und mehr als zwanzig Jahre zurückzudenken. In jener Nacht, als sein Vater ermordet worden war ... wer hatte die Stadt regiert? Woran konnte er sich erinnern?

Daniele schloss die Augen. Der damalige Sindaco war ein Mitglied der Bianchis gewesen, ja, jetzt entsann er sich. Sein Vater hatte sich damit hinter verschlossenen Türen gebrüstet. *Er ist einer von uns, aber das ist ein Geheimnis. Keiner darf jemals davon erfahren.*

Die eindringlichen Worte Signore Rivas waren Daniele in Fleisch und Blut übergegangen, sodass er jenen Fakt bis zum heutigen Tag vergessen hatte und sich ihm dieser Zusammenhang erst jetzt wieder offenbarte. Obwohl er sich verbissen den Kopf zermarterte, konnte er sich nicht an weitere Mitglieder der Familie Bianchi erinnern. Wie ein Blitz zuckte Martas Erzählung durch seinen Geist, als sie davon berichtet hatte, wie ihr Vater Arturo verboten hatte, den Name der Bianchis je wieder zu erwähnen und ihm dann eine Tätowierung aus dem Oberarm geschnitten hatte. War es möglich und Arturo war ebenfalls einst Teil jener Familie gewesen, die vor vielen Jahren ausgerottet worden war?

Daniele holte tief Luft. Wenn das der Fall war, galt es zu entschlüsseln, was es zu bedeuten hatte. Wer war Arturo in Wahrheit? Was war mit dem einstigen Bürgermeister geschehen und wie sollte er dieses Rätsel jemals lösen? Aber vor allen Dingen musste er sich der Frage stellen, welche Rolle sein Vater dabei gespielt hatte.

Als Daniele, kaum klüger als zuvor, am Abend nach San Stae zurückkehrte, saß Bernardi rauchend auf einem Stuhl und blickte ihm entgegen, als würde er ihn erwarten. Bei seinem Eintreten drückte er die Zigarette in einem Aschenbecher aus Glas aus und erhob sich. Eine ungute Vorahnung überfiel Esposito und er schloss die Tür nachdrücklich hinter sich.

„Wurde aber auch Zeit", stellte Bernardi fest und steuerte die Tür an. „Komm mit!"

Daniele ließ sich nicht anmerken, wie beunruhigend er das Verhalten des anderen empfand und folgte ihm wieder ins Freie. Schweigend eilten sie menschenleere Gassen entlang, tauchten immer tiefer in die verborgenen Eingeweide Venedigs ein, jene düsteren Orte, welche redliche Bürger mieden. Hier brannten keine Straßenlaternen mehr, sie waren schon vor langer Zeit der Sabotage der *Codega* zum Opfer gefallen. Das Geschäft ebendieser Vereinigung bestand darin, Stadtbewohner mit einer Laterne auf ihren Wegen zu begleiten. Seit dem Aufkommen der öffentlichen Beleuchtung kämpften ihre Mitglieder gegen den mächtigen Konkurrenten. In diesem heruntergekommenen Stadtteil hatte man es offensichtlich aufgegeben, die Lampen wieder zu reparieren.

Der Argwohn Danieles wuchs, trotzdem hatte er keine andere Wahl, als Bernardi zu folgen. Eine Weigerung wäre zu verdächtig gewesen.

Es war stockdunkel, als sein Begleiter eine Tür aufstieß und einen schummrigen Raum betrat. Ein breites Bett drängte sich augenblicklich in Danieles Blickfeld. Neben der Tür wartete Bernardi, bis sein Begleiter eingetreten war, dann zog er sie zu. Er machte eine auffordernde Geste in Richtung Schlafstätte und Daniele richtete seine Aufmerksamkeit erneut darauf. Im hier vorherrschenden fahlen Licht war ihm der dunkle Umriss einer Frau zuvor entgangen. Doch während er sich ihr näherte, zeichnete sie sich immer deutlicher auf dem hellen Laken ab. Sie bewegte sich nicht und Daniele überlegte, ob sie bei Bewusstsein war. Im Endeffekt war es egal, denn ihm graute davor, zu tun, was man von ihm erwartete. Jetzt, da er dank Marta den Unterschied kannte, widerstrebte es ihm umso mehr, diesen schlaffen Körper zu berühren.

„Mach schon, wir haben nicht ewig Zeit", brummte Bernardi und Esposito warf ihm einen Blick über die Schulter zu.

„Ich werde mich beeilen und zu dir in die Bar kommen, wenn ich fertig bin."

„Ich bleibe."

Daniele wusste, dass ein nun vorgebrachter Protest ihn verraten würde. Zweifellos ahnte Bernardi etwas von seinen heimlichen leidenschaftlichen Abenteuern mit Marta und stellte ihn auf die Probe. Mit fest aufeinandergebissenen Zähnen zwang er sich dazu, die Hose zu öffnen und sich auf den schlaffen Leib zu legen. Aber sein Ekel nahm überhand und unterband eine körperliche Reaktion seinerseits. Ein derartiges Versagen war ihm nie zuvor passiert und er hätte sich nie träumen lassen, jemals dankbar dafür zu sein. Doch in diesem Moment war er es.

Damit Bernardi keinen Verdacht schöpfte, bewegte er die Hüften in schnellem Rhythmus, seine Schenkel klatschten gegen ihre. Als er lange genug auf- und abgewippt war, richtete er sich auf und schloss die Hose. Dann wandte er sich um.

„Fertig", sagte er und verließ den Raum festen Schrittes, ohne ein einziges Mal zurückzublicken.

Ihm war sogar einerlei, ob Bernardi ihm folgte. Jetzt hatte er hoffentlich jeglichen Verdacht im Keim erstickt.

Auf dem Rückweg musste er sich zu einem gemächlichen Tempo zwingen, das im Kontrast zu seinem drängenden Wunsch stand. Nach dem, was soeben vorgefallen war, konnte er es kaum erwarten, die Wärme von Martas Haut unter seinen Handflächen zu spüren. Der Gedanke, sich für unbestimmte Zeit zurückhalten zu müssen, da er keinen Einfluss darauf hatte, wann sich Bernardi zu Bette begab, brachte ihn an seine Grenzen. Er wollte sie jetzt. Damit sie die Erinnerungen an dieses leblose Wesen verscheuchte.

Als er die Tür ihrer Wohnung aufsperrte, hörte er Bernardis Schritte hinter sich und Erleichterung ließ ihn tief einatmen.

„Gute Nacht", wünschte er und verschwand über die Treppe in den oberen Stock, ohne auf eine Antwort zu warten.

Da Martas Rücken gut verheilt war, musste er nicht länger rücksichtsvoll sein. Deswegen presste er ihren Körper in die Matratze, begrub sie komplett unter sich. Jeden Laut, der sich ihrer Kehle entrang, atmete er tief ein. Nein, er würde nichts von ihr zurücklassen und alles nehmen, was er bekommen konnte. Ihr pulsierendes Leben gab ihm neue Kraft und erweckte einen Kampfgeist in ihm, den er in derartiger Form nicht kannte.

Viel zu schnell war die Zeit vergangen und sie begaben sich auf den Rückweg nach San Stae. Während er den Hotelzimmerschlüssel aus dem Schloss zog, stellte Daniele mit Befremden fest, dass es ihm schwerfiel, sich von der jungen Frau loszureißen. Die knappe Stunde mit ihr reichte nicht aus, um ihn zu sättigen. Sie hatte einen Hunger in ihm ausgelöst, der unstillbar war.

Auf leisen Sohlen huschten sie durch einen Torbogen, als Marta entsetzt aufschrie und zu Boden stürzte. Blitzschnell wirbelte er herum und erkannte zwei Männer mit gezückten Messern.

„Gib uns, was du hast und wir verschonen dich", bellte einer der beiden und trat auf Daniele zu.

Kurz bohrte der seine Augen in die des Angreifers, dann sah er zu Marta. Diese kauerte auf dem harten Straßenpflaster und umschloss mit einer Hand das Handgelenk ihrer anderen. Er musste kein Hellseher sein, um zu erkennen, dass sie Schmerzen hatte. Daniele lenkte seine Konzentration auf sein Gegenüber zurück, das nur mehr zwei Schritte von ihm entfernt war. Im nächsten Moment war der junge Eletto bei ihm und das Messer fiel klirrend zu Boden, während ein paar schnelle, präzise platzierte Fausthiebe den Mann niederstreckten. Bevor der zweite Angreifer erfassen konnte, was soeben geschehen war, lag er gleichermaßen reglos im Dreck. Daniele kannte keine Gnade und rammte den Halunken ihre eigenen Klingen in die Brust. Marta bewegte sich nicht, verharrte erstarrt gegen eine Mauer gedrückt.

„Worauf wartest du, Mädchen? Komm, wir müssen dringend von hier verschwinden!"

Hilfsbereit streckte er ihr seine Hand entgegen, doch sie griff nicht danach und kam mühsam auf die Beine. All das ging ihm zu langsam, deshalb warf er sie sich über die Schulter und begann zu laufen. Erst in der Gondel setzte er sie ab.

„Und jetzt rudere so schnell es dir möglich ist!"

Sie verlor alle Farbe und deutete auf ihr Handgelenk.

„Ich kann nicht, es tut weh und ich werde das Paddel nicht halten können." Ihre Verzweiflung war deutlich herauszuhören. „Was machen wir nun?"

Sekundenlang musterte er sie und fand nur einen einzigen Ausweg aus dieser Misere.

„Setz dich!", befahl er und griff nach dem Ruder.

Ungläubig beobachtete Marta, wie er das Seil löste und geschmeidig aufs Heck sprang.

„Daniele, was hast du vor? Um eine Gondel zu lenken, benötigt man jede Menge Erfahrung. Man kann sie nicht wie ein normales Boot steuern!"

Mit dem Fuß stieß er das Gefährt von der Mauer ab und als es in die Mitte des Kanals glitt, meinte er, für einen flüchtigen Augenblick zwanzig Jahre jünger zu sein. Die Abfolge der ausgeklügelten Bewegungen war ihm einst in Fleisch und Blut übergangen. Jetzt führte er sie aus, als hätte er niemals etwas anderes gemacht. Das Boot schaukelte vertraut unter seinen Füßen. Er senkte sein Antlitz und sah zu Marta, die ihn mit offenem Mund anstarrte. Ihm war bewusst, dass er sich soeben verraten hatte. Nur ein Venezianer vermochte eine Gondel auf diese Art zu steuern. Die Tatsache war ihr nicht entgangen.

„Wer bist du?", flüsterte sie ängstlich, doch er schüttelte den Kopf und legte beschwichtigend einen Finger über seine Lippen, als Zeichen, dass sie leise sein sollte.

Sie war zu jung, um wissen zu können, was sich damals zugetragen hatte, um die Geschichte von der Ermordung seines Vaters gehört zu haben. Vermutlich war sie noch nicht einmal auf der Welt gewesen, als er bereits in Rom ums nackte Überleben gekämpft hatte.

Trotzdem war sie erschreckend klug und an dem Beben ihres Körpers konnte er ablesen, dass sie die richtigen Schlüsse zog: Ein Mann, der seine Herkunft bewusst verbarg und unter falschem Namen in seine Heimatstadt zurückkehrte, war eine unkalkulierbare Gefahr.

In dem Augenblick, als Daniele die Gondel mühelos durch den Kanal steuerte, verwandelte sich Martas Vermutung, dass etwas Dunkles hinter der schönen Fassade des Fremden lauerte, in Gewissheit. Sie wünschte sich von ganzem Herzen, sich geirrt zu haben, doch seine geschmeidigen Bewegungen bezeugten, dass seine wahre Identität Venedigs Grundpfeiler zu erschüttern vermochte. Alles, was sie über ihn wusste, fachte ihre Angst zusätzlich an. Was würde er nun mit ihr anstellen, da sie sein Geheimnis kannte? In seinen Kreisen war es üblich, unbequeme Mitwisser zu ermorden. Jetzt stellte sie ein Risiko für ihn dar. Jedenfalls konnte er nicht darauf hoffen, dass sie den Mund hielt und niemandem verriet, dass er ein Sohn dieser Stadt war. Da er zu rudern vermochte, fiele es nicht schwer, Rückschlüsse auf seine Herkunft zu ziehen.

Marta senkte den Kopf und starrte auf ihre Hände, ohne etwas zu sehen. Wäre sie doch nicht gestürzt! Wären diese dummen Diebe nicht über sie hergefallen, ahnte sie nach wie vor nichts von seiner beängstigenden Vergangenheit. Dann glaubte sie noch immer der Geschichte, er stamme aus Rom.

Während sie leise durch die Dunkelheit glitten, war sich Marta vollkommen sicher, dass Daniele längst ihr Todesurteil gefällt hatte. Verzweifelt schloss sie die Augen und die Erinnerung daran, wie er die bewusstlosen Männer erstochen hatte, stieg in ihr auf. Er hätte sie nicht töten müssen. Die Diebe hatten ihnen nichts mehr anhaben können und trotzdem mit dem Leben für ihre Tat bezahlt. Warum hatte Daniele sie, Marta, nicht ebenfalls dort zurückgelassen? Vermutlich, weil Arturo sie identifiziert und damit unliebsame Fragen aufgeworfen hätte. Deshalb war es naheliegender, dass der Fremde sie verscharren oder ihre Leiche, von Steinen beschwert, weit draußen ins Meer werfen würde. Die Vorstellung jagte kalte Schauer über ihren Rücken.

Als die Gondel einen Steg rammte, schreckte sie auf. Daniele sprang an Land und vertäute das Boot, dann streckte er ihr eine Hand entgegen. Gezwungenermaßen ließ sie sich von ihm helfen. Schweigend kehrten sie zu ihrer Unterkunft zurück. Anstatt sich zurückzuziehen, verschloss er die Zimmertür und legte sich zu ihr auf die Matratze. Gebieterisch zog er ihren Leib nah an sich heran. Dabei wurde ihr Rücken gegen seinen Brustkorb gepresst. Sein Mund ruhte direkt über ihrem Ohr und sein Griff war hart und unerbittlich.

„Als Arturos Schwester ist dir vermutlich klar, dass ich dich jetzt töten muss", flüsterte er leise, sodass man nicht einmal einen Meter von ihnen entfernt hätte verstehen können, was er sagte.

Marta nickte und Tränen zwängten sich unter ihren geschlossenen Augenlidern hervor.

„Wenn ich es nicht tue, bedeutet es, dass du mir dein Leben schuldest", fuhr er tonlos fort.

Ein Funken Hoffnung entzündete sich in ihr. Bestand die geringe Möglichkeit, dass er sie verschonen würde?

„Ja", flüsterte sie.

„Niemand darf davon erfahren. Wenn Bernardi von meiner Herkunft Wind bekommt, sind wir beide des Todes."

„Ich verrate nichts", beteuerte sie.

„Gut." Er gab sie frei und setzte sich auf. Obwohl er jetzt Gnade walten ließ, wusste er, dass er sie eines Tages würde töten müssen. Dann, wenn seine Aufgabe hier erledigt war. Bedauerlicherweise veränderte sein Verlangen nach ihr seine Umstände nicht im Geringsten. Denn er unterstand nach wie vor der Maxime seiner Familie, welche lautete: *Es gibt keine Zeugen. Nie.*

Bis zu dem nicht weit entfernt liegenden Zeitpunkt wollte er sich jedoch an ihr berauschen. Er war überzeugt davon, eines Tages genug von ihr zu haben. Sobald dies einträte, fiele es ihm unzweifelhaft leicht, sie aufzugeben.

Behutsam umschloss er ihr verletztes Handgelenk, taste darüber. „Kannst du deine Hand bewegen?"

„Ja." Marta kreiste ihr Handgelenk, verzog dabei den Mund. „Aber es tut weh."

„Vermutlich ist es geprellt und nicht gebrochen. In ein paar Tagen wird der Schmerz nachgelassen haben."

Sie nickte, wich seinem Blick dennoch aus und er fragte sich, was er anstellen musste, um von ihr wieder so angelächelt zu werden wie damals am Küchentisch, als sie zu viel Wein getrunken hatte. Leise kam er auf die Beine, griff nach der Lampe und schlich zur Tür.

„Gute Nacht", wünschte er und ließ sie hinter sich zurück.

11

Die frische Luft des letzten Gewitters hatte sich verzogen, war jenem eindringlichen Fischgestank gewichen, der an manchen Tagen geradezu stechend war. Venedigs Atem war schon am Morgen dunstig und legte sich feucht auf die Wangen der Bürger. Nachdem Daniele sein Frühstück im Hotel eingenommen hatte, wechselte er erneut die Kleidung und hastete, als Arbeiter verkleidet, durch den Hinterausgang aus dem Gebäude. Die Kirchenglocken der unzähligen Kirchen läuteten und riefen die Gläubigen zur Messe, die dieser Aufforderung festlich gekleidet nachkamen. Gleichzeitig mit ihrem Verstummen kehrte wieder Ruhe auf den Straßen ein.

Daniele war in etwa zwanzig Minuten gegangen, als er um eine Ecke bog und sekundenlang innehielt. Seit er nach Venedig zurückgekehrt war, hatte er es vermieden, hierherzukommen. Trotzdem hatte er geahnt, dass er dem nicht würde entkommen können. Die kleine Brücke mit dem schmiedeeisernen Geländer spannte sich wie in seiner Erinnerung über den Kanal. Wie oft war er als Knabe darübergelaufen? Zögernd ging er ein paar Schritte weiter. Da waren die Stufen, die zur Wasseroberfläche hinunterführten und das Einsteigen in die Gondeln erleichterten. Hier hatte ihm sein Vater die unterschiedlichen Stellungen des Ruders erklärt und ihm beigebracht, eine Gondel zu lenken.

Sein Blick wanderte zu einem Haus, welches rechtwinklig von zwei Kanälen eingegrenzt wurde. Obwohl er die andere Seite nicht sehen konnte, wusste er, dass es dahinter einen Steg gab, an dem Signore Riva früher die fertiggestellten Gondeln befestigt hatte, bis sie vom neuen Eigentümer abgeholt worden waren. Bei näherer Betrachtung stellte Daniele fest, dass sich das Haus von jenem in seiner Erinnerung unterschied. Aber das wunderte ihn nicht, da sich Gebäude und Gedankenbilder im Laufe der Zeit veränderten. Selbst Venedig hatte sich, einem riesigen Organismus gleich, gewandelt, hatte sich ausgedehnt, war fetter geworden und hatte sich mancher Geschwüre entledigt.

Daniele atmete tief durch und setzte seinen Weg fort. Drei Bauwerke weiter betätigte er einen schweren Türklopfer und lauschte angespannt. Leichte Schritte näherten sich ihm, dann wurde die Tür geöffnet und eine wohlgenährte Dienstmagd lugte ihn voller Neugier an.

„Ich muss zu deinem Herren", erklärte Daniele. „Ist er zu Hause?"

„Nein, tut mir leid, Signore. Er besucht die heilige Messe."

„Wann erwartest du ihn zurück?"

„In rund einer Stunde."

„Gut. Danke."

Daniele wandte sich um und er hörte, wie die Tür hinter ihm einschnappte. Gemächlich schlenderte er zu den Stufen zurück und ging in die Hocke. Mit der Handfläche fuhr er über den grauen Stein und wieder meinte er, in der Zeit zurückzureisen. Als könnte er sich nicht in dieser Stadt aufhalten, ohne in den Sog seines Ursprungs zu geraten. Nachdenklich setzte er sich und musterte sein ehemaliges Zuhause. Wem es wohl jetzt gehörte? Seine Gedanken begaben sich auf eine Reise und plötzlich stand er auf der Gondel und blickte zum Elternhaus zurück. Sah, wie sich sein Vater umwandte und im Inneren verschwand. Angst und Verzweiflung fuhren in Danieles Glieder und er fühlte sich verlassen wie nie zuvor. Obwohl er ein Junge gewesen war, hatte er untrüglich gewusst, dass er den Vater nie wieder sehen würde, seinen Weg ab jetzt allein finden musste.

„Signore Esposito?"

Eine vertraute Stimme riss ihn aus der Versunkenheit und er fuhr herum. Francesco stand neben ihm und blickte auf ihn herab. Schnell erhob sich der Sitzende und reichte seinem Freund die Hand.

„Signore Stormare, ich habe auf Sie gewartet. Hätten Sie einen Augenblick Zeit?"

Sein Gegenüber drehte sich um und erst jetzt bemerkte Daniele eine Frau, welche von einer Schar Kinder umringt war. Alle musterten ihn interessiert.

„Geht schon voraus", bat der Zimmermann. Woraufhin sich seine Familie umwandte und ihrem Haus entgegenstrebte.

Kurz schaute Francesco ihnen nach, dann wandte er sich zu Daniele. „Was kann ich für dich tun?"

Daniele drehte den Kopf und blickte auf den Kanal. „Besitzt du eine Gondel?"

„Ja. Es ist die meines Vaters."

Dabei musste es sich um eines jener Boote handeln, die Signore Riva einst angefertigt hatte. Daniele schnappte angesichts der Wehmut, die ihn mit einem Schlag überwältigte, nach Luft. Doch er hatte sich sofort wieder im Griff.

„Könnten wir …?"

„Gewiss. Aber unser Versteck gibt es nicht mehr. Es fiel einem Palazzo zum Opfer."

„Hast du eine andere Idee?"

„Ja, wir rudern bis zur Fünfhundert-Meter-Boje."

„Klingt nach einem Plan."

„Dann komm!"

Schweigend schritten sie zu jenem Haus, an dessen Tür Daniele zuvor geklopft hatte, doch sie hielten nicht an, sondern gingen an der Breitseite daran vorbei und gelangten zu einer schmalen Anlegestelle. Drei Gondeln schaukelten auf den schwachen Wellen. Daniele wusste sofort, welches der Boote Francesco gehörte. Obwohl sich die venezianischen Flachboote überaus ähnlich sahen, gab es kleine Unterschiede, winzige Details, die nur Kenner entdeckten und deren Markierung entschlüsseln konnten. Jede nach außen zeigende Einbuchtung des Ferros, dem unverwechselbaren Bugeisen, symbolisierte je einen Stadtteil von Venedig, der Bogen über der obersten Delle die Rialto-Brücke und die S-Form des gesamten Beschlags den Canale Grande. Über all dieser Symbolik saß der Hut des Dogen an der Spitze. In den hatte sein Vater stets drei kleine Kerben gearbeitet, welche nur jemand bemerkte, der danach suchte. Flüchtig strich Daniele über jenes Zeichen, als er daran vorbeiging und setzte sich ins Boot.

Francesco steuerte sie durch den schmalen Kanal auf den Canale Grande und weiter hinaus aufs Meer. Kaum hatten sie die schützenden Mauern der Stadt hinter sich gelassen, wurde der Wellengang rauer und Windböen zerrten an ihrer Kleidung. Daniele hatte es einst geliebt, sich der ungestümen See auszuliefern und mit seinem Freund um die Wette zu rudern.

Als sie die Fünfhundert-Meter-Boje erreichten, befestigte Francesco das Flachboot und setze sich ihm gegenüber hin. Ernst blickte er ihn an.

„Was willst du wissen?", fragte er, da Daniele beharrlich schwieg.

„Berichte mir, was damals geschehen ist."

Francesco löste den Augenkontakt und sah an seinem Freund vorbei auf die Silhouette ihrer Heimatstadt.

„Bist du sicher, dass du die Vergangenheit nicht ruhen lassen willst? Ist das der Umstand, weshalb du hier bist?"

„Über meine Gründe kann ich nicht sprechen. Aber ich habe lange genug im Dunkeln getappt, mir vorgestellt, was vorgefallen ist, nachdem ich nicht mehr da war. Ich ertrage diese Ungewissheit nicht länger."

Francesco seufzte. „Also gut, wenn es sein muss, berichte ich dir. Aber bedenke, dass es Jahre zurückliegt und meine Erinnerungen getrübt sind." Francesco lächelte verschmitzt, doch Daniele verzog keine Miene.

„Ich nehme an, du interessierst dich für jene Nacht, von der ich bis vor wenigen Tagen angenommen hatte, sie berge deine Todesstunde."

Daniele nickte unmerklich.

„Ich erwachte von dem Lärm der Vigili del Fuoco."

„Der Vigili del Fuoco?"

„Dein Elternhaus brannte lichterloh und das Feuer war im Begriff, aufs Nachbarhaus überzugreifen."

Daniele schloss die Augen und sah, als wäre er selbst anwesend, wie zuckende Flammen aus den Fenstern leckten. Kein Wunder, dass ihm das Haus, welches jetzt an jenem Ort stand, fremd erschienen war.

„Man fand die verkohlte Leiche deines Vaters, die man am Ehering identifizierte, den er niemals abgelegt hatte."

Ja, Daniele erinnerte sich daran, dass Signore Riva den Ring stets getragen hatte, obwohl er seine Frau kurz nach der Geburt des einzigen Sohnes verloren hatte.

„Und dann?"

„Man vermutete, dass eine Kerze umgefallen war, welche die trockenen Sägespäne entzündet hatte."

Ungläubig runzelte Daniele die Stirn. Er wusste genau, dass dies nicht der Grund für den Brand war. Vielmehr sollte dieser ein Verbrechen vertuschen, das zuvor begangen worden war.

„War das alles? Hatte man keine zusätzlichen Ermittlungen eingeleitet?"

„Nein." Francesco wandte sich seinem Freund zu und sah ihm in die Augen. „Es tut mir leid."

„Und danach?"

Der Zimmermann zuckte mit den Achseln. „Nichts weiter."

Daniele presste die Lippen zusammen, sodass sie wie ein dünner Strich in seinem Gesicht wirkten. „Aber da muss doch mehr gewesen sein. Was geschah mit dem Bürgermeister?"

„Dem Bürgermeister?" Überrascht riss Francesco die Augenbrauen in die Höhe, bis sie fast den Haaransatz erreichten. „Was soll mit ihm passiert sein?"

„Kannst du dich entsinnen, wer diesen Posten damals innehatte?"

„Nein, tut mir leid, ich habe seinen Namen vergessen. Er starb einige Jahre später an einem Herzversagen.“

Danieles Puls beschleunigte sich. „Wie alt war er?“

„Keine Ahnung. Ich schätze, knapp über fünfzig.“

„Wer hat die Todesursache festgestellt?“

„Soweit ich mich entsinnen kann, der bekannteste Arzt der Stadt.“

„Hast du dir wenigstens *seinen* Namen gemerkt? Wohnt er nach wie vor in Venedig?“

„Nein, wieso sollte ich seinen Namen im Gedächtnis behalten haben? Ich hatte nichts mit ihm zu schaffen. Und ja, er wohnt noch in Venedig, wenn man es so nennen will.“

„Was soll das heißen?“

„Er liegt ein paar Meter unter der Erde auf dem Friedhof.“

Daniele setzte sich kerzengerade hin. „Was? Er ist ebenfalls tot?“

„Ja. Er wurde ebenso nicht sonderlich alt.“

„Das ... das gibt's doch gar nicht!“ Daniele ballte eine Hand zur Faust. Endlich kam er weiter! Jede dieser Informationen deutete auf eine handfeste Verschwörung hin.

„Und danach?“

„Was danach? Caputo wurde gewählt und regiert seither unsere liebe Serenissima.“

„Er folgte gleich darauf?“

„Ja.“

Daniele lockerte die Faust und ballte sie wieder, musterte sie und hoffte auf eine Erleuchtung. Dass der Sindaco mit Caruso unter einer Decke steckte, vermutete er schon lange.

„Wer bekam mein Elternhaus?“

„Du meinst die niedergebrannte Ruine?“ Francesco kräuselte angewidert den Mund. „Caruso.“

„Arturo Caruso?“

„Nein. Leonardo Caruso. Arturos Vater.“

„Natürlich.“

Verflucht, wo war er da nur hineingeraten? In einen weiteren Krieg zweier Syndikate?

„Was geschah mit den Bianchis?“

Als hätte Daniele sein Gegenüber mit einem Messer attackiert, verschlossen sich dessen Gesichtszüge.

„Dazu will ich nichts sagen. Wie du weißt, halten wir uns davon fern. Ich zahle das Schutzgeld, mehr nicht. Bin froh, wenn ich nichts mit ihnen zu schaffen habe.“

„Du bezahlst die Bianchis? Es gibt sie also doch noch?“

„Nein“, fauchte der Zimmermann ungehalten. „Die anderen. Die Bianchis wurden ausgerottet. Keiner von ihnen ist übrig geblieben.“

Diese Information deckte sich mit Martas Bericht und Daniele wurde eiskalt. Wenn die Fakten der Wahrheit entsprachen, war er der Letzte von ihnen. Die verfluchten Rossis hatten augenscheinlich jenes Syndikat, dem sein Vater angehört hatte, ausgelöscht. Obwohl Daniele nie offiziell in den Clan der Bianchis aufgenommen worden war, zählte er sich dennoch dazu. Immerhin war er Signore Rivas Sohn. Obwohl er sich Damico verpflichtet hatte, war seines Erachtens Blut dicker. Er hatte keinen blassen Schimmer, was den Patron mit Venedig verband oder wonach er hier suchte, doch ahnte Daniele intuitiv, dass er sich in höchster Gefahr befände, sollte Damico jemals von seiner Herkunft erfahren. Erschöpft barg er den Kopf in seiner Hand, deren Arm er auf dem Oberschenkel abstützte. Schweigen dehnte sich immer weiter aus, lastete schwer auf ihren Schultern.

„Ich muss zurück", entschuldigte sich Francesco nach einer endlosen Weile und kam auf die Beine. „Oder gibt es noch etwas, das du wissen musst?"

„Nein, danke."

Daniele ließ die Hand sinken und fixierte die kunstvoll verzierten Fassaden der eindrücklichen Bauwerke der vertrauten Stadt, welche mit jedem Ruderschlag näher rückten. Für den Patron gab es aus Danieles Sicht nur einen Weg, in Venedig die Macht zu erlangen: Er musste die Rossis, zu denen die Carusos zweifellos gehörten, auslöschen und den Bürgermeister, welchen Daniele ebenfalls zu den Mitgliedern desselben Syndikats zählte, töten. Die Geschichte würde sich wiederholen. Immer wieder. Bis irgendwann jemand aus dem Teufelskreis ausbräche. Er wäre es jedenfalls nicht, denn ihm war es nur recht, wenn die Mörder seines Vaters für ihre Schuld bezahlten.

12

Marta lag reglos mit dem Rücken zum Zimmer und starrte die kahle Wand an. Sie hoffte, mit der nötigen Konzentration auf den bröckelnden Putz die Erinnerungen zu verscheuchen, die sich in ihrem Kopf ununterbrochen wiederholten. Immer wieder sah sie Daniele den Arm heben und zustechen. Sie konnte es weder verdrängen noch vergessen. Diese Morde beobachten zu müssen, hatte sie schwer erschüttert und ihr jegliches Vertrauen in den Mann geraubt, den sie einst ihren Retter genannt hatte. Ihre Hand schmerzte nach wie vor, doch sie ließ es sich nicht anmerken, als Bernardi das Essen brachte. Sollte er ihre Verletzung feststellen, hätte sie keine Erklärung dafür. Deswegen rührte sie sich erst, nachdem er gegangen war, stopfte das einfache Mahl schnell in sich hinein.

Als die Schatten über das Fensterbrett ins Zimmer flossen und in dessen Mitte einen grauen See bildeten, steigerte sich ihre Angst. Die Stunde, zu der Daniele sie wieder mit sich nahm, rückte unerbittlich näher. Obwohl er ihr versichert hatte, sie nicht zu töten, befürchtete sie doch, dass sie nicht mehr hierher zurückkehren würde. Und wenn schon. War es nicht besser zu sterben, als hier zu verrotten?

Es war dunkel, als die Tür leise geöffnet wurde. Mit wild pochendem Herzen richtete Marta sich auf und folgte Daniele. Dieses Mal liehen sie sich eine Gondel nicht allzu weit entfernt und Daniele ruderte sie geschickt ihrem Ziel entgegen. Da sie seine Herkunft kannte, schien es ihm nicht länger wichtig zu sein, jene vor ihr zu verbergen.

Abgesehen davon konnte sie sich nicht vorstellen, ihrer Hand schon jetzt eine derart anstrengende Aufgabe zuzumuten. Er richtete kein einziges Wort an sie und als er die Badezimmertür hinter ihr schloss und sie mit einer Geste aufforderte, sich zu entkleiden, bemerkte sie, dass sein Blick abwesend war, als hielte er sich in Gedanken an einem anderen Ort auf. Zitternd schlüpfte sie aus den Kleidern und stieg in die Wanne, deren Wasserhähne er aufgedreht hatte. Es graute ihr vor seiner Berührung. Wie oft hatten seine Hände jemandem das Leben genommen? Seine Lippen Lügen erzählt? Hatte sich Blut unter seinen Füßen ausgebreitet? Seine Augen den Tod gesehen und seine Ohren Schmerzensschreie vernommen?

Als er ihr Haar wusch, konnte sie sich nicht länger beherrschen und begann zu weinen. Um sich vor ihm zu verbergen, beugte sie sich vor und vergrub das Gesicht in ihren Handflächen. Tiefe Verzweiflung erschütterte ihren Körper und ihre Schultern bebten unkontrolliert.

Er zog seine Hände fort und sie befürchtete, dass er sie bestrafen würde. Es ginge so leicht für ihn. Er müsste nur ihren Kopf umfassen und unter Wasser drücken. Sie hätte keine Chance. In drei Minuten wäre es vorbei. Oh Gott, worauf wartete er denn noch?

„Neige dein Haupt zurück, damit ich dir die Seife ausspülen kann", wies er sie plötzlich an und sie kam seinem Befehl sofort nach.

Vielleicht wollte er aber nur, dass sie ihre Kehle entblößte, um eine Klinge darüber zu ziehen? Egal. Sie würde sich nicht widersetzen, nur gegen die Tränen, die ununterbrochen über ihre Wangen perlten, vermochte sie nichts auszurichten.

Sie hörte das Wasser erneut plätschern, dann wurde sie seiner Hand gewahr, die es über ihre Haare schöpfte und diese vom Seifenschaum befreite. Marta bewegte sich nicht, klammerte sich mit der gesunden Hand krampfhaft an den Wannenrand. Als Nächstes drehte er den Wasserhahn zu. Doch bevor sie den Kopf senken konnte, hatte er ihn umfasst und sie fühlte seine Lippen, die ihre Tränen abtupften. Mit Zärtlichkeit hatte sie nicht gerechnet, trotzdem wäre sie am liebsten davongelaufen.

„Marta, hast du Angst vor mir?", fragte er jäh und sie öffnete die Augen.

Ihr Blick glitt zu ihm, das erste Mal seit den Vorkommnissen der letzten Nacht. Natürlicherweise fürchtete sie sich vor ihm, er konnte es an ihrer Haltung deutlich erkennen. Ob sie wohl den Mut aufbrachte, es ihm zu gestehen? Reglos hielt Daniele ihren Blick gefangen; wenn sie ihm ausweichen wollte, müsste sie die Augen schließen. Doch sie erwiderte ihn fest.

„Ja", flüsterte sie nach einer langen Weile und er gab sie frei, richtete sich auf und trat einen Schritt zurück.

„Weshalb?"

Sekundenlang starrte sie ihn an, als könnte sie nicht fassen, dass er ihr diese Frage ernsthaft gestellt hatte. Dann senkte sie den Kopf. „Du hättest die Männer nicht töten müssen“, schluchzte sie und begann wieder zu weinen.

„Ich hatte keine andere Wahl“, entgegnete er hart. „Abgesehen davon ist der Tod einem Leben ohne Augenlicht und abgeschnittener Zunge vorzuziehen. Denkst du nicht?“

Sie erschauerte, schlang die Arme um ihren Oberkörper. Dabei vermittelte sie ihm den Eindruck, ihn niemals wieder ansehen zu wollen. Als könnte sie damit der Erkenntnis ausweichen, dass er ernst meinte, was er sagte. Marta presste eine Hand auf ihren Mund und dämpfte auf diese Weise ein aufsteigendes Wimmern.

„Steh auf!“, drängte er und sie kämpfte sich in die Höhe, bewegte sich nicht, als er sie abtrocknete, wich seinem Blick aber nach wie vor aus. Momentan glich sie mehr jenen apathischen Frauen, die normalerweise sein Bett teilten und nicht dem jungen Mädchen ihrer ersten gemeinsamen Nacht der Liebe.

„Hab keine Angst“, versuchte er sie zu beruhigen – er wollte sie nicht verlieren.

Da öffnete sie die Augen und sah ihn traurig an. „Du wirst mich töten“, stellte sie fest und er konnte an der Betonung ihrer Worte erkennen, dass dies für sie eine unumstößliche Tatsache war.

„Vielleicht“, stimmte er zu. „Womöglich kann ich dich aber retten. Die Zukunft ist noch nicht geschrieben.“

Plötzlich ballte sie ihre unverletzte Hand und hieb damit auf ihn ein. Zu keiner Sekunde hätte er angenommen, dass sie über ausreichend Mut für eine solche Kühnheit verfügte. Mehrmals rammte sie die Faust in seine Schulter, dann in den Bauch, den er anspannte, weshalb er sich für sie steinhart anfühlen musste. Als sie schwer atmete, schlang sie schluchzend die Arme um seinen Nacken und vergrub ihr Antlitz an seinem Hals. Sanft umfing er sie und hob sie aus der Wanne. Er stellte sie nicht ab, sondern trug sie direkt zum Bett und setzte sich darauf. Er lockerte die Umarmung, hob eine Hand, legte sie unter ihr Kinn und drängte ihr Gesicht nach oben. Dann fing er ihren Mund ein und liebkoste sie stürmisch. Sie erwiderte den Kuss wie eine Verdurstende, eine Sterbende, im Angesicht der eigenen Vergänglichkeit. War dies der Grund, weshalb sie leidenschaftlicher war als jemals zuvor? Als wollte sie ihre letzten Atemzüge in ihrem Geist speichern, um die Erinnerungen auf jene Reise ins Totenreich mitnehmen zu können. Sie waren sich ihrer Lebendigkeit in dem Augenblick bewusster als zu jedem Zeitpunkt davor. Verzweifelt klammerten sie sich aneinander und als sie sich in einem Wirbelsturm aus Gefühlen dem Höhepunkt näherten, trank er ihre Tränen, die seine Lippen mit einem salzigen Film überzogen.

Als ihre Körperspannung nachließ, rückte er von ihr, zog sie aber in die Arme. Marta hatte recht. Ihnen blieb nicht mehr viel Zeit.

„Ich verspreche dir, dass du es nicht bemerken wirst, sollte es so weit kommen", raunte er ihr ins Ohr und sie nickte geschwächt.

„Ja", flüsterte sie erstickt. „Jetzt wäre ein geeigneter Zeitpunkt."

„Heute ist es noch zu früh", erwiderte er.

Er suchte ihren Blick, doch sie hatte die Augen geschlossen. Nach wie vor quollen Tränen unter ihren Lidern hervor.

„Sieh mich an", bat er sanft und sie hob ihre nassen Wimpern wie einen schweren Vorhang empor.

Schweigend drang er mit seinem Blick immer tiefer in ihr Inneres. Ohne sich vor ihm zu verbergen, ließ sie es geschehen.

„Du sollst wissen, dass ..." Er brach ab und entdeckte einen flüchtigen Hoffnungsschimmer, der ihre Pupillen weitete. „Vergiss es."

Er wandte den Kopf ab und starrte an die Decke. Es gab nichts mehr zu sagen und sie begann wieder zu weinen.

Meterhohe Regale verkleideten die Wände, in denen hunderte Bücher Rücken an Rücken standen und den Straßenlärm dämpften. Daniele war früh am Morgen aufgestanden, hatte seine übliche Runde gedreht und, gewandet als Wissenschaftler, um Einlass ins patriarchalische Seminar gebeten. Jetzt schritt er die Bücherreihen innerhalb des Raumes mit dem Globus ab und suchte nach dem Konterfei Innozenz des XI..

Während er sich zwischen den heimkehrenden Fischern und den Marktverkäufern auf dem Weg hierher durchgekämpft hatte, pochte in seinen Nervenzellen eine Anspannung, die die Erwartung anfachte. Heute würde er das Geheimnis lüften! Er stand kurz davor.

Doch nachdem er über eine Stunde lang jeden Zentimeter erfolglos nach Hinweisen abgesucht hatte, resignierte er. Es machte keinen Sinn, weiter nach einem Bild des Papstes zu suchen und sich zu weigern, den Tatsachen ins Gesicht zu sehen: Sie hatten die Form des Kontinents schlichtweg falsch gedeutet.

„Verdammt", fluchte er enttäuscht und wandte sich der Tür zu.

Ein letztes Mal ließ er den forschenden Blick über die Bücher gleiten und hielt inne. Er befand sich in einer Bibliothek. Es waren Bücher, die diesem Raum seine Besonderheit verliehen. Bücher! Ganz langsam stieg ein Gedanke in ihm auf. War es möglich, dass Innozenz ein schriftliches Werk verfasst hatte? Stromstöße schossen Danieles Wirbelsäule entlang und die Härchen auf seinen Unterarmen stellten sich auf. Hastig stürzte er aus dem Archiv und suchte jenen Mann, der ihn eingelassen hatte. Dieser stand hinter einem Stehpult und blätterte vorsichtig die Seite eines antiken Buches um. Als er Daniele näher kommen hörte, hob er den Kopf.

„Sind Sie fertig?", wollte er beiläufig wissen und kehrte mit der Aufmerksamkeit zu seiner Arbeit zurück.

„Fast. Allerdings hätte ich noch eine Frage."

Der Mönch sah wieder auf. „Ja?"

Daniele atmete tief durch. „Gibt es ein Werk aus der Feder von Innozenz XI. und liegt es dieser Bibliothek vor?"

Überrascht hoben sich die Augenbrauen seines Gegenübers und er straffte die Schultern. „Innozenz verfasste in der Tat eine Abhandlung, genannt *Theologia Reformata*."

Aufgrund der Wucht der Erkenntnis, womöglich auf der richtigen Fährte zu sein, befürchtete Daniele, die Knie würden unter ihm nachgeben. Mit eiserner Selbstdisziplin hielt er sich aufrecht, während sich die Welt um ihn wie ein Wirbelsturm drehte.

„Wissen Sie zufällig, in welchem Regal diese steht?"

Widerwillig setzte sich der Mönch in Bewegung und bedeutete Daniele, ihm zu folgen. Der Bibliothekar musste nicht lange suchen und zog einen schmalen Band aus einem Regal, das er Daniele reichte.

„Hier ist es."

Mit zitternden Fingern strich Esposito über den Ledereinband.

„Danke", murmelte er und wartete ab, bis der Mönch den Raum verlassen hatte.

Als er endlich wieder allein war, hastete er zu einem der Lesesessel, setzte sich darauf und öffnete das Buch. Seite für Seite blätterte er es durch. Hier, irgendwo zwischen den bedruckten Blättern musste ein weiteres Geheimnis verborgen sein. Er durfte es nicht übersehen! Seine Verzweiflung wuchs, als er sich ohne Erfolg dem Ende näherte. Da fiel ihm plötzlich ein loser Bogen in den Schoß. Erschrocken, ein altes Werk beschädigt zu haben, hielt er die Luft an und griff danach.

Wie vom Donner gerührt starrte Daniele darauf, als er erkannte, dass es sich um eine Zeichnung handelte. Er benötigte keine halbe Sekunde, um zu erkennen, dass sie von seinem Vater stammte. Wie betäubt schloss er das Buch und legte es auf einen Ablagetisch, dann nahm er die kleine Illustration und musterte sie konzentriert. Dieses Mal war kein Gebäude abgebildet. Nein, es war der Teufel höchstpersönlich, der vor einem Mönch in einer Kutte durch eine Hauswand floh.

Um sicherzugehen, dass ihn niemand beobachtete, sah sich Daniele kurz um, steckte die Zeichnung in die Innentasche des Jacketts, hob das Buch auf und stellte es an seinen Platz. Aufgeregt eilte er aus dem Raum, verabschiedete sich von dem Bibliothekar und trat in den sonnigen Tag. Er war felsenfest davon überzeugt, den letzten Hinweis gefunden zu haben. Mit neu erwachtem Mut kehrte er ins Hotel zurück.

In seinem Zimmer ließ er sich auf einen Stuhl fallen, zog die Zeichnung hervor und starrte sie an. Ein Teufel, der durch eine Wand flieht ... Erinnerungen an eine alte Geschichte stiegen in ihm auf.

Vor langer Zeit lebte einmal ein Anwalt der Kurie des Dogen in einem venezianischen Palast. Obwohl er vordergründig fromm, ehrlich und rechtschaffen war, ging er in Wahrheit dunklen Geschäften nach und betrog seine Mitmenschen. Man erzählt sich, dass er eines Abends einen Kapuzinermönch zu sich zum Essen eingeladen hatte und diesem seinen dressierten Affen zeigte, der jegliche Hausarbeiten verrichtete. Der Mönch aber erkannte in dem Tier einen Dämon und sprach ihn an, fragte, was er hier trieb. Der Teufel erwiderte, dass er darauf warte, die Seele des Anwalts mit sich in die Hölle zu nehmen, was ihm bis jetzt nicht gelungen sei, da jener jeden Abend zur Jungfrau Maria betete.

Daniele lehnte sich zurück und schloss die Augen. Sah sich als kleinen Jungen, der dem Vater mit offenem Mund lauschte. Es war seine Lieblingsgeschichte gewesen. Gruselig, aber mit einem glücklichen Ende.

Denn der Mönch befahl dem Teufel, das Haus des Anwalts sofort zu verlassen. Dieser erklärte sich unter der Voraussetzung dazu bereit, Schaden anrichten zu dürfen. Der Gottesmann gestattete ihm, durch die Mauer abzuziehen, was der Dämon auch tat. Allerdings hinterließ er ein großes Loch. Damit er niemals mehr in den Palazzo des geläuterten Advokaten zurückkehren konnte, brachte der zum Schutz eine Engelsstatue an der Hausfassade, direkt unterhalb der Beschädigung, an. Beides war bis zum heutigen Tag erhalten.

Signore Riva hatte Daniele einst das Loch gezeigt und er versuchte, sich an den Namen des Palazzos und dessen Adresse zu erinnern. Doch er vermochte es nicht. Aber Marta würde bestimmt wissen, wo er fände, was er suchte: den Schatz der Familie Bianchi.

13

„Bernardi sieht mich immer so merkwürdig an", erzählte Marta, während er sie auf die Badezimmertür in seinem Hotel zuschob.

Bis jetzt hatte sie geschwiegen, als wollte sie unter allen Umständen vermeiden, mit ihm zu sprechen.

„Inwiefern?", begehrte Daniele zu erfahren und öffnete die Tür.

„Er mustert mich mit durchdringendem Blick, als wüsste er Bescheid."

Daniele zuckte gleichgültig mit den Achseln, spielte ihr vor, dass ihn ihre Beobachtung nicht interessierte. Insgeheim stellte er Überlegungen an, Marta aus Venedig fortzubringen. Wenn sie in die falschen Hände geriete und gefoltert würde, wäre seine Tarnung aufgeflogen. Dass sie körperlichem Schmerz nicht lange standhielt, hatte sie vor wenigen Tagen bewiesen.

„Los, zieh dich aus!", befahl er gereizt.

Nachdem sich die erste Euphorie über seine Entdeckung gelegt hatte, war ihm bewusst geworden, dass er in der Klemme saß und bald eine Entscheidung würde treffen müssen. Womit er wieder bei der jungen Frau vor sich angelangt war.

Angespannt stellte er fest, dass sie sich trotz seiner Aufforderung nicht bewegt hatte und vor sich auf den Boden starrte.

„Er hat gesagt, mein Haar rieche nach Seife", flüsterte
sie.

Daniele atmete aus. Bernardi war, im Gegensatz zu
ihm, nicht auf den Kopf gefallen. Wie hatte er nur so
gedankenlos sein können, nicht darüber nachzudenken, welche Konsequenzen daraus resultieren könnten, dass er Marta jeden Abend badete? Natürlich fiel
seinem Mitbewohner ihre Sauberkeit auf! Verflucht!
Die Schlinge um seinen Hals zog sich zu. Bernardi
würde ihn verraten, wenn er davon erführe, dass er mit
Marta schlief.

„Ich sagte, zieh dich aus!", blaffte er zornig, wobei er
nicht wütend auf sie, sondern auf die Umstände war.

Sie wandte sich ab und schlüpfte aus den Kleidern.
Verwandelte sich vor seinen Augen von einem Jungen
in eine Frau. Er wollte sich nicht vorstellen, dass dies
die letzte Nacht war, die er mit ihr teilen würde. Wie es
aussah, hatten sich die Ereignisse überstürzt und ihre
Trennung würde schneller kommen als erwartet.

In dem Bewusstsein, es ein letztes Mal für sie zu tun,
drehte er die Wasserhähne auf und beobachtete, wie
sie in die Wanne stieg. Dabei vermied sie es nach wie
vor, ihre rechte Hand zu belasten. Bei dem Gedanken,
sie bald aufgeben zu müssen, verdreifachte sich seine
Wut. Er war noch lange nicht so weit. Die wenigen
Nächte hatten nicht ausgereicht, ihn mit Leben zu
durchwirken und sein Verlangen zu stillen.

Während er ihr Haar wusch, bemühte er sich darum,
seine brodelnden Gefühle zu unterdrücken. Doch als er
sie abtrocknete und es ihm nicht gelang, ihren Blick
einzufangen, explodierte Hass in ihm, der von einer

Ohnmacht aus Hilflosigkeit, nicht Herr seines eigenen Lebens zu sein, gespeist wurde.

„Verdammt, sieh mich an!"

Ihre Augenlider zuckten, als sie zu ihm aufschaute und er entdeckte Tränenseen, in denen ihre Pupillen ertranken.

„Heute wirst du nicht weinen, verflucht! Ich will dich lachen sehen!"

Marta blinzelte verwirrt, schwieg nach wie vor. Zorn über ihre Weigerung rauschte durch Danieles Adern. Hitze durchdrängte seinen Leib und trieb ihm Schweiß auf die Stirn. Unsanft hob er sie auf und trug sie zum Bett. Als er sie ablegte, schloss sie Augen und er erstarrte angesichts ihrer Leblosigkeit. Er konnte diesen Anblick nicht eine Sekunde länger ertragen und warf sich auf sie.

„Marta, Marta, gib mir, was ich mir wünsche", knurrte er zwischen gefletschten Zähnen.

Er musste kein Gedankenleser sein, um zu erkennen, wie schwer es ihr fiel, sich zu zwingen, die Augen zu öffnen. Ihre Mundwinkel zuckten bei dem Versuch, seinen Befehl auszuführen.

„Ist da nichts an mir, was dich zum Lächeln bringt?", begehrte er wütend zu erfahren. „Ist das wirklich alles, was du mir schenken willst?"

Erbarmungslos bohrte er den Blick in ihren, ihre Nasenspitzen waren nur wenige Zentimeter voneinander entfernt. Sie schwieg, dann atmete sie zitternd ein, schluckte schwer. Zögernd hob sie ihre gesunde Hand und legte sie an seine Wange. Vorsichtig strich sie über seine Augenbrauen und die Stirn und er staunte darüber, wie ihre Berührungen den Schmerz in seiner

Brust linderten. Die Anspannung fiel von ihm ab und er neigte den Kopf, um sie zu küssen. Seine Hände verselbständigten sich und er vermochte nicht mehr aufzuhören, ihren Körper zu liebkosen. Obwohl sie ihm kein Lächeln schenkte, beglückte sie ihn mit ihrer Hingabe. Er sah ein, dass er sich damit zufriedengeben musste.

Als er sie eine ganze Weile später zu einem Stuhl führte und sie anwies, sich zu setzen, überlegte er, ob er sie schon jemals hatte lachen sehen. Ja, an jenem Tag am Küchentisch hatte sie zumindest gelächelt. Er fand keine Antwort auf die Frage, weshalb er sich nicht daran erinnern konnte, wie sie dabei ausgesehen hatte.

„Du kennst mit Sicherheit die Geschichte vom Teufel, der durch die Hausmauer geflohen ist", wollte er wissen, um sich von seinen düsteren Gedanken abzulenken.

„Meinst du die Vorkommnisse im Palazzo Soranzo? Die mit dem Affen?", fragte sie verunsichert nach.

„Genau die." Palazzo Soranzo. Ja, so hatte er geheißen. Jetzt erinnerte er sich wieder. „Weißt du, wo ich ihn finden kann?"

„Natürlich. Er befindet sich nicht weit vom Markusdom entfernt."

„Ausgezeichnet! Bring mich hin!"

Ungläubig riss sie die Augen auf. „Jetzt?"

Unwillkürlich musste er lächeln und nickte. „Ja, mir rennt die Zeit davon."

„Aber …"

„Marta", brummte er streng und sie verstummte.

Dann erhob sie sich und faltete das Leinentuch, in welches sie gewickelt war, zusammen und legte es aufs Bett.

„Ich werde nie mehr hierherkommen, nicht wahr?", flüsterte sie und sah ihn an.

Er antwortete nicht, sondern trat zu ihr, rahmte mit seinen Händen ihr Gesicht ein, beugte sich tiefer und küsste sie leidenschaftlich. Obwohl es nur ein Abschiedskuss hatte sein sollen, verstrickte er sich in ihrer Gegenwart. Ihr weicher Leib lockte ihn und er gab nach. Ein letztes Mal wollte er sich an ihr berauschen.

Da er auf ihre Frage nicht geantwortet hatte, gab Marta innerlich auf. Es machte keinen Sinn, sich an ein Leben zu klammern, das so grausam zu seinen Kindern war. Als er ihre Beine zum zweiten Mal in dieser Nacht um seine Hüften drapierte, rechnete sie fest damit, dass sie nur mehr Minuten von ihrem Tod trennten. Er hatte ihr versprochen, dass sie es nicht bemerken würde, wenn er ihr den Tod brachte, deswegen war sie unumstößlich davon überzeugt, dass seine Zärtlichkeiten nur der Ablenkung dienten.

Umso mehr wunderte sie sich, als sie Daniele eine knappe Stunde später durch die dunklen Kanäle nach Castello dirigierte. Endlich erreichten sie das gesuchte Haus und Marta deutete darauf.

„Hier ist es", flüsterte sie und beobachtete, wie ihr Mann den Kopf in den Nacken legte und reglos in die Dunkelheit starrte.

„Wo ist das Loch?", wollte er wissen.

„Du musst höher sehen. Es ist bei dem miserablen Licht kaum zu erkennen. Siehst du die beiden weißen Leisten, die wie ein Hausdach aussehen?"

Sein Blick glitt ein gutes Stück empor und er runzelte die Stirn.

„Ja, jetzt gewahre ich sie."

„Das ist es. Das Loch ist direkt darunter."

„Verdammt, ist das weit oben. Wie soll ich da nur hinkommen?"

Marta zuckte mit den Achseln. „Vermutlich gar nicht."

Er knirschte mit den Zähnen und griff nach dem Ruder. „Es wird Zeit, dich zurückzubringen."

Doch bevor er das Paddel ins Wasser tauchen konnte, umfasste sie ihn am Knöchel und er sah auf sie hinab. Marta wollte endlich Sicherheit haben und wissen, woran sie war.

„Wirst du mich in dieser Nacht töten?", fragte sie leise.

„Nein", erwiderte er unwirsch. „Hör auf, mir Fragen zu stellen!"

Da zog sie erleichtert die Hand fort und konzentrierte sich auf den Weg.

Nachdem Daniele die junge Frau eingesperrt hatte, holte er sich ein Seil und kehrte zur Gondel zurück. In der Dunkelheit war es schwer, den Weg zu finden, doch nach mehreren Versuchen erreichte er den Palazzo zum zweiten Mal. An einem Steg befestigte er das Boot und folgte der Straße zur Vorderseite des Hauses. Ihm war klar, dass er sich vom Dach abseilen musste, um zu dem Versteck zu gelangen. Verdammt, wie sollte er das nur bewerkstelligen? Noch dazu um diese Uhrzeit?

Minutenlang zerbrach er sich den Kopf ob seines Dilemmas und klopfte, nachdem er so etwas wie einen Plan geschmiedet hatte, an die Haustür. Nichts regte sich und Daniele befürchtete, unverrichteter Dinge abziehen zu müssen, als sich die Tür endlich einen Spaltbreit öffnete. Ein Diener mit einer Öllampe in der Hand blinzelte ihn verschlafen an.

„Entschuldigen Sie die Störung", sagte Daniele. „Ist der Hausherr zu sprechen?"

„Er schläft", brummte der Bedienstete.

„Würden Sie ihn bitte wecken? Ich befürchte, sein Dach hat ernsthaften Schaden erlitten. Ein Ziegel fiel gerade eben direkt vor meine Füße. Zufällig bin ich Dachdecker und könnte mir den Defekt sofort ansehen. Es ist überaus dringend, herauszufinden, ob man das Haus räumen muss oder ob eine Reparatur genügt, um zu verhindern, dass jemand verletzt wird."

„Sprechen Sie leise, Mann! Ich kann Sie aufs Dach lassen. Wecken Sie nur niemanden auf."

„In Ordnung. Ich werde mich bemühen."

Hinter dem Diener stieg Daniele die Stufen bis zum Dachboden empor, wo der Bedienstete eine Luke öffnete und eine Leiter darunter rückte.

„Es wird nicht lange dauern", beteuerte der falsche Dachdecker und kletterte ins Freie.

Als er sich aufrichtete, atmete er tief durch und genoss sekundenlang die neue Perspektive, welche sich ihm hier bot. Dann schlang er das Seil um einen der Kamine und band es um seine eigene Hüfte. Mit einem Gebet auf den Lippen näherte er sich dem Sims. Langsam ließ er sich an der Fassade hinab.

Marta konnte nicht schlafen. Todesangst hatte sich in ihr eingenistet wie eine fette Made in einem saftigen

Stück Fleisch. Allein die Vorstellung eines Tierkadavers, in dem sich diese ekelerregenden Würmer wanden, verursachte ihr Übelkeit. Was gäbe sie darum, dem ihr bevorstehenden Schicksal zu entkommen? Daniele war der einzige Mann gewesen, dem sie jemals vertraut hatte. Deshalb schmerzte es umso mehr, dass er dessen ebenfalls nicht würdig war. *Marta, gib mir, was ich mir wünsche.*

Seine Stimme hatte sich in ihr eingebrannt und sie fragte sich zum wiederholten Mal, wonach er verlangte, was er von ihr erwartete. Als könnte sie ihn fühlen, wenn sie ihre Hand auf die Stelle, welche er berührt hatte, legte, strich sie über ihre Hüfte. Wenn seine rasende Leidenschaft ihn nicht verzehrte, war er überaus zärtlich mit ihr. Sie erinnerte sich an sein flüchtiges Lächeln, das er ihr viel zu selten schenkte, und daran, wie gütig er zu Linda gewesen war. Linda! Verzweifelt ballte sie die Faust. *Linda, ich hoffe, es geht dir gut!*

Sie hatte Daniele ihren Körper überlassen, um das Leben ihrer Schwester zu retten. Bis jetzt hatte er seinen Teil der Abmachung nicht erfüllt. Es gab nichts, was sie dagegen tun konnte. Nichts. Denn sie war vollkommen machtlos.

Im Morgengrauen war Daniele müde auf sein Bett gefallen, nachdem er den Inhalt des Kästchens untersucht und zufrieden festgestellt hatte, dass es sich tatsächlich um einen Schatz handelte. Der Schmuck sämtlicher Familienmitglieder der Bianchis breitete sich vor seinen Augen aus und er fühlte das erste Mal im Leben Frieden. Seit der überstürzten Flucht in jener Nacht vor über zwanzig Jahren hatte ihn der Gedanke, diesen Auftrag ausführen zu müssen, angetrieben. Endlich hatte er in seinen Besitz gebracht, was ihm laut des Vaters rechtmäßig zustand. Er hatte sichergestellt, was die Rossis zweifelsfrei zu finden versucht hatten. Es lag auf der Hand, dass sie bereits vor Jahren die Hoffnung, ihn zu bergen, aufgegeben hatten, denn ihnen fehlten, im Gegensatz zu ihm, jegliche Hinweise. Sorgfältig versteckte er das Kästchen und schlief kurze Zeit später zufrieden ein. Trotzdem zwang er sich nach knapp zwei Stunden aus dem Bett. Nichts durfte die Routine unterbrechen. Er wechselte ein paar flüchtige Worte mit Bernardi und eilte dann mit leichtem Herzen durch die Gassen.

Während er im Hotel das Frühstück einnahm, überlegte er, was er mit Marta anstellen sollte. Sie wurde zunehmend zu einem untragbaren Risiko. Er beschloss, bei nächster Gelegenheit mit Francesco zu sprechen. Dessen Vater hatte, soweit er sich erinnerte, einige Häuser in Mestre besessen. Möglicherweise hatte Daniele Glück und eines von ihnen stand leer. Dann könnte er Marta dort verstecken, bis er hier fertig war.

Für den heutigen Vormittag hatte er sich vorgenommen, dem Bürgermeister einen Besuch abzustatten, um mehr über dessen Rolle im Zusammenhang mit der Verschwörung herauszufinden. Trotz seines nächtlichen Triumphes drückte eine schwere Sorge auf Danieles Schultern, denn er vermutete, dass der Patron mittlerweile ungeduldig wurde. Umso wichtiger war es, ihm so schnell wie möglich einige Fakten zu liefern.

Während ihn die Gondel dem Ziel näher brachte, lehnte er sich zurück und ließ sich die Sonne ins Gesicht scheinen.

„Wir sind gleich da", sagte der Gondoliere und Daniele öffnete die Augen, wandte sich zum Palazzo um.

Da fiel sein Blick auf einen Mann mit ergrautem Haar, der mit dem Rücken zu ihm stand. Die Art, wie er mit den Händen seine Worte unterstrich, war unverkennbar die des Patrons. Alles in Daniele gefror zu Eis.

„Drehen Sie um!", befahl er dem Ruderer und dieser musterte ihn fragend, darüber verunsichert, ob er recht gehört hatte. „Na los! Auf der Stelle!"

Sofort kam der Mann dem Befehl nach und sie entfernten sich schnell von jenem Ort.

Danieles Gedanken wirbelten durch seinen Kopf und er versuchte zu erfassen, weshalb der Patron in Venedig war, ohne dass er davon erfahren hatte. Es gab nur eine Erklärung dafür und die lautete, dass Bernardi ihn verraten hatte. Somit war die Entscheidung getroffen worden, ohne dass er etwas dagegen hätte machen können: Er musste Marta schnellstmöglich aus dem Verkehr ziehen!

14

Marta starrte auf den Becher, den Daniele ihr entgegenhielt und schüttelte den Kopf.

„Ich habe gesagt, du sollst trinken!", brüllte er, kurz davor, die Beherrschung zu verlieren.

„Nein, bitte nicht, Signore Esposito! Bitte verschonen Sie mich!", schluchzte sie vollkommen aufgelöst. „Signore Bernardi, helfen Sie mir!"

„Du kannst betteln, so viel du willst! Bernardi weiß nicht einmal, wie man Hilfe buchstabiert. Deswegen trinke endlich!"

Es war Gift! Bestimmt wollte er sie mit dieser tödlichen Mixtur ermorden.

„Nein, bitte nicht!" Außer sich vor Angst umklammerte sie seine Unterschenkel, doch er stieß sie von sich.

„Sieh ein, dass du keine andere Wahl hast!", donnerte Daniele und sein Gesicht war hart wie Stein.

Es tat so weh, sich vorzustellen, dass er jener Mann war, der ihr so nahe gekommen war wie niemand sonst.

„Bitte", flüsterte Marta eindringlich. „Bitte erinnern Sie sich an ..."

„Still!", fauchte er, stellte den Becher auf den Boden, packte sie bei den Schultern und drückte sie auf die Matratze. Sein Griff war unerbittlich. „Entweder du

trinkst auf der Stelle oder ich werde dir den Trank ein-
flößen."

Sie hatte ihn keinen Moment lang gehasst, als er während all der Nächte zu ihr gekommen war. Doch jetzt,
in diesem Augenblick, verabscheute sie ihn von ganzem Herzen. Am liebsten hätte sie ihm ins Gesicht ge-
spuckt. Stattdessen nickte sie resigniert und er zog
seine Arme zurück. Tränen rannen über ihre Wangen,
als er den Kelch an ihre Lippen führte. Ohne abzusetzen trank sie ihn leer. Dann sah sie ihn ausdruckslos
an.

„Zufrieden?", fragte sie leise, bevor die Welt um sie
herum verschwamm, sie zusammensackte und ihr
Oberkörper auf die Matratze zurückfiel.

Sofort wickelte Daniele sie in ein Tuch und stülpte einen Jutesack über sie. Dann warf er sie sich über die
Schulter.

„Es wird einige Zeit dauern, bis ich zurück bin. Ich
muss weit hinausrudern, bevor ich sie ins Meer werfen
kann."

Bernardi musterte ihn, als zweifelte er an jedem seiner Worte. Trotzdem knurrte er drohend: „Ich warne
dich, sollte sie mir jemals wieder lebend unter die Finger kommen ..."

Daniele wartete mit hochgezogenen Augenbrauen
darauf, dass er den Satz vollendete, doch Bernardi
presste die Lippen fest aufeinander und deutete mit
dem Kinn zur Tür.

Sich nicht länger mit ihm aufhaltend setzte Daniele
sich in Bewegung. Mit der leichten Last auf der Schulter
eilte er ein paar Gassen weiter zu Francescos Gondel,

die ihm dieser spontan geliehen hatte. In ihrem Schiffsbauch hatte Daniele den Schmuck und den Schlüssel zu jenem Haus versteckt, das sein Freund ihm ebenfalls zur Verfügung stellte. Es war mehr, als er jemals an Hilfe erwartet hatte. Nie hätte er damit gerechnet, nach all den Jahren zu einem Kameraden zurückzukehren. Einem Menschen, der in ihm trotz all der verflossenen Zeit den Jungen längst vergangener Tage sah und nicht den Mörder, zu dem er geworden war. Diese Gnade empfand Daniele als ein unverdientes Geschenk.

Vorsichtig bettete er Marta auf den Boden und deckte sie mit einer weiteren Plane zu. Insgeheim hoffte er, dass sie genügend Luft bekam. Aus Angst, ihr zu schaden, mobilisierte er all seine Kraftreserven und ruderte, so schnell er es vermochte, aus Venedig aufs offene Meer hinaus.

Als er sicher war, dass ihn niemand beobachtete, sprang er neben die junge Frau in den Schiffsbauch und wickelte sie aus. Ihr Leib war nach wie vor schlaff. Er beugte sich zu ihr und war erleichtert, ihren leichten Atem über seine Haut streichen zu fühlen. Erneut stülpte er den Jutesack über ihren Kopf, damit keiner auf die Idee kam, er transportiere einen Menschen. Da der Sack aus grobem Gewebe war, würde sie besser Luft bekommen. Kurz bevor sie den Hafen von Mestre erreichten, wickelte er die Bewusstlose wieder ein.

Nachdem er die Gondel vertäut hatte, warf er sich Marta über die Schulter und klemmte sich den Kasten mit dem Schmuck unter den Arm. Nicht lange und er stürzte sich in das auf den Docks herrschende Gewühl.

Etwas klapperte auf der Straße. Es klang wie das Klacken schwerer Schuhe. Die Fremdartigkeit dieses Geräuschs ließ Marta, bevor sie die Augen öffnete, frösteln. Das untrügliche Gefühl, fern ihrer Heimat zu sein, breitete sich in ihr aus und sie blinzelte.

Tageslicht zwängte sich frech zwischen den Ritzen geschlossener Vorhänge hindurch, in dessen hellen Bändern Staubkörner tanzten. Obwohl die junge Frau geschwächt war, setzte sie sich auf. Auch wenn es ich anfühlte, als wäre sie tot, wusste sie doch, dass Daniele sie an einen fremden Ort, weitab des himmlischen Paradieses, gebracht hatte. Fort von Venedig. Sie erschauerte. Nie zuvor hatte sie einen Fuß aufs Festland gesetzt oder musste Pferdekutschen und von diesen riesigen Tieren gezogenen Transportfahrzeugen ausweichen. Nur auf Bildern hatte sie jene ungewöhnliche Art der Fortbewegung bestaunt und sich nicht vorstellen können, jemals an einem Ort in deren unmittelbarer Nähe zu leben.

Mit nervös klopfendem Herzen sprang sie auf die Beine und stürzte zum Fenster, zog den Vorhang auf und starrte auf eine belebte Straße. Entgeistert hielt sie die Luft an und beobachtete minutenlang eine bunte Mischung unterschiedlicher Lebewesen, die sich wie ein Wurm an ihr vorbeischob. Zwischen sich vorwärts drängenden Menschen jagten Hunde hinter Katzen her, hin und wieder flog ein Huhn gackernd in die Höhe. Alle achteten darauf, von den Pferden nicht niedergetrampelt zu werden und ihnen rechtzeitig auszuweichen. Überschäumende Energie schwappte bis zu ihr empor und Marta wünschte sich sehnlichst in das beschauliche Venedig zurück. Was war das hier nur für ein entsetzlicher Ort? Eine Welt, so fremd und beängstigend, dass sie es kaum ertragen konnte.

Schnell schloss sie die Vorhänge wieder und brachte Abstand zwischen sich und das Fenster. Dann blickte sie sich um. Dieser Raum war größer als das schreckliche Zimmer, in dem Daniele sie zuletzt gefangen gehalten hatte und war zu ihrer Erleichterung gemütlich eingerichtet. Erst jetzt wurde ihr bewusst, was das bedeutete: Sie war nicht tot. Daniele hatte sie nicht ermordet. Trotzdem hatte sich die Todesangst in ihr festgesetzt und hielt sie nach wie vor in ihren Klauen. Es war ihr unmöglich, etwas zu fühlen, so als wäre sie von ihrem Inneren abgekapselt.

Auf einem Schminktisch stand ein Teller mit einer Suppe und ein Glas Wasser. Sofort regte sich Hunger in ihr. Seit Tagen hatte sie eine derartige Köstlichkeit nicht mehr gegessen. Hastig setzte sie sich und griff nach dem Löffel.

Schritte näherten sich der Tür und ein Schlüssel wurde im Schloss gedreht. Mit rasendem Puls sprang Marta auf und starrte dem eintretenden Mann entgegen. In dem Augenblick, in dem sie Daniele erkannte, stürzte sie zu ihm und warf sich in seine Arme. Ihm blieb keine andere Wahl, als sie aufzufangen. Sie klammerte sich an ihn und begann vor Erleichterung herzzerreißend zu weinen.

„Ich hatte solche Angst", schniefte sie. „Solche Angst!"

Daniele gab der Tür mit dem Fuß einen Schubs und sie fiel zu, dann schob er die junge Frau weiter in den Raum hinein.

„Ich musste dich in der Ungewissheit lassen, um glaubwürdig zu wirken“, erklärte er, umfasste sie an den Schultern und drängte sie zurück.

Da griff sie nach seiner Hand, hob sie höher und vergrub ihr Gesicht in seiner Handfläche.

„Ich dachte, du würdest mich töten.“

„Wie gesagt …“ Mit einem Ruck entriss er sich ihr und Marta wandte sich von ihm ab. „Die Lage hat sich zugespitzt. Etwas Unvorhersehbares ist eingetreten und ich musste umgehend reagieren. Ich hoffe, du dankst es mir, indem du mir keine Schwierigkeiten bereitest. Du wirst nicht davonlaufen, verstanden?“

„Wohin sollte ich denn?“, wimmerte sie aufgelöst und kämpfte um ihre Fassung. Doch es gelang ihr nicht, sich zu beruhigen. „Arturo würde mich umbringen, wenn er mich erwischte und Linda ist vermutlich tot. Ich will bei dir bleiben, Daniele. Du bist der Einzige, der mich beschützt.“

Durch den Tränenschleier hindurch konnte sie erkennen, dass er sie fassungslos musterte.

„Verdammt, Marta, ich *kann* dich nicht beschützen! In welcher Welt lebst du?“

„Du hast mir mittlerweile mindestens zweimal das Leben gerettet! Du bist mein Schutzengel!“

Er schnaubte unwillig. „Jetzt bin ich also bereits ein Engel? Ha!“ Er lachte bitter auf. „Eher das Gegenteil. Ein Dämon aus der Hölle steht vor dir. Wieso erkennst du es nicht endlich?“

„Und wenn schon“, schniefte sie. „Dann bist du eben ein Dämon mit einem gütigen Herzen.“

Daniele machte eine abwehrende Geste und wandte sich wieder der Tür zu. „Ich muss weiter, bevor Bernardi Verdacht schöpft. Vielleicht komme ich in der Nacht zu dir."

Nein! Marta wollte jetzt nicht allein sein. Deswegen stürzte sie ihm hinterher und klammerte sich an ihn, barg ihr Gesicht zwischen seinen Schulterblättern.

„Geh nicht! Bitte! Ich ertrage es nicht!"

Er drehte sich um, umfasste ihre Oberarme und sah ihr streng in die Augen.

„Du wirst dich jetzt zusammenreißen, Pietro. Benimm dich nicht wie ein Mädchen!"

Marta schluckte und nickte. Trotz der Härte seines Blickes konnte sie einen Funken Wärme darin entdecken. Sie hob sich auf die Zehenspitzen, senkte ihre Augenlider und bot ihm ihre Lippen an. Er zögerte sekundenlang, dann schlang er die Arme um sie und küsste sie leidenschaftlich.

„Wo hast du ihren Fuß, den du mir als Beweis für ihren Tod bringen solltest?", wollte Bernardi wissen, nachdem Daniele erschöpft eingetreten war.

„Es war unmöglich, ihn ihr abzuschneiden. Das ganze Boot wäre in ihrem Blut ertrunken. Dafür habe ich das hier."

Er wühlte in seiner Ledertasche und holte einen mit einem Band zusammengefassten Zopf heraus. Dank des Kusses hatte er sich daran erinnert, ein Pfand für Bernardi von ihr mitzunehmen. Marta hatte sich nicht widersetzt, als er ihr die langen Flechten abgeschnitten hatte. Bernardi griff misstrauisch danach und musterte ihn unzufrieden.

„Das bedeutet gar nichts", brummte er und warf die Haare achtlos auf den Tisch zurück.

„Wenn du meinst", erwiderte Daniele leichthin und zuckte mit den Achseln. „Jetzt ist es zu spät. Solltest du sie aus dem Meer fischen wollen, wünsche ich dir reichlich Glück dabei."

Ohne seinem Gegenüber die Möglichkeit zu geben, etwas zu entgegnen, verließ er den Raum.

In seinem Zimmer warf er sich aufs Bett und schloss die Augen. Nach der fast durchwachten letzten Nacht war er todmüde. Kaum hatte er die Entscheidung getroffen, an diesem Abend auf Martas Gesellschaft zu verzichten und stattdessen zu schlafen, betrat er das Land der Träume.

Nach dem Frühstück machte sich Daniele wie am Vortag auf den Weg zum Sindaco. Diesmal allerdings auf dessen ausdrückliche Einladung hin, die ein Bote an der Rezeption für ihn hinterlegt hatte. Missmutig darüber, zwar den Schatz gefunden, aber das Rätsel nach wie vor nicht gelöst zu haben, starrte er auf den Palazzo, der mit jedem Ruderschlag näher rückte. Wie sollte es ihm gelingen, eine Verschwörung aufzudecken, wenn es keine Zeugen mehr gab? Es half nicht, dass die einzigen Überlebenden selbst in die Missetat verstrickt waren und deshalb alles daran setzten, dass sich niemand erinnerte.

Nachdem die Gondel angelegt hatte, zahlte er und sprang an Land. Während er sich zu seiner vollen Größe aufrichtete, schüttelte er die gefährlichen Gedanken ab und konzentrierte sich auf die Begegnung mit dem Bürgermeister. Entgegen seiner Erwartung brachte man Daniele auf die Terrasse, von der aus man eine hervorragende Aussicht auf eine gepflegte Gartenanlage hatte. Als er aus dem Inneren trat, erhoben sich der Sindaco und sein Gast. Eine schreckliche Sekunde lang stockte Daniele der Atem, als er den anderen Besucher erkannte.

„Signore Esposito, haben Sie es endlich geschafft", lächelte Caputo und schüttelte dem Ankömmling die Hand. „Darf ich Ihnen Signore Damico vorstellen? Er ist vor einigen Tagen aus San Marino in unser schönes Venedig angereist." Der Sindaco sah zu Damico. „Signore Damico, das ist Professor Daniele Esposito. Er ist den Wikingern auf der Spur."

Jeder einzelne Schnitt, den sein Patron ihm am Rücken zugefügt hatte, brannte, als wäre er wieder aufgerissen worden, während Daniele jenem Mann, welchem er mit seinem Leben verpflichtet war, die Hand reichte.

„Ich bin außerordentlich erfreut, Ihnen vorgestellt zu werden", sagte Damico und spießte den Jüngeren mit kaltem Blick auf. „Ich hoffe, Sie kommen mit Ihren Studien gut voran?"

„Es ist überaus mühsam, aber ich mache Fortschritte", erklärte Daniele und ihm gelang ein gelassenes Lächeln.

„Signore Esposito ist nicht nur ein Mann der Wissenschaft", fuhr der Sindaco fort und forderte seine Gäste mit einer flüchtigen Handbewegung auf, sich wieder zu setzen. „Kaffee?", wollte er an Daniele gewandt wissen.

„Gerne."

Der Bürgermeister winkte ein Dienstmädchen herbei, das ihm sogleich einschenkte.

„Er belegt außerdem seit einigen Tagen einen überaus besonderen Platz innerhalb unserer Familie, denn er heiratete meine Nichte Marta."

Danieles Hände umklammerten die Armlehnen seines Stuhls und ihm wurde sekundenlang schwarz vor Augen. Hatte er nicht ausdrücklich darauf bestanden, dass niemand jemals von dieser Eheschließung erfahren durfte? Was war, um Gottes willen, in den Bürgermeister gefahren?

Als er wieder Luft bekam, nickte er und sah Damico entschuldigend an. „Es handelt sich um eine reine Formalität", erklärte er. „Marta weilt zurzeit in Rom. Somit lenkt sie mich nicht von der Arbeit ab, welche selbstverständlich die oberste Priorität in meinem Leben einnimmt."

„Sich von dem weiblichen Geschlecht nicht von seiner Aufgabe abbringen zu lassen, ist löblich zu nennen und ein Vorgehen, an das sich jeder junge Mann halten sollte." Damico richtete seinen Blick auf den Bürgermeister. „Vertreten Sie dieselbe Ansicht, Signore Sindaco?"

„Selbstredend. Es liegt in der Bestimmung der Frauen, Männer in gewissen Stunden auf andere Gedanken zu bringen. Mehr Raum dürfen sie in unserem Leben keinesfalls einnehmen."

„Wie wahr", stimmte der Patron zu und Daniele zwang sich zu einem Nicken.

„Wie auch immer. Da wir schon von Zerstreuungen sprechen, möchte ich Sie beide herzlich zur Premierenfeier im Teatro la Fenice einladen. Sie geben eine Neuinszenierung von Otello."

„Formidabel!" Damico lächelte erfreut, trotzdem entging Daniele nicht, in welcher Gefahr er sich nach der Offenbarung in Zusammenhang mit seiner Eheschließung befand. „Ich schätze die Oper, insbesondere Otello. Ist sie doch ein reales Abbild des wahren Lebens: Verlangen, Verrat, Rache, Tod."

Als er das letzte Wort aussprach, verengten sich seine Augen, wirkten überaus bedrohlich. Daniele schauderte insgeheim aufgrund der versteckten Anspielung.

„Dann kann ich mit Ihrer Gesellschaft rechnen?"

„Das kommt darauf an, wann dieses Ereignis stattfindet. Ich schätze, dass ich meine Geschäfte in spätestens zwei Wochen abgewickelt habe."

„Das trifft sich ausgezeichnet!" Der Sindaco rieb sich die Hände. „In zehn Tagen, am Samstag, wird der Vorhang das erste Mal gehoben."

„In diesem Fall nehme ich die Einladung dankend an."

„Wie steht es mit Ihnen, Signore Esposito?"

Caputo blickte den jüngeren Mann fragend an. Als Daniele bemerkte, dass er im Zentrum der Aufmerksamkeit stand, räusperte er sich und überlegte, worüber die beiden soeben gesprochen hatten. Damicos Gegenwart fesselte seine Gedanken ausnahmslos. Es hatte eindeutig nichts Gutes zu bedeuten, dass der Patron in Venedig aufgetaucht war. Jene Frist, welche Damico sich gesetzt und von der er Daniele gerade beiläufig hatte wissen lassen, steigerte sein Unbehagen.

„Ob ich mich Ihrem Opernbesuch anschließe?", hinterfragte er schnell und nickte, ohne eine Antwort abzuwarten. „Es wäre mir eine Ehre. Vielen Dank für die Einladung."

Um die Männer von sich abzulenken, griff er nach der Kaffeetasse und nippte daran. Er musste dringend einen Plan schmieden, um Damicos Vergeltungsschlag zu entkommen. Vor allen Dingen blieb ihm keine andere Wahl als unterzutauchen. Gleich nach diesem Treffen würde er seine Habseligkeiten holen und dann aus dem Hotel ziehen. Ein Glück, dass Francesco ihm sein Haus zur Verfügung gestellt hatte. Lange könnte er sich dort zwar nicht verstecken, aber er gewänne zumindest etwas mehr Zeit, um eine Strategie zu entwickeln.

Zum frühestmöglichen Zeitpunkt, der nicht unhöflich erschien, wenn er sich verabschiedete, stand Daniele auf und entschuldigte sich mit seiner Arbeit, die ihn rufen würde. Damicos Augen ruhten undurchdringlich auf ihm, als sie einander die Hände schüttelten.

„Da ich historischen Ereignissen gegenüber ebenfalls sehr aufgeschlossen bin, rechne ich damit, dass sich unsere Wege bei Gelegenheit kreuzen werden", erklärte er jovial.

„Es würde mich freuen", erwiderte Daniele höflich und deutete eine leichte Verbeugung an, dann eilte er aus dem Raum der Landungsstelle entgegen. Jetzt galt es keine Zeit mehr zu verlieren!

15

Es war ein erheblicher Aufwand, seine beiden konträren Identitäten aufzulösen. Da er nach der Abreise aus dem Hotel die Kleider nicht wechseln konnte, beschloss er, das Risiko einzugehen und, gewandet wie ein angesehener Bürger, sein Hab und Gut in San Stae abzuholen. Er war über Bernardis Abwesenheit erleichtert. Ob dieser auf dem Weg zu einer Verabredung mit Damico war? Es würde ihn nicht wundern, wenn der hinterhältige Mann von dessen Eintreffen Kenntnis hatte.

In Mestre bezahlte er einen Knaben, der einen Leiterwagen hinter sich herzog dafür, sein Gepäck zu befördern und ging ihm voraus. Beruhigt atmete er aus, als er das Haus seines Freundes erreichte. Er wusste untrüglich, dass mittlerweile eine unsichtbare Schlinge um seinen Hals lag. Deswegen war es überlebenswichtig, eine Strategie zu entwickeln, wie er sich daraus befreien konnte.

Nachdem er die Tür hinter sich geschlossen hatte, stand er sekundenlang still. Dann setzte er sich in Bewegung, eilte in den oberen Stock und schloss die Tür zu Martas Zimmer auf. Sie kauerte auf dem Bett, die Knie angezogen, die Stirn daraufgelegt und presste beide Hände auf ihre Ohren. Schnell trat er zu ihr und stupste sie an. Langsam hob sie den Kopf und sah ihn an, ließ die Arme sinken.

„Daniele", hauchte sie erleichtert.

„Was machst du da?"

„Ich kann diesen Lärm nicht ertragen", erklärte sie. „Mir fehlt das Wasser um mich herum."

„Möchtest du ein Bad nehmen?"

Verwirrt suchte sie seinen Blick.

„Ich meinte die Kanäle", versuchte sie ihm zu erklären und er fragte sich, ob sie ernsthaft annahm, er hätte sie missverstanden.

„Das ist mir bewusst."

Da legte sie eine Hand über ihren Bauch. „Viel lieber würde ich etwas essen."

Er fluchte, das hatte er ja völlig vergessen! In San Stae hatte sich Bernardi darum gekümmert, dass Marta nicht verhungerte. Hier oblag ihm diese Aufgabe und er kam auf die Beine. „Ich bin bald zurück", versprach er und eilte davon.

Marta starrte minutenlang auf die Tür, welche er nicht abgeschlossen hatte. Vermutlich hatte er es schlichtweg vergessen. Während sie überlegte, ob sie dies ausnutzen sollte, rieb sie sich über die Stirn. Nach einer Weile nahm sie all ihren Mut zusammen und öffnete die Tür, lugte auf den Gang. Auf Zehenspitzen verließ sie ihr Zimmer und warf einen schnellen Blick in die anderen Räume des gleichen Stockwerks. Als sie Schritte hörte, huschte sie in ihr Gemach zurück und kauerte sich aufs Bett.

Daniele platzierte einen Teller, auf dem ein geräucherter Fisch lag sowie ein leeres Glas auf dem Frisiertisch. Aus einer Weinflasche goss er einige Schlucke ein. Als das Trinkglas halb voll war, hielt er, als würde er sich an etwas erinnern inne und stellte die Flasche ab. Dann deutete er auffordernd darauf und Marta überlegte, ob sie sich den Schalk in seinen Augen nur einbildete.

„Danke", sagte sie und setzte sich.

Gierig begann sie zu essen, während er einen Stuhl heranzog und sich ihr gegenüber hinsetzte. Nachdenklich beobachtete er sie und stellte fest, dass er nicht wütend auf sie war, obwohl sie, wie vermutet, seinen Untergang eingeleitet hatte. Da Damico von ihr wusste, bestand keine Notwendigkeit mehr, sich von ihr zu trennen. Es war gänzlich einerlei, was er unternahm, er würde für seinen Ungehorsam büßen, denn jede Verfehlung wurde vergolten. Und Daniele hatte eine wichtige Regel gebrochen, da es den Männern des Patrons nicht gestattet war, zu heiraten. Das Oberhaupt forderte ihre komplette Aufmerksamkeit, beanspruchte seine Elettos für sich allein. Wieder meinte Daniele, die Striemen auf dem Rücken zu spüren. Als wollten sie ihn daran erinnern, dass er vertragsbrüchig geworden war und ihn noch größere Qualen erwarteten. Es gab keine Chance, Damico und seinen Männern zu entkommen, denn die Macht des Patrons reichte weit. Sie würden ihn finden, egal wo er sich ... außer ...

Mit einem Ruck setzte er sich kerzengerade hin und fing dadurch einen fragenden Blick von Marta ein. Außer er vernichtete sie alle! Damit schlüge er zwei Fliegen mit einer Klatsche: Er könnte seinen Rachefeldzug abschließen und gleichzeitig die Fesseln des Syndikats abschütteln. Die Gelegenheit, seine Überlegungen in die Tat umsetzen zu können, hatte ihm der Sindaco wie auf dem Tablett serviert. Die Premierenfeier im Teatro

La Fenice wäre perfekt für sein Vorhaben geeignet. Zweifellos würde Arturo die Veranstaltung ebenfalls besuchen.

„Wie gut kennst du das Teatro La Fenice?", wollte er unvermittelt wissen.

Kurz sah ihn Marta verwundert an, zuckte aber im nächsten Moment mit den Achseln. „Es ist riesig", stellte sie mit vollem Mund fest und trank das Glas aus.

Prüfend musterte Daniele sie, dann umschloss er die Flasche und schenkte nach.

„Danke."

„Wie viele Hinterausgänge gibt es?"

„Unzählige. Warum?"

„Am Samstag in über einer Woche findet dort die Premierenfeier von Otello statt."

Kurz vergaß sie zu kauen und musterte ihn verwirrt, widmete sich aber sogleich erneut ihrem Essen.

„Geht Arturo gerne in die Oper?", erkundigte er sich weiter und erntete dafür wieder ein Schulterzucken.

„Er macht es wegen der ... wegen der ...", ihre Aussprache litt bereits unter dem Alkoholeinfluss, „... der anderen."

Sie hob die Gabel und vollführte mit ihr überschwänglich einen Kreis.

„Welcher anderen?", bohrte er nach.

„Seinenenen Freueunden."

„Meinst du damit Leute wie den Bürgermeister?"

„Gaaaaanz richtig!"

Sie trank einen weiteren Schluck und rülpste. Statt sich zu entschuldigen, kicherte sie. Daniele lüpfte eine Augenbraue. Hoffentlich war sie bald fertig, damit er sie endlich baden konnte. In einem der anderen Räume gab es einen Waschzuber und im Hinterhof hatte er einen Brunnen entdeckt.

„Dann wird er vermutlich ebenfalls dort sein?"

„Ja, mit Tschiulia."

„Mit Giulia?" Sofort stand ihm das Bild dieser gebrochenen Frau vor Augen.

„Ja. Sis das einzige Mal, wenn Arturo schi mitnimmt. Nur zu scholchen Anläschen darf schi das Haus verlaschen."

Die Vorstellung, sie würde den Racheplänen zum Opfer fallen, behagte Daniele nicht. Allerdings war nicht zu vermeiden, dass zahlreiche Unschuldige bedauerlicherweise ebenfalls an jenem Samstag ihr Leben lassen würden, wenn er den Plan umsetzte, der in seinem Kopf langsam Formen annahm. Vermutlich wäre Giulia sogar froh, von ihrem Elend erlöst zu werden.

„Fertig." Marta legte die Gabel auf den Teller. Das Messer hatte sie nicht verwendet, da sie ihre Hand nach wie vor schonte und trank den Wein aus. Mit einem leichten Lächeln auf den Lippen wandte sie sich ihm zu.

„Danke! Esch war auschgezeichnet!"

„Das freut mich."

Er beugte sich vor, umfasste ihre Taille und hob sie auf seinen Schoß. „Dann können wir jetzt ein Bad nehmen."

„Wir?", hinterfragte sie grinsend und er nickte. „Ich masch alles, wasch du willscht." Sie hickste und er half ihr aus dem Hemd.

„Ich hab dich letzte Nacht ..." Bevor er sich vollkommen verraten hatte, unterbrach er sich und musterte sie.

Mit großen, hoffnungsvollen Augen versuchte sie, in ihm zu lesen. Allem Anschein nach war sie nicht betrunken genug, damit ihr derartige unbedachte Äußerungen entgingen.

„Wasch?"

„Nichts", winkte er ab und umschloss ihre Brüste.

Sie seufzte und lehnte sich mit der Stirn an ihn. Doch er griff in ihre Haare und bog ihren Kopf zurück, damit er ihre Kehle und ihren Hals liebkosen konnte. Ohne Gegenwehr verharrte sie in dieser Position, gestattete ihm, von ihr zu kosten.

„Ich bekomme von dir einfach nicht genug", murmelte er frustriert und gleichzeitig erstaunt. „Wie ist das nur möglich?"

„Dasch ischt, weil isch deine Frau bin. Von scheiner Ehefrau bekommt man niiiiiiieeeee genug!"

„So ein ausgemachter Unsinn", entgegnete er amüsiert. „Die Wirklichkeit lehrt uns das Gegenteil."

Er gab sie frei und sie hob den Kopf. Sanft ließ er seine Hände über ihren nackten Oberkörper bis zum Hosenbund gleiten, den er öffnete. Er umfasste sie an der Taille und stellte sie vor sich auf den Boden, schob die Hose nach unten, die ihre Knöchel sogleich wie merkwürdige Schuhe einbetteten.

„Ich werde dir ein paar frische Sachen von mir bringen. Das Zeug starrt vor Schmutz."

„Dasch wäre echt nett", lächelte sie und wirkte dabei zuckersüß, was ihm wieder einmal den Atem raubte.

Hatte ihn außer Marta jemals jemand so angesehen? Als gäbe es da eine einzige gute Stelle in ihm, die sie gefunden hatte. Oh, er wünschte, er könnte sich mit ihren Augen sehen. Doch er vermochte aus sich selbst nicht auszubrechen, war ein Gefangener der Hölle, in die er als Junge hineingeschlittert war.

Um zu verhindern, dass Marta sich entfernte, legte Daniele seine Handflächen auf ihre Hüften und sah zu ihr auf. Ihr jetzt kurzes Haar fiel ihr ins Gesicht und plötzlich sehnte er sich nach den langen Strähnen, die sie bis gestern getragen hatte. Wie ein Vorhang hatten diese ihren Körper verborgen, bis er sie zur Seite gestrichen hatte. Nun gab es nichts mehr, hinter dem sie sich vor ihm verstecken konnte.

„Daniele", flüsterte sie mit geröteten Wangen.

„Luca", verbesserte er, ohne darüber nachgedacht zu haben.

Doch alles in ihm verzehrte sich danach, seinen wahren Namen aus ihrem Mund zu hören.

„Llllluuuca", wiederholte sie konzentriert und stolperte über ihre Zunge.

Seine Mundwinkel hoben sich erheitert. „Probiers noch einmal!"

„Lluuca. Dasch ischt ein schöner Name. Heischt duuu gaaanz wirklisch scho oder hascht du dir den nur für misch auschgedacht?"

„Ich heiße ganz wirklich so."

„Und Eschposchito?"

„Nein. Riva."

„Dann ischt dasch auch mein Name!"

„Ja, Marta Riva. Solange, bis …" Er senkte den Kopf und musterte ihren Bauchnabel, ohne ihn wahrzunehmen.

Da legte sie eine Hand unter sein Kinn und hob es an, sank gleichzeitig vor ihm in die Knie, bis sie sich auf Augenhöhe befanden.

„Scholange isch lebe", versprach sie ernst.

Hilflos versank er in dem dunklen Teich ihrer Augen, als zöge ihn eine Nixe immer tiefer und beraubte ihn gleichzeitig der Hoffnung, jemals wieder daraus auftauchen zu können.

„Sag ihn noch einmal, bitte, ich habe ihn Ewigkeiten nicht mehr gehört!"

„Lluucca Rivaa."

Etwas löste sich in ihm.

„Lluucaa, Lluuca, Lucaaa", wiederholte sie lächelnd. „Llluuca, Lllluucaa, Luucaa, isch liebe disch!"

Erschüttert schloss er sekundenlang die Augen.

„Du bist beschwipst, du törichtes Gör", tadelte er, doch war der Klang seiner Stimme samtweich, ohne dass er etwas dagegen hätte unternehmen können.

„Maarta Rrrriva", verbesserte sie ihn lächelnd. „Deine tööööörichte Frauu."

Seine Frau. An jenem Tag, als er Mitglied des Syndikats geworden war, hatte er die Hoffnung auf eine Familie aufgegeben. Noch immer konnte er nicht nachvollziehen, wie er zu einem Weib gekommen war, das nackt vor ihm hockte und ihn zärtlich musterte. Sofort wurde ihm bewusst, dass sie ihn auch schon ganz anderes angesehen hatte. Voller Angst und Abscheu. Der Wein war sicherlich schuld daran, dass sie jene Gefühle vergessen hatte. Ergäbe sich ihr eine Gelegenheit zur Flucht, würde sie diese zweifellos ergreifen.

Sehnsucht schnürte ihm die Kehle zu.

Doch bis es soweit wäre, beschloss er, sie mit Wein abzufüllen, gerade genug, um sie wie jetzt zu lösen, aber nicht zu viel, damit sie seinen üblichen Bettgefährtinnen nicht ähnelte. Zwei Gläser erzeugten bei ihr die gewünschte Wirkung. Sie rückte näher und schmiegte ihre Wange an sein Knie. Verdammt, sie sprengte jeden Schutzwall, den er um sein Inneres errichtet hatte. Um den Kloß in seinem Hals loszuwerden, schluckte er mehrmals hart. Es half nichts, er war kurz davor, die Fassung zu verlieren. Entschlossen schob er sie von sich, erhob sich und wandte sich von ihr ab. Wenn sie ihm jemals etwas bedeutete, würde er sich nie vergeben, dass er sie in diese Sache mit hineingezogen hatte, anstatt sie an einen sicheren Ort zu bringen.

„Lluuca?"

Schmerz schwang in ihrer Stimme und das traf ihn schwer.

„Ich muss erneut weg", erklärte er, ohne sie anzusehen und stürzte zur Tür.

„Nein, nicht!", rief sie außer sich. „Lassch misch nischt allein! Nischt schhhhon wieder!"

Er legte eine Hand auf die Türklinke und sah über die Schulter zu ihr zurück. Außer sich stemmte sie sich in die Höhe, streckte ihre Arme flehend nach ihm aus.

„Verlasch misch nischt! Bitte, verlasch misch nischt!"

Warum nicht? Was lag ihr denn an ihm? Sie sollte froh sein, wenn er ging!

Sie lief auf ihn zu, taumelte und stürzte über ihre Beine. Reflexartig fing sie sich mit den Händen ab.

„Au!", schrie sie gequält, als ihre verletzte Hand auf den Boden knallte. Weinend krümmte sie sich zusammen.

Verflucht, er konnte sie in dem Zustand nicht zurücklassen. Sie war vollkommen außer sich. Schnell trat er zu ihr und hob sie auf.

„Du dummes Gör, was stellst du nur immer an?", murmelte er und küsste sie auf die Nasenspitze.

Sie sah mit tränennassen Augen zu ihm auf, als wäre er alles, was sie auf dieser Welt ersehnte. Ihr Gesichtsausdruck kroch ihm unter die Haut und er gab auf. Für heute hatte er genug gekämpft. Sanft bettete er sie auf die Matratze und beugte sich über sie.

„Nicht weinen", bat er beruhigend, „ich bleibe hier, obwohl ich nicht begreifen kann, was dir an mir liegt."

„Du bedeutscht mir aaalles! Isch würde aaaalllles für disch tun!", schniefte sie inbrünstig.

„Pscht, sag so etwas nicht!"

„Aber es ischt wahr!"

Um weitere unsinnige Beteuerungen zu unterbinden, verschloss er ihren Mund mit seinem. Sie hatte nichts dagegen einzuwenden, denn sie empfing ihn bereitwillig und ihre Tränen versiegten.

Es war die erste Nacht, die sie aneinandergeschmiegt verbrachten und Luca wunderte sich über die Geborgenheit, die Marta ihm zu schenken vermochte. Sie war ein zartes Mädchen und hatte keinerlei Voraussetzungen dafür, ihm Sicherheit zu vermitteln und doch gelang es ihr auf unerklärliche Weise.

Bis in den späten Vormittag hinein hielt er sie in seiner Umarmung, genoss den Umstand, für einige Stunden nicht auf der Hut sein zu müssen. Eigentlich hatte er vorgehabt, im Laufe des Tages nach Venedig überzusetzen, um das Teatro zu inspizieren und seinen Plan auszuarbeiten. Aber das konnte warten und er verschob es auf den folgenden Tag. Es tat nichts zur Sache, ob er es heute oder morgen machte.

„Warst du noch mal beim Palazzo Soranzo?“, fragte Marta plötzlich in die träge Stille hinein und verscheuchte damit die angenehme Schwere, die ihn umfangen hatte.

Ihr Verstand arbeitete wieder klar und somit musste er mit den Informationen, die er ihr anvertraute, vorsichtig sein.

„Nein. Es ist unmöglich, dort hineinzukommen. Ich habe eingesehen, dass ich mich geirrt habe. Vermutlich haben wir den Hinweis falsch interpretiert.“

Sie richtete sich auf, stützte sich auf einem Ellbogen ab und sah ihm verwundert ins Gesicht. „Nein, wir haben uns nicht getäuscht! Ich bin sicher, dass ...“

„Marta“, unterbrach er unwillig, „sei still! Die Sache geht dich nichts an und ich werde sie nicht mit dir diskutieren.“

Verärgert zog sie die Augenbrauen zusammen und einen Moment später wirkte sie überaus enttäuscht. „Ich dachte, wir wären Verbündete“, murmelte sie und ließ sich aufs Bett zurückfallen.

„Das ist ein Irrtum, denn wir sind es definitiv nicht. Ich habe Pietro dafür bezahlt, den Mund zu halten und das gilt nach wie vor!“

Sie rollte sich von ihm fort und kehrte ihm den Rücken zu.

„Hör auf zu schmollen“, befahl er genervt. „Mir fehlt jegliche Geduld für weibische Allüren.“

Seine Worte prallten an ihr ab, denn sie bewegte sich nicht.

„Du kannst beruhigt sein, da ich deine Hilfe unter Umständen bald wieder in Anspruch nehmen werde. Je nachdem, wie es deiner Hand ergeht.“

Sie drehte sich so schnell um, dass er ihr kaum folgen konnte. Ihre Augen strahlten. „Ehrlich? Worum geht es?"

„Ich sagte *unter Umständen*", brummte er und musterte sie streng.

„Oh ja bitte, ich will dir helfen! Meine Hand ist bald wieder völlig in Ordnung."

Forschend sah er sie an. „Was bist du nur für eine ... ein Unikat?"

Da lächelte sie fröhlich und Schalk blitzte wie funkelnde Sterne in ihren Augen. „*Dein* Unikat", erklärte sie und legte eine Hand sanft an seine Wange.

„Versprich mir, dass du niemals einen anderen Mann an dich heranlässt!", forderte er, plötzlich von heftiger Eifersucht überwältigt.

„Ich verspreche es! Nur dich, Luca Riva. Für immer."

Erleichtert atmete er tief ein, umfasste ihren Oberkörper und zog sie auf sich. Er drängte ihre Oberschenkel auseinander.

„Wer ist der Einzige, der das tun darf?"

„Du, Luca."

Sie stöhnte, als er sich in ihr versenkte. Er umschloss ihr Gesicht, zog es tiefer und küsste sie liebevoll.

„Und wer darf dich küssen?"

„Nur du, Luca Riva."

Jedes Mal, wenn sie seinen Namen sagte, fiel eine jener Krusten, die sich über den Wunden seines Herzens gebildet hatte, ab. Spielerisch ließ er die Fingerspitzen über ihren Hals und tiefer gleiten, um ihre Oberweite zärtlich zu umfangen. „Und wem erlaubst du das?"

„Allein dir, Luca, meinem Mann."

Sie war so überaus hinreißend. Wie ein Geschenk des Himmels, das er nicht verdient hatte.

„Marta", stöhnte er hilflos, angesichts ihrer Hingabe.

„Ja?"

Sie blickte ihn derart hoffnungsvoll an, dass er sich fragte, was sie von ihm hören wollte.

„Versprich mir, dass du mich nie vergisst."

Wie ein flüchtiger Schatten verdunkelte Trauer sekundenlang ihre Pupillen. „Ich verspreche es. Ich werde dich nie vergessen. Mein Herz gehört dir!"

Nach wie vor sah sie ihn abwartend an, eine stille Aufforderung im Blick. Als er schwieg, entging ihm nicht, wie schwer er sie enttäuschte. Es war kaum zu ertragen. Deswegen griff er an ihren Nacken, zog sie tiefer und küsste sie, bis sie die Augen schloss und ihre Körper sich im Einklang miteinander bewegten.

Luca empfand sich wie einen Dieb, der sich einen Tag gestohlen hatte, welcher ihm im Grunde nicht zustand. Er war es nicht wert, von einem Mädchen wie Marta geliebt und umsorgt zu werden. Er hatte es nicht verdient, einen kompletten Tag in ihren Armen liegen zu können, ihre Haut an seiner zu spüren und die restliche Welt zu vergessen. Ihm standen ihre sanften Worte nicht zu, die ihn an Stellen berührten, die er für tot befunden hatte. Er war ihrer Sorge nicht würdig, dieses Ausdrucks in ihren Augen, als er sich von ihr verabschiedet hatte.

Nachdem er auf die Straße getreten war, schaute er ein letztes Mal zurück und entdeckte sie am Fenster im ersten Stock. Ihre Hand lag auf der Scheibe, als könnte sie ihn damit zurückhalten. Die von ihr empfundene Einsamkeit, welche diese Haltung vermittelte, ging ihm durch und durch. Er kämpfte mit sich, nicht zu ihr zurückzukehren. Allein das Wissen, keinen anderen Ausweg zu haben, als dem von ihm eingeschlagenen Weg zu folgen, hielt ihn davon ab.

16

Das Teatro La Fenice war riesig. Erst als er es abschritt, erfasste er, wie weitläufig es war. Um es niederzubrennen, bräuchte es präzise Vorbereitungen. Die Proben im hinteren Gebäudetrakt waren in vollem Gange, deswegen gelang es ihm ohne Probleme, sich ins Innere zu schmuggeln. Es ging zu wie in einem Bienenstock und Luca wunderte sich darüber, dass anscheinend jeder wusste, was er zu tun hatte. Auf dem Weg durch lange Flure machte er sich in seinen Gedanken Notizen, zählte die Schritte von einer Abzweigung zur nächsten. Am sichersten und effektivsten wäre es, im kompletten Gebäude verschiedene, leicht entzündliche Brennkörper zu verteilen, während Marta die Türen von außen verschlösse. Er stellte sich vor, wie er sie zum Abschied küsste, bevor sie ihn einsperrte. Sogar in seinen Überlegungen widersetzte sie sich ihm. Weigerte sich, ihm zu gehorchen. Verdammt! Marta wäre ein zu unberechenbarer Komplize für ein derartiges Vorhaben. Er musste jemand anderen finden, der diese Aufgabe für ihn erledigte. Eine Person, auf die er sich hundertprozentig verlassen konnte.

In ganz Venedig gab es nur einen einzigen Menschen, dem er vertraute: Francesco. Deswegen schrieb er ihm eine Nachricht, mit der Bitte, sich mit ihm am nächsten Tag zu treffen und gab sie auf dem Heimweg bei ihm ab.

Davor machte er sich aber an die Arbeit und schmuggelte mit Zunder und Spänen gefüllte Säcke in das Opernhaus. Es war nicht schwer, diese zu bekommen, denn Tischler und Schreiner waren dankbar, sich nicht um den Abfall kümmern zu müssen. Die wirkliche Schwierigkeit lag darin, an sämtliche Schlüssel des Gebäudes zu gelangen. Eine Herausforderung, die unmöglich schien.

Spät in der Nacht kehrte er zu Marta zurück, die ihm erleichtert um den Hals fiel. Jetzt, da er damit begonnen hatte, seine Rache in die Tat umzusetzen, meinte er, die Zeit würde wie Nebel zwischen seinen Fingern hindurchgleiten, flüchtig wie der Wind. Er liebte seine junge Frau, bis sie erschöpft einschliefen.

„Weshalb lässt du mich wieder zurück? Was ist so wichtig?", wollte Marta am nächsten Morgen trotzig wissen und versperrte ihm den Weg.

Mit ausgebreiteten Armen stand sie vor der Tür und redete sich zweifellos ein, dass ihn ihre Weigerung, ihn durchzulassen, an seinem Fortgehen hindern könnte. Er lächelte angesichts ihrer Aufmüpfigkeit milde und umfasste sie an der Taille. Es war nicht schwer, sie anzuheben und er querte mit ihr den Raum, um sie auf dem Bett abzusetzen.

„Ich bin dir keine Rechenschaft schuldig, törichtes Gör", erklärte er und bemühte sich um einen herablassenden Tonfall.

Um zu verhindern, dass er sie absetzte, schlang sie die Beine um seine Hüften und klammerte sich auf diese Weise an ihn. Sie war stark, weshalb in ihm kurz das Bild von Pietro aufstieg.

„Ich lass dich erst gehen, wenn du mir verrätst, was du ausheckst.“

„Du glaubst, mir drohen zu können?“

Er begann zu lachen, konnte ihr einfach nicht zürnen. Sie sah ihn ernst an und er entdeckte die zähe Unerbittlichkeit eines Straßenkindes in ihren Augen.

„Gut“, seufzte er, doch sie lockerte ihre Umklammerung nicht. „Ich plane, das Teatro La Fenice während der Premierenfeier in Brand zu stecken.“

Sie schnappte hörbar nach Luft. „Giulia wird dort sein“, murmelte sie, fragte jedoch nicht nach ihrem Bruder oder den anderen Opernbesuchern.

Er nickte. Als ahnte sie, ihn nicht umstimmen zu können, unterließ sie es, mit ihm zu verhandeln. Nachdenklich kaute sie auf ihrer Unterlippe.

„Aber du wirst entkommen?“ Ihre Augen kehrten zu ihm zurück und bohrten sich in seine.

Sekundenlang war es still und sie runzelte abwartend die Stirn. Seine Gedanken rasten und er überlegte, wie er sie beruhigen konnte. Selbstverständlich hatte er vor, dem Inferno unversehrt zu entgehen. Allerdings war die komplette Aktion mit einem großen Risiko behaftet. Damit wollte er Marta keinesfalls beunruhigen. Abgesehen davon würde sie angesichts dieser Tatsache vermutlich in den kommenden Tagen keine Ruhe geben und ihn ständig mit der Bitte bestürmen, von seinem Vorhaben abzulassen. Er atmete tief durch.

„Natürlich. Direkt am Rand der Bühne befindet sich eine Tür, die schnurstracks ins Freie führt. Es ist eine Geheimtür, die kaum jemand kennt, denn sie ist hinter der Rückwand eines Schrankes verborgen.“

Welch ein genialer Einfall, welch ausgezeichnete Irreführung! Somit gab es keine Grundlage für den geringsten Einwand mehr.

„Versprich mir, dass dir nichts geschieht." Sie war schlau wie ein Fuchs.

„Das kann ich bei einem Unterfangen wie diesem nicht. Aber ich verspreche, dass ich alles daransetzen werde, um zu dir zurückzukehren. Wenn es gelingt, sind wir danach frei. Dann gibt es niemanden mehr, der uns schaden wird und du darfst sogar nach Venedig zurückkehren."

Am Anfang seiner Erklärung hatten sich ihre Gesichtszüge verfinstert, doch als er ihr die Rückkehr in ihre Heimatstadt in Aussicht stellte, waren sie aufgeklart. Vorfreude spiegelte sich darin und sie strahlte heller als ein kostbares Juwel.

„Wir werden uns ein schönes Haus suchen", flüsterte sie und er überlegte, ob sie sich bewusst in diese Träumereien hineinsteigerte, um ihrer Beunruhigung keinen Raum zu lassen.

„Ja", stimmte er zu und löste ihre Beine von seinen Hüften.

„Und wir werden unzählig viele Kinder bekommen."

Eine kalte Hand umschloss sein Herz und drückte fest zu. *Wenn du mir, wie du es mir versprochen hast, bis zu deinem Lebensende treu bist, wirst du, sollte ich aus dem brennenden Theater nicht entkommen, niemals Kinder gebären.*

„Ich habe immer davon geträumt, ein Haus voll lachender Kinder zu haben", schwärmte sie und ließ sich von ihm auf den Boden stellen.

„Ja", murmelte er, „ich auch."

Er konnte nicht widerstehen und hob seine Hand zu ihrem Gesicht. Mit den Fingerknöcheln strich er liebevoll über ihre Wange. „Ich muss jetzt gehen", erklärte er und riss sich von ihr los. „Ich werde nicht absperren, doch rate ich dir, das Haus nicht zu verlassen."

Sie nickte mit stiller Freude aufgrund dieses Vertrauensbeweises und er sah ihr das letzte Mal in die Augen. Die Liebe, die darin schimmerte, brannte sich in seine Netzhaut ein und er wusste, dass er Marta nie vergessen würde, sollten sich die Umstände gegen sie verschwören und sie getrennt werden.

Obwohl sie nur ein altes Kleid trug, das er ihr organisiert hatte, war sie für ihn wunderschön. Sie war der Ort, den er nie zu finden gehofft hatte. Die Vorahnung, Marta schon bald zu verlieren, stimmte ihn melancholisch. Trotzdem war er zutiefst dankbar dafür, die von ihr geschaffene Oase zumindest entdeckt zu haben.

„Auf Wiedersehen, Marta", sagte er, riss sich von ihrem Anblick los und öffnete die Tür.

„Sei vorsichtig, Luca", flehte sie und er nickte.

Dann ließ er sie zurück, polterte die Stufen hinunter und trat auf die von Menschen überfüllte Straße. Die Wärme der Sonne legte sich auf seinen Nacken, während er dem Porto Maghera entgegeneilte. Möwen kreischten hoch über ihm, segelten mit ausgebreiteten Flügeln auf dem Aufwind. Hin und wieder stürzte sich eine von ihnen hinab zur unruhig tosenden See und schnappte sich einen Fisch.

Am Pier hielt er an und sah auf jene Stadt hinüber, die für ihn alles bedeutete: Leben und Tod, Heimat und Fremde, Liebe und Hass, seine Vergangenheit und seine Zukunft. Er war in Venedig geboren worden und dort würde er auch sterben. Er atmete tief durch. Noch war es ungewohnt, dem Jungen von einst, Luca, wieder Raum in sich zu geben. Mit seiner Flucht aus Venedig hatte er die Existenz seiner Kindheit ausgelöscht und verdrängt, wer er war. Als Daniele war er herangewachsen, zum Mann gereift. Bis vor zwei Tagen hatte er angenommen, dass Luca unwiederbringlich verloren war. Doch Marta hatte seinen verborgenen Kern ausgegraben, als hätte sie geahnt, dass ein besserer Mensch in ihm schlummerte – ein freundlicher Mann wie Luca, kein Mörder mit Namen Daniele. Er würde im Laufe der nächsten Wochen erst herausfinden müssen, wer und wie er in Wahrheit war – als Luca. Doch mit Marta an seiner Seite wollte er es wagen. Verwundert gestand er sich ein, dass ihn diese zarte kleine Frau mit den blitzenden Augen verändert hatte.

Der Kirchturm der Chiesa di San Giobbe war von hier aus schwer zu erkennen, so klein wirkte er. Lucas Augen sogen sich daran fest, genauso wie sich die Arme eines über Bord gegangen Matrosen an den Rettungsring klammerten. Als hätte es ihm eine Stimme zugeflüstert, war er felsenfest davon überzeugt, dass es kein Zurück mehr gäbe, wenn er die Fähre jetzt bestieg. Bald würde diese abfahren, ihm blieb kaum noch Zeit. Er zögerte. Mit dem nächsten Atemzug richtete er sich kerzengerade auf. Ein letztes Mal drehte er sich um, sah in jene Richtung, in der Marta ihn erwartete. Dann straffte er die Schultern, schüttelte das Unbehagen ab und stieg ins leicht schaukelnde Boot.

17

Am Markusplatz entschied Luca sich dafür, zu Fuß zu gehen. Im Laufe der vergangenen Tage hatte er die Stadt wieder zu der seinen gemacht. Deshalb verlief er sich nur mehr selten in ihrem unübersichtlichen Straßengeflecht. Wenn er sich beeilte, würde er in weniger als fünfzehn Minuten den Treffpunkt mit Francesco erreichen. Da er zuvor bei der Wohnung, die er sich mit Bernardi geteilt hatte, vorbeischauen musste, hatte er die Chiesa di San Stae für ihr Aufeinandertreffen dafür auserkoren. Nach seinem Erkundigungsgang durch das Theater, als er die Details hatte niederschreiben wollen, hatte er sich mit Schrecken daran erinnert, dass er sein Notizbuch dort zurückgelassen hatte. Er hatte es leichtfertig unter der Matratze vergessen und überlegte jetzt, wie ihm das hatte passieren können. Vermutlich lag seine Unachtsamkeit darin begründet, dass er seine Sachen so überstürzt hatte einpacken müssen. Deshalb näherte er sich kurze Zeit später unauffällig jenem Haus und zwängte sich in eine schräg gegenüberliegende Türschwelle. Minutenlang lauschte er angespannt. Da sich nichts rührte, entschied er, einen Vorstoß zu wagen, zog den Schlüssel hervor, huschte über die schmale Gasse und sperrte eilig auf. Leise drückte er die Klinke hinunter und spähte ins Innere. Es war dunkel. Kein Anzeichen, dass Bernardi da war. Lautlos glitt er hinein und zog die Tür hinter sich zu. Vermutlich hatte Damico all seine Männer auf ihn angesetzt und Bernardi mit der Koordination der Suchtrupps betraut.

Geräuschlos eilte er in den oberen Stock, direkt in sein Zimmer. Ohne eine Sekunde zu verlieren, hob er die Matratze an und tastete gleichzeitig nach dem Büchlein. Entsetzt stellte er fest, dass es verschwunden war. Wie betäubt zog er die Hand zurück. Es war anzunehmen, dass Bernardi den Raum durchsucht hatte, nachdem er nicht mehr zurückgekommen war. Ein Fehler wie dieser hätte Luca nicht passieren dürfen. Ihm war bewusst, dass es Kleinigkeiten waren, die große Patrone und Kriminelle wie ihn zu Fall brachten. Die einzige Chance, welche ihm geblieben war, lag darin verborgen, seinerseits das Zimmer seines Kontrahenten zu durchsuchen. Er musste sich beeilen, denn ihm blieb kaum Zeit bis zu dem Treffen mit Francesco.

In Bernardis Reich war es ebenfalls dunkel und angenehm kühl. Soweit Luca sich erinnerte, hatte sein ehemaliger Komplize das Fenster immer nur in der Nacht geöffnet, um frische Luft hereinzulassen.

Ein lautes Scheppern zerriss die Stille und Luca zuckte zusammen. Aber schon einen Augenblick später hörte er eine Frau schimpfen, deren Stimme von der Straße hereindrang, und er beruhigte sich wieder. Ohne weiter Zeit zu verlieren, riss er der Reihe nach die Schubladen einer Kommode auf. Unter einem Stapel Hemden fand er ein Notizbuch. Enttäuscht entdeckte er, dass es nicht seines war. Trotzdem öffnete er es voller Neugier und erstarrte, als ihm der Löwenkopf von jener Brücke, die sein Vater gezeichnet hatte, ins Auge sprang. Grauen überwältigte ihn, während er zu verstehen versuchte, wie Bernardi davon Wind bekommen hatte.

„Hast du etwas vergessen, Daniele?", fragte plötzlich eine Stimme wenige Schritte hinter ihm und Luca fuhr herum, während ihm Eiseskälte die Wirbelsäule hinaufkroch.

Bernardi lehnte mit verschränkten Armen am Türrahmen und musterte ihn unheilvoll mit zusammengekniffenen Augen.

„Ja", bestätigte Luca dessen Vermutung und versuchte dabei möglichst gelassen zu wirken.

„Vielleicht das hier?", fragte Bernardi und zog das vermisste Notizbuch aus seiner zerknitterten Jackentasche.

„Ganz genau."

Er machte eine auffordernde Geste und trat auf sein Gegenüber zu. Doch Bernardi hob arrogant seine linke Augenbraue und unterließ es, seinem Kontrahenten dessen Eigentum zurückzugeben.

„Du wirst es nicht mehr brauchen", stellte er stattdessen fest und stieß sich von der Wand ab.

Aufgrund des Dämmerlichtes bemerkte Luca den Umriss eines weiteren Mannes erst in dem Moment, als sich dieser in Bewegung setzte und ebenfalls eintrat. Ohne ihn genauer sehen zu können, wusste Luca, um wen es sich handelte, erkannte mit aufsteigendem Horror an, dass ihn das Syndikat früher gefunden hatte als erwartet, dass seine Rachepläne hiermit irrelevant waren. Er war so gut wie tot.

Bernardi drückte sich an Luca vorbei, öffnete das Fenster und stieß die Läden auf. Licht strömte ins Innere. Luca hörte, wie Bernardi das Fenster wieder schloss und hinter ihm stehen blieb. Er konnte die Gegenwart des Mannes im Rücken fühlen, als hielte er ihn bereits im Würgegriff. Trotzdem blicke Luca Damico fest an. Das Schweigen zwischen ihnen war geladen wie schwere Kanonenrohre, kurz bevor sie abgefeuert wurden. Die Spannung, welche in der Luft schwang, knisterte in Lucas Ohren.

„Wo ist der Schatz?", wollte Damico unvermittelt wissen und seine Frage zerriss die Stille und stieß die Zeit wieder an, die sekundenlang angehalten hatte.

„Welcher Schatz?" Luca sah den Patron an, als hätte er keine Ahnung, wovon dieser sprach.

Seelenruhig tastete der Oberste des Syndikats seine Weste ab und zog ein schmales Etui heraus. Daraus entnahm er eine Zigarette und entzündete sie. Er inhalierte tief und rückte sich einen Stuhl zurecht, setzte sich darauf, alles, ohne den jüngeren Mann aus den Augen zu lassen.

„Weißt du, Bürschchen, Venedig war deine Feuerprobe, die du nicht bestanden hast", sagte er und blies den Rauch in die Luft, der kurz wie Nebel im Raum hing, bevor er sich auflöste.

Damico senkte die Lider und funkelte ihn aus schmalen Schlitzen düster an, musterte seinen jüngsten Eletto sinnend.

„Ich bin enttäuscht, dass du dich als unwürdig erwiesen hast. Du hättest es weit bringen können, *Luca Riva*."

Der Patron betonte den echten Namen des ihm ausgelieferten Mannes, als wäre dieser ein Schimpfwort.

Doch es war nicht dessen Geringschätzung, die Luca zutiefst schockierte, sondern die Tatsache, dass Damico von seiner wahren Identität Kenntnis hatte. Wann hatte er es herausgefunden? Und was sollte das Gerede von einer Feuertaufe? Abgesehen davon wunderte er sich darüber, dass der Mann vom Schatz der Bianchis gehört hatte. Ihm war unerklärlich, weshalb der Mächtige wegen einer Handvoll Schmuck einen Aufwand dieser Größenordnung betrieb.

„Du sagst nichts?", fuhr der Patron fort, nachdem er mehrmals an der Zigarette gezogen hatte. „Interessiert es dich denn nicht, woher ich auch von den kleinsten Details weiß, die du seit deiner Flucht zu verbergen versuchst?"

Mit jeder weiteren Tatsache, die er aufdeckte, entzog er Luca die strotzende Kraft seines jungen, gestählten Körpers. Doch er bewegte sich nicht, wich keinen Schritt vor ihm zurück, schwankte nicht einmal. Reglos starrte er den Mann an, dem er sich mit Haut und Haaren verpflichtet hatte.

„Nun denn, Luca", seufzte Damico und schnippte Asche auf den Boden. „Ich werde dir alles erzählen, da mein Geheimnis bei dir bestens aufgehoben sein wird."

Ein eiskaltes Lächeln teilte seine Lippen und entblößte gefletschte Zähne. Der Jüngere wusste genau, was den Patron bezüglich seines Schweigens dermaßen sicher machte. Das, was unweigerlich folgen würde. Sie waren hier noch lange nicht fertig.

„Hast du wahrhaftig gemeint, du wärst in jener Nacht entkommen, ohne dass dir einer meiner Männer gefolgt wäre?"

Obwohl er es zu unterdrücken versuchte, zuckte ein Muskel in Lucas Wange.

„Oh, das überrascht dich? Hast du ernsthaft angenommen, ich nähme einen Straßenjungen in meine Vereinigung auf, ohne zu wissen, welcher Familie er entstammt?“

Luca vermochte nicht zu erfassen, dass ihm zu keiner Sekunde der Gedanke gekommen war, Damico könnte in seiner Vergangenheit herumschnüffeln. Ein zweiter schwerer Fehler.

„Bei dir musste ich mich nicht einmal dahingehend anstrengen, denn alles, was dich betrifft, war mir von Anfang an bekannt. Mir blieb nur, eine Begegnung deinerseits mit einem meiner Männer zu arrangieren. Ein Kinderspiel bei einem einsamen, auf sich gestellten Jungen.“

Luca schloss die Augen, als er sich an die Verzweiflung und die Angst erinnerte, welche auf dem Weg nach Rom seine ständigen Gefährten gewesen waren. In Rom. Damals hatte sich ein inneres Zittern in ihm festgesetzt und sich ihm Verlassenheit an die Fersen geheftet. Sie hatten ihn bis zu jenem Tag gequält, gepeinigt, als die Familie in sein Leben getreten war, ihn in ihrer Mitte aufgenommen und sich von da an um ihn gekümmert hatte. Bis jetzt hatte er felsenfest angenommen, ein glücklicher Zufall sei dafür verantwortlich gewesen. Oder das Auftauchen des Syndikats ein himmlisches Geschenk, das seine verstorbene Mutter, die immer über ihn wachte, ihm geschickt hatte. Galle sprudelte in Lucas Kehle, doch er schluckte sie hinunter, öffnete die Augen wieder.

„Siehst du, dein Vater, Gott hab ihn selig, oder besser: Möge dieser verdammte Schurke ewiglich in der Hölle schmoren, hat es hinterlistig geschafft, den Schatz zu verstecken. Wir wussten von den Aufzeichnungen, die er davon gemacht hatte, doch nicht, wo er sie aufbewahrte. Aber von einem Umstand waren wir überzeugt: Er würde sein Geheimnis nicht mit ins Grab nehmen. Wir rechneten fest damit, dass sein Sohn eines fernen Tages nach Venedig zurückkehren würde, um diese Hinterlassenschaft zu bergen.“

Luca biss die Zähne aufeinander und seine Kiefer verspannten sich.

„Alles, was wir tun mussten, war, den Knaben nicht aus den Augen zu lassen und ihm zu folgen.“

Die Zigarette zwischen die Finger geklemmt, machte Damico eine ausholende Handbewegung. „Und jetzt sind wir hier, schau uns an, vereint an jenem Ort der herben Niederlage.“

Nicht bereit nachzugeben, verschränkte Luca die Arme vor der Brust. „Wie gesagt, ich habe den Schatz nicht gefunden. Aber ich frage mich, was er enthält, da er so wichtig für Sie ist.“

Der Ganove lächelte und wirkte wieder überaus bedrohlich.

„Da ich zurzeit ausgezeichneter Laune bin, werde ich es dir verraten: Es ist eine kleine Krawattennadel, deren Kopf aus einem daumennagelgroßen blauen Diamanten besteht.“

„Einem Diamanten?“, hinterfragte Luca und schüttelte ungläubig den Kopf. „In Ihrem Haus liegen diese Edelsteine quasi auf dem Boden. Wozu benötigen Sie einen weiteren?“

„Allora, bei dem *Blauen Farnese,* mein Sohn, handelt es sich um ein Schmuckstück aus dem Eigentum des spanischen Königshauses, welches über Umwege in den Besitz der Familie Rossi gelangte."

„Nie davon gehört", erklärte Luca kühn.

„Das wundert mich nicht. Seine Existenz ist streng geheim." Wieder zog der Patron an der Zigarette. „Gamur, einer meiner Vorfahren mit spanischem Hintergrund, raubte das wertvolle Schmuckstück und schenkte es seinem jüngsten Sohn. Verständlicherweise erzürnte dies seinen Erstgeborenen. Soweit mir bekannt ist, bildeten sich zwei Lager unter den Brüdern, welche sich verfeindeten und sich von da an bis aufs Blut bekämpften, mit dem Ziel, den Diamanten in den eigenen Besitz zu bringen. Der alte Gamur konnte dagegen nichts unternehmen, denn er saß in Neapel wegen anderer Delikte im Gefängnis ein. So lautet zumindest die Legende." Gelassen schnippte Damico die Asche von seiner Zigarette, beobachtete sekundenlang, wie diese durch die Luft wirbelte. „Wie auch immer: Ich muss den Blauen Farnese wiederhaben."

Luca zuckte gleichgültig mit den Achseln. „Sie haben die Zeichnungen. Folgen Sie den Hinweisen."

„An dieser Stelle kommst du uns Spiel. Du bist der Einzige, der die Symbole erkennen und entschlüsseln kann."

„Offensichtlich nicht, denn wie gesagt habe ich den Schatz nicht gefunden."

„Ich glaube dir nicht."

Angesichts seiner ausweglosen Lage hatte sich in Luca eine unerklärliche Gleichgültigkeit Bahn gebrochen, die seinen rasenden Puls beruhigte und ihn einige Gedankenspiele anstellen ließ. So überschlug er, wie lange er bräuchte, um all die soeben erhaltenen Informationen zu verdauen und zu entwirren. Vermutlich eine ganze Weile – Tage. Aber es war müßig, darüber nachzudenken, da seine Zeit ohnehin abgelaufen war. Auch wenn er das Rätsel lösen würde, wäre es für ihn bedeutungslos. So wie alles andere, das ihn bisher angetrieben hatte, denn sein Leben würde heute zu einem Ende kommen. Das Einzige, was er mitnehmen konnte, war der Sieg, welcher in der Geheimhaltung lag. Nicht den kleinsten Hinweis wollte er ihnen liefern. Sein Wissen würde er mit in die Dunkelheit, in das endlose Schweigen nehmen. Damico war entschlossen, ihm seine Existenz zu rauben, dafür enthielte Luca ihm jene größte Begehrlichkeit seines gierigen Herzens vor.

„Sprich, dann geben wir es auf, nach Marta zu suchen!"

Luca unterdrückte ein Zusammenzucken. Nicht Marta! Seine Nackenhaare stellten sich auf und er hoffte, dass es dem Mann, der noch immer hinter ihm stand, entging.

„Sie ist tot. Bernardi kann bezeugen, dass ich sie umgebracht habe."

„Wie sollte er? Was vermag ein Haarbüschel zu beweisen?"

„Sie war eitel. Sie hätte sie nie abgeschnitten", verteidigte Luca sein Pfand.

„Eitel? Ich glaube, da würden Arturo gänzlich andere Eigenschaften einfallen."

Arturo ... Luca wurde schwarz vor Augen. Doch er starrte den Patron düster an. „Sie ist tot", wiederholte er fest.

Ihm entging der vielsagende Blickwechsel seiner Feinde nicht.

„Dann lass es mich so formulieren: Sie ist so gut wie tot."

Eisige Kälte kletterte Lucas Rücken hinauf, hangelte sich von Wirbel zu Wirbel. Egal was er sagte, was er tat, er würde Martas Leben nicht retten können. Wenn sie ihm nicht abnahmen, dass er sie an jenem Tag ermordet hatte, wäre sie ebenfalls verloren. Ihre einzige Rettung bestand in seinem Widerstand. Er durfte unter keinen Umständen einknicken. Einst hatte ihm Damico erklärt, dass Folter zu seinem Alltag gehörte, er aber dadurch gestählt würde. In diesem Augenblick war Luca dankbar, dass er wusste, wie er mit Schmerz umzugehen hatte. Jede Narbe in seinem Fleisch zeugte von der gewonnenen Stärke, auf die er jetzt, um die Folter zu überwinden, zurückgreifen musste. Jeder ihm zugefügte Peitschenhieb riss sich einen Weg zu seinen Nervenbahnen, jeder Messerstich erinnerte ihn an seinen unbeugsamen Geist. Die verbrannte Handfläche pulsierte – sie war das erste Mal gewesen, mit dem sie ihn markiert hatten. Mit der Glut hatten sie gleichzeitig die Wunden seines Herzens verödet. Luca hatte nicht vergessen. Nicht den kleinsten Schnitt.

„Ich kann Ihnen nicht helfen", erklärte Luca entschlossen. „Mehr gibt es nicht zu sagen."

Mit dem Schwung eines Tigers kam Damico auf die Beine, sodass sein Stuhl umkippte und laut zu Boden krachte.

„Verflucht seist du, Junge! Sprich, bevor ich dir die Zunge herausschneide! Nur so wirst du sie retten.“

„Das ist eine Lüge und wir wissen es beide“, entgegnete Luca und ballte die Fäuste. „Abgesehen davon ist sie längst tot.“ Er lockerte seine Arme und ließ sie an den Seiten herabfallen, trotzdem spannte er seine Muskeln an.

„Wie gesagt, ich zerbreche mir seit dem Tag meiner Flucht den Kopf über die Bedeutung der Zeichnungen, ohne sie entschlüsseln zu können. Wenn Sie möchten, überlasse ich sie Ihnen.“

„Bernardi hat sie schon vor Jahren abgezeichnet. Es ist unmöglich, damit das Geheimnis zu lüften.“ Die Stimme des Patrons erinnerte an ein Donnergrollen. Ohne jeden Zweifel stand er kurz davor, die Beherrschung zu verlieren.

„Sehen Sie? Mir ergeht es nicht anders.“

Damicos Pupillen weiteten sich aufgrund dieser Kaltschnäuzigkeit, dann trat er zur Tür und pfiff leise zwischen den Zähnen hindurch. Augenblicklich näherten sich die Schritte weiterer Männer. Bernardi packte Lucas Arme von hinten und fixierte sie auf seinem Rücken. Luca graute vor dem, was bald passieren würde, wehrte sich jedoch nicht. Er wusste, wann es sinnlos war zu kämpfen. In der jetzigen Lage war Widerstand zwecklos.

„Eine Frage noch“, bat er und Damico drückte die Zigarette auf der rohen Tischplatte aus, dann schnippte er sie achtlos auf den Boden.

„Stell sie mir, es ist immerhin deine letzte.“

„Warum mussten die Bianchis sterben?“

Die Lippen des Patrons teilten sich zu einem hinterlistigen Lächeln. „Das ist es, was du wissen willst? Nicht, warum deine Mutter sterben musste?", hinterfragte er höhnisch.

Diese Gegenfrage ließ Übelkeit in Lucas Magen rumoren.

Seine Mutter? War sie nicht nach der Geburt im Wochenbett verschieden? So hatte sein Vater es ihm vor langer Zeit berichtet.

„Entscheide dich", drängte Damico ungeduldig.

„Meine Mutter starb an den Folgen der schweren Niederkunft", presste Luca mit letzter Kraft heraus. Er hatte nicht angenommen, dass ihn irgendein Geheimnis, welches die Welt bis jetzt vor ihm verborgen hatte, so dermaßen erschüttern, ihn schwächen konnte. Zweifellos hatte er sich geirrt.

„Das kannst du gerne weiterhin glauben. Warum nicht? Immerhin hast du es bisher getan."

Luca schloss die Augen. „Weshalb musste meine Mutter sterben?", flüsterte er, kurz davor, ohnmächtig zu werden.

Damico lachte und klang dabei falsch und gefährlich.

„Weil sie den Tod verdiente, wie all die anderen Menschen, die mich verraten. Doch im Gegensatz zu dir respektierte ich sie und schenkte ihr einen schnellen Tod."

„Was hatte sie verbrochen?"

Ein wölfisches Knurren entrang sich Damicos Kehle und Luca war bewusst, wie sehr er diesen Augenblick genoss.

„Sie war meine Schwester und heiratete meinen größten Feind. *Das* hat sie verbrochen."

Luca riss die Augen auf und sein Herz setzte einen Schlag lang aus. Doch schon einen Wimpernschlag später schüttelte er ungläubig den Kopf.

„Aber das ergibt keinen Sinn! Weshalb haben Sie sie nicht gleich nach der Hochzeit ermordet?"

„Weil ich hoffte, Sie für meine Zwecke einsetzen zu können. Als ich erfuhr, dass sie deinem Vater von der Nadel erzählte, hatte sie eine unsichtbare Grenze überschritten."

Diese verdammte Krawattennadel! Wie viele Menschenleben waren ihr schon geopfert worden? Luca verdrängte die aufsteigenden Emotionen und schwor, dass er jenes elende Schmuckstück für immer in Vergessenheit geraten lassen würde.

Mit dem Kinn deutete der Mafioso auffordernd auf Luca.

„Dein Augenlicht zur Sicherheit, dass du keinen von uns jemals mehr erkennst", rezitierte der Patron ohne Mitgefühl.

„Meine Zunge für mein ewiges Schweigen", flüsterte Luca.

Er hatte diese Worte ebenfalls mehrmals zu jemandem, der in Ungnade gefallen war, gesagt. Er konnte sich an die Angst in den Augen der zu Bestrafenden erinnern, den Schweiß, der ihnen aus jeder Pore gedrungen war und die Luft verpestet hatte, an den Urin, der ihre Hosenbeine durchtränkt hatte.

„So seist du lebendig in dir begraben", beendete Damico die schreckliche Rede.

„Amen", sagten alle außer Luca gleichzeitig.

Die scharfe Klinge eines Dolches blitzte auf, als Bernardi ihn aus der Scheide zog, während die anderen

Männer ihn auf jenen Stuhl bugsierten, auf dem der Patron zuvor gesessen hatte. Sie fesselten den jungen Eletto, bis er sich nicht mehr bewegen konnte. Zuerst würden sie ihm die Zunge abschneiden und die Wunde vernähen. Es war grausamer, es in dieser Reihenfolge zu machen. Danach ...

Luca schloss die Augen, als sie seinen Kopf in den Nacken bogen und seinen Mund aufzwangen. Er versuchte, an Marta zu denken, doch der Schmerz raubte ihm die Beherrschung und er brüllte wie ein Stier auf der Schlachtbank.

Francesco war etwas zu spät vor der Kirche eingetroffen und verbrachte die folgenden Minuten damit, die Umgebung nach seinem Freund abzusuchen. Womöglich machte der dasselbe und sie verpassten einander fortwährend. Deswegen hielt der Zimmermann vor dem Eingangsportal und wartete nervös ab.

Als Luca eine halbe Stunde später noch immer nicht eingetroffen war, stieg leichte Beunruhigung in ihm auf. Es war doch hoffentlich nichts vorgefallen? Dass sein Jugendfreund in ernster Gefahr schwebte, war ihm mehr als bewusst. Er erinnerte sich daran, dass nicht weit entfernt jenes Haus stand, in welchem Luca wohnte und er beschloss kurzerhand, dort nach ihm zu fragen. Mit neu erwachtem Mut umrundete er schwungvoll die Ecke der Kirche und wäre fast in eine Gruppe Männer geprallt, die ihm entgegenkam. Er wich mit einem flinken Sprung zur Seite in letzter Sekunde aus und eilte weiter. Wenig später bog er nach links ab, wobei er über einen schweren Sack stolperte, der auf dem Boden lag. Bevor er stürzte, konnte er sich an der Wand abfangen.

„Verdammt", fluchte er und starrte auf das Hindernis zu seinen Füßen. „Wer macht so etwas?"

Dann setzte sein Herz zwei Schläge lang aus und er hoffte, aus einem Albtraum zu erwachen, als ihm langsam dämmerte, worum es sich bei der Hürde handelte. Blitzschnell beugte er sich über den Schwerverletzten und erkannte ihn. Sofort war ihm klar, was dies zu bedeuten hatte. Die Feinde seines Freundes hatten ihn aufgespürt, überwältigt und derart brutal zugerichtet. Luca wie ein Stück Dreck im Rinnstein zurückgelassen zu haben, bezeugte, dass er für sie wertlos und aus ihrer Perspektive so gut wie tot war. Er hatte innerhalb ihres Einflussbereiches ab jetzt nichts mehr zu suchen.

„Luca", keuchte er entsetzt und vergaß, dass es gefährlich war, diesen Namen in der Öffentlichkeit auszusprechen, „kannst du mich hören?"

Aus den Augen des Geschundenen rann Blut, um seinen Mund hatte sich eine dunkle, rote Kruste gebildet und Francesco befürchtete, er wäre bewusstlos. Doch plötzlich nickte sein Freund kaum wahrnehmbar und Erleichterung dehnte sich in der Brust des Handwerkers aus.

„Kannst du gehen?", wollte er hoffnungsvoll wissen, aber Luca bewegte sich nicht. „Verdammt, ich muss dich zu einem Arzt bringen!"

Der Verletzte schüttelte unmerklich den Kopf, doch Francesco ignorierte diesen Widerspruch, packte Luca unter den Achseln und zerrte ihn in die Höhe. Dabei stöhnte der schmerzerfüllt.

„Komm“, befahl Francesco, legte einen Arm um Lucas Schultern und umschloss mit der Hand dessen Unterarm. „Es sind nur ein paar Meter bis zu meiner Gondel.“

Er konnte den Widerstand des Freundes deutlich spüren, doch war dieser zu geschwächt, um länger gegen ihn anzukämpfen.

Erst als er Luca sicher im Flachboot untergebracht hatte, bemerkte Francesco, dass er selbst unkontrolliert zitterte. Mit aller Kraft unterdrückte er seine Erschütterung und ruderte, was das Zeug hielt.

18

Marta saß auf einem Stuhl am Fenster und starrte auf jenen Punkt, an dem sie Luca zuletzt gesehen hatte, bevor er um die Ecke gebogen war. Ununterbrochen beschwor sie ihn in ihren Gedanken, bald zu ihr zurückzukommen. Die Minuten zogen sich wie Stunden und sie kämpfte gegen das Gefühl an, irgendetwas Schreckliches sei passiert. Seitdem er ihr von seinem Racheplan erzählt hatte, wuchs ihre Angst mit jedem weiteren Atemzug. Da sie den Ort ihrer Hoffnung nicht aus den Augen ließ, entging ihr das Fuhrwerk, welches langsam über die Straße rumpelte und auf dessen Ladefläche eine Person lag, die sich kaum bewegte. Erst als es vor ihrem Haus hielt, richtete sie ihre Aufmerksamkeit auf den Wagen.

Obwohl sie einige Meter entfernt von ihnen war, gewahrte sie, dass die Hemden beider Männer blutdurchtränkt waren. Grauen und Angst lähmten sie sekundenlang und sie erkannte in dem Kutscher jenen Zimmermann, der mit Arturo im Bunde war.

Eine düstere, entsetzliche Vorahnung bemächtigte sich ihrer und sie weigerte sich, den anderen Mann anzusehen, wollte nicht sehen, was sie längst befürchtete: Bei dem Verletzten handelte es sich um Luca. Was hatte Stormare ihm nur angetan? Woher wusste der Handwerker überhaupt von diesem Haus und vor allen Dingen – wie hatte er Luca gefunden?

Endlich kehrte Leben in Martas Glieder zurück. Sie sprang auf und stürzte aus dem Raum. Panisch sah sie sich nach einem Versteck um, stolperte in den unteren Stock und kroch im Arbeitszimmer hinter den wuchtigen Schreibtisch. Obwohl sie am liebsten zu Luca gelaufen wäre, um ihm zu helfen, war ihre Furcht vor der Grausamkeit Stormares um ein Vielfaches ausgeprägter. Abgesehen davon wäre sie Luca sicherlich eine größere Hilfe, wenn sie sich versteckte und auf diese Weise überlebte. Darauf verzichtete, den Helden zu spielen und Arturos Verbündeten zur Rede zu stellen. Denn sie war felsenfest davon überzeugt, dass der Zimmermann hier war, um sie zu töten.

„Wer ist es, den du hier versteckt hältst?", wollte Francesco wissen und half seinem Freund von der Ladefläche des Gefährts.

Luca machte sich nicht einmal die Mühe, darauf zu antworten.

„Entschuldige, ich weiß, dass du nicht sprechen kannst. Deswegen stellte ich die Frage anders: Ist jemand hier, der sich um dich kümmern wird?"

Luca nickte geschwächt, obwohl es ihn mit Zorn erfüllte, derart hilflos und gescheitert vor Marta treten zu müssen. Zum Glück dämpften die überwältigenden Schmerzen seinen Stolz, denn ohne sie wäre er vermutlich nie zu ihr zurückgekommen. In seinem jetzigen Zustand hatte er allerdings keine andere Wahl. In den Augen stach es, als führen Messerklingen ohne Unterlass darüber, obwohl der Arzt sie behandelt und verbunden hatte.

Seine Zunge, deren Spitze Bernardi abgeschnitten und mit einem Faden zusammengenäht hatte, damit

Luca ja nicht verblutete, peinigte ihn und er schwor, nie wieder einen Bissen zu essen. Durch den immensen Blutverlust und den Schock fühlte er sich so hilflos und unbedeutend wie zuletzt als kleiner Junge. Es war unerträglich.

Mit jedem weiteren Schritt, den sie setzten, erwartete er, Martas Aufschrei zu hören. Doch es blieb still. Francesco öffnete das Schlafzimmer und Luca versuchte zu spüren, ob sie hier war. Aber es bewegte sich nichts. Die Erkenntnis, dass sie die erste Chance zur Flucht genutzt und ihn verlassen hatte, traf ihn wie ein Schlag. Umso mehr, da sie der einzige Mensch war, dem er sich anvertraut hatte. Schwer ließ er sich aufs Bett sinken und legte sich stöhnend zurück. Der Schock über ihre Untreue raubte ihm den Atem und er glaubte sekundenlang, Marta hätte ihm den Todesstoß versetzt. Wenn es doch so wäre!

„Ich muss dringend etwas gegen deine Schmerzen unternehmen", stellte Francesco fest. „Bin gleich zurück."

An den eiligen Schritten erkannte Luca, dass sich sein Freund entfernte. Er hörte ihn nach unten steigen und wenige Minuten später zurückkehren. „Ist Wein wirklich alles, was du hier hast?"

Luca nickte wieder.

„Dann werde ich dir etwas Stärkeres besorgen."

Kurz war es still und der Verletzte meinte zu erkennen, dass sich sein Freund ratlos umsah. Als wollte er ihn in seiner Annahme bestätigen, fragte er: „Wo ist dein Mitbewohner?"

Luca reagierte nicht, da ihm die Enttäuschung zusätzlich die Kehle abschnürte.

„Also gut", seufzte Francesco, „ich beeile mich."

Als Marta hörte, dass die Haustür geschlossen wurde, verharrte sie eine weitere halbe Minute, bevor sie sich aus ihrem Versteck wagte. Dann stürzte sie hinauf ins Schlafzimmer.

Luca lag mit verbunden Augen auf dem Bett, das Hemd nach wie vor feucht von seinem Blut. Sie konnte nicht anders als laut aufzuschreien und in hysterisches Schluchzen auszubrechen. Luca zuckte zusammen, hob abwehrend die Hand, als wollte er ihr verbieten näherzutreten. Weinend blieb sie stehen.

„Was ... was haben sie mit dir angestellt? Wieso haben sie das mit dir gemacht?", weinte sie und wünschte sich sehnlichst, dass er ihr gestattete, zu ihm zu kommen.

Doch als wäre seine abwehrende Geste nicht genug, drehte er sich von ihr fort. Nie zuvor hatte Marta einen Schmerz wie diesen gefühlt, der sie überwältigte, als er sie von sich stieß und es nicht einmal der Mühe wert fand, ihr zu erklären, was geschehen war. So stand sie hilflos weinend inmitten des Raumes, vollkommen überfordert von der Situation. Als plötzlich die Tür aufgerissen wurde, meinte sie, vor Entsetzen zu sterben, denn der Zimmermann trat ein, der Folterknecht ihres Mannes. Seine Augen glitten zu ihr und er musterte sie nachdenklich.

„Ich ahnte nicht, dass du dir hier ein Mädchen hältst, Daniele", sagte er und sah seinen Freund fragend an.

Da sich dieser nach wie vor nicht bewegte, kehrte er mit der Aufmerksamkeit zu Marta zurück. Die hatte ihn nicht aus den Augen gelassen. Ihr war nicht entgangen, dass er ihren Mann mit dem falschen Namen angesprochen hatte und er bestätigte damit ihre Vermutung, dass er überaus gefährlich war.

„Kann es sein, dass ich dich schon mal gesehen habe?", wollte er schließlich wissen und legte ein Päckchen auf den Nachttisch, das er öffnete.

„Nein", log Marta und schniefte, während sich Trotz in ihr regte.

Aufgrund der Tatsache, dass der Zimmermann nun von ihrem Aufenthalt an diesem Ort wusste, gab es für sie kein Entrinnen. Somit war sie des Todes, egal was sie anstellte. Flink stürzte sie zu Lucas Bett und stellte sich zwischen ihren Mann und den Handwerker, der sie überrascht beäugte.

„Wagen Sie es nicht, Signore Esposito anzurühren! Sie sind ein bösartiger Mensch und ich will, dass Sie verschwinden."

Sekundenlang lastete die Stille schwer auf ihnen, dann meinte Stormare: „Du denkst, ich habe Daniele so zugerichtet?"

Marta nickte entschieden und beobachtete, wie er eine Flasche, die mit einer klaren Flüssigkeit gefüllt war, hervorzog.

„Du irrst dich. Ich habe ihn auf der Straße aufgelesen und zum Arzt gebracht. Daniele ist mein Freund."

„Wohl kaum, da Sie seinen richtigen Namen nicht kennen."

Francesco atmete tief durch und sah zu Luca. „Sie kennt deinen Geburtsnamen?", hinterfragte er perplex. „Wie konntest du diesem Naseweis nur eine derart heikle Information anvertrauen?"

„Ich bin kein Naseweis! Ich bin seine Frau!", fauchte Marta und zuckte zusammen, als jemand ihr Handgelenk umschloss.

Sie senkte den Blick und erkannte Lucas kräftige Hand.

„Was?“, fragte sie verwirrt und drehte sich zu ihm.

Aber er antwortete nicht, weigerte sich, ihr sein Handeln zu erklären. Ein dicker Kloß erschwerte ihr das Schlucken.

„Man hat ihm die Zunge abgeschnitten“, erklärte da der Zimmermann, „er kann nicht mehr sprechen.“

Die Knie gaben unter Marta nach und sie sank erschüttert aufs Bett, presste eine Hand auf den Mund, um zu verhindern, dass ihr Schrei bis auf die Straße zu hören war.

„Aber wieso?“, brüllte sie. „Wieso haben sie das getan? Und wer war es?“

„Die Augen, damit er keinen von ihnen jemals erkennen und die Zunge, auf dass er kein Geheimnis preisgeben kann.“

Nichts hielt sie länger zurück und sie warf sich neben ihren Mann aufs Bett. Schluchzend barg sie ihr Gesicht an Lucas Schulter und jammerte in größter Pein. Dabei krallte sie ihre Finger in den blutigen Stoff seines Hemdes. Trotzdem bewegte sich Luca nicht, machte keine Anstalten, sie zu trösten. Hart wie ein Brett ertrug er ihre Nähe. Francescos Hand umschloss nach einer Weile ihren Oberarm und zog sie empor.

„Wagen Sie es nicht, mich anzufassen!“, fauchte sie, doch ihr Unwille beeindruckte ihn nicht, denn er zerrte sie auf die Beine und drängte sie zur Seite.

„Es wird Zeit, dass wir etwas gegen seine Schmerzen unternehmen“, erklärte er und öffnete die Flasche, schenkte ein ganzes Wasserglas voll.

Dann half er Luca dabei, sich aufzusetzen und hielt ihm das Glas an die Lippen. Marta beobachtete verstört, wie heftig Lucas Hand zitterte, als er dem Zimmermann das Trinkgefäß abnahm. Es musste eine einzige Qual sein, mit der schweren Wunde in seinem Mund zu schlucken. Doch er trank zügig aus. Francesco nahm ihm das leere Glas ab und füllte es erneut.

„Ich muss bald zurück", erklärte er und sie beobachteten schweigend, wie Luca auch das zweite Glas leerte. „Du musst dich um ihn kümmern", fuhr er an Marta gewandt fort, die mit ihren Augen an ihrem Mann hing.

„Gewiss", murmelte sie.

„Bevor ich gehe, muss ich dennoch eine Sache wissen."

„Ja?" Marta sah auf und ihn direkt an. Etwas in seinen Augen machte sie stutzig.

„Luca wollte sich mit mir treffen. Hast du eine Ahnung, weshalb?"

Nervös suchte Marta Lucas Blick, als ihr bewusst wurde, dass er sie niemals mehr ansehen würde.

„Ich weiß es nicht", erwiderte sie verbissen.

„Es ist wichtig, Mädchen. Du kannst mir vertrauen!"

Da beugte sie sich zu Luca und flüsterte ihm ins Ohr: „Soll ich ihm von dem Theater erzählen?"

Der Geschundene nickte und Marta atmete tief ein. Zögernd berichtete sie Francesco von dem Plan ihres Mannes. Der Zimmermann hörte mit gerunzelter Stirn zu, dann fuhr er sich mit einer Hand über das Gesicht.

„Liege ich richtig in der Annahme, dass dieser verdammte Zwischenfall deine Absichten nicht geändert hat?", fragte er an Luca gewandt und der nickte nachdrücklich.

„Gut, dann werde ich dir helfen, diese Bastarde anzuzünden. Wobei sollte ich dir ursprünglich unter die Arme greifen?"

Luca hob die rechte Hand und machte eine Bewegung, als würde er eine Tür aufschließen.

„Die Schlüssel, natürlich. Es darf sich zum Zeitpunkt des Attentats keiner davon innerhalb des Theaters befinden, damit sie nicht hinaus können. Außerdem brauchst du sie, um jegliche Tore zu versperren."

Da deutete Luca auf ihn.

„Ich soll die Türen von außen abschließen?", fragte Francesco überrascht und überlegte eine Weile. „Warum nicht?", meinte er schließlich. „Aber was ist mir dir?"

„Er will das Feuer im Theater legen", erklärte Marta voller Unbehagen.

„Und selbst darin umkommen?", schlussfolgerte der Zimmermann unwillig.

„Nein", warf die junge Frau schnell ein, „es gibt eine Tür hinter der Bühne, die keiner kennt und durch die er entkommen kann."

Sie konnte sich nicht erklären, was der Gesichtsausdruck, den der Handwerker bei ihren Worten aufsetzte, zu bedeuten hatte.

„Eine Tür?"

„Ja. Verborgen in einem Schrank."

Kurzes Schweigen, dann rieb Stormare mit den Fingern seiner rechten Hand nachdenklich über sein Kinn.

„Wann?", begehrte er nach einer Weile zu erfahren.

„Am Samstag in einer Woche."

„Ah, bei der Premiere von Otello."

Seine Aufmerksamkeit wanderte zu Luca und er musterte ihn nachdenklich. Marta überlegte, was in ihm wohl gerade vor sich ging. Sie meinte, Stunden wären vergangen, bis er sich endlich bückte und dem Verletzten die Schulter drückte.

„Wenn das dein Wunsch ist, werde ich dich unterstützen. Bis dahin solltest du dich um deine Genesung bemühen!“

Er richtete sich auf und nickte Marta zu.

„Ich besuche euch bald wieder“, versprach er. „Auf Wiedersehen, Signora Riva.“

Nachdem er gegangen war, senkte sich die Stille einer Totenhalle über den Raum. Marta stand noch immer neben dem Bett, wagte nicht, sich zu Luca zu legen.

„Darf ich dir das Hemd wechseln?“, wollte sie nach einer gefühlten Ewigkeit wissen.

Es entging ihr nicht, dass er sich mit letzter Kraft aufsetzte. Sofort war sie bei ihm und öffnete die Knöpfe des Kleidungsstückes. Dann strich sie es ihm von den Schultern und half ihm aus den Ärmeln.

„Ich muss dir das Blut abwaschen“, flüsterte sie mit Tränen in den Augen. Sie vermochte einfach nicht zu erfassen, was man ihm angetan hatte und wie jemand derart grausam sein konnte. Deshalb griff sie auf eine altbewährte Methode zurück, die es ihr ermöglichte, mit dem Unfassbaren zu Rande zu kommen. Im Laufe ihres Lebens hatte sie gelernt, dass es am hilfreichsten war, jene Umstände zu ignorieren, die man nicht verstand. Darum klammerte sie sich jetzt an die Hoffnung, Luca würde irgendwann wieder sprechen und sehen können.

Sie holte ein frisches Tuch aus einem Schrank und legte es bereit. Dann eilte sie, um die Waschschüssel zu füllen. Da Luca bei ihrer Rückkehr gleichmäßig atmete, nahm sie an, dass er schlief. Um ihn nicht zu wecken, schlich sie näher und setzte sich vorsichtig aufs Bett. Sie wrang den Lappen aus und strich damit sanft über seinen breiten Brustkorb, folgte der schweren Narbe, die darauf hinwies, dass irgendjemand einst versucht hatte, ihren Mann zu spalten. Nicht eine Sekunde länger konnte sie die Tränen zurückhalten, die sogleich über ihre Wangen rannen und auf seinen Oberkörper tropften. Marta wischte sie weg und sie vermengten sich mit dem rostroten Blut, das seine Haut gefärbt hatte.

Er rührte sich nicht, als sie seine Arme wusch und dabei die Hände sanft umschloss, um diese zu reinigen. Keine Lebensenergie bewegte seine schlanken Finger, die schlaff nach unten hingen, jeglicher Körperkraft und Leidenschaft beraubt. Sie strich über sein geliebtes Gesicht, wobei sie darauf achtete, den Verband nicht zu berühren, glitt über seine Stirn, das maskuline Kinn, den kräftigen Hals. Mit ihrem Zeigefinger fuhr sie zärtlich entlang der Sehnen, welche unter der Kehle neben dem Grübchen endeten. In seinem Mundwinkel klebte getrocknetes Blut, das sie erst mit stärkerem Druck zu beseitigen vermochte.

Ihn so zu sehen, erschütterte Marta bis in ihr Innerstes und sie sehnte sich nach seinem Trost. Deshalb beugte sie sich vor und hauchte einen Kuss auf seinen Mund. Sanft und zärtlich. Doch noch bevor sie erfassen konnte, wie ihr geschah, hatte Luca sie so hart von sich gestoßen, dass sie vom Bett stürzte und auf dem Boden aufschlug. Ihr Herz zog sich schmerzhaft zusammen, während sie sich auf ihren Händen abstützte und zu ihm sah. Seine Ablehnung traf sie so tief, dass sie unfähig war, sich zu erheben, ja nicht einmal das Stechen in ihrem geprellten Handgelenk bemerkte. Mehrmals blinzelte sie angestrengt, um den Tränenschleier zu lichten, aber ihr Inneres war eine einzige Wunde, die mindestens genauso heftig blutete, wie es Lucas Verletzungen getan hatten. Verzweifelt sehnte sie sich danach, dass er seine Hand nach ihr ausstreckte, um sich für sein Verhalten zu entschuldigen. Doch er bewegte sich nicht mehr.

Erst nachdem eine lange Weile vergangen war, gelang es ihr, die Ohnmacht abzuschütteln und sich auf die Beine zu kämpfen. Sie griff nach Tuch und Waschschüssel und verließ am Boden zerstört den Raum.

Als sie sich etwas gefasst hatte, kehrte sie zu ihm zurück und deckte ihn zu. Dabei bemerkte sie, dass sich auf seinem nackten Oberkörper ein dünner Schweißfilm gebildet hatte. Da er keine Anstalten machte, sie abzuwehren, legte sie sich neben ihn und hoffte, dass er nicht bewusstlos war. Sie erwachte, weil er sich mitten in der Nacht mit einem Ruck aufsetzte und sich würgend erbrach. Marta sah, dass es hauptsächlich Blut war und sie kämpfte darum, sich nicht ebenfalls zu übergeben. Sie half ihm auf jenen Stuhl, der vor dem Fenster stand und auf dem sie selbst vor nicht allzu langer Zeit gesessen hatte. Dann bezog sie das Bett neu und weichte die blutigen Laken in einem Bottich in der Küche ein. Als er wieder lag, wollte sie neben ihn schlüpfen, doch er gestikulierte ihr unwirsch, zu verschwinden.

„Ich muss bei dir bleiben!", versuchte sie ihn zu überzeugen, aber er wiederholte seine Aufforderung und sie fühlte sich wie ein ekliges Insekt, das er zu verscheuchen suchte.

Sie ließ die Tür einen Spaltbreit offen und zog sich in das andere Schlafzimmer zurück. Wie betäubt kauerte sie sich unter der Decke zusammen und ihr kam der ernüchternde und zugleich fürchterliche Gedanke, dass sie Luca verloren hatte. Nie wieder würde er sein wie er gewesen war, bevor er sich auf den Weg gemacht hatte, um die schreckliche Rache zu planen. Das, was die skrupellosen Männer ihn hatten erleiden lassen, hatte sein Inneres getötet. Alles, woran er sich infolgedessen klammerte, war seine Vergeltung. Aber wie wollte er jene Vendetta umsetzen, wenn er nichts mehr sah? Es war vollkommen unmöglich, dass er das Feuer legte! Es fiel ihr schwer, zu glauben, dass ihm das entgangen war. Angestrengt dachte sie nach und runzelte die Stirn. Angenommen, es würde gelingen und er das Theater in Brand stecken, so blieb immer noch die Frage, wie er rechtzeitig entkommen könnte. Nein, seine Flucht wäre ausgeschlossen. Aufgrund des schnell zunehmenden Rauchs müsste er dem Inferno blitzschnell entrinnen. Marta schnaubte verärgert.

Der nächste Gedanke dagegen glättete ihre Stirn und beruhigte sie. Jetzt wusste sie, was sie zu tun hatte, denn sie, Marta Riva, würde nicht zulassen, dass ihr geliebter Mann sich in diese Gefahr begab. Sie selbst würde das gefällte Urteil vollstrecken. Ja, das wäre der einzige Weg, um ihn nicht zu verlieren. Während sie erschöpft in die Dunkelheit starrte, schmiedete sie einen kühnen Plan.

19

Am nächsten Morgen schlich Marta in Lucas Schlafzimmer und zog den Vorhang auf. Sofort füllte das warme Licht des aufsteigenden Tages das Zimmer, viel zu fröhlich und heiter für diese düstere Szene, bestehend aus einem verletzten Mann mit Augenbinde und einer jungen Frau, kaum dem Mädchenalter entwachsen, mit tiefen, dunklen Ringen unter den hoffnungslos schimmernden Augen.

Abwartend blieb sie neben dem Bett stehen und musterte den Schlafenden. „Luca?", flüsterte sie und beobachtete seinen nun zuckenden Mund.

Schon ballte er die Hände zu großen, furchteinflößenden Fäusten.

„Möchtest du etwas trinken?", fragte sie und hielt einen Sicherheitsabstand zu ihm.

Da löste er eine Faust und bedeutete ihr zu verschwinden.

„Aber es ist wichtig, dass du trinkst. Ich befürchte, dass du Fieber hast. Darf ich kurz meine Hand auf deine Stirn legen?"

Wieder befahl er ihr mit Gesten zu gehen.

„Nein Luca, bitte, du wirst nur gesund, wenn du Flüssigkeit zu dir nimmst! Ich kann dir das Mittel gegen Schmerzen verabreichen, welches der Signore gestern gekauft hat."

Da ließ er die Hand sinken und nickte mit einem resignierten Seufzen. Froh, ihm zumindest dieses Zugeständnis abgerungen zu haben, goss sie schnell jene klare Medizin in ein Glas und stellte es auf das kleine Nachtkästchen.

„Ich helfe dir beim Aufsetzen", erklärte sie und beugte sich über ihn.

Aber er stieß sie heftig von sich, als fühlte er ihre körperliche Nähe, noch bevor sie ihn berührte. Wieder fand sie keinen Halt und landete unsanft auf dem Boden. Sie meinte zu erkennen, dass er all seinen Hass in diese Bewegung gesteckt hatte, denn er hatte sie mit einer Wucht ausgeführt, die nicht allein aus Abwehr bestand. Kurz verharrte sie, kämpfte erneut gegen den Schmerz in sich an, dann schluckte sie und rappelte sich auf.

Mittlerweile hatte er sich mühsam aufgesetzt.

Sie griff nach dem Glas. „Ich werde dir jetzt die Arznei geben", murmelte sie verunsichert. „Reiche mir die Hand!"

Sie sah, welche Mühe es ihn kostete, den Arm zu heben, der unkontrolliert zitterte. Luca wirkte wie ein alter Mann – es war unerträglich. Doch Marta zwang sich, weiterzumachen, als würde sie nichts bemerken. Sanft legte sie ihre Handfläche an seinen Handrücken und drückte ihm mit der anderen Hand das Glas in die Handfläche. Gleichzeitig schloss sie seine Finger darum und zog sich zurück.

Die Qualen, welche ihn peinigten, als er trank, waren unübersehbar. Marta schluckte schwer.

„Noch eines?", fragte sie, als er ausgetrunken hatte.

Er nickte und sie schenkte nach. Als er fertig war, hielt er ihr das Trinkgefäß hin und sie nahm es ihm ab.

„Hat der Arzt etwas zu den Augen gesagt? Soll ich den Verband wechseln?"

Da bedeutete er ihr zum wiederholten Mal, ihn in Ruhe zu lassen.

„Bitte Luca, erlaube mir, dir zu helfen!"

Er presste die Lippen zusammen und Zorn ließ die Adern an seinen Schläfen anschwellen. Sie erkannte, dass er kurz davor war, die Beherrschung zu verlieren.

„Ich geh ja schon!", lenkte sie schnell ein und zog sich zurück. Trotzdem konnte sie seine Wut auf sie nicht nachvollziehen.

In der Küche verschaffte sie sich einen Überblick über die vorhandenen Lebensmittel und zog das beunruhigende Resümee, dass es kaum welche gab. Sie benötigte dringend Geld, um einkaufen gehen zu können. Zu Mittag wollte sie eine Suppe kochen und versuchen, Luca diese einzuflößen. Es war unerlässlich, dass er wieder zu Kräften kam! Deswegen kehrte sie mit pochendem Herzen eine Stunde später in sein Zimmer zurück.

Auch jetzt reagierte er nicht auf ihr Eintreten und Marta hoffte, ihn nicht zu wecken.

„Ich muss auf den Markt gehen", flüsterte sie.

Keine Reaktion.

„Luca, hörst du mich?"

Wieder diese scheuchende Bewegung, die sie so hasste.

„Nein, ich werde dich erst in Ruhe lassen, wenn du mir Geld gegeben hast. Ich muss einkaufen, damit ich dir eine Suppe zubereiten kann", widersprach sie mutig.

Langsam setzte er sich auf, schob die Füße über die Bettkante und stellte sie auf den Boden. Dann winkte er sie näher. Zögernd folgte sie der Anweisung. Seine Fingerspitzen berührten sie an den Seiten, als er sich einen Überblick über ihre Position verschaffte. Mit unterdrücktem Stöhnen kämpfte er sich in die Höhe, umfasste sie an den Schultern und begann sie zu schütteln. Plötzlich schrie er so laut und zornig, dass sein Atem ihre Haare bewegte. Es war ein Schrei, wie sie ihn nie zuvor gehört hatte. Als hätte man ein wildes Tier in einen Käfig gesperrt, es seiner Freiheit, seines Lebens beraubt.

Marta erstarrte, befürchtete, dass er die Kontrolle über seine Emotionen verloren hatte, denn er verstummte nicht, bis Blut aus seinen Mundwinkeln rann. Angst lähmte sie bei diesem furchterregenden Anblick und sie hielt vollkommen still, unfähig, das Geschehen zu bewältigen. Irgendetwas riss in ihr entzwei, als er die Hand hob, bereit, zuzuschlagen. Sein Brüllen verebbte. Trotzdem würgte ein Schluchzer ihre Kehle und sie schloss die Augen, wagte es jedoch nicht, sich zu ducken. Sein Schlag verfehlte ihre Wange und traf sie am Kinn, dann stieß er sie zurück, sodass sie fortgeschleudert wurde und über ihre eigenen Füße stolperte, weshalb sie erneut zu Boden stürzte. Aus dem Augenwinkel bemerkte sie, dass er sich wieder hinlegte und sich auf die Seite mit dem Rücken zu ihr drehte. Marta zitterte am ganzen Körper, rappelte sich auf.

„Ich brauche Geld", wiederholte sie entschlossen, mit trotzig vorgeschobenem Kinn.

Und wenn er das Haus kurz und klein schlüge – an dieser Tatsache konnte er nichts ändern. Plötzlich entflammte Martas Zorn darüber, dass er nur an sich selbst dachte und sie ihm vollkommen gleichgültig war.

„Verlangst du etwa, dass ich meinen Körper verkaufe, damit ich uns ernähren kann?", kreischte sie, überzeugt, dass er dies nicht gestatten und endlich reagieren würde.

Aber sie hatte sich geirrt. Er lag, als hätte sie nichts gesagt.

„Ist es das, was du willst? Dass ich mich für Geld zu anderen Männern lege?", wiederholte sie erschüttert und als er noch immer nicht reagierte, schrie sie: „Gut! Wie du wünschst, dann werde ich jetzt gehen! Irgendjemand muss dafür sorgen, dass wir etwas zu essen haben!"

Am Ende ihrer Kräfte wirbelte sie herum, stürzte aus dem Raum und knallte die Tür wütend hinter sich zu. Es tat so weh! Seine Gleichgültigkeit war das Schlimmste, was ihr jemals passiert war. Er war ihr Mann, ihr Geliebter! Sie hatte sich ihm geschenkt und ihn in ihr Herz gelassen! Wie konnte er dies derart leichtfertig vergessen, so tun, als wäre es nie geschehen? Als träfe sie die Schuld an seinem jetzigen Zustand!

Schwer atmend lehnte sie an der Zimmertür und ballte die Fäuste. Nein, sie würde ihren Körper nicht verkaufen! Das hatte sie bisher nicht gemacht und es war auch in Zukunft keine Option für sie. Ihren Stolz und ihre Selbstachtung konnte er ihr nicht rauben! Deshalb musste sie nach Venedig zurückkehren und in der Nacht eine Gondel durch die dunklen Kanäle steuern. Als Bote jenen Männern dienen, die sie mit ihrem ganzen Sein verabscheute. Jenen Mördern, die ihr Luca gestohlen hatten.

Durch seinen Beruf war Francesco mit den einflussreichsten Bürgern der Lagunenstadt bekannt und da er als der Beste seines Fachs galt, zog man ihn gerne zu Rate. Im Laufe der letzten Jahre hatte er die Dachbalken im Dogenpalast erneuert. Außerdem hatte er sämtliche Barbacani – Venedigs typische Holzbalken, welche über die Grundrisse der Häuser auf der Seite der Calli herausragen und somit die Fläche der darüber liegenden Stockwerke vergrößern – entlang der frequentiertesten Straßen der Stadt überprüft und, wenn nötig, ausgewechselt. Aber vor allen Dingen war er mit dem Teatro La Fenice bestens vertraut. Er hatte Einblick in die Pläne gehabt, die sein Vater nach jenem verheerenden Brand im Jahre 1836 angefertigt hatte. Er kannte sämtliche Logen, jedes Brett, welches für die Bühnenkonstruktion verwendet worden war, jegliche Ein- und Ausgänge. Nie, kein einziges Mal, hatte sein Vater ihm von einem Geheimgang erzählt, der direkt hinter der Bühne durch einen Schrank ins Freie führte. Abgesehen davon, dass ein derartiger Tunnel zweifelsfrei bald entdeckt worden wäre, war es absoluter Humbug, anzunehmen, es könnte ein Weg aus dem Zentrum eines riesigen Gebäudes schnurstracks hinausführen. Luca war dies mit ziemlicher Sicherheit bewusst. Seiner Frau Marta war jener Fakt eindeutig entgangen. Francesco hatte nur einen Augenblick lang überlegen müssen, weshalb Luca ihr einen solchen Unsinn erzählt hatte. Er hatte das Risiko einkalkuliert, dem Inferno der Flammen nicht zu entrinnen. Schon vor dem tragischen Verlust von Augenlicht und Zunge hatte er in Kauf genommen, ebenfalls darin umzukommen. Zweifellos hatte er sich endlose Diskussionen mit seiner Frau ersparen wollen und zu dieser Lüge gegriffen. Wenn er an jenem, in naher Zukunft liegenden Tag nicht zu ihr zurückkehrte, würde es zu spät sein, um ihn mit Vorwürfen, Beteuerungen, Flehen und Drohungen zu überschütten.

Vor dem Palazzo Gritti hielt Francesco an und straffte die Schultern. Nachdem er dem Sindaco und Damico Bericht erstattet hatte, plante er, beim Teatro vorbeizugehen und einen Termin für eine dringend notwendige Inspektion zu vereinbaren. Am besten für den kommenden Donnerstag. Dann bliebe ihm ein Tag Zeit, um sämtliche Schlösser der Hinterausgänge zu wechseln. Die wichtigsten würde er im Laufe des Samstags erneuern, wenn sie aufgrund der Abendveranstaltung ohnehin nicht mehr auf- oder abgeschlossen wurden. Diese Neuerungen würden niemandem auffallen.

Entschlossen packte er den Türklopfer und ließ ihn auf das schwere Holz niedersausen. Während er wartete, dachte er an Luca. Er nahm sich vor, ihn am Nachmittag aufzusuchen und nach dem Rechten zu sehen.

Trotz all dieser unerfreulichen Dinge entwickelte sich die Lage für Francesco überraschend gut. Wenn sich alles so entspann, wie er es sich in der letzten Nacht ausgemalt hatte, blühte nicht nur ihm eine sonnige Zukunft …

„Signore Stormare", begrüßte ihn der Diener und zog
die Tür weiter auf. „Die Herren erwarten Sie bereits."

„Vielen Dank", erwiderte Francesco gelassen und trat
ein.

Den einzigen Vorteil, den Lucas Erblindung hatte,
war jener, dass er Marta nicht daran hindern konnte,
ihn zu berauben. Sich dieser Tatsache bewusst, kehrte
sie mit knurrendem Magen in sein Schlafzimmer zurück, in der Hoffnung, dass er schlief. Leise begann sie,
seine Kleidung zu durchsuchen. Nicht lange und sie
fand einen Geldbeutel. Sie zählte ein paar Münzen ab
und atmete erleichtert auf. Einige Tage würden sie davon leben können.

Ohne ein Lebenszeichen von Luca registriert zu haben, huschte sie aus dem Raum, entledigte sich ihres
Kleides und schlüpfte in die mittlerweile gewaschenen
Jungensachen. Dann verbarg sie ihre Haare unter einem Tuch und setzte sich einen Hut auf. Es war das
erste Mal, dass sie als Knabe verkleidet am helllichten
Tag auf die Straße trat und sie hoffte inbrünstig, dass
niemand ihre Tarnung durchschaute.

Die Schmerzen raubten Luca schier den Verstand.
Ohne die betäubende Wirkung des Alkohols wäre er
ganz gewiss mittlerweile wahnsinnig. Auch so kämpfte
er darum, zwischen Fiktion und Realität zu unterschei-
den. Flammen brannten in seinen Augen und blende-
ten ihn, während er Martas Stimme hörte, die auf ihn
einredete. Das, was sie sagte, wurde vom Gelächter
Damicos übertönt. Hände, die nach ihm griffen, stieß

er fort und wenn es jemand wagte, seine Lippen zu berühren, wurde es unerträglich und ohnmächtige Wut überwältigte ihn. Jene Männer, welche ihn einst beschützten, hatten ihn der Fähigkeit zu sprechen beraubt. Sein Zorn darüber, dass er wegen eines albernen Notizbuches sein Leben riskiert hatte, nahm mit jeder Minute zu. Er hatte mit hohem Einsatz gespielt und verloren. Wäre Francesco nicht gewesen, ja dann ... wäre er vielleicht längst tot, was immerhin eine angenehme Vorstellung war. Die Hölle der jenseitigen Welt war mit größter Wahrscheinlichkeit leichter zu ertragen als jene, in der er jetzt gefangen war.

Danach hatte Marta von Essen gesprochen. Er konnte den Mund nicht aufmachen, ohne fast das Bewusstsein zu verlieren und sie quälte ihn mit derartigen Lappalien. Stöhnend atmete er ein. War es eine Erinnerung oder ein Traum, dass er sie gepackt und geschüttelt hatte? Dass er sich die Seele aus dem Leib geschrien, bis er Blut geschmeckt hatte? Im Endeffekt war es einerlei. Je eher sie begriff, dass sie sich von ihm fernzuhalten hatte, desto besser. Er war überzeugt davon, dass ihn allein der Gedanke, in einer Woche alles überstanden zu haben, am Leben erhielt. Zum Glück hatte er ein Ziel und an jenem Abend, schwor er sich, seine Feinde mit sich zu nehmen. Jeden Einzelnen und viele mehr. Deshalb musste er sich auf die Genesung konzentrieren. Für das Gelingen der Rachepläne war es unerlässlich, dass sein Verstand messerscharf funktionierte. Sobald die Schmerzen etwas nachgelassen haben würden, gelobte er sich aufzustehen und zu überlegen, wie er trotz fehlenden Augenlichts erfolgreich sein könnte. Dafür bräuchte er einen stillen Platz. Marta hatte recht, hier in diesem Haus war es unerträglich laut.

„Wie geht es ihm?", wollte Francesco wissen, als Marta ihm am Nachmittag die Tür öffnete.

Das Misstrauen stand ihr nach wie vor ins Gesicht geschrieben und sie zögerte, bevor sie zur Seite trat und ihn einließ.

„Er ist äußerst wütend", murmelte sie und senkte den Blick, um zu verbergen, wie schwer sie darunter litt.

„Das wird schon wieder", munterte er sie begütigend auf. „Hat er genug getrunken und gegessen?"

„Nur zwei Gläser von der Medizin, die Sie ihm gestern gebracht haben."

„Medizin?", wiederholte Francesco ratlos, dann grinste er unvermittelt, als ihm bewusst wurde, was sie meinte. „Verstehe."

Er wandte sich der Treppe zu. „Hat er Fieber?", fragte er, als er einen Fuß auf die unterste Stufe setzte.

„Ich konnte es nicht herausfinden."

Er blieb stehen und sah über die Schulter zu ihr zurück. Scheu stand sie mit gesenktem Kopf in der Mitte des Flurs und wirkte überaus jung auf ihn. Er wusste, dass sie Arturos kleine Schwester war, von deren Tod sein Freund das Syndikat zu überzeugen versucht hatte. Hätte sie ihre Aufgabe für Caputo zufriedenstellend erledigt und Luca ausgehorcht, wäre die Lage heute vermutlich eine andere. Ihm kam der Gedanke, dass das Wissen um ihr Überleben, wenn irgendetwas schiefginge, eines Tages ein wichtiger Trumpf für ihn sein könnte.

„Warte hier", befahl er, löste seinen Blick von ihr und setzte sich wieder in Bewegung. „Ich werde mich um ihn kümmern."

„Ich könnte mir vorstellen, dass es jetzt in hohem Maße unangenehm für dich wird", erklärte Francesco und beugte sich über den Verletzten. „Aber du weißt, was der Arzt gesagt hat."

Luca schüttelte ermattet den Kopf.

„Es wundert mich nicht, dass du dich nicht erinnern kannst. Du warst gestern mehr tot als lebendig", stimmte der Zimmermann zu und löste den Verband von Lucas Augen. „Es ist überaus wichtig, dass sich deine Augäpfel nicht entzünden", wiederholte er die Mahnung des Arztes. „Deswegen werde ich dir diese Augentropfen verabreichen und eine neue Bandage anlegen."

Lucas Augenlider zuckten, als Francesco den Stoff abnahm, doch kein Laut entrang sich seiner Kehle.

„Versuche, die Augen zu öffnen. Kannst du irgendetwas erkennen?"

Mit aufeinandergepressten Lippen blinzelte der Verletzte und der Handwerker erkannte, dass die Augäpfel blutunterlaufen waren und er ihn an eine der Schauergestalten, welche mit Vorliebe im Zirkus ausgestellt wurden, erinnerte.

„Siehst du etwas?", wiederholte er erschüttert seine Frage.

Luca schüttelte verneinend den Kopf.

„Das wird wieder", ermutigte ihn Francesco und träufelte ihm die Tropfen in die Augen. „Ich war heute im Teatro", fügte er leiser hinzu. „In einer Woche beginne ich damit, sämtliche Schlösser auszutauschen, die ich dann, wie es deinem Plan entspricht, von außen absperren werde."

Luca tastete nach seinem Unterarm und umschloss ihn, drückte sanft zu.

„Gerne, mein Freund. Nicht der Rede wert. Aber ich frage mich, was mit Marta geschehen soll. Danach."

Luca zog die Hand zurück und fuhr sich über die Stirn. Francesco konnte sehen, wie er angestrengt überlegte. Währenddessen faltete der Zimmermann ein frisches Tuch und fixierte es vor den Augen seines Freundes.

„So", sagte er. „Ich werde dir eine Suppe bringen, die Marta gekocht hat. Es ist wichtig, dass du nicht vom Fleisch fällst. Wenn der Plan gelingen soll, ist es unerlässlich, dass du in Form bleibst."

Als wäre ihm dies nicht neu, nickte Luca.

„Aber noch mal zurück zu deiner Frau: Kannst du ihr irgendetwas hinterlassen, das ihr das Leben erleichtert?"

Sein Gegenüber atmete tief durch, dann schüttelte er den Kopf und der Handwerker runzelte grimmig die Stirn. Zweifellos log sein Freund noch immer. Francesco konnte sich unter keinen Umständen vorstellen, dass er das Rätsel um den Schatz der Bianchis nicht gelöst hatte.

„Wie dem auch sei. Ich werde mich bestmöglich um deine Frau kümmern. Jetzt muss ich zurück. Bis morgen."

Luca hob zum Gruß die Hand und Francesco öffnete die Tür. Ein Schatten huschte um die Ecke und sofort dämmerte ihm, dass Marta gelauscht hatte. Sie war ein durchtriebenes Mädchen und er sollte darauf achten, dass sie seinen Plänen nicht in die Quere kam. Dass sie dazu fähig war, hatte sie des Öfteren eindrücklich bewiesen.

„Signore Stormare hat mir mitgeteilt, dass du eine Suppe essen möchtest", murmelte Marta und blieb in sicherem Abstand zu ihm stehen. Luca nickte. Zögernd trat sie näher und stellte die Brühe auf dem Nachttisch ab. „Ich habe sie in eine Tasse gefüllt, damit es dir leichterfällt, sie zu dir zu nehmen. Ich habe ... ich habe sie gesiebt. Du musst nichts kauen, kannst sie einfach schlucken. Dann tut es nicht so weh, oder?"

Unmerklich nickte er und setzte sich auf. Rückte im Bett nach hinten, bis er sich mit der Schulter am Kopfteil anlehnen konnte. Danach hob er auffordernd die Hand. Sie reichte ihm die Tasse, dabei streiften ihre Finger seinen Handrücken. Als sie sicher war, dass er die Schale fest umschlossen hatte, zog sie sich zurück. Sie wagte es nicht, sich zu ihm zu setzen, sondern blieb abwartend neben dem Bett stehen.

„Noch etwas?", wollte sie wissen, nachdem er ausgetrunken hatte.

Er schüttelte verneinend den Kopf.

„Weißt du", flüsterte sie und sprach so leise, dass er sie kaum vernehmen konnte, „ich liebe dich trotzdem, Luca. Ich will, dass du dir dessen bewusst bist, dass ich dich nicht allein lasse. Ich bleibe bei dir."

Verwirrt sah sie, wie ihm die leere Tasse aus den Händen fiel und in seinem Schoß landete. Im nächsten Moment tastete er danach und klemmte sie krampfhaft zwischen den Fingern ein. Mit der anderen Hand machte er eine abwehrende Geste.

„Aber es ist die Wahrheit", blieb sie fest. „Auch wenn du es nicht hören willst: Ich liebe dich, Luca Riva!"

Blitzschnell hob er den Arm und schleuderte die Tasse in ihre Richtung. Flink wich sie aus und das Porzellan zerschellte an der gegenüberliegenden Wand. Verdutzt starrte Marta sekundenlang auf die Scherben, doch plötzlich stieg ein Lachen in ihr auf, das völlig unangebracht war.

„Du hast mich verfehlt, Luca!", kicherte sie und beobachtete, wie sich seine Gesichtszüge verfinsterten. „Und was denkst du damit zu erreichen, außer dass mir irgendwann das Geschirr ausgeht?", neckte sie ihn weiter, obwohl sie untrüglich wusste, gefährliches Terrain betreten zu haben.

Es war offensichtlich, dass er keinen Spaß verstand, dass sie ihn vermutlich mit ihrem Scherz quälte, da sie ihm bewusst machte, wie hilflos er war.

Erschrocken beobachtete sie, wie er aufstand und einen Schritt in ihre Richtung setzte, dann winkte er sie herbei. Marta war klar, dass er sie nicht dazu zwingen konnte, seinem Befehl Folge zu leisten. Ihm fehlte jegliche Möglichkeit, ihren Gehorsam einzufordern. Trotzdem schuldete sie ihm ihr Leben. Auffordernd krümmte er den Zeigefinger der rechten Hand und diesmal gab sie nach. Zitternd trat sie zu ihm, fuhr mit ihrer Handfläche über seinen Oberarm, damit er sich ein Bild von ihrem Standort machen konnte. Da umfasste er sie an der Taille und zog sie näher zu sich heran. Doch bevor sich ihre Oberkörper berührten, drehte er sie herum, sodass sie mit dem Rücken an seinen Brustkorb gedrückt wurde. Mit einem Arm umschlang er ihre Hüfte wie ein Schraubstock. Die andere

Hand wanderte höher, strich über ihre Brüste und sie senkte seufzend die Augenlider. Nie hätte sie erwartet, dass er sie nach solch frechen Worten liebkosen würde. Da legten sich seine Finger um ihren Hals und sie riss panisch die Augen auf, als er langsam zudrückte. Während er ihr die Luft abschnürte, krallte sie sich in seinen Unterarm, versuchte seine Hand von ihrer Kehle fortzuzerren. Doch er war tausendmal stärker, nicht eine Sekunde lang verringerte er den Druck, im Gegenteil. Blut rauschte in ihren Ohren und ihre Lunge brannte, alle Kraft entströmte ihrem Leib und sie hörte auf, sich ihm zu widersetzen. Von einem Moment auf den anderen gab er sie frei und sie sank ermattet zu Boden. Sterne explodierten in ihrem Kopf und sie rang unter Schmerzen nach Luft, krümmte sich hilflos zusammen. Sie hatte ihm ihre Liebe gestanden und er sie dafür fast getötet. Mit letzter Energie kroch sie von ihm fort, hörte das Bett, welches aufgrund seines Gewichtes knirschte, als er sich erneut darauflegte. Da schwor sie sich, ihm nie wieder ihr Herz zu öffnen. Nie wieder!

20

Am späten Nachmittag entdeckte Marta im Esszimmer eine kleine Glocke und reichte diese Luca, als sie ihm das Abendessen, das wiederholt aus einer Suppe bestand, servierte. In ihrem Schmerz entging ihr seine Verwunderung über ihre Fürsorge. Schweigend half sie ihm und zog sich zurück, nachdem er fertig gespeist hatte.

Als Marta am nächsten Morgen sein Schlafzimmer betrat, saß er aufrecht im Bett und vermittelte ihr den Eindruck, er hätte auf ihr Auftauchen gewartet. Als er sich ihrer Aufmerksamkeit sicher war, deutete er auf seinen Bart und dann auf den Stuhl oder besser gesagt dorthin, wo dieser zuvor gestanden hatte. Marta verstand, führte ihn an jenen Ort und er setzte sich. Eilig holte sie Wasser in einer Schüssel, ein Tuch und sein Rasiermesser, das auf dem Waschtisch lag. Mit flinken Fingern löste er die Augenbinde und die junge Frau hielt erschrocken die Luft an.

Obwohl er die Augen geschlossen hatte, leuchtete die sie umgebende Haut in Violett-, Blau- und Grüntönen. Entschlossen schluckte Marta ihr Mitleid hinunter und stellte sich vor ihn, darum bemüht, ihn so wenig wie möglich zu berühren. Aber es ließ sich nicht gänzlich vermeiden, denn sie musste seinen Kopf anheben, damit sie ihn rasieren konnte. Sanft umfasste sie ihn an den Wangen und drehte sein Gesicht so, dass sie es gut bewerkstelligen konnte. Darauf bedacht, ihn nicht zu verärgern, seifte sie ihn mit spitzen Fingern ein.

„Nicht bewegen", bat sie, bevor sie das Messer ansetzte.

Er hielt vollkommen still, als wäre es ihm egal, dass sie ihm ohne Probleme die Kehle aufschlitzen konnte.

Versunken lauschte sie dem schabenden Geräusch, welches die Klinge verursachte, als sie diese über seine Wangen zog. Dann griff sie unter sein Kinn und drängte es höher, sodass er den Kopf weiter in den Nacken legen musste. Sekundenlang starrte sie auf seine Lippen und Trauer überwältigte sie, als ihr wieder bewusst wurde, was sie verloren hatte. Einzig die Vorstellung, dass jene Menschen, die ihr so schrecklichen Kummer bereitet hatten, bald dafür bezahlen würden, tröstete sie.

Vorsichtig rasierte Marta ihn unterhalb des Kiefers bis zum Halsansatz. Mit einem feuchten Tuch entfernte sie die Seife, danach tupfte sie die letzten Wasserspuren ab.

„Darf ich den Verband wieder anlegen?", wollte sie wissen und er nickte.

Nachdem sie diesen über seinen Augen befestigt hatte, sah sie ihn abwartend an. „Soll ich dich zum Abort begleiten?"

Er nickte wiederholt, dabei zuckten seine Wangenmuskeln, aufgrund der ihm zugefügten Demütigung. Seine Gesichtszüge verfinsterten sich und Marta wollte sich nicht vorstellen, worüber er momentan nachdachte.

Schüchtern ergriff sie ihn am Oberarm und lotste ihn aus dem Zimmer, die Treppe hinunter, in den kleinen

Verschlag im Hof. Sie wollte ihm die Hose öffnen, doch er wehrte sie entschieden ab. Sofort zog sie sich zurück und schloss die Tür. Wartete, bis er dagegen klopfte und sich ins Schlafzimmer zurückbringen ließ.

„Möchtest du dich waschen?", wagte sie zu fragen.

Da er nickte, führte sie ihn zum Waschtisch. Nachdem er diesen abgetastet hatte, öffnete er die Hose zum zweiten Mal und stieg schwankend heraus. Es war ihm anzusehen, wie enorm ihn jede Bewegung anstrengte. Achtlos warf er seine Beinkleider zu Boden und drehte sich der Waschschüssel zu. Plötzlich erinnerte Marta sich an all die Abende, während derer er sie gebadet hatte.

„Ich könnte dir ein Bad einlassen", schlug sie einer Eingebung nachgebend vor und wich vorsichtshalber zur Tür zurück.

Er erstarrte, umklammerte mit einer Hand das Lavoir. Seine Fingerknöchel traten weiß hervor. Endlich drehte er sich langsam zu ihr um. Sein Gesichtsausdruck berührte sie zutiefst, obwohl sie nicht genau festmachen konnte, was er damit ausdrückte. Sie war überrascht und gleichzeitig erleichtert, als er nickte. Tief atmete sie ein.

„Dann warte kurz! Ich werde alles vorbereiten!"

Sie brachte ihn zum Bett und er setzte sich, stützte seine Ellbogen auf den Knien ab und lehnte sich darauf, während er den Kopf hängen ließ. Ihren einst kraftstrotzenden Mann derart gebrochen sehen zu müssen, erschütterte Marta zutiefst. Doch sie verdrängte wie so oft ihre Empfindungen, wandte sich um und machte sich daran, in der Küche alles für sein Bad vorzubereiten. Mühsam zerrte sie den Badezuber in den Raum, schürte Feuer im Ofen, schleppte Wasser und stellte dieses zum Erwärmen auf die riesige Herdplatte. Neben den Herd hängte sie ein Tuch über eine Stuhllehne, damit es sich erwärmte und Luca nicht fröre, wenn er nach dem Bad aus der Wanne stieg. Obwohl die Luft über dem Straßenpflaster flimmerte, war es hier im Haus angenehm kühl.

Als alles bereitet war, kehrte sie zu ihrem Mann zurück, der sich nicht bewegt hatte. Wieder wagte sie es nicht, ihn zu berühren.

„Dein Bad ist fertig", murmelte sie und sah ihn verunsichert an.

Ein Ruck ging durch seinen Körper und er richtete sich auf.

„Du solltest die Bandage noch einmal abnehmen, damit sie nicht nass wird", schlug Marta vor und er nickte zustimmend.

Nachdem er sie gelöst und sie ihr gereicht hatte, musterte sie seine Augen. Er blinzelte und öffnete sie. Marta hielt die Luft an und ihr Herz begann wild und hoffnungsvoll zu pochen. Vielleicht konnte er ja wie durch ein Wunder sehen? Aber er seufzte resigniert und seine Augenlider senkten sich wieder.

„Darf ich dich führen?"

Als Antwort streckte er ihr einen Arm entgegen. Sie trat angespannt zu ihm, befürchtete dennoch, jeden Moment von ihm gestoßen zu werden. Marta stellte sich hinter ihn und umfing ihn an der Taille, mit der anderen Hand umschloss sie seinen Oberarm. Vorsichtig und konzentriert lotste sie ihn aus dem Raum die Stufen hinunter. Vor der Wanne hielt sie an. „Wir sind da."

Luca beugte sich vor, tastete nach dem Rand und stieg hinein. Sie legte ihre Hände auf seine Schultern, um ihm dabei zu helfen, sich zu setzen. Als es vollbracht war, lehnte er sich zurück. Marta griff nach einem Tuch und rieb es mit Seife ein, dann kniete sie sich neben den Zuber, neigte sich vor und begann, seinen Hals zärtlich zu waschen. Er verharrte reglos, doch entging ihr nicht, wie inbrünstig er seine Hilflosigkeit hasste. Mit den Fingern strich sie über die behaarte Brust und er wandte den Kopf ab, die Muskeln seiner Wangen zuckten. Schnell zog sie sich zurück, trat hinter ihn und massierte seinen Nacken. Er wehrte sich nicht, entspannte sich sogar unter dieser beruhigenden Behandlung.

„Soll ich deine Haare waschen?", wollte sie schüchtern wissen.

Als Antwort setzte er sich auf und legte den Kopf zurück. Sie griff nach einem mit Wasser gefüllten Eimer und schöpfte es über seinen Hinterkopf, darauf bedacht, dass es seine Augenregion nicht benetzte. Sie liebte es, mit den Fingern durch die dichte Haarfülle zu streichen, ihm so nahe zu sein. Wieder sah sie ihn vor sich, an jenem Tag, als er ihr das erste Mal begegnet war. Die Wärme seines Blickes hatte sie schmelzen lassen.

Um ihn nicht zu verärgern, schäumte sie Seife auf und arbeitete sie ein. All ihre Liebe, die sie sich ihm zu verweigern vorgenommen hatte, brach sich Bahn und manifestierte sich in ihren zärtlichen Berührungen. Verträumt spülte sie ihm den Schaum aus und beugte sich vor, hauchte einen Kuss auf seinen Hinterkopf, flüchtig und unverdächtig, sodass er es nicht bemerken konnte. Er lehnte sich wieder zurück und sie ging neben ihm in die Knie.

Die sanfte Pflege ihrer Hände linderte seinen Schmerz. Obwohl er die ganze Welt genauso wie Marta hasste, vermochte sie es, ihn zu beruhigen. Er wusste, dass er sie verletzt, sie behandelt hatte, als wäre sie sein Feind. Was sie genau genommen auch war, denn sie befand sich da draußen, während er für immer in sich selbst gefangen war.

Das Wasser tropfte auf seine Brust, als sie das Tuch auswrang. Ihre Hand glitt tiefer, tauchte unter die Wasseroberfläche. Es überraschte ihn, dass sein Körper auf sie reagierte. Felsenfest war er davon überzeugt gewesen, dass alles in ihm abgestorben war. Damico hatte ihn ausgelöscht, niedergebrannt und Ödland zurückgelassen. Zweifellos hatte der Patron nicht damit gerechnet, dass auch auf verbrannter Erde ein Pflänzchen wachsen konnte. Verblüfft wehrte Luca Marta nicht ab, als sie ihn mit einer Hand sanft umschloss, um ihn zu säubern. Verwirrt versuchte er zu verstehen, was hier geschah. Offensichtlich ignorierte Marta die unumstößlichen Tatsachen, sah über seine innere Wüste hinweg, als wäre diese für sie kein Hindernis, um einen Garten anzulegen. Verdammt, es war nicht einmal vierundzwanzig Stunden her, seit man ihn in einen ewigen Kerker gestoßen hatte. Seine Zunge brannte, in seinen Augen stach es und alles zusammen bereitete ihm heftige Kopfschmerzen. War das nicht genug, um anzunehmen, die Sache wäre für ihn endgültig gelaufen? Doch dieses Mädchen hier umsorgte seinen Körper und hatte ein schlaffes, zur immerwährenden Reglosigkeit verdammtes Bäumchen zu neuem Leben erweckt und dessen Stamm aufgerichtet.

Luca war zu verwirrt, um sich dagegen zu sträuben. Als hätte sie keine Ahnung, was sie vollbracht hatte, wischte sie mit dem Tuch über seinen rechten Oberschenkel, umspielte sein Knie. Für wenige Sekunden vergaß Luca die Qual, sehnte sich danach, dass ihre Finger wieder höher wanderten, um sich dem inzwischen heftig pochenden Baum zu widmen. Es ärgerte ihn, dass es ihr gelungen war, seine Sehnsucht erneut zu entfachen, insbesondere da er für sie mittlerweile wertlos sein musste. Was sollte es ihr bringen, sich mit einem Krüppel wie ihm abzugeben? Er vermochte nichts mehr für sie tun, war bedeutungslos. Ein nutzloses Glied der Gesellschaft. Vermutlich war es Mitleid, das sie bei ihm hielt. Mitleid und die Tatsache, dass es keinen anderen Ort gab, der ihr Zuflucht bot. Wie um seine Überlegungen zu bestätigen, dass sie jegliches Interesse an ihm verloren hatte, zog sie die Hände zurück und er hörte, dass sie aufstand.

„Fertig. Möchtest du noch etwas liegen bleiben? Soll ich warmes Wasser nachfüllen?"

Zornig darüber, dass er sich dennoch nach ihr verzehrte, während sie nichts dergleichen empfand, umklammerte er den Wannenrand und zog sich in die Höhe. Er hasste es, ihrem Blick ausgeliefert zu sein, dem mit Sicherheit seine Erregung nicht entging. Darum bemüht, sich seine Empfindungen nicht anmerken zu lassen, lauschte er ihren Schritten und hörte das leise Rascheln eines Tuches, als sie es entfaltete. Sie legte es ihm um die Schultern und er wusste, dass sie sich dafür auf die Zehenspitzen stellen musste. Er horchte auf die Geräusche, welche ein Stuhl verursachte, als sie ihn näher rückte. Einen Wimpernschlag später zog sie den Stoff höher und trocknete seine Haare ab. Um das bewerkstelligen zu können, war sie wohl daraufgestiegen. Ein Poltern ließ ihn erkennen, dass sie zurück auf den Boden gesprungen war. Mit dem trockenen, warmen Tuch tupfte sie seinen restlichen Körper ab und fachte seine innere Qual an. Verdammt, er wollte sie! Er wollte sie! Er wollte sie! Jetzt! Aber nicht so. Nicht als der Mann, der er jetzt war und der ihr nichts zu bieten vermochte. Nie sollte sie aus Mitleid unter ihm liegen! Er hasste es, wenn ihm jemand etwas Gutes tat, nur weil er hilflos war!

Das Blut rauschte heiß durch seine Adern, als er nach ihren Schultern tastete, seine Hände darum spannte und sie von sich stieß. Als könnte er sie sehen, beobachtete er mithilfe seiner Ohren, wie sie taumelte, über den Wannenrand stolperte und ins Wasser fiel. Sekundenlang rührte sich nichts und er befürchtete für einen schrecklichen Moment, sie hätte sich den Kopf angeschlagen.

Da durchtrennte plötzlich ein unterdrücktes Schluchzen die angespannte Stille. Viel besser. Das war ihrer bemühten Hilfsbereitschaft tausendmal vorzuziehen! Jetzt war sie wenigstens ehrlich zu ihm, sah ihn, wie er in Wahrheit war, als eiskalten Mörder, nicht als Opfer und vollkommen entmachtet. Doch das Pochen seiner Lenden schmälerte den bitteren Triumph, was seinen Zorn weiter schürte. Zur Strafe für das Gefühlschaos, in welches sie ihn gestürzt hatte, beschloss er, sie so hart zu nehmen, dass sie niemals auf den Gedanken käme, es wäre Sehnsucht, die ihn vorantrieb. Sie sollte sich nicht einbilden, er wäre auf sie angewiesen und ein zärtliches Streicheln ihrer Finger könnte ihn in irgendeiner Form beeinflussen. Mit Gier würde er sie überwältigen. Damit blieb er auf der sicheren Seite und gäbe sich keine Blöße.

Sekundenlang verharrte Marta in der Wanne, unfähig, das Schluchzen zu unterdrücken, das ihrer Kehle entwischt war. Zutiefst getroffen biss sie die Zähne so fest zusammen, dass ihrem Mund kein Laut mehr entfleuchen konnte. Ihr Blick war auf Luca gerichtet, dessen Brustkorb sich schwer atmend hob und senkte, während sie zu verstehen versuchte, was soeben geschehen war. Er hatte ihre Berührung die ganze Zeit ertragen, hatte ihr nicht zu erkennen gegeben, dass er ihre Nähe verabscheute, nur um sie in einem Moment von sich zu stoßen, als sie nicht damit rechnete. Schweigend kämpfte sie sich auf die Beine und schlüpfte aus dem nassen Kleid. Mangels einer Alternative würde sie sich eines von Lucas Hemden leihen müssen. In sicherem Abstand huschte sie an ihm vorbei die Treppe hinauf.

Kurze Zeit später wollte sie zu ihm in den unteren Stock zurückkehren und fuhr erschrocken zusammen, als er ihr zuvorkam und die Tür zum Schlafzimmer aufriss. Unübersehbar hatte er es ohne Hilfe geschafft, allein hierher zu gelangen. Er befahl ihr mit einer knappen Handbewegung, sich aufs Bett zu legen. Marta hielt die Luft an, kämpfte gegen den Drang an, davonzulaufen. Aber sie würde es nicht wagen, wenn er sie sehen könnte, deswegen gehorchte sie ihm. Sein Zustand war belanglos, denn seine Autorität über sie entsprang nicht seiner körperlichen Überlegenheit, sondern jenen Versprechen, die sie ihm gegeben hatte. In erster Linie war er ihr Ehemann und damit gehörte sie ihm. Außerdem hatte er ihr das Leben gerettet und sie stand für den Rest ihres Daseins in seiner Schuld. Es war einerlei, ob er in der Lage wäre, ihren Ungehorsam zu bestrafen: Sie würde sich seinem Willen beugen. Immer. Das hatte sie ihm geschworen.

Deswegen wandte Marta den Blick von ihm ab und legte sich aufs Bett. Wartete mit rasendem Puls, während Angst an ihr nagte und sie fast in den Wahnsinn trieb. Sie konnte diesen Mann, diesen Fremden, nicht verstehen. Seine Handlungen waren unvorhersehbar, ihr unbegreiflich.

Da er sich nicht bewegte, flüsterte sie nach einer Weile: „Ich habe getan, was du befohlen hast und warte hier auf dich. Möchtest du, dass ich dir helfe?"

Als hätten ihre Worte seine Wut weiter angefacht, stürzte er zu ihr, wobei er auf dem Weg mit der Hüfte einen Stuhl rammte. Gefangen im Zustand der Raserei bemerkte er es nicht. Aus jeder Pore sprühte sein unverständlicher Zorn und Marta begann zu zittern. In der nächsten Sekunde hatte er sie erreicht und sie schloss die Augen. Als er sie mit seinem Gewicht in die Matratze drückte, versuchte sie sich an den Mann zu erinnern, der er im Hotelzimmer gewesen war. Damals hatten seine körperlichen Verletzungen nicht mehr geblutet, doch die Wunden im Inneren ihres Gemahls waren vermutlich nie geheilt. Nie zuvor war er so kalt mit ihr umgegangen wie in den wenigen Minuten, in denen er sie für etwas büßen ließ, das sie nicht begreifen konnte. Trotzdem erkannte sie instinktiv, dass seine

Gefühllosigkeit eine Nachricht an sie war, die da lautete, dass es Luca Riva nicht länger gab. Sein Puls raste und Schweiß tropfte auf ihr Gesicht. Verwirrt öffnete sie die Augen und sah, dass sie sich geirrt hatte. Es war Blut, das aus seinen Mundwinkeln rann und sie benetzte. Er wirkte wie von Sinnen und Marta wagte nicht, sich zu bewegen. Beobachtete mit weit aufgerissenen Augen, wie aus den Tropfen ein Rinnsal wurde, woraufhin sich ihre Angst steigerte. Da warf er den Kopf in den Nacken und schrie, als hätte ihm jemand ein Messer in den Rücken gerammt. Entsetzt hielt die junge Frau den Atem an, doch dieser wurde aus ihrer Lunge gepresst, als Luca auf ihr zusammenbrach. Das Gewicht seines Körpers raubte ihr den Atem. Aber auch das ertrug sie reglos. Sekundenlang bewegte er sich nicht, dann rollte er sich von ihr.

„Geh!", sagte er und seine Stimme klang rau und eingerostet.

Marta blinzelte. Zu keiner Minute hatte sie angenommen, ihn jemals wieder zu hören. Umso bedrückender war es, dass sein erstes Wort, welches er ohne Zunge bilden konnte, darin bestand, sie fortzuschicken.

Schnell glitt sie aus dem Bett und floh aus dem Raum. In ihrem Zimmer wischte sie sich sein Blut vom Gesicht, wartete, bis sich ihr Herzschlag beruhigt hatte und kehrte in die Küche zurück, um aufzuräumen. Dabei verbannte sie die Geschehnisse des Vormittags aus ihrem Gedächtnis.

Luca konnte einfach nicht fassen, dass Marta ihm, nach dem, was vorgefallen war, Essen brachte. Wieso stahl sie ihm nicht sein Geld, packte ihre Sachen und machte sich aus dem Staub? Weshalb kehrte sie wie ein geschlagener Hund immer wieder zu ihm zurück, nur um sich einen weiteren Tritt einzufangen? Er fand keine Erklärung dafür. Allerdings entging ihm nicht, dass sie die Worte, welche sie an ihn richtete, mit Bedacht wählte und ihm nicht zu nahe kam, wenn er es nicht einforderte. Er setzte sich auf und nahm ihr die Tasse mit der Suppe ab. Seine Zunge brannte nach wie vor bei jedem Bissen, am Geschmack des Blutes hatte er zuvor erkannt, dass die Wunde wieder aufgegangen war. Er vermutete, dass sein Zorn vernichtend in ihm wütete und sämtliche körperlichen Schwachstellen nutzte, um sich Bahn zu brechen.

„Komm!", forderte er und deutete auf die Bettkante.

Wieder wunderte er sich über ihren Gehorsam, als sich die Matratze neben ihm absenkte. Gleichzeitig veränderte ihre Gefügigkeit etwas in ihm. Zuerst vermutete er, es wäre die Macht, welche er nach wie vor über sie hatte und die ihm bewies, dass er noch immer existierte, die das eiserne Band um sein Herz lockerte. Doch während er die Suppe schlürfte, erkannte er, dass seine Erleichterung nicht darauf zurückzuführen war, dass er sie in seiner Gewalt hatte. Nein. Aber was konnte es sonst sein? Ihre Treue?

„Mehr!", forderte er, als er fertig war und reichte ihr die Tasse.

Sie zuckte zurück, als seine Fingerspitzen ihre streiften, während sie ihm die Schale abnahm. Eilig stand sie auf und bot sie ihm kurze Zeit später wieder an. Er deutete auffordernd neben sich und sie setzte sich.

Vermutlich war sie bloß wehrlos, führte er seine Überlegungen fort und wagte es nicht, ihn zu verlassen.

Jedenfalls kannte sie den weitreichenden Einfluss, den Männer wie er hatten. Er war immerhin das beste Beispiel dafür, dass man ihnen nicht entkommen konnte.

Das laute Pochen des Türklopfers riss ihn aus den Gedanken.

„Geh!", befahl er und sein Weib gehorchte.

Marta öffnete Francesco die Tür und für den Bruchteil einer Sekunde erlag er dem Schein, Giulia Caruso gegenüberzustehen. Dieselbe Hoffnungslosigkeit, die in jeder ihrer Bewegungen zu erkennen war, hatte von Marta Besitz ergriffen. Sie wich seinem Blick aus und vor ihm zurück, als befürchtete sie bestraft zu werden. Wofür auch immer. Die Männer des Syndikats waren bekannt dafür, dass sie ihre Frauen beherrschten und sie Stück für Stück zerbrachen. Trotzdem wunderte er sich darüber, dass Luca, was dies anging, in ihre Fußstapfen zu treten schien. Wenn sein eigenes Eheweib Maria ihn so ansehen würde, wie all die armen Frauen, die Teil jener kriminellen Familien waren, zerrisse es ihm das Herz. Oh, er liebte Marias wachen Geist, der seines Erachtens dieselbe Wirkung auf ihre Ehe hatte wie eine meisterhaft mit Salz abgeschmeckte Speise. Er mochte es sogar, wenn ihr Temperament mit ihr durchging und sie ihn beschimpfte. Er setzte das mit Pfeffer gleich, der ebenfalls in keinem anständigen Gericht fehlen durfte. Wenn sie ihre Hände sehnsüchtig nach ihm ausstreckte, erfüllte es ihn mit Zufriedenheit. Ihre Hingabe schmeckte wie Thymian, der einer Speise erst die richtige Note verlieh. Ja, sinnierte er, als er Marta mit gerunzelter Stirn betrachtete, es war kaum zu fassen, was einem Mann entging, wenn er seine Frau daran hinderte, sich zu entfalten.

Marta wich vor ihm in den Gang zurück und Francesco zog die Tür hinter sich zu.

„Wie geht es ihm?", wollte er wissen und hielt bewusst Abstand zu ihr, um sie nicht zu ängstigen.

Trotzdem vermied sie einen direkten Blickwechsel, zuckte mit den Achseln, verweigerte es, zu sprechen, als hätte Damico ihr ebenfalls die Zunge abgeschnitten.

„Hat er gegessen?"

„Ja."

Francesco nickte, schritt an ihr vorbei in die Küche und stellte eine Holzkiste ab. Sie war gefüllt mit Lebensmitteln.

„Signore, das ist nicht nötig!", wehrte sich Marta und starrte entgeistert auf sein Geschenk.

„Erwartest du, dass ich zusehe, wie ihr verhungert?", entgegnete der Zimmermann und suchte ihren Blick.

Als sie ihn endlich ansah, erklärte er streng: „Luca ist mein Freund. Da er euch derzeit nicht versorgen kann, tue ich es. So simpel ist das."

Marta strich sich unbehaglich über die Oberarme. Das Misstrauen, welches sie noch eine Minute zuvor ihm gegenüber gezeigt hatte, fiel von ihr ab.

„Signore, ich werde mir eine Arbeit suchen", erklärte sie entschieden.

„Deine Aufgabe ist es, dich um Luca zu kümmern", erwiderte er ungerührt. „Da er den Schatz der Bianchis nicht gefunden hat, ist es umso wichtiger, dass er schnell gesund wird."

„Den Schatz der Bianchis?", wiederholte Marta verständnislos.

„Hat er dir nicht von dem Rätsel erzählt, das er zu entschlüsseln versuchte?"

„Doch, aber ich wusste nicht, dass es sich dabei um einen Schatz handelt." Die junge Frau runzelte die Stirn.

„Das tut jetzt nichts zur Sache", winkte Francesco ab. „Fakt ist, dass er das Geheimnis nicht lüften konnte. Deshalb ist es müßig, darüber zu sprechen."

„Aber ..." Marta musterte ihn mit großen Augen, „nur weil er ihn nicht geborgen hat, heißt es nicht, dass er das Versteck nicht kennt."

Jetzt war es an Francesco, sein Gegenüber erstaunt zu mustern.

„Er *weiß*, wo der Schatz liegt?"

Die junge Frau nickte.

„Wo?"

Plötzlich verschloss sich ihre Miene und sie schüttelte den Kopf.

„Sag es mir und ich werde ihn für Luca holen!"

„Ich kenne das Versteck nicht", erklärte sie.

Obwohl sie eine ausgezeichnete Lügnerin war, entging ihm ihre Unaufrichtigkeit nicht.

„Schade", meinte er und zuckte gleichgültig mit den Schultern. „Dann verhält es sich, wie ich am Anfang unseres Gesprächs festgestellt habe: Luca benötigt meine Unterstützung und ich werde euch mit Lebensmitteln eindecken, bis er wieder einer Arbeit nachgehen kann."

Martas Mundwinkel sanken tiefer. „Welche könnte das sein?", fragte sie bitter und wandte sich ab.

„Was weiß ich?" Francesco drehte sich um, bereit, in den oberen Stock zu steigen.

„Es ist das Teufelsloch“, flüsterte Marta undeutlich und er blickte über die Schulter zu ihr zurück.

„Jenes im Palazzo Soranzo?“

Sie nickte und er fluchte leise. Das war ein denkbar ungünstiger Ort, um einen Schatz zu bergen.

„Ich werde mich darum kümmern“, versprach er und setzte sich in Bewegung.

„Wie geht es dir?“, wollte Francesco von Luca wissen und betrachtete seinen Freund, welcher mit den Schultern zuckte.

„Ich werde dir jetzt die Augentropfen verabreichen“, erklärte er und griff nach dem Fläschchen mit der Medizin.

Luca öffnete die Augen und Francesco stellte erleichtert fest, dass sie sich nicht entzündet hatten.

„Es sieht gut aus“, meinte er, während er die Arznei zwischen Augapfel und Lid träufelte. „Ich bin überzeugt, dass die Rötung ein wenig zurückgegangen ist. Wie steht es mit den Schmerzen? Möchtest du etwas dagegen nehmen?“

Luca schüttelte das Haupt.

„Ich verstehe.“ Francesco schloss das Fläschchen und stellte es auf den Nachttisch, dann band er ein frisches Tuch um Lucas Kopf. „Du ziehst es vor, bei klarem Verstand zu sein. Das beruhigt mich – es ist ein erfreuliches Zeichen.“ Er rückte einen Stuhl näher und setzte sich darauf.

„Mach dir keine Sorgen, es wird alles gutgehen. Durch die Renovierungsarbeiten an den Dachbalken fällt genug Brennmaterial ab, das ich in der Oper verteilen werde.“

Luca legte die Kuppe seines Zeigefingers auf die des Daumens und formte ein O, womit er seine Zustimmung vermittelte.

„Aber ich frage mich, wie du sie finden und anzünden willst."

Der Verwundete zuckte mit den Achseln.

„Am besten, ich lege eine Spur und setzte dich an deren Beginn ab."

Luca nickte und wirkte von dieser Idee angetan.

„Ich werde dir außerdem einen Schlüssel geben, damit du, solltest du deine Meinung ändern, einen Ausweg hast."

Wie er es erwartet hatte, schüttelte der Verletzte ablehnend den Kopf.

„Allora, überlege es dir." Er stand auf und trat zum Fenster, blickte nachdenklich auf den Trubel hinaus. „Eine Sache noch", fuhr er nach einer Weile fort und wandte sich wieder zu seinem Freund um.

Dieser reckte abwartend das Kinn.

„Marta. Ich verstehe nicht, was du mit ihr anstellst. Aber sie wirkt auf mich wie die Ehefrauen jener Männer, die wir beide aus tiefstem Herzen hassen."

Lucas Gesichtszüge verfinsterten sich.

„Ich war überzeugt davon, dass du anders bist", stellte der Zimmermann fest.

Luca reckte seine vor unterdrückter Wut bebende rechte Faust in die Höhe, während die Adern an seinen Schläfen bedenklich anschwollen.

Obwohl sein Freund es nicht sehen konnte, hob Francesco beschwichtigend beide Hände.

„Schon gut", lenkte er schnell ein, „kein Grund, sich dermaßen aufzuregen. Es ist schlussendlich deine Sache, wie du sie behandelst. Wie gesagt, ich habe dich anders in Erinnerung."

Luca gab einen knurrenden Laut von sich und sein Freund trat den Rückzug an.

„Ich werde mich jetzt verabschieden", erklärte er, schritt zu Luca und klopfte ihm auf die Schulter. „Bis morgen."

Nachdem Francesco gegangen war, brodelte neue Wut in Luca auf. Die Worte seines Freundes hatten sich ihm wie Dolche in die Brust gebohrt, wo sie momentan steckten und eiterten. Ja, sein Kamerad hatte recht mit der Beobachtung was Marta anging. Sie hatte wie eine der apathischen Huren unter ihm gelegen, als er sich vor einigen Stunden über sie hergemacht hatte. Dieser Fakt reichte vollkommen aus, um ihn erneut zu reizen. Stand es ihm jetzt, da er kein ganzer Mann mehr war, nicht länger zu, dass sie sich ihm hingab, ihn streichelte und ihm sanfte Worte ins Ohr flüsterte? Wie konnte sie es wagen, sich wie jene verdammten Weibchen zu verhalten, die schon zitterten, wenn ihr Gemahl nur in ihre Nähe kam?

Er griff nach der Glocke und läutete, lauschte auf ihre Schritte, welche die Stufen erklommen und kurze Zeit später vor seinem Bett anhielten. Was musste er anstellen, damit sie wieder Leben zeigte? Er setzte sich auf und schob die Beine über den Bettrand, stellte die Füße auf den Boden.

„Soll ich dich zum Abort begleiten?", wollte sie vorsichtig wissen und ihm kam, wie zuvor, der Gedanke, dass sie allein für eine solche Frage bestraft gehörte.

Welches Weib wagte es, mit ihrem Gatten derartige Themen zu erörtern? Nur eines, dessen Mann invalid war, der sich nicht selbstständig um seine eigenen Bedürfnisse kümmern konnte. Der in Wahrheit kein Mann mehr war. Empfand sie Freude dabei, ihm diesen Umstand ständig unter die Nase zu reiben?

Er streckte ihr einen Arm entgegen. „Komm!", forderte er und seine Stimme kratzte, als hätte man sie mit Sandpapier eingerieben. Er spürte ihr Zögern.

„Luca", flehte sie, reichte ihm aber die Hand. „Ich wollte dir nur helfen, dich nicht erzürnen!"

Herrisch zog er sie zwischen seine Oberschenkel und sie presste ihre Arme fest an ihre Seiten. Er bemerkte es, als er mit den Handflächen den Kurven ihres Körpers folgte. Er tröstete sich damit, dass diese Reaktion zumindest besser war, als hinge sie schlaff in seiner Umarmung. Plötzlich überkam ihn der Drang, sie unter seinen Fingerspitzen die Kontrolle verlieren zu lassen. Deswegen setzte er sie sich mit gespreizten Beinen auf den Schoß, legte ihre Hände auf seinen Schultern ab. Was gäbe er darum, jetzt ihr Gesicht zu sehen! Er versuchte, sich daran zu erinnern, wie sie ihn in ihrer ersten Nacht angeschaut hatte. Damals hatte er sie derart verzückt, dass sie ihm sogar ihre Liebe gestanden hatte! Ha, damit war es nicht weit her, stellte er bitter fest.

Sie zitterte. Oh ja, wenn sie sonst schon nichts für ihn empfand, dann wenigstens Angst. Er verdrängte den Gedanken, dass er sich geschworen hatte, Frauen, die ihn fürchteten zu meiden. Denn bei Marta verhielt sich die Sache anders. Sie war jedenfalls seine Gemahlin und wenn sie sich vor ihm ängstigte, war dies jeglicher Reglosigkeit vorzuziehen!

Langsam schob er das Hemd höher und zog es über ihren Kopf. Ihre Haut war weich und warm und betörte ihn – wie immer, wenn er sie berührte. Mit den Händen umschloss er ihr Gesicht, streichelte mit den Daumen ihre Wangen. Sie bewegte sich nicht und doch hatten die Zärtlichkeiten, die er ihr schenkte, auf ihn eine beruhigende Wirkung. Ohne darüber nachgedacht zu haben, schlang er seine Arme um sie und zog sie näher, lehnte sein Antlitz an ihren Hals. Lange saß er so und atmete ihren Duft ein. *Oh, Marta, ich wünschte, wir wären einander in einem anderen Leben begegnet! Ich wünschte, du würdest meinen Namen sagen, wie an jenem Tag, als ich ihn dir verriet! Ich wünschte, du könntest meine Wut vergessen und mich wieder lieben, obwohl ich zu nichts nütze bin! Ich wünschte, ich könnte dir jener Held sein, den du in mir gesehen hast. Ich wünschte, ich hätte dich niemals gefunden! Dann täte es nicht so weh, dich nun verloren zu haben.*

Als wäre sie eine Droge, beruhigte sich sein Puls, je länger er ihre Haut an seiner fühlte und ein Seufzen entwischte seiner Kehle, gleichermaßen sehnsüchtig und gelöst. Zuerst meinte er, es sich nur einzubilden, doch dann spürte er deutlich, dass sie mit ihren Fingerspitzen über seinen Rücken strich. Er weigerte sich zu glauben, dass sie ihm eine weitere Chance gab. Es war unmöglich. Er hatte sie so hart zurückgestoßen, hatte seinen Zorn an ihr abreagiert, sie für seine Unzulänglichkeit büßen lassen, sie ihrer Würde beraubt und in Angst und Schrecken versetzt. Wie konnte sie nur darüber hinwegsehen? Er klammerte sich fester an sie und sie neigte den Kopf. Als ihre Lippen sich bewegten, kitzelten sie sein Ohr.

„Es kommt alles wieder in Ordnung", flüsterte sie tröstend. „Es wird alles wieder gut. Du wirst sehen, ich lass dich nicht allein."

Wie sehnlich wünschte er sich, dass sie recht hatte! Aber er wusste es besser. Er war ein Kind der Straße und kannte deren Gesetze. Es wurde nie gut. Nie! Trotzdem wollte er ihr glauben. Zumindest für den Moment und während der letzten Tage, die ihnen blieben, bis er diese Qual endgültig beendete. Dann hätte wenigstens Marta eine Zukunft. Wie die aussehen könnte, übertraf allerdings sein Vorstellungsvermögen. Da er ihr den Schatz hinterlassen würde, erlitte sie auf jeden Fall keinen körperlichen Mangel.

„Ich lass dich nicht allein, Luca Riva. Nie!"

Ihre Beteuerungen wärmten und trösteten ihn. Er hatte Marta nicht verdient. Sie war der einzige Beweis für ihn, dass es auf dieser Welt, wider allen Erwartens, einen letzten Rest an Gutem gab. Eine Wirklichkeit, von der er keine Ahnung hatte. Seine zarte Frau war für ihn wie ein Hinweis, der auf irgendetwas zeigte, das er nicht erkennen konnte.

Während sie sich enger an ihn schmiegte, verstärkte sich jene Empfindung, die ihn immer befiel, wenn er bei ihr war und die zu benennen ihm misslang. Aber sie weitete sein Herz und es konzentrierte sich vollkommen auf seine liebliche Frau. Es war unerklärlich.

Hauchzart fuhr er mit der Handfläche über ihren Rücken, zeichnete mit dem Zeigefinger jeden ihrer Wirbel nach. Sie ahmte ihn nach und er musste unwillkürlich lächeln. Dann glitt er über die Narben jener Peitschenhiebe, die Bernardi ihr zugefügt hatte. Wieder tat sie es ihm gleich. Ohne seine Arme zu lockern, zog er sie mit sich zurück aufs Bett und streichelte sie, bis er erschöpft einschlief.

Marta blickte ihn mit ernsten Augen an und strich ihm zärtlich eine Haarsträhne aus der Stirn, die aber sofort wieder zurückfiel. Das störte sie überhaupt nicht, denn das gab ihr einen Grund, ihn sanft zur berühren. Die Anspannung, die sie, seitdem er sie gestoßen hatte, stets in seiner Gegenwart überkam, fiel erst von ihr ab, als sie erkannte, dass er eingeschlafen war. Seit jenem schrecklichen Tag wurde sie aus ihm nicht schlau, denn er gab sich unberechenbarer als das Wetter. Seine Launen wechselten schneller als der Wind und sie wusste nie, was sie erwartete. Sie konnte sich nicht erklären, weshalb sie ihn trotz allem liebte und sich mit jeder Faser ihres Seins wünschte, sein Leid zu mildern. Es war unübersehbar, dass er litt. Nicht nur körperlich. Jene Männer hatten ihm nicht nur sein Augenlicht und die Fähigkeit zu sprechen genommen, nein, sie hatten ihn seiner Identität beraubt. Oder zumindest jener Komponenten, von denen er überzeugt war, dass sie ihn ausmachten. Aber Marta wusste besser, dass dies den Mördern nur gelingen würde, wenn Luca es zuließ. Denn sie hatte bereits bei ihrer ersten Begegnung erkannt, dass da viel mehr in ihm schlummerte als er vermutlich annahm. Er war liebevoll und zärtlich, nicht grausam und rücksichtslos, wie man es ihm beigebracht hatte. In seinem Kern war er treu und kein Verräter, als den sie ihn gekennzeichnet hatten. Die Liebe war ein größerer Teil seines Wesens als der Hass, zu dem man ihn erzogen hatte. Seine Liebkosungen entsprangen einem sanften Herzen, das man versucht hatte aus ihm herauszureißen. Dorthin musste sie schauen, wenn er sie das nächste Mal zurückwies. Sie wäre gut beraten, sich an die Gewissheit zu klammern, dass die Zeit Wunden heilte und er bald erkannte, dass nicht alles verloren war. Jedenfalls hatten sie einander und das war viel mehr als jene Männer jemals besitzen würden, auch wenn sie das gesamte Geld der Erde horteten, welches sie sich durch Blutvergießen aneigneten.

Vorsichtig, um ihn nicht zu wecken, zog sie eine Decke über ihre Körper und kuschelte sich an ihn. Sie legte eine Hand auf sein Herz, das unverändert stark und gleichmäßig pochte.

Ich liebe dich, Luca Riva, dachte sie und schloss die Augen. *Aber ich werds dir nie wieder sagen.*

Die Kirchenglocken läuteten den Abend ein, als Luca erwachte. Einige Sekunden lang erinnerte er sich nicht daran, wo er sich befand. Als er die Augen öffnete und Schmerz jede seiner Gehirnzellen explodieren ließ, wurde es ihm schlagartig bewusst. Die altbekannte Bitterkeit lauerte in seinem Magen, bereit, ihm die Kehle zu verätzen und seine Gedanken zu vergiften. Aber da war noch etwas anderes, das beinahe von all den in ihm wütenden Sinneseindrücken überdeckt wurde: die Wärme eines weichen Leibes, der sich an ihn schmiegte und ihn beruhigte. Marta.

Sogleich entsann er sich ihrer Beteuerungen, ihn nie zu verlassen und dass alles ein glückliches Ende finden würde. Obwohl er es sich nicht erklären konnte, berührten ihn ihre Worte nach wie vor. Vorsichtig tastete er sich näher und als er sie mit den Fingerspitzen am

Bauch streifte, hob er seine Hand höher und legte sie auf ihrer Hüfte ab.

Mädchen, du gehst mir unter die Haut.

Angestrengt überlegte er, wann es begonnen hatte, aber es gelang ihm nicht, jenen bedeuteten Augenblick festzumachen. Irgendwann im Laufe ihrer kurzen Ehe musste es geschehen sein. Luca atmete tief ein und fühlte sich auf einmal besser. Hunger zerrte an seinen Eingeweiden und er stellte sich einen riesigen Teller mit Meeresfrüchten vor, der vor ihm auf einem weißen Tischtuch stand und darauf wartete, verzehrt zu werden. Wie auf ein Zeichen hin knurrte sein Magen.

Marta bewegte sich und setzte sich auf. Ihre Finger strichen ihm eine Strähne aus der Stirn und seine Mundwinkel hoben sich unvermittelt zu einem Lächeln. Dagegen konnte er gar nichts machen.

„Du bist wach?", wollte sie leise wissen und er meinte einen vorsichtigen Unterton in ihrer Frage schwingen zu hören.

„Ja."

Schnell zog sie ihre Hand zurück.

„Ha... hast du Hunger?"

„Ja."

Mehrere Augenblicke lang bewegte sie sich nicht, als überlegte sie, wie sie weiter vorgehen sollte.

„Darf ich dir etwas bringen?"

„Ja."

„Glaubst du, es ist dir möglich, etwas anderes als Suppe zu essen?"

Er schüttelte frustriert den Kopf.

„Macht nichts. Signore Stormare hat eine große Kiste mit Lebensmitteln gebracht. Ich werde dir eine Minestrone zubereiten. Natürlich nur, wenn sie dir schmeckt. Magst du Minestrone?“

„Ja“, murmelte er und sie kletterte aus dem Bett.

Doch bevor sie außerhalb seiner Reichweite geriet, fing er ihren Arm ein und sie erstarrte. Um ihr die Angst zu nehmen, streichelte er mit dem Daumen zärtlich über ihr Handgelenk. Dann führte er ihre Hand höher und hauchte einen Kuss auf die zarte Haut unterhalb ihrer Fingerknöchel und gab sie frei. Noch immer stand sie reglos, als befürchtete sie, mit ihrer Bewegung eine Katastrophe auszulösen. Deswegen raunte er: „Geh!“

Dabei bemühte er sich um einen freundlichen Tonfall. Sogleich kam Leben in sie und er hörte ihre nackten Fußsohlen, die leichtfüßig über die Holzdielen tappten. Er versuchte sich vorzustellen, wie sie sich bückte und das Hemd aufhob, welches sie getragen hatte und hineinschlüpfte.

„Möchtest du hierbleiben?“, wollte sie wissen und er wunderte sich im ersten Moment über diese Frage. Doch dann kam ihm der Gedanke, dass es eine willkommene Abwechslung wäre, mit ihr in die Küche zu gehen und sich auf die Terrasse zu setzen. Vielleicht war der Straßenlärm dort nicht so eindringlich wie hier. Als Antwort stand er auf. Kurz war es still.

„Aber so kannst du mich nicht begleiten“, stellte sie fest und er meinte, ein Lächeln aus ihren Worten herauszuhören. Sie hatte definitiv recht. Deshalb streckte er auffordernd einen Arm aus.

„Deine Hose kommt sofort, Signore Riva“, beteuerte sie und öffnete den Schrank, dessen Scharniere leise quietschten.

Kurz darauf legte sie das gewünschte Kleidungsstück über seinen Unterarm und er neigte als Zeichen des Dankes sein Haupt. Jedes Mal, wenn sie seinen Namen sagte, jubilierte es in ihm, als wäre er ein kleines Kind, kein Mann von knapp dreißig Jahren. Schnell schlüpfte er in die Hose.

„Soll ich dir ein Hemd bringen?“

„Ja.“

Als er angezogen war, führte sie ihn in den unteren Stock und wollte ihm einen Stuhl in der Küche zurecht-rücken. Doch er deutete in jene Richtung, in welcher laut seiner Erinnerung der Innenhof lag.

„Du möchtest dich ins Freie setzen?“

„Ja.“

Nicht lange und er hockte auf einem Stuhl, während ein warmer Wind, der vom Meer her ins Landesinnere wehte, über sein Gesicht strich. Er atmete tief ein und empfand widersinnigerweise Frieden. Das Klappern des Geschirrs, das aus der Küche zu ihm herausdrang, ließ ihn kurz annehmen, er wäre ein alter, zufriedener Mann, der vor seinem Haus saß, mit sich und der Welt im Reinen. Die Mutter seiner Kinder würde bald zu ihm treten und ihn von hinten umarmen, ihre Wange an seiner reiben.

„Liebster“, würde sie flüstern, *„komm mit mir zu Bett!“*

Es fiele ihm nicht schwer, sich von der Beschaulich-keit eines sinkenden Tages loszureißen und ihr zu fol-gen. Denn sie wäre alles, was er auf der Welt bräuchte und er würde ihr die Sterne vom Himmel holen.

Nie zuvor hatte er sich so eindringlich nach einer Zukunft gesehnt, wie in diesem Moment.

Noch am letzten Abend wäre es Marta leicht gelungen, sich aus dem Haus zu schleichen. Doch als ahnte Luca von ihren Plänen, bestand er auf ihre Gegenwart in seinem Bett. Er hielt sie fest umschlungen, sodass es ihr unmöglich war, sich heimlich fortzustehlen.

Gott sei Dank hatte Francesco einen großzügigen Lebensmittelvorrat gebracht, weshalb Marta nicht auf das Geld, welches sie in der Nacht hatte verdienen wollen, angewiesen war. Zumindest jetzt noch nicht. Ehrlicherweise musste sie zugeben, dass es ihr leichtfiel, sich in ihr „Schicksal" zu fügen und sich an Luca zu schmiegen. Seit ihrer ersten Begegnung sehnte sie sich nach ihm, danach, ihm nahe zu sein und von ihm gehalten zu werden. Somit war sie soeben am Ziel ihrer Träume angelangt. Sie wäre schön blöd, wenn sie nicht jede Sekunde auskostete. Abgesehen davon konnte sich, wie sie mehrfach erfahren hatte, seine Stimmung jederzeit ändern und er sie wieder von sich weisen. Aber sie würde bleiben. Für immer.

Seine Fingerspitzen strichen sanft über ihren Arm, machten sie träge und sie schlief ein, ohne es zu bemerken.

21

Francesco hatte nicht lange überlegen müssen, einen Plan zu entwickeln, der ihm den Schatz näherbringen würde. Mit ausgezeichneter Laune marschierte er am Montagvormittag die Calle entlang, an welche der Palazzo Soranzo grenzte und klopfte an dessen Tür. Ein Diener öffnete, die Augenbrauen fragend hinaufgezogen.

„Sie wünschen?"

„Mein Name ist Francesco Stormare, ich bin Zimmermann. Der Grund, weshalb ich bei Ihnen vorspreche, ist folgender: Einer Ihrer Nachbarn legte bei mir Beschwerde ein, dass ihm einer Ihrer Dachziegel vor die Füße gefallen sei und ihn um ein Haar ums Leben gebracht hätte. Darum bat er mich, Ihr Dach zu inspizieren, damit er Ihr Haus in Zukunft beruhigt passieren kann."

Francesco wunderte sich über den verwirrten Gesichtsausdruck seines Gegenübers, deswegen fuhr er erklärend fort: „Da ich in der Gegend war, dachte ich, dies wäre ein geeigneter Zeitpunkt, um den Schaden zu beheben."

„Aha", murmelte der vornehme Angestellte. „Wann soll das gewesen sein?"

„Hm, lassen Sie mich überlegen", brummte Francesco und rieb sich nachdenklich das Kinn. „Vor ungefähr fünf Tagen, wenn ich mich recht erinnere."

Der Diener atmete erleichtert aus und trat zurück, um die Tür wieder zu schließen. „Der Schaden wurde längst behoben", erklärte er. „Trotzdem, danke für Ihre Mühe."

Im letzten Moment konnte der verblüffte Francesco seinen Fuß in die Tür stellen.

„Entschuldigen Sie, aber wie ist das möglich?"

„Der Zufall hatte seine Hände im Spiel, würde ich sagen. Ein Dachdecker, dem Ähnliches passiert war, reparierte das Dach unmittelbar danach."

Wie betäubt trat Stormare zurück. „Dann bin ich beruhigt", murmelte er in Gedanken.

„Auf Wiedersehen."

Die Tür fiel ins Schloss und Francesco stand einige Augenblicke lang still. Es war doch vollkommen unmöglich, dass tatsächlich ein Dachziegel zu Boden gefallen war und das ausgerechnet zu einem Zeitpunkt, als ... *Luca,* schoss es ihm durch den Kopf, *du schlauer Fuchs hattest den gleichen Einfall wie ich.*

Endlich hatte der Schmerz nachgelassen und war erträglich geworden; der Zorn, der in Luca getobt und ihn zerfetzt hatte, war abgeflaut. Deshalb war sein Kopf so klar wie vor der Hinrichtung, wie er Damicos Folter insgeheim nannte. Trotzdem wurde seine Konzentration vom Straßenlärm massiv beeinträchtigt und er raufte sich verzweifelt die Haare, da es ihm nicht gelang, einen kompletten Gedanken zu Ende zu führen. Entweder kreischte ein Kind, schimpfte eine Frau, fluchte ein Kutscher, gackerte ein Huhn oder bellte ein Hund. Es war nicht eine einzige Sekunde lang still. Wie

sehr sehnte er Venedigs verlassene Seitenstraßen herbei, die Ruhe, welche das Wasser verströmte, sein leises
Plätschern, wenn es in Bewegung geriet. Luca tastete
nach der Glocke, die für ihn in dem Moment so etwas
wie einen Rettungsring symbolisierte, und läutete.
Nicht lange und Marta öffnete die Tür.

„Ja?", fragte sie vorsichtig und ihm war schmerzlich
bewusst, dass sie jederzeit damit rechnete, dass er sich
gegen sie wandte. Er musste nicht studiert haben, um
sich den Schaden einzugestehen, den er angerichtet
hatte.

„Weg", erklärte er, deutete auf sich und dann zur
Straße.

„Du willst ausgehen?", hinterfragte sie und trat näher.
Er nickte. „Kirche."

„In eine Kirche?" Ihr Staunen war nicht zu überhören.
„Ja. Ruhig."

„Ah, ich verstehe. Vermisst du Venedig ebenso wie
ich?"

„Mehr." Er lächelte verschmitzt.

„Oh, das kann ich mir kaum vorstellen", widersprach
sie mit neckendem Unterton.

„Komm!", bat er, erhob sich und streckte eine Hand
nach ihr aus. Erleichtert atmete er ein, als sie ihm ihre
reichte und er sie näher an sich heranziehen konnte.
Als wollte er sie niemals mehr loslassen, umfing er sie,
vergrub die Nase in ihrem kurzen, offenen Haar und
sog ihren Duft tief ein. Sie legte ihre Handflächen an
seine Taille, ihre Berührung war sanft wie die eines Vo-
gels.

„Berühre mich!", flüsterte er in ihr Ohr und sie schob
eine Hand auf seine Brust und streichelte ihn zärtlich.

„Mehr!“

Sie zog sein Hemd aus der Hose und glitt mit beiden Händen darunter, strich über seine nackte Haut. Dann trat sie einen Schritt zurück, stellte sich auf die Zehenspitzen und küsste ihn auf die Kuhle unterhalb des Halses. Er stöhnte selbstvergessen und wünschte, er könnte ihren Namen aussprechen. Aber nur verstümmelt würde dieser seine Lippen verlassen, deswegen unterdrückte er sein Begehren.

„Mehr!“, forderte er und sie öffnete sein Hemd, streifte es von seinen Schultern. „Berühre mich!“

Zögernd spielten ihre Finger entlang des Hosenbundes.

„Ja“, drängte er und sie löste die Hose und strich sie tiefer.

„Ich dachte, du wolltest in die Kirche gehen“, murmelte sie und er hob einen Arm und verschloss liebevoll ihren Mund.

„Ruhig.“

Als er mit seiner Hand ihre Brust umfing, fühlte er das Pochen ihres Herzens. Hatte sie noch immer Angst vor ihm?

„Ruhig“, wiederholte er beschwichtigend und streichelte sie zärtlich.

Er wünschte sich, ihr in die Augen zu schauen und darin lesen zu können, was sie empfand. Deswegen hob er die Augenlider und hielt sekundenlang inne. Er erkannte ihren Umriss. Das war so viel mehr als er gehofft hatte. Ungläubig blinzelte er und sah, dass sie ihren Kopf hob und ihn ansah. Enttäuscht musste er sich damit abfinden, dass er keine Details ausmachen konnte, dass sie für ihn eine Schattierung blieb. Die Bewegung ihrer Hand, welche sie an seine Wange legte, lenkte ihn ab und er schloss überwältigt die Augen. Ihm wurde bewusst, dass die Dunkelheit aus unterschiedlichen Grautönen bestand und von dem Licht ihrer Liebkosung erhellt wurde.

„Mehr!", drängte er. „Berühre mich!"

Da schlang sie die Arme um seinen Nacken und zog seinen Kopf tiefer. Bevor er reagieren konnte, hatte sie ihre Lippen auf seine gepresst. Mit einem Ruck fuhr er zurück und schüttelte sein Haupt. Niemals sollte sie ihn an jener Stelle befühlen, die ihn für immer hatte verstummen lassen! Sie zuckte zusammen, als befürchte sie einen Schlag. Als er die Augen öffnete, entdeckte er, dass sie halb abgewandt von ihm stand, den Kopf so weit wie möglich zwischen den Schultern eingezogen.

„Es tut mir leid", murmelte sie und er konnte ihre Angst deutlich heraushören. „Ich habe nicht gewusst, dass dir das zuwider ist."

Die Art, wie sie stand und mit ihm sprach, erschütterte ihn derart, dass sich seine Erregung in Luft auflöste. Er bückte sich und zog die Hose über seine Hüften.

„Mhm", erwiderte er, ratlos, was er tun könnte, um sie zu beruhigen. „Kirche."

Schweigend half sie ihm in sein Hemd und knöpfte es zu. Als er wieder angezogen war, nahm sie seinen Arm und führte ihn aus dem Haus. Der Menschenstrom ließ ihn mehrmals taumeln. Luca wurde angerempelt, obwohl sich Marta darum bemühte, ihn mit ihrem Körper abzuschirmen. Ihre Sorge weichte sein Herz auf und er befürchtete, dass es sich irgendwann auflöste.

Nicht weit entfernt stand eine kleine Kirche und Luca atmete erleichtert auf, als sie ins Innere traten und den Trubel hinter sich zurückließen.

Wie erhofft herrschte hier eine andächtige Stille. Das Gedränge auf den Straßen schien mit einem Mal einer anderen Welt zu entstammen. Marta führte ihn zu einer Kirchenbank und er setzte sich.

„Soll ich auf dich warten?"

Luca schüttelte entschieden mit dem Kopf.

„Wann möchtest du geholt werden? Zu Mittag?"

Kopfschütteln.

„Am Abend?"

„Ja."

Sie beugte sich vor und hauchte ihm einen flüchtigen Kuss auf die Wange.

„Benimm dich!", mahnte sie und er griff nach ihrer Hand, um sie sanft zu drücken.

Augenblicke später war er allein und lehnte sich, so gut es auf einer Kirchenbank ging, zurück. Mit Gewalt musste er sich von den Erinnerungen an seine Frau losreißen und die Aufmerksamkeit auf den kommenden Samstag lenken. Auch als er noch im Besitz all seiner körperlichen Kräfte gewesen war, hatte er nicht ausschließen können, in den Flammen zu sterben. Aus dieser vagen Möglichkeit war inzwischen Gewissheit geworden. Deswegen eröffneten sich ihm neue Wege, denn er hatte nichts mehr zu verlieren. Er würde Francesco dahingehend instruieren, dass er, Luca, zuerst den Zunder vor den Ausgängen anzünden wollte, um den Theaterbesuchern den Fluchtweg abzuschneiden. Gleich darauf plante er, sich die Hinterausgänge vorzunehmen. Dank des Umstands, dass er zumindest Umrisse erkennen konnte, würde es ihm zweifellos gelingen, das Feuer ohne Lunte zu legen. Während um ihn herum Panik ausbräche, beschloss er, sich gemächlich in eine Loge zurückzuziehen und sich an den Schreien seiner Feinde zu ergötzen. Er würde darin schwelgen, bis ihn der Rauch ohnmächtig machen und er das Bewusstsein verlieren würde. Puff – und vorbei wäre es mit seinem Leben.

Martas Bild stieg vor ihm auf, ihr Umriss, wie sie den von ihm ausgeführten Schlag erwartete. Zweifellos wäre sie erleichtert, wenn es ihn nicht mehr gäbe. Nach seinem Tod wäre sie reich und in der Position, sich jeden Herzenswunsch erfüllen zu können.

Am Nachmittag hatte Stormare an die Haustür geklopft und Marta hatte ihm mitgeteilt, wo Luca zu finden sei. Sogleich hatte sich der Zimmermann umgewandt und auf den Weg gemacht. In sicherem Abstand war Marta ihm gefolgt und schmuggelte sich hinter dem Undurchschaubaren unbemerkt in die Kirche. Sie bückte sich und schlich so nahe wie möglich an die beiden Männer heran, kauerte sich geduckt auf die Kniebank und lauschte. Auf diese Weise hoffte sie, sich zusammenreimen zu können, wie Luca vorzugehen plante, bevor er durch die Tür im Schrank entkommen würde. Obwohl Stormare die geheime Tür nicht erwähnte, wusste sie, dass jene Lucas Ausweg darstellte. Nachdem sich die Männer eine Weile unterhalten hatten, hauptsächlich redete Stormare und Luca warf hin und wieder ein Wort ein und gestikulierte, murmelte der Zimmermann: „Ich weiß, dass du ihn gefunden hast. Ich war dort, sie erzählten mir von dem Ziegel."

Marta krauste verständnislos die Nase, doch Luca schien zu verstehen, worauf sein Freund hinauswollte. Er setzte sich aufrechter hin und sein Hinterkopf geriet in Martas Blickfeld.

„Hör mir zu, du musst mir die Nadel geben."

Die Nadel geben? Wegen eines Ziegelsteines? Marta runzelte ratlos die Stirn, beobachtete, dass Luca den Kopf schüttelte.

„Wie viele sollen ihr Leben noch wegen dieser Sache lassen?"

Wer gab bitteschön sein Leben für einen Ziegelstein? War der vielleicht aus Gold?

Luca drehte sein Haupt von seinem Gesprächspartner fort.

„Luca, verdammt, ich will sie zur passenden Krawatte zurückbringen!"

Mittlerweile zweifelte Marta am Verstand des Handwerkers. Nichts von dem, was er sagte, ergab einen Sinn.

„Glaubst du mir nicht? Liegt es daran?"

Sekundenlang war es still, während Stormare den Atem tief einsog. „Hör mir zu: Am Samstag riskiere ich alles für dich. Hast du dir schon überlegt, was danach passiert? Mit der Nadel könnte es gelingen, einen friedlichen Machtwechsel einzuleiten."

Luca zuckte gleichgültig mit den Achseln.

„Ach so ist das. Du denkst nur an dich! Ist es dir einerlei, wenn in Venedig ein weiterer Bandenkrieg tobt?"

Ein Bandenkrieg? Marta versuchte, sich einen Reim aus den Worten des Mannes zu machen, als plötzlich die Tür aufgestoßen wurde und jemand eintrat.

Als würden sich die beiden Freunde nicht kennen, bekreuzigte sich Stormare im Aufstehen, trat auf den Mittelgang und eilte aus der Kirche, während Luca reglos sitzen blieb. Marta tat, als würde sie sich vom Knien wieder aufsetzen, wobei sie darauf achtete, sich mit keinem Laut zu verraten. Erst als einige Zeit vergangen war, schlich sie auf Zehenspitzen zum Kirchentor.

Der Mann, welcher das ungewöhnliche Gespräch der beiden gestört hatte, hustete und ließ sich von seiner Bank auf die Kniebank fallen, dabei stöhnte er unterdrückt. Marta öffnete die Tür, tat, als würde sie eintreten und kehrte auf den Mittelgang zurück. Neben Luca blieb sie stehen, beugte sich zu ihm und flüsterte: „Ich bin wieder da."

Er drehte den Kopf und sah zu ihr auf und sie überlegte, ob er etwas erkennen konnte. Plötzlich, ohne Vorwarnung lächelte er sie an, als würde er sich über ihre Anwesenheit freuen. Er griff nach ihrer Hand und zog sie neben sich, sodass sie sich an den Seiten berührten. Erst jetzt bemerkte sie den Frieden, der im hier vorherrschenden Zwielicht fast greifbar war. Sie atmete tief ein und meinte einen Hauch Weihrauch zu riechen, der von der letzten Messe in der Luft hing. Einer Eingebung folgend stand sie auf und ging zu einem breiten Seitenaltar, vor dem unzählige kleine Lichter brannten. Obwohl sie kein Geld hatte, um eine der Kerzen zu kaufen, griff sie nach einer und hielt ihren Docht in die Flamme einer anderen. Dann steckte sie ihre daneben in eine der dafür vorgefertigten Halterungen.

„Für Luca", flüsterte sie tonlos, ohne zu wissen, an wen sie ihr Flehen richtete.

Schnell huschte sie zu ihrem Mann zurück und setzte sich neben ihn. Er musste sie nicht einmal ansehen, um ihr die Frage zu stellen, was dies sollte. Seine komplette Körperhaltung drückte Unverständnis aus.

„Ich habe für dich eine Kerze angezündet", erklärte sie leise dicht an seinem Ohr.

Er zog die Augenbrauen zusammen, als wäre ihm ihr Vorgehen unverständlich.

„Damit du am Samstag heil zu mir zurückkommst."

Luca bewegte sich nicht, hielt sich kerzengerade und starrte zum Altar, als könnte er wieder sehen. Erschrocken fragte Marta sich, ob sie etwas Falsches gesagt hatte. Da erhob er sich und sie folgte seinem Beispiel. Er umschloss ihre Hand und führte sie zum Ausgang.

„Hast du dein Augenlicht zurückerlangt?", wollte sie aufgrund seiner Zielstrebigkeit verwirrt wissen, doch er schüttelte den Kopf und versuchte ihr mit Gesten einen Sachverhalt darzustellen, den sie zu ihrem Kummer nicht verstand.

Im Freien hängte sie sich bei ihm ein und begleitete ihn umsichtig nach Hause.

Lucas Lippen strichen über ihren Hals, sein Atem wärmte ihre Haut und eroberte ihre Sinne zurück, an jeder Stelle, an der er sie berührte. Marta hoffte, dass er ihr mit den sanften Liebkosungen etwas mitteilen wollte, was er mit dem Mund nicht mehr auszudrücken vermochte. Nämlich, dass er sie liebte. Dass sie für ihn um vieles wichtiger war als der Rest dieser verkorksten, harten Welt. Als seine Rachepläne, als der Schmerz über den Verlust seiner Fähigkeit zu sprechen und zu sehen, die man ihm geraubt hatte. Sie wünschte sich sehnlichst, dass er sein Herz an sie band, es mit ihrem verwob, je öfter sie miteinander verschmolzen. Die junge Frau fühlte, wie er immer mehr zu einem Teil von ihr wurde. Sein Name gravierte sich in jede Zelle ihres Körpers und sie atmete ihn jedes Mal, wenn sie Luft holte ein. Luca war ihr Mann und nichts könnte ihn jemals aus ihrem Inneren reißen.

Am Dienstagnachmittag besuchte Stormare seinen Freund und trat nach ihrer Unterredung zu Marta in die Küche. Die Augen des Handwerkers ruhten abschätzend auf ihr und sie fragte sich, was ihn beschäftigte.

„Wir brauchen am Samstag deine Hilfe", erklärte der Zimmerer mit gesenkter Stimme und Martas Herz hüpfte erfreut.

„Ja? Ich werde alles tun!", sprudelte es atemlos aus ihr heraus und sie war mächtig stolz darauf, dass die Männer sie mit einer wichtigen Aufgabe betrauen wollten.

„Ich kann Luca nicht zum Teatro rudern", berichtete ihr Gegenüber leise. „Wenn ich Lucas Gesten korrekt verstanden habe, weißt du, wie man eine Gondel steuert."

„Ja!" Marta straffte die Schultern. „Ich bin eine ausgezeichnete Ruderin!"

Francesco lächelte flüchtig, trotzdem überschattete ein Ausdruck seine Pupillen, den sie nicht zu deuten wusste.

„Perfekt. Ich werde euch meine Gondel zur Verfügung stellen. Da ich die Baustelle nicht verlassen kann, um sicherzugehen, dass uns niemand in die Quere kommt, obliegt es dir, Luca am Hintereingang abzusetzen und danach sofort zu verschwinden."

Marta runzelte nachdenklich die Stirn. „Aber ich muss ihn doch wieder abholen! Wo soll ich ihn erwarten?"

Francesco wich ihrem Blick aus, verschränkte die Arme auf dem Rücken und trat ans Fenster. Angespannt sah er in den von Bäumen beschatteten Innenhof.

„Darum kümmere ich mich. Es ist wichtig, dass du hierher zurückkehrst und auf uns wartest. Hast du das verstanden?"

In Marta überschlugen sich die Gedanken, während sie überlegte, was es damit auf sich hatte. Doch im Endeffekt war es egal. Sie würde verhindern, dass Luca einen Fuß in das Teatro setzte, denn sie wollte alles für ihn erledigen. Nachdem sie ihn eingesperrt hätte, würde sie seine Rache vollstrecken und zu ihm zurückgekehrt sein, bevor er sich befreit haben konnte. Darum war es umso wichtiger, dass sie jedes Detail herausfand, welches die Männer schmiedeten.

„Ja", stimmte sie deswegen zu und ließ sich nichts von ihren Überlegungen anmerken. „Was wird Luca machen, nachdem ich ihn abgesetzt habe?"

„Während ich die Türen von außen verriegele, entzündet er den von mir versteckten Zunder. Dabei ist es wichtig, dass er die Fluchtwege über den Gang unpassierbar macht, damit niemand durch die Fenster entkommen kann."

„Aber wie wird er den Zunder finden?"

„Aufgrund einer glücklichen Fügung vermag er
Schattierungen zu erkennen. Deswegen werde ich ihm
Spuren legen, beziehungsweise wird er sich im Haus
zurechtfinden. Gott sei Dank hat er den Grundriss des
Theaters bereits aufmerksam studiert und sich einge-
prägt."

Marta hob eine Hand über ihr Herz. „Er kann wieder
sehen?"

„Nein. Er vermag Umrisse wahrzunehmen. Mehr
nicht."

Um ein Haar wäre Marta vor Freude in die Luft gesprungen.

„Das ist doch tausendmal besser als absolute Dunkelheit!"

Stormare drehte sich zu ihr, musterte sie und nickte.

„Das ist richtig. Deshalb wird der Plan auch gelingen."

Marta lächelte, erinnerte sich aber, dass sie jegliches
Detail herausfinden musste, das die Männer besprochen hatten.

„Und dann? Was passiert, nachdem er alles angezündet hat?"

Francesco drehte den Kopf wieder zum Fenster. „Ent-
kommt er durch den Schrank auf der Bühne. Am Ausgang des geheimen Ganges werde ich ihn erwarten und
zu dir zurückbringen."

Marta nickte. Hoffentlich wäre Stormare nicht allzu
böse, wenn sie an Lucas Stelle dort einträfe. Aber seine
Reaktion war im Endeffekt ohne Bedeutung, denn sie
hätte zu diesem Zeitpunkt unveränderliche Tatsachen
geschaffen und niemand würde mehr etwas dagegen
unternehmen können. Weder Luca noch Stormare.

„Das heißt, ihr werdet einander an jenem Tag vor dem Anschlag nicht treffen?", hinterfragte sie sicherheitshalber.

„So ist es." Mit einem Ruck machte Francesco auf dem Absatz kehrt und schritt auf die Tür zu. „Ich muss weiter."

Marta folgte ihm und rief ihm, bevor er die Haustür hinter sich zugezogen hatte, hinterher: „Vielen Dank für alles!"

Sie war so vorsichtig, so sanft, als sie ihn rasierte. Mit geschlossenen Augen genoss Luca die behutsamen Berührungen ihrer Hände, seufzte wohlig, als sie ihn abtrocknete. Er schwor sich, nur an sie zu denken, wenn die Flammen um ihn herum ein höllisches Inferno schufen. Wenn der Krieg um ihn tobte, würden die Erinnerungen an Marta ihm eine Insel des Friedens schaffen und bei seinem letzten Atemzug auf dieser Erde läge sein Kopf in ihrem weichen Schoß und ihre Fingerspitzen strichen über sein Profil. Ihre Stimme, die ihm Worte der Liebe ins Ohr flüsterte, wäre der letzte Laut, den er auf der Welt hören würde.

„Fertig", sagte sie und er hörte, wie sie sein Messer reinigte und auf den Waschtisch legte.

Ihre Schritte entfernten sich von ihm und er stellte sich vor, wie ihr Kleid ihre Knöchel umspielte. Ihr langes, weiches Haar fiel in Wellen über ihren Rücken … nein, es reichte ihr nicht mehr bis zu ihrem verführerischen Gesäß, denn er hatte es abgeschnitten. Schmerz darüber, sie bald zu verlieren, quälte ihn und er streckte einen Arm in ihre Richtung aus. Ob sie traurig über seinen Tod sein würde? Nein, vermutlich war all dies nur gespielt: ihre Worte Lügen, dafür vorgesehen, ihn ihr gegenüber mild zu stimmen. Ihre Berührungen sollten ihn besänftigen, damit er sie nicht schlug oder von sich stieß. Ihre Sorge wurde gespeist von der Angst davor, niemanden mehr zu haben und wieder in die Hände ihres Bruders zu fallen. Reine Notwendigkeit hatte schon viele Frauen dazu getrieben, harte, brutale Männer zu umsorgen und ihnen zu schmeicheln. Welchen Beweggrund außer dem puren Überlebenswillen sollten sie sonst haben?

Zweifellos wäre sein Tod Martas Befreiung. Erst danach würde sie bemerken, dass sie reich war und sich niemals mehr sorgen müsste. Sie könnte alles hinter sich lassen und ein neues Leben beginnen.

Ihre Hand war weich, als sie diese in seine legte, ihre Handflächen schmiegten sich aneinander. Obwohl Luca sicher war, dass ihr seine Nähe, nach allem, was in den letzten Tagen vorgefallen war, unangenehm war und sie Angst vor ihm hatte, was sie zweifellos zu überspielen versuchte, wollte er nicht auf ihre Gegenwart verzichten. Noch zwei Tage verlangte er von ihr, ihn zu ertragen, danach könnte sie die Erinnerungen an ihn für immer abschütteln. Im Gegensatz zu ihm, der die Gedanken an sie mit in die Ewigkeit nehmen würde.

Luca zog sie vor sich auf den Schoß und sie schlang einen Arm um seinen Hals, lehnte die Stirn an seine. Seit er sie fast erwürgt hatte, verschwieg sie ihm ihre Gefühle, hatte ihm ihre vermeintliche Liebe nicht mehr gestanden. Ein weiterer Beweis für seine These. Er hatte dieses naive, unschuldige Mädchen vernichtet, das in ihm einen Mann gesehen hatte, der er nicht war.

Um sich von dem tiefen Bedauern, welches ihm schwer im Magen lag, abzulenken, öffnete er ihr Kleid. Marta bewegte sich nicht, ließ ohne Gegenwehr geschehen, dass er ihre Brüste umfing und sie mit den Daumen streichelte. Ihre Stirn lehnte unverändert an seiner und ihr Atem strich über seine Lippen. Als er mit einer Hand ihren Hals umschloss und ihren Puls suchte, bemerkte er, dass er raste. Dies belegte aus seiner Sicht eindeutig die fürchterliche Angst, die sie vor ihm hatte. Obwohl alles darauf hindeutete, dass er sie peinigte, vermochte er nicht, sich zurückzuziehen. Er war süchtig nach ihr, sie war das Lebenselixier der letzten Tage seines verfluchten Daseins.

Die Handfläche ihrer linken Hand glitt über seine nackte Brust und Erregung überwältigte ihn. Er hungerte danach zu glauben, dass sie sich ebenfalls nach ihm sehnte und klammerte sich an die Lüge, dass sie ihn liebte. Während der knapp bemessenen, ihm verbleibenden Zeit lechzte er nach ihrer Annahme und krallte sich in die Vorstellung, ein Mann zu sein, der einen leeren Platz hinterließ, wenn er nicht länger da war. Ja, er malte sich aus, dass sie um ihn weinte und trauerte. Dass sein Tod ihr Herz zerriss und zerfetzte und sie die Tatsache seiner ausgelöschten Existenz nicht zu ertragen vermochte. Seit er ein Knabe war, hatte er Tagträumen keinen Raum mehr gegeben. Jetzt, vor seinem kurz bevorstehenden Ableben, wünschte er, sich in ihnen aufzulösen und etwas zu hinterlassen, das größer war als er.

22

Erst spät in der Nacht von Donnerstag auf Freitag stattete Stormare den Rivas einen Besuch ab und berichtete von dem zufriedenstellenden Vorankommen bei der Umsetzung ihres Plans. Am Freitag wollte er die Schlösser austauschen. Nachdem Luca Marta aus dem Raum geschickt hatte, beugte sich Francesco näher zu seinem Freund.

„Du weißt, dass du da drinnen nicht sterben musst. Ich könnte dich rausholen", raunte er Luca ins Ohr.

Doch dieser schüttelte den Kopf, umschloss den Unterarm des Anderen. Die Art, wie er ihn drückte, offenbarte Francesco den überwältigenden Schmerz, der in Luca tobte und den er nicht länger ertragen wollte.

„Schon gut. Es soll geschehen, wie du willst. Aber gib mir die verdammte Nadel!"

Luca schüttelte verneinend den Kopf.

„Wenn Marta sie erhält, bringst du sie in Lebensgefahr! Das muss dir bewusst sein!"

Luca legte einen Finger über seinen Mund, als wollte er ihn damit beschwören, niemandem davon zu berichten.

„Verflucht, Luca, sie werden es herausfinden. Ob ich es ihnen sage oder nicht", schimpfte er.

Der Zimmermann erhob sich und Luca zog den Arm zurück. „Ich komme morgen wieder, um die Gondel am Hafen zu vertäuen und mich zu verabschieden."

Er warf einen letzten Blick auf den Spielgefährten seiner Kindheitstage, der zum Gruß winkte. Dann stürmte er aus dem Raum.

Marta war vollkommen aufgekratzt. Wenn Luca sie streichelte, lachte sie ausgelassen und krümmte sich unter seiner Hand, als würde er sie kitzeln. Er schüttelte unwillig den Kopf.

„Oh Luca", kicherte sie, „bald sind wir frei! Sobald wir sie alle los sind, können wir endlich nach Venedig zurückkehren. Ich will eine gute Arbeit finden und wir werden ein vornehmes Haus beziehen. Einen schön gestrichenen Palazzo mit einem Steg davor. Wir werden sogar eine wunderschöne Gondel unser Eigen nennen und müssen uns keine mehr ausleihen, wenn wir fortfahren wollen."

Luca ließ sich aufs Kissen zurücksinken und seufzte.

„Du, Pietro und ich werden ein wundervolles Leben führen. Dein Lieblingsplatz wird in unserem Garten neben dem Brunnen sein. Ich werde jemanden mit seiner Herstellung beauftragen und du wirst sein Plätschern den ganzen Tag hören. Wird das nicht herrlich?"

Ja, er konnte das Bild vor sich sehen, welches sie erschuf.

„Unsere Kinder werden auf deinen Knien reiten und ununterbrochen reden, weil du der einzige Mensch weit und breit bist, der sie nicht unterbrechen kann."

Unwillkürlich musste er bei dem Gedanken lächeln, während ihm Wehmut die Luft abschnitt. Ja, eines Tages würde Marta dieses Leben führen, nur nicht mit ihm, sondern mit einem anderen Mann. Denn sie würde sich hundertprozentig nicht an das Versprechen, ihm für immer treu zu bleiben, halten. Zweifellos hätte sie ihn schon in ein paar Wochen vergessen und wie einen Albtraum in den hintersten Winkel ihrer Erinnerung verdrängt.

„Ich kann es kaum erwarten!", jubelte sie.

Da schob er sich auf sie und hielt sie mit seinem Körper gefangen, legte eine Hand auf ihren Mund, damit sie endlich aufhörte zu plappern. Er spürte winzige Küsse, die sie auf seine Handfläche drückte, ihr Oberkörper vibrierte aufgrund ihrer Ausgelassenheit. Die geballte Energie des Bündels Leben zwischen seinen Schenkeln elektrisierte ihn. Luca konnte sich nicht länger zurückhalten und versenkte sich in ihrer Vitalität. Sie stöhnte und wölbte sich ihm entgegen. Ihre Reaktion auf ihn ließ ihn alles vergessen. Für die nächsten Minuten existierte er ausschließlich in der Geborgenheit ihrer Umarmung.

Am Freitagmorgen stellte sich bei Marta Nervosität ein, was zur Folge hatte, dass sie sich nur schwer konzentrieren konnte. Beim Rasieren schnitt sie Luca unabsichtlich in die Wange. Obwohl er nur zusammenzuckte, sich nicht beschwerte, indem er sie von sich stieß, bereute sie ihre Unachtsamkeit bitterlich. Sie küsste das Blut von seiner Haut und hauchte ihm Entschuldigungen ins Ohr, bis er sein Gesicht grimmig verzog und ihr bedeutete, mit der Rasur fortzufahren. Ihr entging nicht, dass sich seine Anspannung ebenfalls steigerte. Schweigend stand er, nachdem sie die Morgentoilette beendet hatte, hinter einem Stuhl, umklammerte dessen Lehne und es sah so aus, als blickte er aus dem Fenster. Sie schmolz bei diesem Anblick. Er war überaus beeindruckend, ausgesprochen kräftig und so gutaussehend! Oh wie überschwänglich freute sie sich auf die Zukunft mit ihm, wenn alles vorbei war! In zwei Tagen war es endlich so weit und nichts könnte ihr Glück jemals mehr trüben!

Es war spät am Abend, als Francesco das letzte Mal vor dem Vergeltungsschlag zu ihnen kam. Er beschrieb Marta ausführlich, wo er die Gondel befestigt hatte und an welchem Ort sie Luca absetzen musste. Gewissenhaft prägte sich Marta jedes Detail ein. Sie wusste, dass das Gelingen ihres Plans von den Anweisungen abhing. Nachdem die Männer die junge Frau aus dem Zimmer geschickt hatten, presste sich diese an die Tür, um zu lauschen. Doch Stormare sprach so leise, dass sie kein Wort verstand.

„Damit kannst du, solltest du es dir in der letzten Minute anders überlegen, entkommen", flüstert Francesco seinem Freund ins Ohr und drückte ihm einen Schlüssel auf die Handfläche. Entschieden schloss er Lucas Faust darum.

„Nimm ihn mir zuliebe. Es fällt mir leichter, unseren Plan auszuführen, wenn ich weiß, dass es für dich einen letzten Ausweg gibt."

Luca umschloss mit einer Hand die Schulter des Handwerkers und drückte zu.

„Ja, ich werde die anderen Schlüssel in den Kanal werfen, so wie wir es vereinbart haben. Es wird von außen keine Möglichkeit mehr geben, in das Gebäude einzudringen und von drinnen hinauszukommen."

Wieder presste Luca die Finger fester in Stormares Fleisch.

„Ich verspreche es", murmelte Francesco. „Im Gegenzug prägst du dir nun die Anzahl der Schritte ein, die du für den Fluchtweg benötigst. Ich habe die Bühne als Ausgangspunkt gewählt."

Des Verletzten Miene verfinsterte sich.

„Sieh mich nicht so an. Ich kann dich nicht ohne einen Plan zur Rettung in diese Hölle schicken."

Luca atmete tief durch, nickte und setzte sich. Stormare zog sich einen Stuhl heran und ließ sich ihm gegenüber nieder.

„Bereit? In Ordnung, hör genau zu! Ich verschwinde erst von hier, wenn du es dir gemerkt hast. Von der Mitte der Bühne sind es fünfzehn Schritte bis zur vorderen linken Treppe ..."

Konzentriert lauschte Luca den Ausführungen und Wiederholungen seines Freundes.

„Nachdem du links abgebogen bist, musst du wie viele Schritte gehen?", prüfte Francesco nach einer Weile seinen Freund.

Luca zeigte dem Handwerker dreiundzwanzig Finger und dieser nickte zufrieden. Wie angenommen arbeitete Lucas Gehirn präzise und schnell. Sie benötigten eine knappe Viertelstunde, bis Stormare zufrieden war.

Zum Abschied erhoben sich die Männer und umarmten einander. Minutenlang standen sie so, als wollten sie sich nicht voneinander lösen.

„Frau", krächzte Luca.

„Keine Sorge, ich kümmere mich um Marta."

Dankbar nickte Luca und Francesco trat zurück.

„Ich werde in der Nähe bleiben", versprach er eindringlich, „bei unserem Treffpunkt. Erst wenn das Gebäude niedergebrannt ist, mache ich mich aus dem Staub."

Luca ballte die Fäuste.

„Auf Wiedersehen, Luca, mein Freund. Möge deine Seele Frieden finden."

Da lockerte Luca die Fäuste und hob einen Arm zum Gruß. Francesco warf einen letzten Blick auf seinen Partner, wandte sich um und ging.

„Ich habe solche Angst, dass etwas dazwischenkommt", zitterte Marta und Luca drückte sie zärtlich.

Sie lag in seinem Arm, eng an ihn geschmiegt, und wenn sie sprach, kitzelte ihr Atem seine Brust. Marta ahnte nicht, wie kostbar jede Minute war, die sie von jetzt an miteinander verbrachten, denn in nicht einmal mehr vierundzwanzig Stunden wäre er Geschichte. Zu dieser Uhrzeit würde sie vermutlich noch nichts von seinem Tod wissen, denn Francesco überbrächte erst im Morgengrauen die Todesnachricht. Der Brief, den er ihr noch vor Damicos Vergeltung geschrieben hatte und der sie vom Versteck der Schmuckschatulle unterrichtete, käme am Montag an. Aus weiser Voraussicht hatte er einen Straßenjungen damit beauftragt, ihr den Brief an dem bald anbrechenden Tag zuzustellen. Es war alles vorbereitet.

„Luca Riva", lachte sie und richtete sich auf, „übermorgen sind wir frei! Ich glaube, ich kann vor Aufregung kein Auge zutun."

Aus der Sicht des todgeweihten Mannes machte das nichts aus. Ihm blieben ohnehin nur eine Handvoll

Stunden, bis er ewiglich ruhen würde. Warum sollte er diese vergeuden? Er haschte nach ihr und schob sie auf sich. Sie setzte sich willig auf ihn, beugte sich vor und stützte sich an seiner Schulter ab.

„Wirst du mich jemals wieder küssen?", begehrte sie leise zu erfahren.

Vehement schüttelte er sein Haupt. *Niemals mehr.*

Abgesehen davon, warum interessierte sie das überhaupt? Was lag ihr schon an seinem Kuss? Mit den Händen umschloss er sie an der Taille.

„Ich habe keine Angst davor", beteuerte sie, neigte den Kopf und strich mit ihren Lippen über seine. Unwillig drehte er sein Gesicht weg, verstärkte den Griff um ihre Hüfte und hob sie an, um sie Sekunden später abzusenken. Sie keuchte auf und das spornte ihn an.

„Komm!", befahl er rau und sie begann sich auf ihm zu bewegen.

Du gehörst mir, Marta. Heute gehörst du noch mir. Mir allein.

In den frühen Morgenstunden war Marta erschöpft eingeschlafen, obwohl sie befürchtet hatte, keine Ruhe zu finden. Sie hatte nicht damit gerechnet, dass Luca sie mit einer Leidenschaft und Intensität lieben würde, die ihr den Eindruck vermittelte, er lege einen Vorrat für sein restliches Leben an. Er hatte nicht aufgehört, sie zu liebkosen, bis ihr die Augen zugefallen waren und danach wusste sie nicht, ob er von ihr abgelassen hatte.

Als Marta kurz vor Mittag erwachte, lag er nicht mehr neben ihr und im ersten Moment befürchtete sie, er sei allein gegangen. Einen Wimpernschlag später hatte sie sich beruhigt. Ohne Hilfe könnte er nirgendwo hingehen. Hastig zog sie sich sein Hemd über und begab sich auf die Suche nach ihm. Im oberen Stock war er nicht, deswegen tappte sie in die Küche. Die Terrassentüren standen offen. Leise schlich sie näher und entdeckte ihn auf einem Stuhl. Er hatte die Augen geschlossen und sein Gesicht der Sonne zugewandt, ein Lächeln umspielte seine Lippen. Nie zuvor hatte sie ihn so gelöst gesehen. Was seine Gedanken wohl gerade beschäftigte?

Einem inneren Impuls folgend huschte sie zu ihm, umfasste sein Antlitz und presste ihren Mund auf seinen. In einer ersten Reaktion öffnete er sich ihr, schob sie aber schon im nächsten Moment mit strenger Miene von sich.

„Tut mir leid", murmelte sie nicht sonderlich reuig, setzte sich auf seinen Schoß und schlang die Arme um seinen Nacken. „Woran hast du gedacht?"

Als Antwort zuckte er mit den Achseln.

„An unsere Zukunft?", hakte sie nach.

Da er nur erstarrte, nicht reagierte, wurde ihr schwer ums Herz. Es wunderte sie nicht, dass ihn der Gedanke, sein restliches Leben mit ihr verbringen zu müssen, mit Unwohlsein erfüllte. Er hatte keinen Hehl daraus gemacht, dass er sie nie gewollt hatte. Enttäuscht zog sie die Arme zurück, bereit, aufzustehen. Doch er verhinderte es, indem er sie umarmte und gleichzeitig mit einer Hand ihr Hemd höher schob. Hatte er nach dieser aufreibenden, leidenschaftlichen Nacht immer noch nicht genug? Nervös warf sie einen Blick über die Schulter und hoffte, dass niemand aus dem Fenster eines der umliegenden Häuser sah.

„Wir sollten hineingehen, Luca“, flüsterte sie in sein Ohr. „Jeder kann uns sehen.“

Da stand er auf und hob sie auf die Arme, öffnete die Augen. Ohne auf dem Weg ins Innere irgendwo anzustoßen, setzte er sie auf dem Küchentisch ab. Überrascht musterte sie ihn und schmolz bei dem Lächeln, das er ihr schenkte. Wieder strichen seine Hände ihr Hemd höher, diesmal hatte sie keine Einwände. Im Gegenteil. Sie half ihm mit fliegenden Fingern.

Obwohl der Abend anbrach, stand die Sonne nach wie vor warm am Himmel, hing von Venedig aus gesehen einige Meter über dem Meer. Es hatte noch nicht zu dämmern begonnen. Mindestens eineinhalb Stunden würde sie für ihr Sinken benötigen, bis sie im blutroten Wasser untergetaucht war und die Stadt zum Abschied in goldenes Licht tauchte.

Marta half Luca in eine dunkle Jacke. Sie selbst hatte sich schon als Pietro verkleidet. Dank des Plans der Männer hatte ihr Geliebter keinen Verdacht geschöpft. Marta gewahrte die Ungeduld ihres Gemahls bei jeder Bewegung – er war bis zum Zerreißen angespannt.

„Wir haben noch etwas Zeit“, sagte sie jetzt und dirigierte ihn zum Stuhl. „Warte kurz, ich muss schnell meine Haare unter einem Tuch verstecken, danach können wir gehen. Bin gleich zurück.“

Sie beugte sich zu ihm, sog seinen Duft tief und sehnsuchtsvoll in sich ein und hauchte ihm einen Kuss auf die Wange. Dann straffte sie die Schultern, wirbelte herum und eilte aus dem Raum. Mit pochendem Herzen zog sie die Tür hinter sich zu. Ihre Finger zitterten,

als sie den Schlüssel, welchen sie zuvor in einem unbe-
obachteten Moment ins Schloss gesteckt hatte, umdrehte. Luca war dies offensichtlich nicht entgangen,
denn sie hörte den Stuhl, der laut über den Boden
schabte und mit einem Krachen umfiel. Ihr blieb keine
Zeit abzuwarten, was er als Nächstes unternehmen
würde. So schnell ihre Beine sie trugen, rannte sie aus
dem Haus, die Straßen entlang und bis zu jenem Ort
am Hafen, wo Stormares Gondel sie erwartete. Bereits
eine Minute später hatte sie sich vom Land abgestoßen
und ruderte aufs offene Meer hinaus. Schweiß trat ihr
auf die Stirn, während sie gegen die Wellen ankämpfte,
wobei sie ihre Geburtsstadt nicht aus den Augen ließ.

Nur langsam, als wollte die Stadt vor ihr zurückweichen, wuchsen Venedigs Gebäude vor ihr in die Höhe
um sich zu jener Anordnung aus Kanälen, Plätzen und
Gassen zu formieren, die sie auswendig kannte. Als sie
in den Canale Grande einbog, war sie durchgeschwitzt.
Die Glocken vom Markusplatz schlugen zur achten
Stunde. Sie war spät dran. Zum Glück hatte sie ihr Ziel
fast erreicht.

23

Das Teatro La Fenice erwartete Marta in feierlicher Schweigsamkeit. Die breiten Portale des imposanten Eingangs waren geschlossen, denn das Publikum hatte sich schon in das Gebäude zurückgezogen, um zu beobachten, wie sich der Vorhang für Otello in Venedig das erste Mal öffnete.

Ein wenig abseits legte Marta an und sprang an Land. Ihr Herz raste, als wollte es aus ihrem Körper springen und sie zitterte vor Nervosität. Um nicht aufzufallen, schlenderte sie am Theater entlang und gelangte so zu jenem unverschlossenen Seiteneingang, den Francesco ihr beschrieben hatte. Dort sollte sie Luca abliefern. Sie war ausgesprochen erleichtert darüber, dass sie ihm dieses Risiko ersparte. Zusätzlich war sie überzeugt davon, auch für sich die richtige Entscheidung getroffen zu haben. Zu keiner Sekunde wollte sie sich ausmalen, wie es ihr ergangen wäre, hätte sie umkehren und ihn allein zurücklassen müssen. Gott sei Dank war es müßig, darüber nachzudenken! Vielmehr galt es jetzt, sich zu konzentrieren.

In dem dunklen Gang war es kühl und leise. Nichts deutete darauf hin, dass das Theater bis zum Bersten gefüllt war. Marta schloss nicht ab, sie hatte keinen Schlüssel. Später würde das Stormare von außen erledigen. Es war die letzte Tür, welche er verschließen würde und dies wäre ihr Zeichen, um mit der Umsetzung des Plans zu beginnen.

Mit pochendem Herzen lehnte Marta sich an die Wand und lauschte. Sie meinte, eine Ewigkeit sei vergangen, bis sie endlich das Geräusch des Schlüssels hörte, der langsam gedreht wurde. Ein verstohlenes Klopfen und sie entzündete eine Fackel. Sofort entdeckte sie den Sack mit den Holzabfällen, den Stormare neben der Tür deponiert hatte. Marta atmete tief durch, dann setzte sie ihn in Brand.

Mit den Gedanken war Luca schon weit weg, als Marta ihn bat, sich noch kurz zu setzen. Da er sich gegenwärtig ausmalte, wie die Flammen Damico rösteten, tat er ihr den Gefallen, ohne darüber nachzudenken. Erst das Geräusch, welches entstand, als sie die Tür verriegelte, holte ihn schlagartig in das Hier und Jetzt zurück und er fuhr in die Höhe. Dabei fiel der Stuhl um. Unfähig zu erfassen, was das zu bedeuten hatte, stürzte er zur Tür und wollte diese aufreißen. Doch Marta hatte sie abgesperrt. Sekundenlang stand er fassungslos still, wie gelähmt, während er zu begreifen versuchte, was das besagte. Zorn auf seine unzurechnungsfähige Frau, die seinen Plan vereitelt hatte, überwältigte ihn und er hämmerte gegen die Tür. Hatte dieses Gör denn nicht erfasst, dass es keine Zukunft für sie gab, solange jene Männer am Leben waren und die Theatervorführung eine nie dagewesene Chance bot, die Familie auszuschalten? Verflucht war sie und ihr hitziges Temperament!

Er beschloss, so ausdauernd an die Tür zu trommeln, bis sie öffnete. Nachdem er sie eine halbe Stunde lang ohne Erfolg bearbeitet hatte, ließ er die Arme sinken. Alles in ihm erstarrte, als ihm der Gedanke kam, sie könnte an seiner Stelle gegangen sein. War das denn wirklich möglich? War es wahrhaftig ihre Intention, seine Rache für ihn umzusetzen? Sollte das der Fall sein, wäre sie verloren, sie hätte keine Chance, dem Feuer zu entkommen.

Luca griff in die Hosentasche und umschloss den Schlüssel – die einzige Rettung aus der Feuerhölle, die letzte Möglichkeit zur Flucht. Eine andere gab es nicht. Als wäre der Gegenstand in seiner Hand glühend heiß, meinte er, sich die Haut an ihm zu versengen. *Marta, was hast du getan?*

Er musste zu ihr, musste sie retten! Wenn sie in dem Inferno umkäme, würde er sich das niemals verzeihen! Wie hatte er sie nur so unbedacht in seine Pläne einweihen können? Er hätte wissen müssen, dass sie ihm einen Strich durch die Rechnung machen würde. Es wäre schließlich nicht das erste Mal in seinem Leben.

Luca stürzte zum Fenster und riss es auf. Er meinte, sich zu erinnern, dass der Abstand zum Boden in etwa drei Meter betrug. Nur ungenau konnte er einen kleinen Verschlag erkennen, der nicht weit von ihm errichtet worden war. Er zog sich aufs Fensterbrett und ging in die Hocke. Zweimal atmete er tief durch, dann sprang er.

Nachdem Marta im rückwärtigen Teil des Theaters vor jedem Eingang und den Fenstern Feuer gelegt hatte, arbeitete sie sich nach vorne vor. Die größte Schwierigkeit bestünde darin, den Brand unbemerkt in der Vorhalle zu entfachen. Auch hier fand sie die von

Stormare gut getarnten Säcke, welche hinter schweren Samtvorhängen auf ihren Einsatz warteten.

Ein letztes Mal blickte Marta sich unauffällig um und empfand ein klein wenig Bedauern für den hellen, exquisiten Marmor, die goldgerahmten Spiegel, teuren Gemälde und funkelnden Lüster. Die dicken Teppiche würden sich innerhalb kürzester Zeit in lodernde Zungen verwandeln, die fraßen, was sich ihnen in den Weg stellte. Die junge Frau atmete tief durch. Es gab kein Zurück mehr. Sie musste es für Luca tun. Ohne länger zu zögern, senkte sie die Fackel und hielt sie an das Reisig. Sofort leckten die Flammen die Vorhänge hinauf und breiteten sich rasend schnell aus.

Das Theaterpersonal wurde darauf aufmerksam, als sie sich in den hinteren Teil der Halle zurückgezogen hatte. Mit Schwung warf sie die brennende Fackel auf die gegenüberliegende Seite, der in diesem Moment aus nachvollziehbaren Gründen niemand Beachtung schenkte. Man rannte zur Tür, um Hilfe zu holen, konnte sie indessen nicht öffnen. Marta wandte sich schnell ab, sie wollte nicht Zeuge davon werden, wie sich Todesangst über die Anwesenden stülpte, die damit begannen, ums Überleben zu kämpfen. Mit rasendem Puls hastete sie den Gang entlang Richtung Bühne. Jetzt galt es nur noch, jenen geheimnisvollen Schrank mit dem Fluchtweg zu finden.

Wie bei einer sich meterhoch auftürmenden Flutwelle brach rings um Marta in Windeseile Panik aus und Menschen hasteten ihr bei ihrer verzweifelten Suche nach einem Ausgang entgegen. Verbissen kämpfte sie gegen den anschwellenden Strom und erreichte schweißgebadet die mittlerweile verlassene Bühne. Sie stolperte über die Stufen hinauf und sah sich kurz um. Vor den wenigen Pforten der unteren Ränge stauten sich die Opernbesucher, wobei sie sich panisch darum bemühten, nach vorne zu kommen. Rücksichtslos setzten sie ihre Ellbogen wie Tiere, die man in die Enge getrieben hatte, gegeneinander ein. Jemand lag bewusstlos auf dem Boden, was niemand zu bemerken schien, denn man trampelte auf seinem reglosen Körper herum. Da stieg Übelkeit in Marta auf. Sie wollte das nicht sehen. Hatte nie darüber nachgedacht, welche Auswirkungen das alles auf sie haben würde. Als hätte sie Scheuklappen getragen, hatte sie immer nur Luca vor Augen gehabt und war besessen davon gewesen, ihn zu befreien.

Die Vorhänge in den Logen standen mittlerweile in Flammen und blitzschnell breitete sich Hitze aus. Marta gab sich einen Ruck und stürzte hinter die Bühne. Wo war nur dieser Schrank, von dem Luca ihr erzählt hatte? Ihre Augen glitten von einer Seite zur anderen, während Panik ihre spitzen Klauen nun auch in sie trieb. Hektisch suchte sie jeden Winkel nach dem Möbelstück ab. Endlich fand sie weit hinten in einer Ecke einen alten Kasten. Tränen der Erleichterung trübten ihren Blick, als sie ihn öffnete. Schon einen Sekundenbruchteil später erstarrte sie, als sich dahinter kein Fluchtweg vor ihr auftat. Entsetzt blickte sie auf die Holzwand, hämmerte sogar dagegen, doch bewegte sich diese nicht. Nach fünf Minuten gab sie auf und ließ sich wie betäubt auf den Boden sinken. Ihr dämmerte, dass Luca nie vorgehabt hatte, zu ihr zurückzukehren. Dass er geplant hatte, inmitten seiner Feinde zu sterben. Bei der Erkenntnis hob sie eine Hand an ihr Herz.

Sie bedeutete ihm nichts. Er hätte sie ohne ein Wort zurückgelassen und sie ihrem Schicksal zum Fraß vorgeworfen. Seine Gefühle für sie hatten nicht einmal für einen nächsten Tag gereicht. Für den Tag danach ...

Dem Tod jetzt in die Augen sehen zu müssen, quälte Marta bei weitem nicht so schrecklich wie die Tatsache, dass Luca nichts für sie empfand. Rein gar nichts.

Wie ein Betrunkener stolperte Luca durch die Gassen – ignorierte den Fakt, dass er unter anderen Umständen seine Würde niemals freiwillig auf diese beschämende Art untergraben hätte. Allein der Gedanke, Marta stürbe in den Flammen, trieb ihn dazu an, seinen kompletten Stolz zu vergessen. Trotz der marginalen Fähigkeit, Schatten zu erkennen, fiel es ihm ungeheuer schwer, sich zu orientieren. Er hoffte, das Theater erreicht zu haben, bevor es dunkel wurde. Denn dann wäre er wieder vollkommen blind.

Schweiß durchtränkte seinen Kragen, als er das Hafengelände betrat, sein Kopf schmerzte, war kurz davor zu explodieren. Er hatte Glück und einige Gondeln schaukelten nicht weit entfernt auf den Wellen. Er tastete sich zu ihnen vor und kämpfte sich auf eine davon, deren Seil er mühsam löste. Tastend glitt er mit den Händen über den Boden und schloss diese um das Ruder. Außer sich vor Sorge stellte er sich aufs Deck, darum bemüht, das Gleichgewicht nicht zu verlieren. Gott sei Dank hatte er seine Fähigkeit, die Flachboote zu steuern, vor einigen Tagen aufgefrischt. Deswegen fiel es ihm leicht, in den alten Rhythmus zurückzufinden.

Er hatte den Canale Grande noch nicht erreicht, da konnte er das Feuer bereits riechen und er wünschte sich sehnlichst, dass er nicht zu spät kam. Im Rio delle Veste legte er an und eilte auf das Theater zu, wobei er immer wieder unabsichtlich jemanden anrempelte oder gegen ein Hindernis stieß. Die Rettungsversuche der Feuerwehrleute waren im vollem Gange. Konzentriert kämpften sie darum, die Tore zu entriegeln und gleichzeitig den Brand zu löschen. Ein gewaltiges Chaos hatte sich um das Gebäude ausgebreitet, über das sich der beißende Atem der Flammen senkte und die verzweifelten Bemühungen erschwerte. Als sich wie aus dem Nichts eine Hand auf Lucas Schulter legte, fuhr er herum.

„Hier bin ich", hörte er Francesco sagen. „Hast du es dir also doch noch mal überlegt? Bin ich froh! Komm, lass uns verschwinden!"

Sein Freund wollte ihn von den giftigen Rauchschwaden mit sich fortziehen, aber Luca schüttelte abwehrend den Kopf und deutete zum Gebäude.

„Frau!", keuchte er und hastete weiter.

„Was?", schrie Francesco hinter ihm her und eilte ihm nach, wobei er hoffte, den Lärm zu übertönen. „Willst du sagen, Marta ist da drinnen?"

„Ja!", brüllte Luca und seine Stimme überschlug sich vor Sorge.

„Vergiss sie!", rief der Zimmerer und versuchte ihn erneut zurückzuhalten. „Sie ist verloren."

Von einer Sekunde auf die andere verstummten die Schreie, die aus dem Theater zu ihnen herausgedrungen waren und eine gespenstische Stille legte sich über die Anwesenden. Als würde die Zeit stillstehen, erstarrte alles zu Reglosigkeit. Aber schon Augenblicke später nahmen die Retter ihren aussichtslosen Kampf wieder auf.

Wie von Sinnen rannte Luca auf das brennende Gebäude zu, was Francesco fluchen ließ.

„Hör mir zu!", brüllte er zum wiederholten Mal. „Sie kann nicht entkommen!"

Da zog Luca den Schlüssel aus der Tasche und hielt ihn seinem Freund vor die Nase. Der schüttelte entschieden den Kopf. „Auch dafür ist es zu spät."

Aber alle Worte prallten an Luca ab und er stolperte zu jener Tür, hinter welcher als einzige kein Feuer gelegt worden war. Da er unkontrolliert zitterte, gelang es ihm nicht, den Schlüssel ins Schloss zu stecken. Deswegen nahm der Zimmermann ihm diesen ohne viel Federlesens weg und sperrte auf. Sie hatten Glück, denn sie stießen nicht auf eine Feuerwand.

„Tut mir leid, dass ich dich nicht begleite. Aber ich habe Frau und Kinder", entschuldigte sich Francesco und Luca nickte, dann tauchte er in die im Inneren vorherrschende Dunkelheit ein.

Genauso hatte er sich die Hölle immer vorgestellt: Feuerseen, Rauchschwaden, giftige Dämpfe und die vereinzelten Schreie gepeinigter Seelen. Sich fast komplett blind durch dieses bedrückende Szenario durchschlagen zu müssen, verlangte Luca alles ab. Wie ein Schwert aus glühender Erkenntnis durchzuckte ihn der Gedanke, dass er die Ewigkeit unter keinen Umständen an einem ähnlichen Ort verbringen wollte. Wenn ihn das nach dem Tod erwartete, dann Gnade ihm Gott!

Wie so oft zuvor verdrängte er seine Ängste und konzentrierte sich auf den Weg. Die Luft wurde zunehmend undurchdringlicher und er presste sich einen Ärmel vor die Nase. Zum Glück hatte er sich den Grundriss des Gebäudes schon vor der Folter eingeprägt, weshalb er sich beinahe ohne Probleme zurechtfand. Außerdem kam ihm Francescos Sorge zugute, denn er musste sich die auswendig gelernten Schritte nur in entgegengesetzter Reihenfolge vergegenwärtigen.

Als er endlich auf die Bühne torkelte, blendete sogar ihn die hier vorherrschende Helligkeit. In seinen Augen stach der mittlerweile wohlbekannte Schmerz mit dreifacher Intensität. Auch dies ignorierte er und kämpfte sich weiter. Irgendwo ganz in der Nähe musste Marta sein. In der Zwischenzeit hatte sie gewiss erkannt, dass er sie belogen hatte. Aber die Bretter, die die Welt bedeuten, waren leer. Die vorherrschende Hitze klammerte sich an ihn, versengte jede seiner Poren.

Zitternd vor Sorge ging er auf alle Viere und arbeitete sich voran. Nichts. Jetzt gab es nur mehr einen kleinen Abschnitt, den er nicht durchsucht hatte. Die Anklagen in seinem Kopf ballten sich zusammen, gleich den dunklen Rauchwolken, welche sich an der Decke des riesigen Theaters sammelten, an Dichte zunahmen, um sich wieder auf den Saal herabzusenken. Da stießen seine Hände auf einen leblosen Körper und Hoffnung entzündete sich in ihm. Schnell tastete er sich zu ihrem Gesicht vor und strich darüber. Es war Marta! Marta!

Mit letzter Kraft hob er sie auf und schwankte mit ihr den Weg zurück, den er gekommen war. Der tödliche

Rauch brannte in seiner Lunge und er musste mehrmals husten. Ein gewaltiges Poltern ließ ihn zusammenzucken und eine heftige Erschütterung den Boden erzittern. Luca hielt nicht inne, sondern stolperte jenem Ausgang entgegen, der ihre einzige Rettung bedeutete. Während die Knie unter ihm nachgaben, stieß er die Tür auf und taumelte ins Freie. Dann brach er bewusstlos zusammen.

24

Bevor Marta ihre Augenlider anhob, stellte sie fest, dass sich ihre Lunge anfühlte, als überzöge diese ein kratziges Wolltuch. Bei jedem Atemholen schien es ihr, als müsse sie den Sauerstoff erst durch eine feinmaschige, aufgeraute Barriere pressen, damit sie Luft bekam. Ihre Zunge fühlte sich betäubt und pelzig an, ein unangenehmer Geschmack hatte sich darauf gelegt. Sie blinzelte, dann öffnete sie die Augen.

Überrascht stellte sie fest, dass sie in ihrem Schlafzimmer im Haus in Mestre auf dem Bett lag. Dort, neben der nicht vorhandenen Fluchttür, war sie davon ausgegangen, den Straßenlärm, welcher nun ins Zimmer drang, niemals mehr zu hören. Umso verwunderter war sie darüber, hier zu erwachen. Wie war sie hierhergekommen? Wer hatte sie gerettet? Fürchterliche Kopfschmerzen peinigten sie, als sie sich aufrichtete und von der Matratze glitt. Wie sie mit einem flüchtigen Blick feststellte, trug sie eines von Lucas Hemden. Sofort wandte sie das Gesicht ab. Sie wollte nicht an Luca denken. Sich nicht daran erinnern, dass sie jetzt Witwe wäre, wenn sie seinen Plan nicht vereitelt hätte.

Auf leisen Sohlen schlich sie zum Schrank und zog das einzige Kleid heraus, welches sie besaß, und schlüpfte hinein. Sie wusste nicht, was mehr schmerzte: ihr Körper oder ihr Herz. Wie betäubt fal-

331

tete sie das Hemd zusammen und legte es aufs Bett. Liebevoll strich sie darüber, dann wandte sie sich um. Dabei streifte sie ihr Spiegelbild und hielt inne. Obwohl man sie gesäubert hatte, wirkte sie nach wie vor verrußt und schmutzig. Deswegen eilte sie zur Waschschüssel und wusch sich Gesicht und Hände. Als sie nicht mehr aussah, als hätte sie sich das letzte Mal vor Jahren gewaschen, öffnete sie lautlos die Tür und huschte auf den Gang. Ohne ein Geräusch zu machen, schlich sie die Stufen in den unteren Stock hinab. Die Terrassentür stand offen und sie konnte nicht widerstehen, einen Blick ins Freie zu werfen. Da bemerkte sie ihren Mann, der auf einem Stuhl saß, die Ellbogen auf die Knie gestützt, den Kopf zwischen die Schultern gesenkt. Marta schluckte, da sich Nässe in ihren Augen sammelte. *Dieser Mann ist verloren.* Sie hatte viel zu lange gebraucht, um das zu erkennen. *Leb wohl, Luca.*

Während Tränen über ihre Wangen perlten, wandte sie sich um und ließ ihn hinter sich zurück.

„Wo ist Marta?", wollte Francesco wissen und riss Luca aus seinen düsteren Gedanken. Er deutete nach oben.

„Nein, dort ist sie nicht."

Wie vom Blitz getroffen zuckte Luca zusammen und fuhr gleichzeitig in die Höhe. Sein Herz begann wild zu pochen. *Marta ist nicht hier?*

„Wo?", wiederholte er die Frage seines Freundes besorgt.

„Warte hier, ich werde das Haus erneut nach ihr absuchen", meinte der Zimmermann, aber Luca folgte ihm beunruhigt.

Mit jedem weiteren leeren Zimmer sank sein Mut. Das zusammengefaltete Hemd und ihr fehlendes Kleid legten Zeugnis davon ab, dass sie ihn verlassen hatte. Schmerz dehnte sich in seiner Brust aus und die Erkenntnis, dass er genau das verdient hatte, verankerte sich in seinem Herzen. Es war nicht schwer, zu erraten, dass sie annahm, er hätte sie ohne einen Gedanken an ihre Zukunft zurückgelassen. Sie ahnte nichts von dem Schatz, den er ihr zugedacht hatte. Hoffnungslosigkeit überwältigte ihn. Niedergeschlagen ließ er sich auf einen Stuhl sinken. Mit halbem Ohr lauschte er Francescos Schritten, bis diese neben ihm hielten.

„Sie ist wie vom Erdboden verschluckt", erklärte sein Freund und Luca nickte. „Soll ich sie auf der Straße suchen?"

Luca schüttelte den Kopf und machte eine abwehrende Geste.

„Wie du meinst", gab Francesco nach. „Vermutlich ist es besser so. Immerhin hat sie mehrmals deine Pläne durchkreuzt."

Ja, stimmte Luca in Gedanken zu, *das hat sie.* Trotzdem waren dabei eine Menge positiver Dinge herausgekommen. Er hatte erfahren, wie es sich anfühlte, wenn jemand zärtlich zu ihm war. Obwohl all das nur gespielt gewesen war, hatte er es doch genossen.

„Ich werde ein Mädchen einstellen, das sich um dich kümmert und dein Essen kocht."

Ablehnend schüttelte Luca den Kopf.

„Bist du noch bei Trost? Was willst du zu dir nehmen, wenn dir niemand etwas zubereitet?"

Desinteressiert zuckte er mit den Achseln, dann stand er auf und hob seine Hände.

„Ich Boo baue", sagte er entschlossen.

„Was?", stieß Francesco fassungslos aus.

„Ich Boo baue", wiederholte Luca ernst. „Ich wei, wie Boo baue."

„Du kannst kein Boot bauen, mein Freund, du bist blind."

Daraufhin zuckte Luca nur mit den Schultern.

„Von mir aus, baue ein Boot. Aber du musst trotzdem essen. Ich bin gleich zurück."

Ohne den vorhersehbaren Widerspruch abzuwarten, verließ Francesco den Raum. Er überlegte, wohin er sich wenden sollte und beschloss, nach Venedig zu fahren und dort in seinem Bekanntenkreis nachzufragen. Es gab immer jemanden, der Arbeit suchte und einen blinden Mann zu betreuen, war eine verhältnismäßig angenehme Erwerbstätigkeit. Tausendmal bequemer als Fisch auszunehmen und diesen auf dem Markt zu verkaufen.

Am Hafen ließ er den Blick über die Gondeln wandern und entdeckte dabei zufällig eine junge Frau, die sich dort herumtrieb. Um besser sehen zu können, kniff er die Augen zusammen und stellte mit Erleichterung fest, dass es sich bei ihr um Marta handelte. Unauffällig, damit sie ihn nicht bemerkte, trat er von hinten näher. Als er ihr den Fluchtweg abgeschnitten hatte, sprach er sie an. „Ach hier bist du, Signora Riva." Er wählte bewusst diese Anrede, um ihr in Erinnerung zu rufen, dass sie nicht so ohne weiteres davonlaufen durfte.

Sie fuhr herum und starrte ihn aus großen Augen an. „Signore Stormare!", rief sie entsetzt aus. „Weshalb sind Sie hier?"

„Ich suche ein Dienstmädchen für meinen Freund. Seine Frau hat ihn verlassen, genau genommen hat sie ihn im Stich gelassen und ich kümmere mich darum, dass er nicht verhungert.“

Wie er es bezweckt hatte, zeichnete sich schlechtes Gewissen in Martas Zügen ab.

„Ich habe ihn nicht verlassen!“, wehrte sie trotzig ab, hustete und rang nach Atem.

„Ach, nicht? Was machst du dann hier?“

Als sie sich wieder gefangen hatte, erwiderte sie lediglich: „Nichts.“

Stormare zog als Ausdruck seines Unglaubens die Augenbrauen in die Höhe und seine Mundwinkel zuckten spöttisch.

„Ich nehme nicht an, dass dir der Name deines Retters bekannt ist.“

„Der ist egal“, schmollte sie und wandte sich von ihm ab, um wieder aufs Meer zu sehen.

„Es war Luca.“

Bitter lachte sie auf, ohne den Blick vom Horizont zu wenden.

„Wie hätte er das anstellen sollen? Ich sperrte ihn ein.“

„Er sprang aus dem Fenster.“

Jetzt hatte er ihre Aufmerksamkeit und sie drehte sich zu ihm. „Ja sicher, und danach ruderte er allein zum Teatro La Fenice, um mich dem Flammenmeer zu entreißen. Gewiss alles, ohne sehen zu können.“

„So ist es. Es ist nicht viel, was er zu erkennen vermag, aber genug, um dich zu retten.“

„Das ist eine Lüge!", protestierte Marta empört. „Ich glaube Ihnen nicht. Sie halten mich wohl für sehr dumm."

„Im Gegenteil, du bist überaus schlau und gewitzt. Deswegen würde ich es nicht wagen, dich an der Nase herumzuführen."

Sie musterte ihn, als wollte sie jedes Geheimnis, welches er hatte, aufdecken.

„Nach deiner Rettung verlor er sekundenlang das Bewusstsein. Doch er war sofort wieder bei sich, beugte sich über dich und hauchte dir seinen Atem ein."

„Nie hätte er mich mit seinen Lippen berührt. Er hasst dergleichen."

„Die Angst um dich war stärker als jegliche innere Gegenwehr. Um dich nicht zu verlieren, ist er über sich hinausgewachsen."

Marta runzelte die Stirn und senkte den Kopf. „Und wenn schon", murmelte sie tieftraurig. „Ich bedeute ihm nichts."

Francesco lüpfte angesichts ihrer Niedergeschlagenheit ungläubig die rechte Augenbraue. „Nichts? Allora, das sehe ich anders. Zumindest wollte er dir den Schatz der Bianchis vermachen", bluffte er, da er sich nicht hundertprozentig sicher war. Allerdings deutete alles darauf hin, dass Luca im Besitz jener Juwelen war. Francesco sah keinen anderen Ausweg, als darauf zu hoffen, dass es Marta gelang, Luca davon zu überzeugen, ihr die verfluchte *Blue Farnese* auszuhändigen.

Mit einem Ruck hob sie ihr Haupt und musterte ihn verblüfft.

„Er hat den Schatz?"

„Ja." Er bohrte seine Augen in ihre und fuhr todernst und eindringlich fort: „Darin befindet sich eine Krawattennadel, die du mir besorgen musst."

Marta verschränkte die Arme vor der Brust. „Ich werde Luca nicht bestehlen."

„Hör mir zu, Mädchen. Es ist wichtig, denn es geht um Venedigs Sicherheit. Ich muss den Rossis die Nadel zurückgeben, damit endlich Frieden einkehrt."

„In welcher Funktion wollen Sie das bewerkstelligen?"

„In der des neuen Bürgermeisters."

Marta schnappte nach Luft. „Wer sind Sie unter ihrem geheimnisvollen Äußeren, Signore Stormare?", wagte sie mutig zu fragen.

Schweigend sah er sie an, dann teilte ein Lächeln seine Lippen.

„Versprich mir, dass du zu Luca zurückgehst und mir die Nadel besorgst", drängte er statt einer Antwort.

„Nur unter einer Bedingung." Marta reckte trotzig das Kinn.

„Und die wäre?", fragte er freundlich.

„Schenken Sie Luca eine Zukunft."

Sein Blick war voller Wärme, als er sie musterte. „Darauf gebe ich dir mein Wort."

Marta atmete tief durch. Einige Minuten verstrichen in einmütigem Schweigen.

„Ist es wirklich wahr, dass Luca mich gerettet hat?" Scheinbar fiel es ihr schwer, diesen Umstand zu glauben.

„Ja, jedes Detail hat sich so zugetragen, wie ich es dir erzählt habe."

Marta nickte zögernd. „Und? Sind sie alle tot?"

Der Zimmermann zuckte ungerührt mit den Achseln. „Bis jetzt ist nicht bekannt, dass jemand dem Feuer entronnen ist."

Marta drehte den Kopf und blickte an ihm vorbei aufs Meer. Übelkeit ballte sich in ihrem Magen zu einem schweren Klumpen zusammen. Sie hatte keine andere Wahl, als dem Pfad, den sie eingeschlagen hatte, weiter zu folgen.

„Va bene, dann werde ich zu ihm zurückgehen und Ihnen die Nadel besorgen."

Da trat Stormare einen Schritt zur Seite und ließ sie passieren.

Martas Herz klopfte aufgeregt, als sie die Haustür öffnete. Obwohl sie nicht vergessen konnte, dass Luca sie kaltblütig zurückgelassen hätte, wärmte sie der Gedanke daran, dass er alle Hebel in Bewegung gesetzt hatte, um sie zu retten. Ja, diese Tatsache schenkte ihr neuen Mut in ihrer Hoffnungslosigkeit.

Ihr Mann hielt sich weder auf der Terrasse noch in der Küche auf, deswegen stieg sie in den oberen Stock und drückte die Klinke zum Schlafzimmer vorsichtig nach unten.

Er stand reglos vor der Waschschüssel und blickte sich mit zusammengekniffenen Augen im Spiegel an, ein Rasiermesser an der Wange.

Unwillkürlich musste Marta lächeln. Sie trat zu ihm. Er ließ seine Hand sinken, weshalb ihr bewusst wurde, dass er ihre Schritte vernommen hatte. Im Spiegel konnte sie erkennen, dass er die Augen schloss. Das Messer fiel ihm aus den mit einem Mal zitternden Fingern. Es klirrte, als es auf dem Boden aufschlug.

„Warte, ich helfe dir", erklärte sie, bückte sich nach dem Rasiermesser und richtete sich wieder auf.

Dann trat sie vor ihn, berührte ihn mit den Fingerkuppen unter dem Kinn und drehte es in ihre Richtung. Ohne eine Regung ließ er es zu, doch sie konnte sehen, dass der Puls seiner Halsschlagader wild pochte. Sie zog ihre Hand zurück und holte einen Stuhl, stellte diesen hinter ihn und schob ihn darauf zu. Er setzte sich. Schweigend rasierte sie ihn, wusch die Seife von seinen Wangen und trocknete ihn ab.

„Ich bin schrecklich wütend auf dich", erklärte sie und er öffnete die Augen, sah sie an. „Du hättest mich einfach allein gelassen."

Seine Wangenmuskeln zuckten, doch er wandte sich nicht ab.

„Was beweist, dass ich dir nichts bedeute. Genauso wenig wie die Krawattennadel der Bianchis."

Überrascht riss er die Augen weiter auf.

„Deswegen kannst du sie mir getrost übergeben. Ich habe sie Signore Stormare versprochen. Sie scheint der Garant für Frieden in unserer Stadt zu sein. Kaum zu glauben, nicht wahr? Abgesehen davon eröffnet sie dir eine Zukunft."

Da er ihr nicht länger zuhören wollte, erhob er sich mit einem Ruck und steuerte den Kleiderschrank an. Davor ging er in die Hocke und löste mit den Fingern ein Dielenbrett. Darunter lag ein Kästchen, nach dem er griff. Nachdem er es herausgeholt hatte, richtete er sich zu seiner vollen Größe auf.

Mit offenem Mund beobachtete Marta jede seiner Bewegungen. Schon kehrte er zu ihr zurück und drückte ihr die Schmuckschatulle in die Hand. Dann wandte er sich um und ließ sie wie Abschaum stehen.

Verwirrt öffnete Marta das Kästchen und blinzelte angesichts des Schatzes, der sich ihren Augen offenbarte. Das edle Juwel, welches am ehesten eine Krawattennadel sein könnte, lag darin eingebettet. Erleichtert atmete die junge Frau tief durch, dann verstaute sie die Kostbarkeiten in ihrem Versteck und legte das Dielenbrett darüber. Wenn Stormare sie das nächste Mal besuchte, würde sie ihm diese verfluchte Nadel überreichen.

Es gab eine Sache, die sich wie ein roter Faden durch Lucas Leben zog. Genau genommen handelte es sich dabei um ein Ding, das ihn für seine Mitmenschen wertvoll machte: die *Blue Farnese*. Sie war für den Patron so wichtig gewesen, dass er sogar zwanzig Jahre darauf gewartet hatte, um endlich in ihren Besitz zu kommen. Francesco hatte dafür einen von Venedigs Prunkbauten niedergebrannt und Marta war deswegen zu ihm, ihrem Entführer und Erpresser, zurückgekehrt. Ohne diese verfluchte Nadel verlor er für jedermann an Bedeutung. Was im Endeffekt egal war, denn Damico zählte, wenn sein Plan gelungen war, seit gestern zu den Toten. Das ermöglichte Francesco, die Position einzunehmen, auf die er spekuliert hatte. Einzig Marta blieb Luca ein Rätsel und er vermochte nicht zu erraten, was dabei für sie heraussprang.

Die Entscheidung, ihn zu verlassen, war nüchtern betrachtet die beste, welche sie jemals getroffen hatte. Allein wegen der Nadel war sie zurückgekommen. Früher hätte bei dieser Erkenntnis Zorn in seinen Eingeweiden rumort, heute stieg nur noch Erschöpfung in ihm auf. Er war es leid, zu kämpfen. Da half auch die einstige Versicherung Signore Rivas nicht, der behauptet hatte, der Schatz stünde ihm zu. Mittlerweile hatte Luca jegliches Interesse an ihm verloren. Vermutlich würde er ohnehin nie erfahren, was die Hinweise auf den Bildern wirklich bedeuteten. Aber das war für ihn ebenfalls belanglos. Das Einzige, worüber er jetzt nachdenken musste, war seine Zukunft. Er hatte genug vom Dasein eines Kriminellen, von Tod und Hinterhalt. Er sehnte sich danach, einer simplen handwerklichen Tätigkeit nachzugehen. Einer Arbeit, bei der er vergessen würde, wie übel ihm das Leben mitgespielt hatte. Sobald er eine Werkstatt gefunden hätte, würde er in die Fußstapfen seines Vaters treten und Gondeln bauen.

„Hast du Hunger?", fragte Marta und er hörte sie in der Küche hantieren.

„Ja", brummte er und schritt auf die Terrasse.

Obwohl sie sich darum bemühte, es zu überspielen, empfand er den Graben zwischen ihnen als unüberwindbar.

„Hat dir Signore Stormare von dem Brand des Theaters berichtet?", wollte sie nach einer Weile wissen und trat zu ihm ins Freie. Spielte eine normale Ehefrau, die mit ihrem Mann den neuesten Tratsch austauschte.

„Ja."

„Ich habe am Hafen aufgeschnappt, dass der Sindaco und einige seiner Freunde angeblich in den Flammen umgekommen sind. Überaus tragisch."

Luca schwieg. Damicos Tod war leider bis jetzt nicht bestätigt worden.

„Zum Glück haben wir bald einen neuen Sindaco. Einen umsichtigen Mann."

Da fiel es Luca wie Schuppen von den Augen. Francesco natürlich! Wie hatte ihm das entgehen können? Sein Freund hatte seine Position in den letzten Jahren ausgebaut und gestärkt, indem er Kontakte zu den Machthabern gepflegt hatte. Dabei hatte er offensichtlich das Geflecht aus Politik und Korruption entwirrt. Vielleicht gelänge ihm, was sich viele Bürger seit Jahrzehnten ersehnten: Frieden innerhalb Venedigs zu etablieren. Die Krawattennadel stellte mit ziemlicher Sicherheit den Schlüssel zum Erfolg dar. Francesco wusste zweifellos, welchem Rossi sie rechtmäßig gehörte.

„Deswegen hält uns hier nichts mehr und wir können nach Hause zurückkehren."

„Wir?", wiederholte er ungläubig.

„Ja, wir. Du und ich. Luca und Marta Riva. Wir."

Es wäre zu schön, um wahr zu sein. Luca seufzte schwer.

„Stell dir vor, wir haben eine Zukunft", flüsterte sie, trat vor ihn und rahmte sein Gesicht mit ihren Händen ein.

In dem Moment erkannte er, was für Marta heraussprang, wenn sie bei ihm blieb: eine Zukunft. Resigniert umfasste er sie an den Handgelenken und befreite sich aus ihrer Berührung. Dann wandte er sich zutiefst enttäuscht ab.

Kaum hatte Francesco einen Fuß an Land gesetzt, konnte er die Anwesenheit eines anderen Menschen deutlich fühlen. Seelenruhig vertäute er die Gondel und richtete sich auf. Noch immer hing der Rauch des Brandes in der Luft, der sich in den Mauerritzen verkrochen hatte und sich nur langsam auflöste. Asche überzog Gassen, Mauervorsprünge, Dächer und Boote wie ein graues Tuch. Zweifellos hatte sich Venedig verändert, war in die Knie gezwungen, durch das Feuer gedemütigt und seines Stolzes beraubt worden. Kaum jemand hielt sich im Freien auf, das Leben hatte sich hinter dicken Mauern verschanzt. Sogar die Kirchenglocken, welche am frühen Morgen zur Messe gerufen hatten, klangen gedämpft. Ja, es war ein dunkler Tag für seine Heimatstadt. Aber, dachte Francesco und drehte sein Gesicht der freundlichen Nachmittagssonne entgegen, ein Tiefpunkt konnte einen neuen Anfang bedeuten. Wie der Phoenix aus der Asche steigt, würde Venedig ebenso wieder zu blühendem Leben erwachen. Zugegeben mit Schrammen übersäht, dennoch umso stärker.

Er wandte sich um und sah zu seinem Elternhaus, in welchem ihn Maria und ihre Sprösslinge erwarteten. Ja, er wollte nicht nur Luca und Marta eine Zukunft schenken, sondern auch den Kindern dieser Stadt. Davor gab es allerdings noch ...

„Francesco."

Er drehte sich in die Richtung, aus der er Schritte näherkommen hörte und wunderte sich nicht, als er Bernardi erkannte.

„Manuel", erwiderte er und ließ sich nichts von seinen Überlegungen anmerken.

„Hast du bekommen, was du mir versprochen hast?"

„So gut wie."

Bernardis Miene verdüsterte sich. „Treibe keine Spielchen mit mir", drohte er leise und verschränkte die Arme vor der Brust.

„Das tue ich nicht. Du hast deine Skrupellosigkeit eingehend bewiesen und kannst mir glauben, dass ich jene Stunde herbeisehne, zu der du Venedig endlich verlässt."

Die Gesichtszüge des Kriminellen erhellten sich nur minimal.

„Und was ist mit den verdammten Zeichnungen?"

„Was soll damit sein? Sie stellen keine Gefahr mehr dar. Caruso ist tot. Der Verrat seines Vaters ist so gut wie vergessen."

„Wenn Luca jemals herausfindet, dass die Carusos einst zu den Bianchis gehörten und ihre eigene Familie ausgeliefert hatten, wird er auf Rache sinnen. Vielleicht ist es besser, ihn doch noch zu beseitigen, bevor ich nach Neapel zurückkehre."

„Wie du weißt, stellt Luca keine Gefahr mehr dar. Des Weiteren wird er niemals davon erfahren. Wer sollte es ihm sagen? Und wenn er wider alle Wahrscheinlichkeit dahinterkäme, wie könnte er dich finden?"

„Er kennt das Syndikat."

Francesco rieb sich übers Kinn und atmete tief durch. „Ich verspreche, dass ich jegliche möglichen Vergeltungsschläge im Vorfeld verhindern werde."

Bernardi wirkte nicht sonderlich überzeugt.

„Lass ihn in Frieden, Manuel. Immerhin ist er dein Cousin."

Da spuckte der finstere Mann angewidert aus. „Blutsbande bedeuten mir nichts", knurrte er.

„Das ist mir bekannt. Es war nur eine Frage der Zeit, bis du sogar deinem eigenen Vater in den Rücken gefallen wärst. Der Brand kam dir überaus gelegen. Ist es nicht so?"

Bernardi ballte die Fäuste und sein Mund verzog sich angewidert. „Woher weißt du das?" Kälte färbte seine Stimme tiefer.

Francesco schüttelte ungerührt den Kopf, lächelte. „Ich strebe den Posten des Bürgermeisters an", erklärte er anstatt einer Antwort. „Ich kenne meine Stadt."

Sein Gegenüber nicht aus den Augen lassend erinnerte sich der Zimmermann an jenen Tag zurück, als Damico seinen Sohn wegen einer Lappalie in aller Öffentlichkeit geschlagen und dann aus Venedig verbannt hatte. Keiner hatte gewusst, wohin er ihn verschleppen ließ, aber es wurde gemunkelt, der Patron hätte ihn nach Neapel geschickt, um ihm die Flausen auszutreiben und ihn zu einem würdigen Nachfolger ausbilden zu lassen. Es war ihm gelungen und Bernardi war ein Sohn des Syndikats geworden und hatte jegliche verwandtschaftlichen Gefühle abgestreift. Durch Damicos Tod war er das neue Oberhaupt der Rossis.

„Ich sollte dich ebenfalls töten", überlegte der Verbrecher und verengte die Augen zu schmalen Schlitzen.

„Dann ist die Nadel für dich verloren", merkte Francesco an und sah Bernardi drohend an. „Hör mir genau zu: Du wirst für immer verschwinden, wie wir es vereinbart haben oder mein geheimes Netzwerk wird dir das Leben zur Hölle machen. Wir wissen, wer du bist, was du getan hast und kennen deine Feinde. Deswegen rate ich dir, vernünftig zu sein und weise zu handeln, indem du Venedig so schnell du kannst verlässt.

Sei damit zufrieden, dass du jetzt mächtiger bist als jemals zuvor!“

Bernardi beugte sich vor und spuckte aus. Dann wandte er sich um. „Ich gebe dir zwei Tage“, quetschte er zwischen zusammengebissenen Zähnen hervor. „Zwei verfluchte Tage und du bringst mir, was ich begehre oder du bist tot.“

25

Luca hatte das Abendessen in sich gekehrt eingenommen und war danach in seinem Zimmer verschwunden. Sein Verhalten ließ Marta annehmen, dass Francesco sie belogen hatte. Weshalb sollte er ihr das Leben retten, um sie dann für den Rest seines Daseins zu ignorieren? Pflichtbewusstsein. Vermutlich hatte ihn das dazu angetrieben, sie den Flammen zu entreißen.

Nachdem sie das Geschirr abgewaschen und aufgeräumt hatte, begab sie sich in ihr Schlafzimmer. Dort hatte sie vor nicht allzu langer Zeit Zuflucht vor ihrem Mann gesucht, als dieser sie so brutal von sich gestoßen hatte. Tränen stiegen in ihre Augen, als sie sich jener Momente entsann und sie fragte sich, weshalb sie zu ihm zurückgekehrt war. Vielleicht lag es daran, dass Signore Stormare sie unterschwellig an ihre Pflicht Luca gegenüber erinnert hatte. Ja, das war es mit Sicherheit. Sie *musste* sich Lucas Willen beugen, egal ob er ihren Gehorsam einfordern konnte oder nicht. Das war sie ihm schuldig und es wäre vermutlich gar nicht so schwierig, da er sie völlig ignorierte. Aus diesem Grund wäre es am klügsten, sich ihr Leben an seiner Seite einzurichten. Mit etwas Glück würde es ihr sogar behagen. Jedenfalls waren sie reich, was es ihnen ermöglichte, ihr Umfeld nach ihren Wünschen und Vorstellungen zu gestalten. Mit ein wenig Raffinesse gelänge es ihr vielleicht, Luca zu verführen und schwanger zu werden. Was, soweit sie es beurteilen konnte, bisher nicht geglückt war. Dann wäre sie ihrem Traum, Mutter zu sein, näher gerückt. Sinnend blickte sie zur Tür. Ob er sie von sich stoßen würde, wenn sie sich zu ihm legte?

Luca konnte nicht einschlafen und wälzte sich im Bett von einer Seite auf die andere. Da hörte er eine Tür, die weiter hinten im Gang geöffnet und geschlossen wurde. Angespannt hielt er still und lauschte. Das Tappen leiser Schritte war kaum zu hören und als die Klinke zu seinem Zimmer hinuntergedrückt wurde, machte sie fast kein Geräusch.

Luca zwang sich dazu, gleichmäßig zu atmen, obwohl sich sein Puls beschleunigte. Zweifellos plante Marta einen neuen Hinterhalt und er wollte dagegen gewappnet sein.

Auf Zehenspitzen näherte sie sich dem Bett und er bemerkte überrascht, dass sie neben ihm unter die Decke schlüpfte. Eine Zeit lang bewegte sie sich nicht, als lausche sie ebenfalls. Er atmete tief ein und aus, war trotzdem gespannt wie ein Bogen. Plötzlich stießen ihre Fingerspitzen an seine Hüfte und sein Herz machte einen Salto.

Wie stellte sie das nur an? Weshalb genügte eine winzige Berührung von ihr, um ihn vollkommen in ihren Bann zu ziehen? Ihre weiche Brust drückte gegen seinen Oberarm, als sie sich wie ein Kätzchen an ihn schmiegte.

Mit aller Kraft konzentrierte er sich auf seine Atmung. Ihr Bein legte sich über seine Oberschenkel und ihr Knie streifte eine überaus sensible Stelle seines Unterleibs. Unwillkürlich stöhnte er und sie erstarrte. Schnell tat er, als würde er träumen und bewegte sich ruhelos, atmete tief ein und stieß den Atem aus. Sogleich ließ auch ihre Körperspannung nach und sie hauchte Küsse auf seine Schulter. Oh Gott, diese Frau erregte ihn!

Mit einer fließenden Bewegung richtete Luca sich auf, rollte sich auf sie und begrub sie unter sich. Ein erschrockener Schrei löste sich von ihren Lippen, doch keuchte sie auf, als er ihr Nachthemd höher schob und ihre Beine auseinander drängte.

„Komm", raunte er an ihrem Ohr und sie schlang die Beine um seine Hüften und nahm den Rhythmus seiner kraftvollen Bewegungen an. Mit einer Hand fuhr sie in sein Haar und zerwühlte es. Welch ein köstliches Gefühl!

„Amore mio", keuchte er, als der Sturm in ihm an Stärke gewann und ihn die Bodenhaftung verlieren ließ, während er durch Raum und Zeit gewirbelt wurde. „Amore mio!"

Er meinte, sie seinen Namen rufen zu hören, doch er war sich nicht sicher. Das Blut rauschte laut in seinen Ohren und wie ein Blitz durchzuckte ihn die Idee, wie er Marta in Zukunft nennen wollte: Mia. Es wäre eine verschlüsselte Botschaft, die sie hoffentlich würde enträtseln können.

Martas Herz klopfte wie verrückt und sie benötigte einige Minuten, um zurück ins Hier und Jetzt zu finden. Er hatte sie seine Liebe genannt und der jungen Frau wurde bei dem Gedanken schwindlig. Ob er das ernst meinte? Ob er wahrhaftig etwas für sie empfand? Nein. Bestimmt war er auf den Wellen der Leidenschaft geritten und jene Worte sollten ein Ansporn gewesen sein, den Wind nicht abflauen zu lassen. Ja, das wäre eine Erklärung. Immerhin, und das durfte sie nicht vergessen, hätte er sie ohne Skrupel verlassen. Hatte den Tod statt einer Zukunft mit ihr gewählt.

Sie rückte von ihm weg, griff nach ihrem Nachthemd und stand auf. Er bewegte sich nicht. Es war zu dunkel, um zu erkennen, was ihm durch den Kopf ging. Da er keinen Laut von sich gab, nahm sie an, dass er eingeschlafen war. Marta presste die Lippen aufeinander und schlich aus dem Zimmer in ihr eigenes Bett.

Lucas Brustkorb zog sich schmerzhaft zusammen, als ihm bewusst wurde, dass Marta nicht neben ihm schlafen würde. Während ihm überwältigende Verzweiflung die Luft abschnürte, lauschte er ihren leisen Schritten, die sich eilig von ihm entfernten, der Tür, die geöffnet und geschlossen wurde. Er richtete sich auf, wollte ihr nacheilen, sie zurückhalten. Doch er brachte es nicht zustande. Wie gelähmt kämpfte er darum, die Kontrolle über sich zu behalten und nicht in ein tiefes Loch aus Dunkelheit zu stürzen. Er erkannte sich nicht wieder. Wo war der harte Mann geblieben, der ihn bisher vor derlei Kummer bewahrt hatte? War er in jenem Zimmer in San Stae zerbrochen oder in den Flammen des Teatros umgekommen? Er fand keinerlei Erklärung für das Brennen in seinem Herzen, das bis in jede Nervenfaser ausstrahlte und ihn peinigte. Mit einem Stöhnen ließ er sich auf das Kissen zurückfallen. Er hatte keine andere Wahl als abzuwarten, bis sich sein

Inneres wieder beruhigt hatte und überhaupt an Schlaf zu denken war. Die Minuten zogen sich endlos.

Im Zuge ihrer Planungen für das Feuer im Teatro hatte Marta kein einziges Mal darüber nachgedacht, wie sich eine solche Tat auf sie auswirken könnte. Sie hatte nicht damit gerechnet, dass sie die Schreie der Sterbenden bis in ihre Träume verfolgten. Dort sah sie sogar Giulia brennen, die ihre Arme Hilfe suchend nach Marta ausstreckte. Schreiend fuhr sie schweißnass in die Höhe und starrte mit klopfendem Herzen in die Dunkelheit. Was hatte sie getan?

Du hast eine Stadt von dem Übel befreit.

Marta zog die Knie an und lehnte ihre Stirn dagegen, während sie die Hände auf ihre Ohren presste.

Du hast Luca das Leben gerettet.

Marta schüttelte den Kopf. „Nein", weinte sie, „nein. Ich habe hunderte Menschen ermordet, die Mehrzahl davon Unschuldige!"

Aber nein, du hast nur ausgeführt, was andere geplant haben. Es ist nicht deine Schuld.

Marta schniefte und überlegte, woher diese schreckliche Stimme mit ihren in Honig getränkten Worten kam, die eine Tat rechtfertigte, die himmelschreiend falsch gewesen war.

„Ich habe Menschen ermordet!", schrie sie verzweifelt. „Und jetzt sei endlich still!"

Du hast das Richtige getan.

Da bekam Marta Angst. Deshalb sprang sie aus dem Bett und rannte aus dem Raum, als wäre der Teufel selbst hinter ihr her. Außer sich stürzte sie zu Luca, kroch auf ihn und barg ihren Kopf an seinem Hals. Sie fühlte seine Hand, die er auf ihren Hinterkopf legte, um sie beruhigend zu streicheln.

„Hm?", brummte er verschlafen.

„Da ist jemand in meinem Zimmer."

„Wer?" Seine Stimme klang rau. Zweifellos war er noch nicht gänzlich munter.

„Keine Ahnung, aber er spricht mit mir. Sagt, es wäre richtig gewesen, was ich getan habe. Doch das war es nicht! Ich habe hunderte Menschenleben auf dem Gewissen!"

Luca drehte den Kopf und sein Kinn streifte ihre Schläfe. Sanft drückte er ihr einen Kuss auf die Stirn. „Ruhig", flüsterte er tröstend.

„Aber ich kann mich nicht beruhigen! Wenn ich die Augen schließe, sehe ich sie vor mir und ich höre ihre Schreie, bis sie plötzlich verstummen. Dann braust das Geräusch der verzehrenden Flammen in meinen Ohren, wird immer stärker und der Rauch kriecht auf mich zu, jagt mich, bis es mir nicht mehr gelingt, ihm zu entkommen. Danach werde ich bewusstlos."

Er küsste sie wieder und der Druck seiner Arme verstärkte sich. Seine Körperwärme beruhigte sie. Trotzdem begann sie bitterlich zu weinen.

„Ich wollte nicht, dass du dich in Gefahr begibst", fuhr sie schluchzend fort. „Als ich begriffen hatte, dass du geplant hast, in dieser Hölle zu sterben, hat es mich innerlich zerrissen! Luca, wie konntest du mir das antun?"

Da drehte er sich mit ihr, sodass sie unter ihm zum Liegen kam und stützte sich auf den Unterarmen ab. „Amore mio", flüsterte er und es klang wie eine Entschuldigung, „ruhig."

Seine Lippen strichen über ihr Gesicht und tupften ihre Tränen ab, die ihre Wangen jedoch ohne Unterlass nässten.

„Meine Schuld zerdrückt mich!", wimmerte sie und wollte sich ihm entziehen, doch er gestattete es nicht. „Ich werde das nie vergessen!"

Wieder drehte er sich mit ihr, diesmal lagen sie auf der Seite, Martas Kopf auf seinem Oberarm. Luca zog sie näher, hielt sie fest, hauchte Küsse auf ihren Scheitel.

„Ruhig, Amore mio, ruhig", tröstete er sie in einem fort und streichelte sie, bis ihre Tränen versiegten und sie erschöpft einschlief.

Luca hatte schon früh gelernt, mit einer Schuld zu leben, die größer war als er und außerdem zum Himmel stank. Um selbst zu überleben, hatte er beschlossen, dieser Stimme zu glauben, die seine Taten rechtfertigte. Er kannte sie gut. Während all der Jahre war sie ein treuer Begleiter in den dunkelsten Momenten seiner Existenz gewesen. Oh ja, sie war ihm bestens vertraut, deswegen wusste er, dass auch sie es nicht vermochte, das Feuer zu löschen, das in ihm brannte.

Jetzt, als er in der Finsternis lag und Martas Atemzügen lauschte, die hin und wieder von einem Schluchzen unterbrochen wurden, gelang es der Stimme das erste Mal nicht, ihn zu beschwichtigen. Es gab nichts auf dieser Welt, das rechtfertige, dass er Marta einer solchen Situation ausgesetzt hatte. Ja, sie hatte ihn hintergangen und ihn eingesperrt. Ja, er hatte von ihrem wahnwitzigen Vorhaben keine Ahnung gehabt. Aber er hatte sein Leben mit ihrem verwoben und sich eingeredet, dass seine Handlungen ohne Auswirkungen auf sie bleiben würden. Er hatte Pläne ohne Rücksicht auf Verluste entworfen, sein Tod wäre ein feiger Abgang aus dieser Welt gewesen und er hätte sich nicht mit den Folgen jener Tat auseinandersetzen müssen.

Als das gräuliche Licht der frühen Dämmerung den Vorhang in ein schwebendes Rechteck verwandelte, erkannte er, dass er sich darüber vor der Umsetzung der Rache hätte Gedanken machen müssen. Dann würde Marta heute nicht so leiden.

Er schob sie vorsichtig von sich und drehte sie auf den Rücken. Zögernd beugte er sich über sie und presste den Mund auf ihren, drängte ihre Lippen auseinander. Sie war weich und gab nach, erwachte, er konnte es daran erkennen, dass sie ihn sehnsüchtig willkommen hieß. Er küsste sie, lange und ausführlich, brachte ihren Körper zum Vibrieren. Dieser Kuss war seine Entschuldigung an sie. Alles an ihm sollte ihr gehören, auch jene Teile, die er selbst verachtete, weil sie ihn daran erinnerten, dass sein Stolz zerbrochen war. Erleichtert meinte er zu bemerken, dass sie verstand und seine Bitte um Vergebung annahm. Sie war so gut zu ihm, er hatte sie nicht verdient.

26

Sechs Monate später

Luca strich mit den Händen sanft über das bearbeitete Holz des Flachbootes, an welchem er seit einem halben Monat arbeitete. Sein Lehrling trat neben ihn und hielt ihm ein Holzstück vor die Nase. „Warum versuchen wir es nicht einmal mit Pinienholz?", begehrte er besserwisserisch zu erfahren. „Das tut es sicherlich auch."

Luca seufzte und zog seine Hände zurück, dann machte er Marta ein Zeichen, die damit beschäftigt war, den Boden zu kehren.

„Ein *Das-Tut-Es-Auch* ist leider nicht genug", begann sie zu erklären und stöhnte genervt. „Eine Forcola wird *immer* aus dem einzigen Stamm eines Walnuss-, Birn- oder Kirschbaums hergestellt. Alles andere steht nicht zur Diskussion. Wir fertigen hier venezianische Gondeln und keine Fischkutter. Schreib es dir hinter die Ohren!"

„Si, Signora Riva", murrte der Knabe. „Aber mein Onkel hat gesagt, dass …"

„Dein Onkel?", unterbrach Marta ungeduldig und Luca erkannte an ihrer Tonlage, dass sie gegen den aufsteigenden Zorn ankämpfte. „Er verkauft Brennholz, zum Kuckuck!"

Sie stemmte die Hände in die Hüften und Luca nahm an, dass sie zu ihm sah. Ein Lächeln umspielte seinen

Mund und er hörte sie erleichtert ausatmen. Hoffentlich entging ihr nicht, wie zufrieden er mit ihr war. Entschlossen umfasste er den Oberarm des Jungen und schob ihn auffordernd in Richtung Tür.

„Bis morgen", rief dieser erfreut und pfefferte das Holzstück in eine Ecke.

Marta holte tief Luft, um ihn zurückzurufen, doch Luca winkte ab und sie widmete sich wieder ihrer Tätigkeit. Dabei schwieg sie – wie so oft. Seit dem Brand vor einem halben Jahr hatte sie sich verändert. Nur selten erinnerte sie ihn an das Mädchen, das sie einst gewesen war. Er vermochte den Eindruck nicht abzuschütteln, dass ein wichtiger Teil ihres Wesens damals im Theater zurückgeblieben und gestorben war.

Als die Zeitungen in den Tagen danach die Zahl der Todesopfer veröffentlicht hatten, war sie zusammengebrochen. Es half nicht, dass er sie des Nachts in den Armen hielt und zu trösten versuchte. Sie fand kaum noch in den Schlaf und wenn es ihr gelang, plagten sie Albträume.

Je mehr Zeit verging, desto stärker hatte er den Eindruck, sie hätte sich vom Leben abgeschnitten. Alle drei Wochen verschanzte sie sich komplett in ihrem Zimmer und er hörte sie leise weinen, wenn er an der Tür daran vorbeiging. Während dieser Tage durfte er sich ihr nicht nähern und er wusste, was das zu bedeuten hatte. Marta hatte nie wieder über ihren brennenden Kinderwunsch gesprochen, aber ihm entging nicht, wie heftig sie darunter litt, nicht schwanger zu werden.

Luca stützte sich auf dem Boot ab und lauschte dem Geräusch des Besens. Es erinnerte ihn an jene Jahre, als sein Vater hier gearbeitet und ihn die Kunst des Gondelbaus gelehrt hatte. An die kurze Zeit, in der die Welt für ihn heil gewesen war. Als er nur auf die sonnenüberflutete Straße zu treten brauchte, um Francesco zu treffen und mit ihm unterschiedliche Streiche auszuhecken. Kein Platz war vor ihnen sicher gewesen und als sie älter geworden waren, hatten sie auch die Kanäle erobert, durch die sie sich mit ihren Gondeln verfolgten. Bis hin zur Fünfhundert-Meter-Boje. Dort hatten sie Geheimnisse ausgetauscht und das Meer hatte gurgelnd zugehört.

Obwohl dies nicht die ursprüngliche Werkstatt seines Vaters war, stand er am selben Ort wie er, einzig das Mauerwerk hatte sich geändert. Die Aufteilung der Zimmer unterschied sich ebenfalls, doch das störte Luca nicht. Die Hauptsache war, dass er wieder hier sein konnte. Es war ein unverdientes Geschenk, das Francesco ihm bereitet hatte. Kurz nachdem er das Amt des Bürgermeisters übernommen hatte, hatte er sich dafür eingesetzt, dieses Haus dem rechtmäßigen Besitzer, nämlich Luca, zurückzugeben. So war es geschehen. Nicht lange und auch die ärmeren Bürger atmeten erleichtert auf, als sie bemerkten, dass der neue Sindaco die allgemeinen Lebensbedingungen verbesserte.

Marta lehnte den Besen an die Wand. „Ich werde jetzt das Abendessen zubereiten", sagte sie zu ihm und verschwand im oberen Teil des Hauses.

Nachdem sie gegangen war, fühlte Luca sich einsam. Ihm war schmerzlich bewusst, dass sie ihm ihre Liebe seit jenem Tag, als er sie gewürgt hatte, nicht mehr gestanden hatte. Er sehnte sich über die Maßen nach ihrer Vergebung, ihrer Liebe, ihrem Lachen. So sehr, dass es ihn quälte. Doch er konnte nichts gegen ihren Schmerz unternehmen, musste zusehen, wie sie lautlos litt.

Eintausendzweihunderteinundfünfzig – diese Zahl hatte sich in ihr Leben gebrannt. So viele Menschen waren dem Feuer zum Opfer gefallen.

Eintausendzweihunderteinundfünfzig Schreie.

Luca ballte die Hände. Würde ihm irgendjemand glauben, dass er sich über die Ausmaße des Brandes keine Gedanken gemacht hatte? Dass seine Rachepläne ihn hatten blind werden lassen? Vermutlich nicht.

Eintausendzweihunderteinundfünfzig.

Die Tage danach waren ihm wie ein Traum erschienen. Francesco, der mit der *Blue Farnese* nach Venedig zurückgekehrt war. Die beginnenden Ermittlungen zur Brandursache. Schnell hatte man herausgefunden, dass das Feuer gelegt worden war und man begann, nach den Tätern zu fahnden. Und wieder Stormare, der wie ein umsichtiger Kapitän das Steuer im letzten Moment herumgerissen und den Verdacht geäußert hatte, Bernardi sei dafür verantwortlich. Der Mann hatte die Lagunenstadt zwei Tage nach dem Unglück verlassen und war seither unauffindbar. Zweierlei hatte Francesco mit dieser Anschuldigung bewirkt: Als möglicher Täter gebrandmarkt würde es der Verbrecher niemals wieder wagen, einen Fuß in die Stadt zu setzen, gleichzeitig hatte er Luca und Venedigs Bürgern eine Zukunft geschenkt.

Luca fuhr sich mit einer Hand übers Gesicht. Alte Geschichten. Wenn er sie doch nur vergessen könnte! Aber es fühlte sich an, als wären Marta und er in der

Vergangenheit steckengeblieben und es gäbe daraus keinen Ausweg für sie.

Langsam stieg er die Stufen in den ersten Stock hinauf und öffnete die Tür zur Küche. Marta stand vor dem Tisch und schnitt Gemüse. An der Art, wie sie die Luft einzog, erkannte er, dass sie weinte.

„Mia", murmelte er sanft und sie legte das Messer weg und schnäuzte sich.

Dann drehte sie sich zu ihm um. Er schritt zu ihr, hob ihr Kinn an. „Amo", sagte er eindringlich und hob eine Hand zu ihrem Herz. „Ruhig!"

Sie schniefte und nickte und er zog sie näher, drückte sie eng an sich. Er hätte es nie für möglich gehalten, dass ihm der Schmerz eines anderen Menschen jemals so unter die Haut gehen würde wie Martas Leid. Es brachte ihn fast um. Er neigte den Kopf und seine Lippen streiften ihr Ohr, als er flüsterte: „Amo, amo, amo."

Wieder nickte sie und löste sich von ihm. „Ich muss weitermachen."

Luca trat zurück und wandte sich um. Es half nichts. Es gab keinen Weg, ihren Kummer zu lindern.

Obwohl Francesco dank seines politischen Aufstiegs ein vielbeschäftigter Mann war, fand er regelmäßig Zeit für ein Treffen mit Luca. Es war einer jener seltenen Abende, in denen der Wind durch die Gassen fegte und ein drohendes Unwetter ankündigte. Er zerrte an ihren Jacken, als sie sich von einer Bar auf den Heimweg begaben. Der ehemalige Zimmermann wohnte nach wie vor in Lucas Nachbarschaft, obwohl ihm aufgrund seines hohen Amtes der Palazzo Gritti zustand.

Diesen nutzte Francesco jedoch nur für formelle An-
lässe, abgesehen davon hatte er sein Büro dort eingerichtet.

„Deine Marta ist nur mehr ein Schatten ihrer selbst“,
stellte der Bürgermeister fest, kurz bevor sie ihre Häuser erreichten.

„Ja“, stimmte Luca unglücklich zu.

Francesco musste seine Verzweiflung gespürt haben,
denn er blieb stehen und suchte Lucas Blick. Dieser
kniff die Augen zusammen, wie immer, wenn er sich
darum bemühte, sein Gegenüber zu erkennen.

„Hat es etwas mit dem Theater zu tun?“, wollte er leise
wissen und Luca nickte.

„Das habe ich angenommen. Ich nehme an, du ver-
magst sie nicht zu trösten.“

Luca schüttelte den Kopf, seufzte mutlos und meinte,
das Unglück seines gesamten Lebens wie eine schwere
Last auf den Schultern zu tragen. Francesco runzelte
nachdenklich die Stirn.

„Es gibt nur einen Ort, an dem sie Vergebung finden
kann.“

Überrascht und hoffnungsvoll lüpfte Luca die Augenbrauen.

„Wo?“

Francesco atmete tief durch und seine Mundwinkel
hoben sich.

„Hör mir aufmerksam zu, ich habe eine Idee!“

Hoffnungsvoll und glücklich, endlich eine Lösung gefunden zu haben, kehrte Luca nach Hause zurück. Er
hatte keine Ahnung, wem er für seinen Freund danken
konnte, denn er empfand Francesco wie ein Geschenk

des Himmels. Einen Engel des Guten. Unverdiente Gnade.

Schwungvoll nahm er zwei Stufen auf einmal und öffnete voller Vorfreude die Schlafzimmertür. Im Zimmer war es dunkel und er lauschte, hörte, wie sich Marta aufrichtete. Sie entzündete das Nachtlicht, weshalb er ihren kaum wahrnehmbaren Umriss erkennen konnte. Luca eilte zu ihr und setzte sich neben sie auf den Bettrand.

„Oh, Mia", lächelte er, „Mia!"

„Was ist los?"

Geheimnisvoll drückte er einen Finger auf seine Lippen.

„Du willst es nicht verraten?", fragte sie, dann zuckte sie mit den Achseln und legte sich wieder zurück. Ausgelassen riss er ihr die Decke vom Leib.

„Was soll das? Bist du betrunken?"

Er schüttelte den Kopf, griff ihr unter die Achseln und hob sie, während er gleichzeitig aufstand, auf, setzte sie sich auf die Hüften und sie schlang ihre Beine um seinen Rumpf.

„Luca? Was machst du da?"

Er meinte ein Lächeln in ihrem Protest mitschwingen zu hören. Mit ihr eilte er wieder in den unteren Stock, passierte die Werkstatt und trat auf den Steg hinter dem Haus. Eine seiner Gondeln schaukelte lebhaft auf den vom Wind mittlerweile aufgepeitschten Wellen.

„Luca!", empörte sie sich. „Was fällt dir ein? Ich bin halb nackt!"

Statt einer Antwort legte er einen Finger auf ihre Lippen und sie verstummte. Im nächsten Moment setzte er sie in die Gondel, löste die Taue und sprang aufs Heck. Schon hatte er das Ruder in der Hand.

„Was du hier tust, ist zu gefährlich!", rief sie und kam auf die Beine. „Lass mich das übernehmen! Wohin willst du denn?"

Doch er hob eine Hand und befahl ihr auf diese Weise, sitzen zu bleiben und sie sank wieder zurück, entzündete eine der Lampen und befestigte sie in der Nähe des Bugs. Auf diese Weise konnte Luca besser erkennen, wenn er auf eine Hauswand zusteuerte.

Marta schlang die Arme um ihren Oberkörper und kämpfte gegen das Zittern an, das sie aufgrund der stürmischen Nacht befallen hatte. Der Wind riss an ihrem dünnen Nachthemd und vermittelte ihr das Gefühl, nackt zu sein. Sie konnte sich nicht erklären, was in Luca gefahren war. Seit dem Tag, als man ihm das Augenlicht genommen hatte, war er nicht mehr so voller Elan gewesen, wie in diesem Augenblick.

Er steuerte sie aufs offene Meer hinaus. Ob das eine gute Idee war? Die Gondel schaukelte bedrohlich. Wenn er ins Wasser fiele, würde er zweifellos ertrinken. Angst um ihren Mann schnürte Marta den Hals zu.

„Luca", schrie sie über das Tosen hinweg, „bitte lass uns umkehren! Das ist mir nicht geheuer!"

Da sprang er neben sie und legte das Ruder auf den Boden. Fragend sah sie ihn an, als er sich setzte. Mit beiden Händen umschloss er ihr Gesicht und küsste sie zärtlich. Marta konnte sich nicht gegen den Ansturm ihrer Gefühle wehren, die wie die Gischt in ihr sprudelten und tanzten. Seine Finger glitten tiefer, er zog ihr das Nachthemd aus und warf es beiseite. Dann breitete er eine Decke aus und deutete auffordernd darauf, als Zeichen, dass sie sich hinlegen sollte. Verwirrt gehorchte sie ihm. Er wollte doch nicht etwa ...

Hier im Schiffsbauch war sie geschützt. Anstatt des Windes streichelte sein Mund ihre Haut und sie vergaß, wo sie sich befanden. Die Wellen taten ihr Übriges und entführten sie in ein Traumland, weit weg von der bitteren Realität. Voller Sehnsucht klammerte sie sich an ihren Mann, als der sie auf seinen Körper zog.

Luca Riva, ich liebe dich!, schrie es in ihr, doch sie presste die Lippen zusammen, konnte es nicht aussprechen. Dafür hörte sie ihn, wie er ihr zärtlich ins Ohr raunte „Amore mio!"

Immer wieder. Sie stöhnte, als sich die Spannung in einer Explosion entlud und sank auf seine Brust. Er hielt sie fest, während die Gondel wie eine Nussschale auf- und ab schaukelte und ein Blitz einige Kilometer entfernt den Himmel spaltete. Der darauffolgende Donner ließ sie zusammenzucken. Marta richtete sich auf und sah sich um. Es war bis auf die Lampe stockdunkel. Die ersten Regentropfen klatschten auf die Wasseroberfläche.

„Ich befürchte, ich habe die Orientierung verloren", murmelte sie beunruhigt und beobachtete, wie Luca seine Hose schloss. Als er nach dem Ruder griff, hinderte sie ihn daran.

„Nein, jetzt bin ich an der Reihe."

Er schüttelte entschieden den Kopf, doch sie lenkte diesmal nicht ein und stand auf. Schnell schlüpfte sie ins Nachthemd und sprang aufs Heck. Sie legte das Paddel in den Forso und tauchte es ins Wasser.

„Das Wetter kommt vom Meer her. Demnach müssen wir in die entgegengesetzte Richtung“, erklärte sie, wendete und konzentrierte sich auf ihre Bewegungen.

Plötzlich umschlossen seine Hände ihre Fessel und sie senkte den Blick. Im matten Licht der Lampe entdeckte sie, dass er zu ihr aufsah. Ihr stockte das Herz, als er schallend zu lachen begann.

Bis auf die Knochen durchnässt erreichten sie lange Zeit später ihr Haus und Marta zitterte vor Erschöpfung. Luca wirkte hingegen auf sie, als hätte er das Abenteuer genossen.

„Luca Riva, das war überaus leichtsinnig von dir“, schimpfte sie, als er die Werkstatttür hinter ihnen verschloss.

Er sah sie an und zuckte mit den Achseln.

„Wir hätten es auch hier machen können“, meinte sie und deutete auf die halb fertige Gondel. „Das wäre weniger gefährlich gewesen.“

Mit gespielt gekränktem Gesichtsausdruck schüttelte er den Kopf, trat zu ihr und zog ihr das nasse Kleid aus. Er ließ es mit Schwung zu Boden fallen. Dabei wirkte er überaus abenteuerlustig. Verwundert erkannte sie den Übermut in seinem Antlitz.

„Hast du noch immer nicht genug?“, wollte sie überrascht wissen, als er ihre Brüste umschloss und sie hungrig und zugleich auffordernd musterte. Neckisch hielt sie seinem Blick stand und genoss die zarte Liebkosung seine Finger.

„Du hast meine Frage nicht beantwortet“, flüsterte sie heiser. „Hat dich unser Ausflug nicht zufriedengestellt?“

Anstatt ihre Vermutung mit einem Nicken zu bestätigen, entledigte er sich seiner Hose. Das genügte als Antwort und sie begann unwillkürlich zu lächeln.

Die letzte Nacht war Marta wie ein Traum erschienen und ihre Gedanken kehrten ständig dorthin zurück. Sie meinte, die Gefahr noch immer zu spüren, die sie prickelnd umgeben hatte. Sie würde es Luca nie gestehen, doch sie hatte die Fahrt genossen. Es war eine willkommene Herausforderung gewesen, die Gondel über die aufgepeitschte See in den sicheren Hafen zu rudern. Der Regen, der ihr ins Gesicht geklatscht war, hatte sie daran erinnert, lebendig zu sein. Nicht tot. Mit aller Kraft hatte sie sich gegen den Wind gestemmt, der hartnäckig versucht hatte, sie von Bord zu fegen. Aber sie hatte gewonnen! Insgeheim wünschte sie sich dorthin zurück, wollte wieder ein Teil der Elemente sein.

Marta seufzte und richtete sich vor dem Spiegel die Frisur. Für den Nachmittag hatte sie geplant, Giulia zu besuchen. Wie durch ein Wunder war sie am Tag des Brandes bettlägerig gewesen, weshalb Arturo auf ihre Gesellschaft verzichtet hatte. Marta war froh, zumindest an ihrem Tod nicht schuld zu sein.

Da ... da war es wieder, das schlechte Gewissen. Für einige Stunden hatte es sie freigegeben, um sich jetzt erneut durch ihre Seele zu fressen. Vermutlich würde es erst aufhören, wenn nichts mehr von ihr übrig wäre. Tränen brannten in Martas Augen, doch sie drängte sie zurück. Heute nicht. Schnell legte sie sich ein Tuch über die Schultern und eilte die Stufen hinunter. In dem Moment, als sie das Haus verlassen wollte, trat ihr Mann aus der Werkstatt.

„Ich gehe zu Giulia", sagte sie und öffnete die Haustür, aber Luca schüttelte den Kopf. „Was? Du willst es mir doch nicht etwa verbieten?"

Wieder schüttelte er den Kopf.

„Also was jetzt? Ich ..."

Er nahm ihre Hand in seine und verschränkte ihre Finger miteinander. Fragend sah sie ihn an, aber er sah geradeaus und hatte jenen konzentrierten Gesichtsausdruck aufgesetzt, der ihr vermittelte, dass er versuchte, die Schatten der Umgebung auseinanderzuhalten. Überrascht stellte sie fest, dass er sie zur Tür hinauszog und hinter ihnen abschloss.

„Oh, es ist überaus freundlich von dir, dass du mich begleiten willst, aber wirklich nicht nötig."

Als hörte er ihre Einwände nicht, gab er sie nicht frei. Deswegen fügte sie sich.

Je länger sie gingen, desto stärker bemerkte sie seine Anspannung. Dann bog er falsch ab.

„Luca, ich muss in die andere Richtung."

Ihr Protest schien ihn nicht zu kümmern, denn er zog sie weiter mit sich und Marta runzelte die Stirn.

„Wohin bringst du mich? Was ist los?"

Wieder ignorierte er sie und sie biss die Zähne fest zusammen. Ihr Mann wurde ihr mit jeder Sekunde unheimlicher. Was hatte er nur vor?

„Ach, da seid ihr ja", sagte plötzlich eine Stimme in unmittelbarer Nähe und Marta fuhr herum.

Wenige Meter von ihnen entfernt lehnte Francesco an einer Hauswand, wirkte überaus lässig, nicht wie der oberste Machthaber einer Stadt.

„Sindaco, kannst du mir sagen, was das hier soll? Ich befürchte, Luca hat den Verstand verloren."

Stormare lächelte und reichte ihr zum Gruß die Hand, klopfte seinem Freund kameradschaftlich auf die Schulter.

„Wir haben eine Überraschung für dich", erklärte der Bürgermeister und steuerte das Eingangsportal der nächstgelegenen Kirche an.

Marta erstarrte und versuchte anzuhalten, doch Luca legte einen Arm um ihre Taille und schob sie weiter. Die schweren Kirchentüren aus dunklem glatten Holz ragten hoch vor ihnen empor und die junge Frau hatte den Eindruck, sie wollten nicht, dass sie näher kam. Als Francesco sie öffnete, quietschten sie in sinnlosem Protest.

Widerwillig trat Marta ein und runzelte die Stirn, als sie einige Holzkisten entdeckte, die im Mittelgang des Kirchenschiffes standen. Eine große Kerze aus Bienenwachs flackerte als einzige still vor sich hin. Das durch hohe, bunte Fenster flutende Tageslicht schuf eine behagliche Atmosphäre, indem es Kirchenbänke, Altar und den Steinfußboden in ein Meer aus Farben tauchte. Vor dem Altarraum fiel der Schatten des Kreuzes auf den Boden und wirkte in dem prächtigen Farbenbett fast freundlich. Als hätte es sich diesen Ort ausgesucht, um den Himmel in der Erde zu verankern.

„In den Kisten befinden sich Kerzen", erläuterte Francesco und Marta folgte der Verlängerung seines Fingers, der auf die schweren Behältnisse deutete. Ratlos runzelte sie die Stirn. Sie konnte nicht nachvollziehen, was das hier sollte. Warum die Männer sie hierhergebracht hatten. Das letzte Mal hatte sie an der Seite ihrer Mutter einer Messe beigewohnt. Wie es ihr heute erschien, war das in einem anderen Leben gewesen.

„Es sind genau eintausendzweihunderteinundfünfzig Stück.“

Eintausendzweihunderteinundfünfzig.

Marta erblasste und ihre Knie gaben nach. Luca bemerkte ihre Schwäche und stützte sie auf dem Weg zu einer der Kirchenbänke. Wie betäubt sank sie darauf. Sie hasste jene Zahl, konnte sie nicht ertragen. Trotzdem hatte sie sich in ihre Gedanken geätzt und sie würde sie niemals mehr daraus entfernen können.

„Soll das hier ein schlechter Scherz sein?“, flüsterte sie zutiefst aufgewühlt.

„Nein, das Gegenteil. Dein Mann erträgt es nicht länger, dabei zuzusehen, wie du leidest.“

Zögernd schaute sie zu Luca und entdeckte, dass er ernst nickte. Er hatte seinen Blick auf sie gerichtet, als könne er sie sehen. Sekundenlang klammerte sie sich an diesen Blickwechsel, als wäre er ein Ankerplatz, ein Schutzraum vor der stürmischen See.

„Hier ist der einzige Ort, an dem wir unsere Schuld abladen können“, fuhr Francesco fort. „Luca möchte mit dir gemeinsam für jeden Toten eine Kerze anzünden. Wenn du willst, steht es dir frei, ein Gebet zu sprechen.“

Marta klammerte sich an die Kirchenbank, sie zitterte am ganzen Körper. Aus dem Augenwinkel beobachtete sie, wie der Bürgermeister mehrere Blätter entfaltete.

„Ich habe hier eine Liste mit allen Opfern. Wir könnten jene Männer auslassen, die verantwortlich für euren Schmerz sind, wenn ihr wollt.“

„Arturo“, murmelte Marta tonlos, schluckte, stand auf und nickte. „Danke“, flüsterte sie überwältigt und drückte Lucas Hand. Hoffnung brach durch die Finsternis ihres Herzens. Ja, Francesco hatte recht. Dies hier war der einzige Ort, an dem sie jemals würde Frieden finden können.

Francesco reichte ihr eine Kerze und sie entzündete ihren Docht. Seine Stimme hallte in dem hohen Gewölbe, als er laut den ersten Namen vorlas. Marta begann hemmungslos zu weinen.

„Es tut mir so leid", schluchzte sie, „bitte vergib mir!"

Ihre Hand bebte, als sie die Kerze in eine Halterung stecken wollte. Doch plötzlich umschloss Luca sie und führte die Kerze an seine Lippen, hauchte einen Kuss auf den Wachskörper. Marta erkannte, dass dies seine Bitte um Vergebung war. Luca gab sie wieder frei und sie drehte sich zu dem Ständer. Da trat Francesco dazwischen, nahm ihr das flackernde Lichtchen ab und wandte sich dem Altarraum zu. Mit gesenktem Haupt beugte er die Knie. „Auch ich bedarf deiner Gnade."

Er richtete sich wieder auf und Marta starrte ihn mit großen Augen an. Er reichte ihr die Kerze und sie steckte sie in die Vorrichtung. Gemeinsam sprachen sie die Namen einen nach dem anderen aus und Marta erfasste endlich, dass sie nicht allein für dieses Unglück, dieses Verbrechen, verantwortlich war. Für einen kurzen Moment meinte sie sogar eine vierte Person zu spüren, die ihnen Rückendeckung gab. Doch als sie sich umwandte, war niemand da.

Mit jeder Kerze, die das Kirchengewölbe noch mehr erhellte, kehrte Friede in Marta ein und die Zeit schien stillzustehen.

Sie wussten nicht, wie viele Stunden vergangen waren, als sie schweigend in der Mitte der Kirche standen. Kleine Lichter umringten sie, als wären sie das Spiegelbild einer winzigen Hoffnung, die in Martas Herz aufleuchtete. Es war die Hoffnung darauf, dass jene Menschen ihr Leben nicht umsonst gelassen hatten und irgendwann alles gut werden würde.

„Es fehlen noch siebzehn Namen", erklärte Francesco und Marta wusste sofort, was das zu bedeuten hatte.

Unter ihnen befanden sich jene Männer, die Luca für sein restliches Leben gezeichnet hatten. Zum Beispiel ihr Bruder Arturo, der Linda und viele andere Menschen ermordet hatte. Sie ballte die Fäuste, sah hilflos zu Luca. Seine Gesichtszüge waren erstarrt. Unmerklich schüttelte er den Kopf und Marta suchte den Blickkontakt des Bürgermeisters. Dessen forschende Augen empfingen sie.

„Wir können das nicht tun", flüsterte sie hasserfüllt.

„Noch nicht?", hinterfragte Francesco vorsichtig. „Sie loszulassen wird euch befreien."

„Ich kann nicht. Wenn ich ihre Namen höre, muss ich mich übergeben", wehrte sich die junge Frau vehement.

Francesco löste den Blickkontakt und sah zu seinem besten Freund.

„Luca?"

Der Angesprochene klammerte sich an die Rückenlehne einer der Kirchenbänke. Seine Knöchel traten weiß hervor, so fest drückte er zu. Dann schüttelte er nachdrücklich den Kopf. Der Bürgermeister verstand.

„Va bene, ich werde die Kerzen aufbewahren. Ich kann mir vorstellen, dass ihr vielleicht eines Tages darauf zurückgreifen wollt."

Luca zuckte mit den Achseln und Marta murmelte: „Vielleicht."

Dann trat sie zu ihrem Mann und nahm seine Hand in ihre. Sie verdrängte die negativen Erinnerungen und konzentrierte sich auf den Frieden, der das Gotteshaus bis zur Decke ausfüllte. Mit jedem Atemholen heilte eine ihrer inneren Wunden, als wäre die Luft mit mehr als Weihrauch getränkt. So als würde jemand Tote zum Leben erwecken, erwachten ihre Lebensgeister. Einer nach dem anderen und Marta fühlte sich das erste Mal seit langem besser.

Langsam verließen sie Seite an Seite die Kirche und machten sich schweigend auf den Heimweg. Ein jeder hing seinen Gedanken nach und eine leise Ahnung stieg in ihnen auf, dass auf ehrliche Reue Vergebung folgte.

Vor dem Haus der Rivas verabschiedeten sie sich voneinander und Francesco legte die restlichen Meter allein zurück. Luca zog hinter ihnen die Haustür zu. Da löste sich Marta von ihm und stellte sich ihm gegenüber hin, musterte ihn eindringlich. Lange sah sie ihn ernst an und er runzelte nach einige Zeit unbehaglich die Stirn.

„Amore mio?", wollte er verunsichert wissen, als sie wieder zu weinen begann.

„Es ist alles gut!", schniefte sie. „Ich danke dir! Es geht mir viel besser."

Luca atmete erleichtert auf und legte eine Hand auf sein Herz. Sanft hob sie ihre Hand und wölbte diese über seine.

„Ich habe mir zwar geschworen, es niemals mehr zu dir zu sagen, aber ich muss es jetzt tun", erklärte Marta und ein Schwarm Schmetterlinge erwachte in ihrem Bauch zum Leben und kitzelte sie, weshalb sie trotz der Tränen kichern musste.

„Ja?", drängte Luca nervös und Ratlosigkeit stand ihm ins Gesicht geschrieben.

Sie stellte sich auf die Zehenspitzen, zog seinen Kopf tiefer und küsste ihn zärtlich auf die Stirn. „Ich liebe dich, Luuuuucaaa Riiiiivaaa!"

Als hätte sie ihn von einem überwältigenden Leiden erlöst, schloss er sekundenlang die Augen. Erleichterung und Dankbarkeit zeichneten sich auf seinen Gesichtszügen ab. Dann schlang er die Arme um Marta und sie atmete den Duft seiner Haut tief ein. Sie erkannte, dass er ab diesem Augenblick nicht länger ihr geliebter Fremder war. Ab jetzt war er ihr geliebter Ehemann. Für immer.

Epilog

Flüchtig wie Nebelschwaden, die im Winter Venedigs Kanäle und Straßen durchziehen, lösten einander die Jahre ab, als reichten sie die Erinnerungen der Vergangenheit weiter, ließen manche fallen, die sich sogleich im See der Vergessenheit auflösten.

Marta hatte sich daran gewöhnt, neben dem Fenster zu stehen und den Kinderstimmen zu lauschen, die von draußen ins Innere drangen. Hatte es gelernt, mit dem Verlustgefühl zu leben, das sie jedes Mal befiel, wenn ihr bewusst wurde, dass ihr das Glück der Mutterschaft verwehrt blieb. So oft sie Zeit dafür fand, besuchte sie ihre Schwägerin Giulia, die mit dem dritten Kind schwanger war und spielte mit ihren Nichten.

Zwei Jahre nach Arturos Tod hatte Francesco einen guten Gemahl für die junge Witwe gefunden. Einen sanften Mann mit Engelsgeduld und einem großen Herzen. Unter seinen Fittichen war die gebrochene Frau erblüht und mittlerweile verging kein Tag, an dem sie nicht lachte. Dass sie das Leben und ihren Gatten liebte, stand ihr ins Gesicht geschrieben.

Marta wollte das auch. Sie sehnte sich danach, ebenfalls wieder aus voller Kehle lachen und die Straßen entlanggehen zu können, ohne dass Hass und Bitterkeit in ihr hochschwappten, wenn irgendeine Kleinigkeit sie an die verfluchten Männer erinnerte. Obwohl die Albträume nachgelassen hatten und sie nicht mehr so peinigten wie vor dem Erlebnis in der Kirche, waren sie dennoch ein Teil ihres Lebens. Sie sehnte sich mit jeder Faser nach Frieden.

Kurze Zeit nachdem Luca und Marta die Kerzen für die unschuldigen Opfer des Brandes entzündet hatten, war ihnen bewusst geworden, dass es damit nicht getan war. Irgendeine Form der Wiedergutmachung schwebte ihnen vor. Sie wollten die Hinterbliebenen der Brandopfer entschädigen und helfen, die Wunden zu heilen, von denen sie wussten, dass für immer Narben zurückbleiben würden. Mit Francescos Unterstützung riefen sie ein Hilfsprojekt ins Leben, das Familien, die durch den Tod eines Angehörigen in jener Nacht in Bedrängnis geraten waren, beistehen sollte. Ihnen war wichtig, dass diese Hilfeleistungen sowohl praktischer als auch finanzieller Natur waren. Außerdem stellten sie für den Wiederaufbau des zerstörten Theaters einen hohen Geldbetrag zur Verfügung, der es ermöglichte, die Arbeiten zügig durchzuführen. All das half den beiden, mit den Folgen ihrer Schuld besser umgehen zu können und zeitweise geschah es sogar, dass sie jene schrecklichen Ereignisse für ein paar kostbare Stunden vergaßen.

Erst gestern hatte Marta Giulia besucht und sie gefragt, was sie machen müsse, um endlich zur Ruhe zu kommen. Seither wirbelten Sätze des Gespräches durch ihren Kopf. Anfangs hatte sie sich nur über die Antwort ihrer Schwägerin geärgert. Mittlerweile rumorte einfach nur mehr Sorge in ihren Eingeweiden. Was würde Luca dazu sagen, wenn sie ihm vorschlug, Giulias Rat zu befolgen?

Entschlossen straffte sie die Schultern, trat in den Gang und stieg in die Werkstatt hinunter. Überrascht sah sie, dass ihr Mann die Leinwände auf einem Tisch ausgebreitet hatte und vorsichtig mit den Fingerspitzen darüber strich.

„Was machst du da?", begehrte sie interessiert zu erfahren und er zuckte erschrocken zusammen. Ohne sich zu ihr umzudrehen, deutete er auf die Bilder.

„Du kannst sie doch gar nicht sehen", stellte sie ratlos fest. „Was soll das bringen? Vergiss diesen Mist endlich! Darf ich sie verbrennen?"

Entrüstet schüttelte er den Kopf, tastete nach ihrer Hand und führte sie zu den Skizzen. Marta seufzte schwer.

„Gut, ein letztes Mal. Danach will ich sie nie wieder sehen!"

Diesmal seufzte er. „Ja."

„In Ordnung. Also, das Bild zeigt die Brücke mit dem Löwenkopf. Erinnerst du dich? Ein Hinweis auf das Wappen von Caputo. Es sollte eine Warnung sein, dass dieser Mann gefährlich ist. Vermutlich wusste er vom Schatz der Bianchis."

Sie rollte die Leinwand zusammen und legte sie beiseite.

„Hier das Haus meiner Familie. Wir Carusos gehörten einst zu den Bianchis, verrieten diese aber und wechselten zu den Rossis." Die Skizze wanderte ebenfalls zu der anderen.

„Die Zeichnung des Dogenpalasts steht für Verrat, dessen Hintergründe wir ja mittlerweile kennen und den Tod eines Unschuldigen. Wer das gewesen sein soll, bleibt ein Rätsel."

Luca schüttelte den Kopf und legte eine Hand auf sein Herz.

„Mama", flüsterte er und Marta lüpfte überrascht die Augenbrauen.

„Deine Mutter wurde ermordet?", hinterfragte sie entsetzt.

„Ja."

„Von wem?"

„-amico."

Marta erblasste. „Damico? Das tut mir so leid. Ein Glück, dass er tot ist!"

Luca nickte und griff nach der letzten Leinwand, dabei streifte er ihren Unterarm.

„Und hier haben wir die Bibliothek. Sie war der einzige Hinweis auf das Versteck des Schatzes", vollendete Marta und atmete tief durch. „Bist du jetzt zufrieden? Darf ich die Bilder wegräumen?"

Er zögerte, dann trat er zum Zeichen seiner Zustimmung zurück.

„Es wird Zeit, dass wir endlich mit der Vergangenheit abschließen. Ich habe mit Giulia geredet und ich denke, sie hat recht."

Verständnislos musterte Luca sie konzentriert.

„Luca, ich glaube, wir sollten die siebzehn Kerzen holen, damit in die Kirche gehen und sie anzünden."

Wie erwartet verfinsterten sich seine Gesichtszüge und er verschränkte unwillig die Arme vor der Brust.

„Nein, schau nicht so, Liebster. Wir müssen es probieren! Giulia sagt, dass es uns befreit, wenn wir vergeben. Sie hat es schon vor Jahren bei Arturo getan und sieh selbst, wie glücklich sie ist! Ich will das auch, Luca, bitte! Lass es uns versuchen!"

Noch immer stand er unbezwingbar wie ein Fels vor ihr. Abweisend und hart. Sie hob eine Hand und legte sie auf seinen Unterarm. Streichelte ihn sanft.

„Bitte", bettelte sie inbrünstig. „Ich weiß, dass es deine Kräfte übersteigt. Ich fühle genauso. Diese Männer haben den Tod verdient. Aber Liebster, das könnte man über uns ebenfalls sagen und Gott hat uns vergeben."

Aufmerksam beobachtete sie ihn, während minutenlang nichts geschah. Sie würde ihm alle Zeit der Welt geben, damit er sich zu diesem schweren Weg durchzuringen vermochte.

„Ich will nicht allein gehen. Wir müssen das gemeinsam machen."

Die Muskeln seiner Wangen zuckten, so fest presste er die Kiefer aufeinander. Dann deutete er auf seine Augen, seinen Mund.

„Ich weiß", murmelte sie. „Aber wir haben einander, nicht wahr? Wir lieben uns! Das ist viel mehr wert als unser Hass auf diese Männer."

Nun schmiegte sie sich an ihn und er hatte keine andere Wahl, als seine abweisende Haltung abzulegen und seine Arme um sie zu schlingen. Sie legte eine Hand an seinen Nacken und zog ihn tiefer.

„Bitte, tu es für mich!", flüsterte sie und küsste ihn zärtlich auf den Mund.

Sofort erwiderte er den Kuss und die Härte, die sein Gesicht hatte erstarren lassen, verwandelte sich und wurde weich.

„Bitte", flehte sie und streichelte seine Wange. „Tu es für mich! Für uns!"

Mit einer Hand umspannte er ihren Hinterkopf, damit sie nicht einen Millimeter zurückweichen konnte.

„Ich will eine Zukunft haben, Luca. Lassen wir die Vergangenheit hinter uns!“, flüsterte sie noch schnell, bevor es kein Entrinnen mehr gab und er ihren Mund mit seinem verschloss. Hingebungsvoll ließ sie sich in die Umarmung fallen, während er sie enger an sich zog.

„Ich liebe dich, Luca“, hauchte sie, als er sie wieder freigab.

Im nächsten Moment hatte er sie hochgehoben und stieg mit ihr die Stufen in den ersten Stock hinauf.

Eine halbe Stunde später ruhte Martas Kopf auf seiner Brust und sie streichelte ihn träge.

„Wirst du mit mir gehen?“, fragte sie leise und er seufzte.

Zweifellos quälte sie ihn und ihre Unerbittlichkeit raubte ihm vermutlich den letzten Nerv. Schweigen dehnte sich zwischen ihnen aus. Marta schloss enttäuscht die Augen und gab auf.

„Ja“, sagte er plötzlich und sie fuhr in die Höhe.

„Ja? Du gehst mit mir? Wir entzünden die Kerzen und vergeben diesen Mördern?“

„Ja.“

„Oh Luca!“, jubelte sie und übersäte ihn mit kleinen Küssen. „Ich kann es nicht fassen! Danke! Danke!“

Im nächsten Moment sprang sie aus dem Bett. „Los, worauf wartest du noch?“

Wieder seufzte er, richtete sich aber auf.

„Giulia hat gesagt, dass Vergebung die Karten neu mischt“, fuhr Marta eifrig fort, während sie sich ankleideten.

„Hm?“, wollte er verständnislos wissen.

„Vergebung kann Dinge lösen, die wir als unmöglich erachten."

Luca schüttelte ratlos den Kopf und fuhr sich mit gespreizten Fingern durchs Haar.

„Vielleicht", murmelte Marta mit erstickter Stimme, „vielleicht löst sich etwas in meinem Körper und macht Neuem Platz."

Luca zog die Augenbrauen in die Höhe und sie legte eine Hand über ihren Bauch. „Vielleicht habe ich dann Raum geschaffen, um ein Kind zu empfangen."

Zweifelnd runzelte er die Stirn und sie musste lachen.

„Egal. Auch wenn es nicht passiert, werden wir endlich eine Zukunft haben, nicht wahr, Luca?"

Er nickte mit einem nachsichtigen Lächeln und ergriff die Hand, die sie ihm entgegenstreckte. Nebeneinander schritten sie die Straße entlang und auf jene Kirche zu, in der sie vor Jahren Gnade erfahren hatten. Sie waren bereit zu vergeben und neuen Möglichkeiten die Tür zu öffnen. Obwohl es sie viel kosten würde, an der Schuld dieser Männer nicht länger festzuhalten, ahnten sie, dass es sich auszahlte, sie loszulassen. Denn sie hatten sich dazu entschieden, niedergebrannten Boden wieder fruchtbar zu machen und darauf zu vertrauen, dass ein blühender Garten entstehen konnte.

Vor dem Kirchentor hielten sie kurz inne und sahen einander an. Dann lachten sie befreit auf.

Es war, als hätte mit der Entscheidung zu vergeben der Heilungsprozess schon begonnen und sie mussten nur mehr einen Schritt tun, um vollkommen darin einzutauchen.

Venedig und ich

Seit meiner Kindheit hatte ich das Glück, Venedig in unregelmäßigen Abständen bereisen zu dürfen. Als Tagestourist schob ich mich inmitten menschlicher Massen über den Markusplatz bis hin zur Rialtobrücke und wieder zurück. Im Laufe der Jahre gewann ich einen vagen Einblick über die Veränderungen, denen *La Serenissima*, der „Allerdurchlauchtigsten" wie Venedig von den Einheimischen liebevoll genannt wird, unterworfen war. So gehörte in den achtziger Jahren des letzten Jahrhunderts auf dem Wasser schaukelnder Müll zum typischen Gesamtbild dieser Stadt, genauso wie der zuweilen beißende Gestank nach Fäulnis und Fisch. In den Anfängen der 2000er Jahre erlebte Venedig eine Reinigung und das Wasser der Kanäle wird seither regelmäßig gesäubert. Bekanntlich fällt der Reiter gerne von beiden Seiten vom Pferd, anstatt einfach darauf sitzen zu bleiben, weshalb den Besucher heutzutage Schilder darauf hinweisen, sich nicht auf die Stufen am Markusplatz und anderer Sehenswürdigkeiten zu setzen, da eine derartige Respektlosigkeit die Stadt entehren würde.

Das dem Untergang geweihte Venedig stellte für mich immer etwas Besonderes dar, restlos verliebt habe ich mich in die Stadt aber während eines viertägigen Aufenthalts mit meinem ältesten Sohn in der Osterwoche 2019. Abseits des Trubels lernte ich Venedig von einer neuen, anderen Seite kennen. Aus Erfahrung weiß ich, dass es den dauerhaften Aufenthalt von Jahren benötigt, bis man den Puls einer Stadt erahnen kann, die Eigenheiten der Einheimischen definieren, ihre Art zu denken, zu leben, begreift. Umso bewusster bin ich mir, dass ich in der kurzen Zeit meines Aufenthalts nur an der Oberfläche ihrer eigentlichen Tiefe gekratzt habe. Doch dies hat genügt, um mich mit ihrem Charme und Humor vollends zu bezaubern.

Mithilfe eines Stadtplans, der eher einer ungenauen Übersichtskarte glich, auf welcher der Vermieter unserer Unterkunft liebenswürdigerweise schwungvoll den Weg zum Markusplatz eingezeichnet hatte, nebst einer Zeitangabe, dafür zu Fuß fünfzehn Minuten zu benötigen, erkundeten mein Sohn und ich jene Teile Venedigs, die man als Tagestourist nie zu Gesicht bekommt. Dabei verirrten wir uns im Labyrinth der engen Gassen und amüsierten uns über die präzisen Schilder, welche denselben Ort in zwei unterschiedlichen Richtungen auswiesen. Müßig zu erwähnen, dass wir von unserem Apartment zum Markusplatz eineinhalb Stunden benötigten. Zwei Tage lang irrten wir hilflos und teilweise verzweifelt durch die engen Gassen, trafen mitten in der Nacht auf andere hoffnungslos vom Weg Abgekommene und hefteten uns an die Fersen mitleidiger Einheimischer, die uns wieder auf die richtige Fährte brachten. Der Satz eines amerikanischen Touristen wehte an meine Ohren: „The last days we were lost in Venice." Man kann es nicht besser ausdrücken.

Als die Idee zu „Das Schicksal der Schwestern" langsam in mir aufstieg, ahnte ich weder, dass meine Protagonisten das Teatro La Fenice niederbrennen würden, noch von Lucas schrecklichem Verlust. Alles, was ich wusste, war, dass ich dieser Stadt eine Liebeserklärung machen musste. Dies ist sie und ich hoffe, es ist mir gelungen, Ihnen den Zauber Venedigs trotz all der schrecklichen Ereignisse zu vermitteln.

Als ich am Ende unseres Aufenthalts meine Füße wieder auf Festland setzte und sich der altbekannte Straßenlärm über mich stülpte, meinte ich, aus einer anderen Welt in den Alltag zurückzukehren und ich empfand schon nach der kurzen Zeit in La Serenissima wie Marta: „Ich kann diesen Lärm nicht ertragen. Mir fehlt das Wasser um mich herum."

Danksagung

An dieser Stelle möchte ich mich bei allen bedanken, die mich auf der Reise zur Fertigstellung dieses Buches begleitet haben:

Meinem Verlag dp für die freundliche Kontaktaufnahme und die gute Zusammenarbeit. Insbesondere Anne Peisler und Stephanie Schönemann, sowie Carina Krug (meiner Ansprechpartnerin für die Neuauflage) für die kompetente und geduldige Betreuung sowie dem restlichen Team für den klangvollen Titel, das überaus bezaubernde Cover und all die Hintergrundarbeiten, von denen kaum jemand erfährt, die aber ebenso wichtig sind.

Meiner Lektorin, Astrid Rahlfs und ihrem Team für ihre Genauigkeit, die mutmachenden Worte und netten Randbemerkungen sowie die wichtigen Anregungen. Dank Ihnen dürften unter anderem die mafiösen Verflechtungen nun leichter zu durchschauen sein.

Meinen Probelesern Doris und Günther für ihre Hinweise und den freundlichen Zuspruch.

Meinem Mann und meinen Kindern für ihre Unterstützung. Ihr seid mein wichtigstes Team und ich bin dankbar, dass ihr mir Rückenwind gebt. Nicolas, die Zeit mit dir in Venedig bleibt unvergesslich – danke für deine unterhaltsame Begleitung.